목로주점

목로주점 상
L'Assommoir

에밀 졸라 장편소설   유기환 옮김

L'ASSOMMOIR
by EMILE ZOLA (1877)

일러두기
1. 번역 대본으로는 플레이아드La Pléiade판(1961)을 사용했습니다.
2. 원문에서 이탤릭체로 강조된 낱말, 상호, 별명은 꺾은 괄호⟨ ⟩와 함께 옮겼습니다.
3. 별명이나 상호를 번역할 때, 우리말 번역어가 원문의 의도를 더 잘 살리는 경우에는 우리말로 옮겼고, 그렇지 않은 경우에는 발음 그대로 표기했습니다. 예컨대 ⟨Mes-Bottes⟩라는 노동자 별명의 경우 ⟨메보트⟩라는 발음 표기보다 ⟨장화⟩라는 우리말 번역어가 노동자의 정체성을 전달하는 데 더 효율적이라고 판단했고, ⟨Grand Balcon⟩이라는 변두리 댄스홀의 경우 ⟨큰 발코니⟩라는 우리말 번역어가 격이 낮은 댄스홀이라는 뉘앙스를 주지 못하는 이상 차라리 ⟨그랑 발콩⟩이라는 발음 표기가 댄스홀의 이름으로서 더 어울린다고 판단했습니다.

이 책은 실로 꿰매어 제본하는 정통적인 사철 방식으로 만들어졌습니다.
사철 방식으로 제본된 책은 오랫동안 보관해도 손상되지 않습니다.

서문

7

목로주점 상

11

서문

〈루공-마카르〉 총서는 약 스무 권의 소설로 구성될 것이다. 1869년에 전반적인 계획이 수립된 이후, 나는 지극히 엄격하게 그 계획을 따르고 있다. 이번에는 『목로주점』의 차례였다. 나는 내가 걸어야 할 곧은길에서 한순간도 벗어남이 없이 이 소설을 썼고, 앞으로 다른 소설도 그렇게 쓸 것이다. 내게 강점이 있다면, 바로 그것이다. 내게는 내가 가닿아야 할 **목표**가 있다.

『목로주점』이 신문에 연재되었을 때, 그것은 유례없이 가혹하게 공격당했고, 비난받았고, 온갖 죄를 뒤집어썼다. 그러니 여기서 잠시 작가로서의 나의 의도를 짧게나마 설명할 필요가 있지 않을까? 나는 파리 변두리의 오염된 환경에서 살아가는 한 노동자 가정의 숙명적인 몰락을 그리고자 했다. 음주벽과 게으름의 끝에는 가족 관계의 이완, 난잡한 혼거, 성실한 감정의 점진적 망각이 있고, 대단원으로서 수치와 죽음이 있기 마련이다. 기실 그것이야말로 살아 있는 교훈이 아니겠는가.

『목로주점』은 확실히 내가 쓴 소설 가운데 가장 정숙한 소설이다. 그럼에도 나는 유달리 끔찍한 고통을 겪지 않으면 안 되었다. 우선 형식만으로도 사람들을 질겁하게 했다. 그들은 어휘에 대해 분개했다. 나의 죄는 민중의 언어를 모아서 그것을 무척 공들여 만든 거푸집에 붓는 문학적 호기심을 가졌다는 데 있다. 아! 형식, 거기에 대죄가 있다니! 그렇지만 민중 언어의 사전도 이미 존재하고 있고, 또 박식한 사람들은 그것을 연구하고 그 대담성, 의외성, 이미지 생산력을 즐기기까지 한다. 민중 언어는 꼬치꼬치 캐기를 좋아하는 문법학자들에게는 그야말로 하나의 보물섬인 것이다. 하지만 그러면 무엇하랴, 아무도 나의 의도가 역사적으로 그리고 사회적으로 매우 흥미로운 작업이라고 여겨지는, 순수하게 문헌학적인 작업을 하는 데 있다는 것을 알아주지 않았으니까 말이다.

그렇다고 여기서 나 자신을 변호할 생각은 추호도 없다. 나의 작품이 나를 변호해 주리라. 이것은 진실의 작품이요, 거짓말을 하지 않는, 민중의 냄새가 나는 최초의 민중 소설이다. 이 작품을 읽고 민중 전체가 불량하다고 결론지어서는 안 된다, 왜냐하면 나의 등장인물들은 불량한 것이 아니라 단지 무지할 뿐이고 거친 노동과 비참한 가난이라는 환경에 의해 오염되었을 뿐이기 때문이다. 부디 나라는 인간과 나의 작품들에 대해 항간에 떠도는 기괴하고 가증스러운 기존 판단을 받아들이기 전에, 먼저 내 소설들을 읽고, 이해하고, 그것들을 전체적인 관점에서 통찰해 주기 바란다. 아! 군중이 즐기는 황당한 소문을 듣고 내 친구들이 얼마나 웃었는가를 사람들이 안다면! 흡혈귀요 잔혹한 소설가라는 자가 실은 고귀한 시민이며, 자기 집에서 성실하게 살아가는, 가능한 한 폭넓고 생생한 작품을 남기는 것을 유일한 소망으로 여기는 학자이

자 예술가라는 사실을 사람들이 안다면! 나는 어떤 이야기에도 반박하지 않겠다, 나는 일을 하고 있다, 나는 나에 대해 산더미처럼 쌓인 어리석은 언행에도 불구하고 나의 진실을 밝혀 줄 시간의 존재와 대중의 선의를 믿는다.

1877년 1월 1일, 파리
에밀 졸라

1

 제르베즈는 새벽 2시까지 랑티에를 기다렸다. 그런 다음 속옷 바람으로 창가의 찬 공기를 오래 쐰 탓에 오한이 든 그녀는 침대에 가로로 몸을 던진 채 설핏 잠이 들었는데, 몸에는 열이 있었고 두 뺨은 눈물에 젖어 있었다. 일주일 전부터, 그들이 식사를 했던 〈쌍두 송아지〉 식당에서 나올 때마다 랑티에는 일자리를 찾아봐야겠다고 하면서 그녀로 하여금 아이들을 데리고 먼저 가서 자게 했고, 밤이 깊어서야 다시 나타나곤 했다. 그날 밤 그의 귀가를 살피는 중에, 그녀는 열 개의 불타는 창문이 캄캄한 외곽 대로를 불바다처럼 환히 비추는 〈그랑 발콩〉 댄스홀로 그가 들어가는 것을 얼핏 본 듯했다. 그를 뒤따라 〈쌍두 송아지〉 식당에서 저녁 식사를 하곤 하던 자그마한 금속 연마공 아델이, 출입구의 강렬한 불빛 아래로 함께 지나가기가 불편해서 방금 그의 품에서 떨어져 나온 듯, 두 팔을 살랑살랑 흔들며 대여섯 걸음쯤 떨어져서 들어가는 것이 보였었다.

 5시경 허리가 끊어질 듯 아프고 몸이 뻣뻣하게 굳은 채 잠에서 깨었을 때, 제르베즈는 왈칵 울음을 터뜨렸다. 랑티에가 돌아오지 않았던 것이다. 처음으로 그는 외박을 했다. 그녀는 끈으로 천장에 매달아 놓은 아치형 가로목에서 늘어진 빛바랜 인도 사라사 천 아래, 침댓가에 앉아 있었다. 그리고 눈물에 젖은 눈으로 초라한 방을 천천히 둘러보았는데, 방에는 서랍 한 개가 없어진 호두나무 서랍장, 짚으로 만든 의자 셋, 이 빠진 물병이 굴러다니는 기름때 낀 작은 탁자가 있었다. 그 외에 가구라고는 방의 3분의 2를 차지하면서 서랍장을 가로막고 있는 아이들의 철제 침대뿐이었다. 한쪽 구석에서는 활짝 열린 제르베즈와 랑티에의 여행용 트렁크가 속이 텅 빈 채 더러운 셔츠, 양말, 그 밑에 묻힌 낡은 남자 모자 하나를 드러내고 있었다. 가구 위쪽의 사방 벽에는 구멍 난 숄 하나, 흙투성이 바지 하나, 헌옷 장수도 고개를 돌린 누더기 옷가지들이 걸려 있었다. 그리고 짝이 맞지 않는 두 개의 함석 촛대 사이, 벽난로 한가운데에 연분홍색 전당표 꾸러미가 놓여 있었다. 그래도 이 방은 호텔에서는 좋은 객실, 대로를 면한 2층 객실이었다.

한편 두 아이는 같은 베개를 베고 나란히 누워 잠들어 있었다. 여덟 살짜리 클로드는 조그마한 두 손을 이불 밖으로 내던진 채 새근거렸고, 네 살짜리 에티엔은 한쪽 팔을 형의 목에 걸친 채 미소 짓고 있었다. 눈물에 젖은 시선이 두 아이에게 멈췄을 때, 엄마는 다시 흐느낌이 터져 나와 소리를 내지 않으려고 손수건으로 입을 틀어막았다. 그러고는 헌 실내화를 다시 신을 생각조차 하지 않고 맨발로 창가로 돌아갔고, 거기에 팔꿈치를 괸 채 거리를 살피면서 밤새 했던 기다림을 다시 시작했다.

호텔은 샤펠 대로에, 푸아소니에르 시문(市門) 왼쪽에 위치해 있었다. 그것은 1층부터 3층까지 포도주 지게미 색깔 페인트가 칠해지고 덧창이 비바람에 썩은 누옥(陋屋)이었다. 두 창문 사이에 있는, 별 모양으로 금이 간 유리 램프 위로 〈마르술리에가 경영하는 봉쾨르 호텔〉이라는 노란색 글자가 커다랗게 씌어 있었는데, 회벽에 곰팡이가 슨 탓에 글자는 이리저리 조각이 나 있었다. 램프 불빛에 눈이 부신 제르베즈는 손수건을 입술에 댄 채 발돋움을 했다. 오른쪽, 로슈슈아르 대로 쪽을 바라보았더니 피로 물든 앞치마를 두른 한 무리의 푸주한들이 도살장 앞에 서 있었다. 시원한 바람이 간간이 악취를, 도살된 가축 냄새를 실어 왔다. 그녀의 시선은 왼쪽으로 긴 가로수 길을 따라오다가 그녀 바로 앞 신축 중인 하얀 라리부아지에르 병원 건물에 멈추었다. 그녀는 다시 지평선 끝에서 끝까지 입시세관(入市稅關)의 벽을 따라 천천히 시선을 옮겼는데, 입시세관의 벽 뒤에서는 가끔 깊은 밤에 피살자의 비명이 들리곤 했다. 그래서 그녀는 칼에 찔려 배에 구멍이 뚫린 랑티에의 시체가 있을지도 모른다는 두려움에 휩싸여, 습기와 오물에 덮인 어두침침한 길모퉁이와 외진 골목을 꼼꼼히 살펴보았다. 고개를 들었을 때, 황량한 사막의 띠처럼 도시를 둘러싸고 있는 끝없는 잿빛 성벽 너머로 거대한 서광, 벌써 잠 깨는 파리의 소란으로 가득한 새벽 햇살이 보였다. 그렇지만 그녀의 눈길이 어김없이 되돌아오는 곳은 푸아소니에르 시문이었는데, 목을 빼고서 그녀는 몽마르트르 언덕과 샤펠 언덕에서 물결을 이루며 내려오는 사람들, 가축들, 짐수레들이 입시세관의 작달막한 두 건물 사이로 지나가는 것을 꿈꾸듯 바라보았다. 거기에는 가축 떼의 발 구름 소리, 별안간 멈춰 섰을 때 마치 도로 위의 늪처럼 보이는 군중, 빵을 겨드랑이에 끼고 연장을 등에 진 채 일터로 가는 노동자들의 끝없는 행렬이 있었다. 이 혼잡한 무리가 끝없이 파리로 밀려들어 자취를 감췄다. 이 사람들 가운데서 랑티에의 모습이 언뜻 보이는 것 같았을 때, 제르베즈는 떨어질 위험을 무릅쓰고 바싹 몸을 앞으로 기울였다. 그런 다음 그녀는 슬픔을 참으려는 듯 손수건으로 입을 더 세게 틀어막았다.

그때 뒤에서 젊고 쾌활한 목소리가 들려, 그녀는 창가에서 벗어났다.

「그 친구 거기 없어요, 랑티에 부인?」

「예, 안 계세요, 쿠포 씨.」 미소를 띠려고 애쓰면서 그녀가 대답했다.

그는 호텔 꼭대기 층, 10프랑짜리 쪽방에 사는 함석장이였다. 그는 어깨에 연장 자루를 걸치고 있었다. 문 위에서 열쇠를 찾은 그는 친구로서 거리낌 없이 방으로 들어왔던 것이다.

「보이세요? 저기, 요즘 저는 저기, 병원에서 일하고 있습니다……」 그가 말을 이었다. 「젠장! 5월 날씨가 이게 뭐람! 오늘 아침도 꽤 쌀쌀한데요.」

그는 눈물로 발개진 제르베즈의 얼굴을 보았다. 침대가 깨끗하다는 걸 알고 그는 가만히 고개를 흔들었다. 이어서 장밋빛 얼굴로 천사처럼 자고 있는 아이들의 침대로 갔다. 그러고는 나지막이 말했다.

「이런! 그 친구 정신이 나갔군, 안 그래요?…… 너무 걱정하지 마세요, 랑티에 부인. 그 친구 요즘 정치에 열을 올리고 있답니다. 요전 날 사람 좋은 외젠 쉬[1]가 당선되었을 때, 그 친구 완전히 미친 사람 같았죠. 아마 친구들과 함께 악당 보나파르트[2]를 욕하느라 어젯밤을 새웠을 겁니다.」

「아녜요, 아녜요.」 그녀가 겨우 중얼거렸다. 「당신이 잘못 아시는 거예요. 저는 랑티에가 어디 있는지 알아요……. 우리도 다른 사람들처럼 나름대로 걱정거리가 있는 거죠, 뭐!」

쿠포는 이런 거짓말에 속지 않는다는 양 눈을 깜박거렸다. 그러더니 그녀가 밖으로 나가기 싫다면 자기가 우유를 찾아오겠다고 말하면서 자리를 떠났다. 그녀는 정말 아름답고 착한 여자야, 만일 그녀가 곤경에 처한다면, 당연히 내가 도와야지. 그가 멀어지자, 제르베즈는 다시 창가로 갔다.

시문에서는 아침 추위에도 아랑곳없이 가축 떼가 계속 지나갔다. 푸른색 작업복을 입은 자물쇠장이들, 흰색 작업복을 입은 석공들, 긴 작업복 위에 가운을 입은 칠장이들이 보였다. 저 멀리서 군중은 희끄무레한 색조, 중성적 색조를 띠고 있었는데, 빛바랜 푸른색과 더러운 회색이 주조를 이루었다. 간간이 뭇 노동자가 잠시 걸음을 멈추고 파이프 담배에 불을 붙였고, 그 옆으로 뺨에 흙이 묻은 노동자들이 동료들에게 웃지도 말을 걸지도 않고 파리를 향해, 포부르푸아소니에르의 활짝 열린 거리를 통해 그들을 하나씩 삼키는 파리를 향해 무심히 걸어갔다. 그런데 푸아소니에 가(街)의 양쪽 길모퉁이에 있는, 덧문을 걷어 올린 두 술집 문 앞에서 몇몇 사내들이 발걸음을 늦추었다. 들어가기 전에 그들은 두 팔을 늘어뜨린 채 파리를 힐끔힐끔 쳐다보면서 오늘 하루를 공칠 각오를 하고

---

1 Eugène Sue(1804~1857). 19세기 전반 신문 연재소설의 대표 작가로서 명성을 떨쳤다. 아버지로부터 막대한 유산을 물려받은 그는 사치스러운 생활을 하기도 했지만, 1848년 2월 혁명에 가담한 후 1850년 센 지역의 사회주의 의원으로 선출되기도 했다.
2 Bonaparte. 유명한 나폴레옹 보나파르트의 조카로서 프랑스 제2제정(1852~1870)의 황제로 등극한 나폴레옹 3세를 가리킨다.

잠시 길가에 서 있었다. 카운터 앞에서는 벌써 술꾼들이 선 채로 술잔을 돌렸고, 홀을 가득 메운 가운데 침을 뱉고 기침을 하고 작은 술잔을 기울여 목을 축였다.

제르베즈가 거리 왼쪽에 있는, 홀에서 랑티에의 모습이 얼핏 비친 듯한 콜롱브 영감의 주점을 유심히 살펴보고 있을 때, 거리 한복판에서 뚱뚱한 여자 하나가 모자도 안 쓴 채 앞치마 차림으로 그녀를 불렀다.

「이봐요, 랑티에 부인, 일찍 일어났네요!」

「어머! 난 또 누구시라고, 보슈 부인!…… 아! 오늘은 할 일이 태산이거든요!」

창문과 보도 사이에서 대화가 시작되었다. 보슈 부인은 1층에 〈쌍두 송아지〉 식당이 있는 건물의 문지기였다. 벌써 여러 번, 제르베즈는 식사를 하는 외간 남자들 곁에 앉아 있기 싫어서 식당을 피해 보슈 부인의 경비실에서 랑티에를 기다리곤 했다. 문지기 여자는 한걸음에 샤르보니에르 가로 가서 아직도 잠자리에 있을 사무원 한 사람에게서 남편이 얻어 내지 못한 프록코트 수선 일거리를 얻어 낼 참이라고 했다. 이어서 그녀는 전날 밤에 여자를 데리고 와서 새벽 3시까지 다른 사람들의 잠을 방해한 세입자에 대해서 이야기했다. 하지만 수다를 떨면서도 그녀는 날카로운 호기심으로 젊은 여자를 뚫어지게 바라보았다. 그녀는 아마 무엇인가를 확인하기 위해 창문 밑으로 온 것 같았다.

「랑티에 씨는 아직도 자고 있어요?」 그녀가 갑자기 물었다.

「네, 자고 있어요.」 제르베즈가 얼굴을 붉히면서 대답했다.

보슈 부인은 그녀의 눈에 눈물이 차오르는 것을 보았다. 만족한 표정으로 남자란 다 구제 불능 게으름뱅이들이라고 말하면서 멀어지던 보슈 부인이 다시 와서 소리쳤다.

「오늘 아침에 세탁장에 갈 거죠?…… 나도 빨랫감이 있어요, 내가 옆에 자리 하나 잡아 놓을 테니 같이 이야기나 해요.」

그러더니 갑자기 동정심에 사로잡힌 듯 말했다.

「가여워라, 거기 그렇게 서 있지 말아요, 감기 걸리겠네……. 벌써 얼굴이 파랗게 됐잖아.」

제르베즈는 괴로운 심정으로 8시까지 두 시간 더 창가에 서 있었다. 가게 문이 모두 열렸다. 여기저기 언덕에서 내려오던 작업복의 물결도 멈췄다. 다만 몇몇 지각생들만이 성큼성큼 시문을 지나고 있었다. 술집에서는 아까 그 사내들이 계속해서 술을 마시고, 기침을 하고, 침을 뱉었다. 남자 노동자들에 뒤이어 금속 연마공, 모자 제조공, 조화공 등 여자 노동자들이 얇은 옷을 입은 채 몸을 옹크리고 외곽 대로를 따라 발걸음을 재촉했다. 그들은 서너 사람씩 무리를 지어 가볍게 웃음을 터뜨리거나, 반짝이는 눈길로 주변을 돌아보며 조잘조잘 수다를 떨었다. 간혹 혼자서 쓰레기 너미를 피하며 입시세관 벽을 따라가는, 핏기 없는 얼굴에 심각한 표정을 한 깡마른 여자 노동자의 모습도 보였다. 그다음엔 사무원들이 손가락을 이용해서 휘파람을 불거나 싸구려 빵을 씹으면서 지나갔다. 몸이 야윈 젊은 사무원들은 옷이 지나치게 짧았고, 잠에서 덜 깬 듯 눈이 푸르스름했다. 키가 몹시 작고 오랜 시간의 사무실 노동으로 얼굴이 창백해진 늙은 사무원들은 행여 근무 시간에 늦을까 시계를 들여다보면서 걸음을 조절했다. 대로는 어느덧 아침의 평화를 맞이했다. 인근의 연금 생활자들이 햇빛을 받으며 산책했다. 머리칼도 치마도 더러운 엄마들이 아기를 품에 안고 흔들다가 벤치에 앉아 기저귀를 갈았다. 옷차림이 지저분하고 코를 흘리는 동네 개구쟁이들이 웃는 소리와 우는 소리가 뒤섞이는 가운데 서로 떼밀고 땅바닥에 굴렀다. 그때 제르베즈는 희망이 사라지면서 괴로운 현기증과 함께 질식할 듯 숨이 막히는 것을 느꼈다. 모든 것이 끝났고, 좋은 시절도 끝났고, 랑티에는 영원히 돌아오지 않을 것만 같았다. 그녀는 살육과 악취에 물든 거무튀튀한 도살장에서 새 병원, 줄지어 늘어선 열린 창문을 통해 헐벗은 죽음의 방이 보이는 희끄무레한 새 병원까지 멍한 시선을 옮겼다. 그녀의 맞은편 입시세관의 벽 뒤로 빛나는 하늘 속에서, 잠 깨는 파리 위로 점점 커가는 일출의 태양이 그녀의 눈을 부시게 했다.

젊은 여자가 더 이상 울지도 못하고 두 팔을 늘어뜨린 채 의자에 앉아 있을 때, 랑티에가 소리 없이 방으로 들어왔다.

「당신 왔어! 당신 왔어!」 그녀는 반갑게 외치면서 품에 뛰어들어 두 팔을 그의 목에 감으려 했다.

「그래, 나야. 그런데 뭘?」 그가 대답했다. 「설마 또 바보 같은 소릴 늘어놓을 생각은 아니겠지!」

그는 그녀를 자기 몸에서 떼어 놓았다. 그러고는 언짢다는 듯 검은 펠트 모자를 서랍장 위로 휙 던졌다. 그는 키가 작고, 머리가 짙은 갈색이고, 얼굴이 잘생기고, 기계적인 손놀림으로 매만져 가느다란 콧수염이 늘 곱슬곱슬해 보이는 스물여섯 살의 젊은이였다. 그는 작업복 바지, 허리를 꽉 조이는 낡고 얼룩진 프록코트를 입고 있었는데, 심한 프로방스 사투리로 말을 했다.

제르베즈는 다시 의자에 털썩 주저앉아 종알종알 불평을 하기 시작했다.

「뜬눈으로 밤을 새웠단 말예요……. 혹시라도 안 좋은 일이 생겼으면 어쩌나 해서……. 도대체 어디 갔었어요? 어디서 밤을 새웠어요? 제발! 다시는 그러지 말아요, 정말이지 미칠 것 같아……. 말해 봐요, 오귀스트, 대체 어딜 갔었어요?」

「볼일이 있었단 말이야, 젠장!」 그가 어깨를 으쓱하며 말했다. 「8시에 모자 공장 차릴 거라는 그 친구 만나러 글라시에르로 갔었어. 거기서 그만 시간이 늦어 버렸지. 그래서 어쩔 수 없이 그 친구 집에서 자고 왔단 말이야……. 그런데 알지? 난 간섭받는 거 딱 질색이야. 제발 좀 내버려 둬!」

젊은 여자는 흐느끼기 시작했다. 랑티에의 고함 소리, 의자가 뒤집히는 거친 움직임에 아이들이 잠에서 깼다. 상반신을 일으킨 아이들은 반쯤 벌거벗은 채 고사리 같은 손으로 머리칼만 만지작거리고 있었다. 엄마가 울음을 터뜨리자 잠이 덜 깬 아이들이 덩달아 소리를 지르며 울었다.

「아! 합창을 하는구먼!」 화가 머리끝까지 난 랑티에가 소리쳤다. 「그만 해, 내가 나시 나가면 될 거 아냐! 이번엔 정말 떠날 거야……. 조용히 하지 못해? 그래, 잘 있어! 난 갈게.」

그가 서랍장 위에 놓여 있던 모자를 다시 집어 들었다. 그러자 제르베즈가 황급히 만류하면서 더듬더듬 말했다.

「아녜요, 아녜요!」

그녀는 아이들을 어루만지며 눈물을 멈추게 했다. 아이들의 머리칼에 입을 맞추고 정겨운 말로 다시 잠자리에 뉘었다. 금세 진정된 아이들은 베개 위에서 깔깔대고 서로를 꼬집으며 놀았다. 그러는 동안 아빠는 장화도 벗지 않고 침대 위에 몸을 던졌는데, 한숨도 못 잔 탓인지 얼굴이 푸석푸석하고 지칠 대로 지쳐 보였다. 좀처럼 잠을 청하지 못하고 멍하니 눈을 뜨고 있던 그는 가만히 방을 한 바퀴 둘러보았다.

「참 깔끔하기도 하지, 더러운 집구석!」 그가 중얼거렸다.

그러고서 잠시 제르베즈를 쳐다보더니 심술궂게 덧붙였다.

「당신 이제 세수도 안 해?」

제르베즈는 겨우 스물두 살이었다. 그녀는 키가 크고, 여윈 편이고, 몸매가 날씬했지만, 벌써 힘겨운 삶에 지친 표정이 역력했다. 머리칼이 헝클어지고, 낡은 신발을 신고, 먼지와 기름 얼룩이 묻은 캐미솔을 입은 채 추위에 떨고 있는 그녀는 간밤의 고통과 눈물로 10년은 더 늙어 보였다. 랑티에의 말이 그녀로 하여금 공포와 체념의 태도를 벗어던지게 했다.

「당신은 옳지 못해요.」 그녀가 흥분했다. 「지금 내가 할 수 있는 모든 걸 다 하고 있다는 거 당신도 알잖아요. 우리가 이 지경에 이른 건 내 잘못이 아녜요……. 당신 같으면 물을 데울 난로조차 없는 이 방에서 두 아이를 데리고 어떻게 살지 보고 싶군요……. 파리에 도착하자마자 돈을 다 쓰지 말고 어디엔가 정착했어야죠, 처음에 당신이 약속했던 대로.」

「뭐라고!」 그가 외쳤다. 「당신도 야금야금 갉아먹어 놓고서는……. 이제 와서 먹은 음식에 침을 뱉다니, 말도 안 돼!」

하지만 그 말이 들리지 않는 듯, 그녀는 계속했다.

「어쨌든 힘을 내면, 아직 살길은 있어요……. 어제저녁에 뇌브 가의 세탁소 주인 포코니에 부인을 만났는데, 월요일에 나를 고용하겠다고 하더군요. 당신도 글라시에르의 친구와 함께 일하면, 우린 반년도 안 돼서 다시 일어설 수 있을 거예요, 그동안에 옷가지도 사고 우리 가족이 정착할 쪽방도 세내야죠. 아, 그러니 일을 해야 해요, 일을…….」

랑티에는 귀찮은 듯 벽을 향해 몸을 돌렸다. 그러자 제르베즈는 울화가 치밀어 올랐다.

「그래요, 당신이 일하기를 싫어한다는 건 천하가 알죠. 당신은 야심이 커서 신사 나리처럼 옷을 차려입고, 비단 치마를 휘감은 창녀들과 돌아다니길 좋아하지. 안 그래요? 내 옷가지를 전부 전당포에 잡히게 한 게 바로 당신인데, 이제 와서 더 이상 예쁘지 않다고 날 탓하다니……. 자, 오귀스트, 이런 이야길 하고 싶진 않았어요, 더 참고 기다려야 했겠지만 이젠 말하죠. 난 당신이 어디서 밤을 보냈는지 알아요. 당신이 매춘부 아델과 함께 〈그랑 발콩〉으로 들어가는 걸 다 봤단 말예요. 아, 여자를 잘도 골랐군요! 정말 깨끗하지, 그년! 공주처럼 유세 떠는 것하고는……. 그년이 안 붙어먹은 식당 남정네란 아무도 없지.」

랑티에는 침대에서 펄쩍 뛰어내렸다. 창백한 얼굴 속에서 그의 두 눈이 잉크처럼 검게 변했다. 이 자그마한 사내의 가슴에서 분노의 폭풍이 일었다.

「그래요, 그래, 식당 남정네 아무하고나!」 젊은 여자가 되풀이했다. 「게다가 보슈 부인은 그년과 그년 언니 키다리를 쫓아낼 참이죠, 왜냐하면 시도 때도 없이 사내들이 계단에 줄을 서니까.」

랑티에는 두 주먹을 쳐들었다. 그러나 때리고 싶은 욕망을 억누르면서 그녀의 팔을 낚아채서 아이들 침대 위로 내동댕이쳤는데, 그 바람에 아이들이 다시 소리 내어 울기 시작했다. 그는 다시 누워서 흔히 사내들이 망설임을 끝내고 모종의 결심을 할 때 취하는 잔악한 표정을 지으며 더듬더듬 말했다.

「당신이 방금 무슨 짓을 했는지 당신은 몰라, 제르베즈……. 실수한 거야, 두고 봐.」

아이들이 흐느꼈다. 어머니는 침댓가에 쪼그린 채 두 아이를 가슴에 끌어안았다. 그녀는 똑같은 목소리로 스무 번도 더 이렇게 되뇌었다.

「아! 너희들만 없다면, 불쌍한 것들!…… 너희들만 없다면!…… 너희들만 없다면!……」

가만히 누운 채 머리 위의 빛바랜 인도 사라사 천만 바라보면서 랑티에는 더 이상 귀를 기울이지 않고 한 가지 생각에 잠겼다. 눈꺼풀을 짓누르는 피로에도 잠에 굴복하지 않고 거의 한 시간 동안 꼼짝하지 않았다. 그가 뭔가 결심한 듯 단호한 표정을 지으며 몸을 돌려 머리를 팔꿈치에 괴었을 때, 제르베즈는 방을 정리하고 있었다. 아이들을 일으킨 후 그녀는 침대를 정리하고 아이들에게 옷을 입혔다. 그는 그녀가 빗질을 하고 가구를 닦는 것을 바라보았다. 거무스레한 방은 더없이 더러웠는데, 천정에는 그을음이 묻어 있고, 습기 탓에 벽지는 너덜너덜 떨어져 있고, 절름발이가 된 세 개의 의자와 한 개의 서랍장은 기름때가 잔뜩 끼어 걸레질을 해도 번지기만 했다. 그가 면도용으로 창문 고리에 걸어 놓은 작고 동그란 거울 앞에서 그녀가 머리를 틀어 올린 채 물을 끼얹어 씻고 있을 때, 그는 마치 다른 여자와 비교를 하듯 그녀의 벌거벗은 팔, 벌거벗은 목덜미, 벌거벗은 육체를 찬찬히 살펴보았다. 그는 입을 삐죽거렸다. 제르베즈는 오른쪽 다리를 절었다. 그렇지만 그것은 허리가 끊어질 듯 피곤한 날 그녀가 신경을 쓰지 않을 때에만 남의 눈에 띄었다. 그날 아침에는 밤을 꼬박 새웠기에 그녀는 피로에 지쳐 다리를 끌거나, 벽에 몸을 기대곤 했다.

침묵이 감돌았고, 그들은 더 이상 한마디도 나누지 않았다.

그는 기다리는 듯했다. 그녀는 이를 악물고 괴로움을 참으며 짐짓 무심한 얼굴로 채비를 서둘렀다. 그녀가 트렁크 뒤에 내던져진 더러운 속옷들을 주섬주섬 주워 챙기고 있을 때, 마침내 그가 입을 열고 물었다.

「뭘 하는 거야?…… 어디 가?」

처음에 그녀는 대꾸를 하지 않았다. 그러자 그가 화를 내며 다시 물었고, 그녀는 마지못해 대답했다.

「몰라서 물어요?…… 빨래하러 가야죠……. 아이들을 흙투성이로 입힐 순 없잖아요.」

그는 그녀가 손수건 두세 장을 줍는 것을 바라보았다. 잠시 침묵이 흐른 후, 그가 다시 말했다.

「돈 좀 있어?」

「돈이요! 어디서 훔치기라도 하란 말예요?…… 알다시피 그제 내 검정 치마에 3프랑이 있었죠. 우린 두 번 식당에서 점심 식사를 했고, 돼지고기 가게에 들렀죠, 순식간에 사라져요, 돈이란 게……. 없어요, 있을 턱이 없죠. 수중에 남은 거라곤 세탁장에 갈 4수[3]밖에 없어요. 나는 어떤 년들처럼 쉽게 돈 버는 여자가 아녜요.」

그는 이런 암시에도 아랑곳하지 않았다. 침대에서 내려와서 그는 방에 걸린 누더기 몇 장을 쳐다보았다. 이윽고 바지와 숄을 손에 집었고, 서랍장에서 한 장의 캐미솔과 두 장의 여자 속옷을 꺼내 그 모든 것을 보자기에 넣었다. 그는 제르베즈의 품에 보자기를 던지며 이렇게 말했다.

「자, 전당포에 갔다 와.」

---

3 1수*sou*는 5상팀*centime* 즉 20분의 1프랑*franc*에 해당한다. 20수 즉 1백 상팀이 1프랑이다.

「아이들도 전당 잡히지 그래요?」 그녀가 물었다. 「안 그래요? 아이들도 잡혀 주면 골칫거리에서 날아갈 듯 해방될 텐데!」

그렇지만 그녀는 전당포로 갔다. 반 시간 후에 돌아온 그녀는 벽난로 위에 1백 수짜리 동전을 올려놓았고, 두 촛대 사이 전당표 꾸러미에 새 전당표를 합쳤다.

「이것밖에 못 받았어요.」 그녀가 말했다. 「6프랑을 달라고 해봤지만, 어쩔 도리가 없었어요. 아! 정말이지 전당포가 망하는 일은 없을 거야……. 늘 사람들로 북새통을 이루니!」

랑티에는 1백 수짜리 동전을 곧바로 집지 않았다. 처음에는 그녀가 잔돈으로 바꿔서 자기에게 얼마쯤만 남겨 주기를 바랐는지도 모른다. 그러나 서랍장 위에 놓인 빵 조각과 종이에 싼 먹다 남은 소시지를 보더니, 그는 1백 수짜리 동전을 통째로 조끼 주머니에 집어넣었다.

「일주일 치 외상이 밀린 탓에 우유 가게에는 갈 엄두도 못 냈어요.」 제르베즈가 설명했다. 「곧 돌아올 테니 내가 없는 동안 빵하고 빵가루 입힌 싸구려 갈비 좀 사다 놓으세요, 점심을 먹어야 하니까. 포도주 한 병도 잊지 마세요.」

그는 싫다고 하지 않았다. 평화가 돌아온 듯했다. 젊은 여자는 더러운 빨랫감을 챙겼다. 하지만 그녀가 트렁크에서 랑티에의 셔츠와 양말을 꺼내려 했을 때, 그가 그건 내버려 두라고 소리쳤다.

「내 옷은 놔둬, 알았어? 안 빨아도 돼.」

「뭘 안 빨아도 된단 말예요?」 그녀가 몸을 일으키면서 물었다. 「설마 이 더러운 것들을 다시 입을 생각은 아니겠죠? 빨지 않으면 안 돼요.」

그러고서 그녀는 불안한 눈초리로 그의 표정을 살폈는데, 이 미남자의 얼굴에는 이제 아무것도 그의 마음을 되돌릴 수 없다는 듯 굳은 결심이 엿보였다. 그는 화를 내면서 옷을 빼앗아 다시 트렁크에 내던졌다.

「빌어먹을! 한 번이라도 내 말 좀 들어 봐! 싫다고 했잖아!」
「왜죠?」 끔찍한 의심이 들어 얼굴이 창백해진 그녀가 다시 물었다. 「지금 셔츠가 필요한 것도 아니잖아요, 외출할 것도 아니고……. 지금 내가 가져가는 게 대체 당신하고 무슨 상관이 있어요?」

불타는 듯한 그녀의 눈초리에 그가 한순간 멈칫했다.

「왜냐고? 왜냐고?」 그는 말을 더듬거렸다. 「허, 참! 여기저기 다니면서 날 먹여 살린다고, 빨래도 하고 바느질도 한다고 떠들고 다니잖아. 젠장! 그게 싫어, 알아? 네 일이나 해, 내 일은 내가 할 테니까……. 개를 위해서 일하는 세탁부란 없지, 그러니 내 일에는 신경 안 써도 돼.」

그녀는 애원을 했고, 자기는 한 번도 불평한 적이 없다고 변명했다. 그러나 그는 트렁크를 거칠게 닫고서는 그 위에 앉아서 소리쳤다. 「안 돼! 내 일은 내가 알아서 해!」 그런 다음 그녀의 시선을 피하기 위해 침대에 벌렁 눕고서는, 잠이 오니까 제발 건드리지 말라고 했다. 이번에는 정말로 잠든 것처럼 보였다.

제르베즈는 잠시 망설였다. 빨랫감을 발로 밀쳐 놓고 그 자리에 앉아서 바느질을 할까 생각했다. 하지만 랑티에의 규칙적인 숨소리가 마침내 그녀를 안심시켰다. 그녀는 지난번에 빨래하고 남은 청색 염료와 비누를 챙겼다. 그런 다음 창문 앞에서 낡은 코르크 병마개를 가지고 얌전히 놀고 있는 아이들에게 다가가서 입을 맞추며 나직이 말했다.

「얌전하게 놀아, 소리 내지 말고, 아빠가 주무시잖아.」

그녀가 밖으로 나가려 할 때, 검은 천장 아래로 클로드와 에티엔의 숨죽인 웃음소리만이 조용한 방에서 울려 퍼졌다. 10시였다. 한 줄기 햇살이 반쯤 열린 창을 통해 들어왔다.

대로에서 제르베즈는 왼쪽으로 돌아서 뇌브드라구트도르 가를 따라갔다. 포코니에 부인의 가게 앞을 지나면서 그녀는 가볍게 고개를 숙여 인사했다. 공동 세탁장은 거리 중간쯤에, 포장길이 오르막으로 접어드는 지점에 위치해 있었다. 편평한 건물 위로 세 개의 커다란 저수조, 즉 볼트로 단단히 죈 세 개의 잿빛 함석 원통이 둥그렇게 보였다. 그 뒤로 아주 높은 3층 건조실이 서 있었는데, 바람이 잘 통하도록 사방에 가느다란 나무 블라인드 덧창이 쳐져 있었고, 나무 블라인드 덧창 사이로 놋쇠 줄에 걸린 빨래가 보였다. 저수조 오른쪽으로는 보일러의 좁은 관이 거칠고 규칙적인 숨결로 하얀 수증기를 내뿜고 있었다. 제르베즈는 물구덩이에 익숙한 여자답게 치마를 걷어 올리지도 않고서 양잿물 동이들이 어지럽게 널린 출입구로 들어갔다. 그녀는 세탁장 여주인을 이미 알고 있었는데, 눈병을 앓는 작고 허약한 여주인은 눈앞에 몇 권의 장부를 펼쳐 놓은 채 비누 조각 선반, 청색 염료 병들, 몇 파운드의 중탄산소다 꾸러미들로 가득 찬, 유리창이 달린 작은 방에 앉아 있었다. 그 앞을 지나가면서 제르베즈는 지난번 빨래할 때 맡겨 두었던 빨랫방망이와 솔을 되찾았다. 그런 다음 번호표를 받고 안으로 들어갔다.

그곳은 주철 기둥 위에 조립되고, 크고 밝은 창으로 둘러싸이고, 편평한 천정에 들보들이 드러나 보이는 거대한 창고였다. 마치 우윳빛 안개처럼 자욱한 수증기 사이로 한낮의 희미한 햇빛이 이곳저곳 자유롭게 스며들었다. 물안개가 여기저기서 피어올라 퍼지면서 안쪽을 푸르스름하게 뒤덮었다. 비누 냄새, 축축하고 은근한 무미의 비누 냄새가 밴 무거운 습기가 비처럼 내렸다. 간간이 훨씬 더 강렬한 양잿물 냄새가 뒤섞여 공간을 지배했다. 중앙 통로 양쪽으로 여자들이 줄지어 자리를 잡고 있었는데, 맨팔이 어깨까지 드러나고, 벌거벗은 목덜미가 보이고, 치마를 걷어 올린 탓에 색 양말과 끈을 졸라맨 신발이 드러났다. 여자들은 정신없이 방망이질을 했고, 깔깔거리며 웃었고, 소란 속에서 무엇인가 외치기 위해 몸을 뒤로 젖혔고, 살갗이 발갛게 달아올라 김이 나고 소나기를 맞은 듯 온몸이 물에 젖은 채, 외설스럽고 거칠고 어색한 자세로 물통 속으로 몸을 기울였다. 여자들 주변과 발밑에서는 물이 철철 넘쳤고, 연방 날라 온 온수 물동이가 대번에 비워졌고, 열린 냉수용 수도꼭지에서 물이 계속 나왔고, 빨랫방망이가 사방으로 물을 튀겼고, 헹군 빨래에서는 계속 물방울이 떨어졌고, 여자들이 첨벙거리는 물구덩이는 비스듬한 타일 바닥 위에서 작은 시냇물이 되어 흘러갔다. 고함 소리, 박자를 맞춘 빨랫방망이 소리, 빗소리처럼 들리는 물소리, 뇌우의 아우성 같은 이 모든 소리가 젖은 천장 밑으로 묵직하게 퍼져가는 가운데, 오른쪽에서 이슬처럼 작은 물방울에 덮인 하얀 보일러가 거대한 소란을 규제하듯 제동기의 율동과 함께 끊임없이 쉭쉭 소리를 내며 헐떡거렸다.

한편 제르베즈는 종종걸음으로 중앙 통로를 따라가며 좌우로 시선을 던졌다. 빨래 보따리를 옆구리에 낀 채 엉덩이를 쳐들고 발을 더 심하게 절면서, 그녀는 자기를 밀치며 오가는 여자들 틈으로 지나갔다.

「이봐요! 여기야, 여기!」 보슈 부인이 굵은 목소리로 소리쳤다.

젊은 여자가 왼쪽 끝에 있는 그녀의 곁으로 갔을 때, 양말을 힘껏 문지르던 문지기 여자는 일손을 멈추지 않은 채 말을 계속했다.

「여기 앉아요, 내가 당신 자리를 잡아 놨지……. 아, 난 오래 걸리지 않아요. 보슈는 속옷을 잘 더럽히지 않으니까……. 당신은, 당신도 오래 걸리진 않겠지? 보따리가 아주 작구먼. 12시까지 후딱 해치우고 점심 먹으러 가요……. 전에는 풀레가의 빨래 세탁부에게 빨래를 맡기곤 했는데, 어느 날 염소(鹽素)와 솔까지 챙겨서 내 물건을 몽땅 가져가 버렸지 뭐야. 그래서 요즘은 내가 직접 빨래를 해요. 돈 번 거지 뭐. 비누 값밖에 안 드니까……. 이런, 그 셔츠는 세제로 씻어야겠는걸. 어휴, 개구쟁이 망나니들 같으니라고! 엉덩이에 그을음을 달고 다니니, 원.」

제르베즈는 보따리를 풀어서 아이들의 셔츠를 펼치고 있었다. 보슈 부인이 세제를 탄 물 한 양동이를 사라고 권하자, 그녀가 대답했다.

「아, 괜찮아요, 온수로 충분해요……. 제가 잘 알거든요.」

그녀는 빨랫감을 분류하면서 색깔 있는 옷가지 몇 개를 따로 제쳐 두었다. 그러더니 뒤에 있는 수도꼭지에서 냉수 네 양동이를 받아 물통을 채운 다음, 거기에 흰 빨래 더미를 집어 넣었다. 그런 다음 치맛자락을 걷어 올려 두 넓적다리 사이에 끼우고는, 자기 배 높이까지 이르는 물통 속으로 들어갔다.

「와, 정말 잘하시네.」 보슈 부인이 말했다. 「고향에서 세탁부였다지, 그렇죠?」

제르베즈는 소매를 걷어붙인 후 발갛게 물든 두 팔꿈치와 아직 싱싱한, 아름다운 황금빛 두 팔을 드러내고 빨래를 하기 시작했다. 물에 닳아 하얗게 탈색된 좁은 빨래판 위에 셔츠 한 장을 펼쳐 놓고서는, 비누칠을 하고 다시 뒤집어 비누칠을 했다. 보슈 부인의 물음에 답하기 전에 그녀는 빨랫방망이를 손에 쥐었고, 박자를 맞추어 세게 두드리면서 큰 소리로 말했다.

「네, 네, 세탁부였어요…… 열 살 때……. 벌써 열두 해가 흘렀네……. 우리는 강가로 가곤 했죠……. 냄새가 여기보다 훨씬 더 좋았어요……. 직접 보셨어야 하는데, 나무 그늘 아래 빨래터가 있었어요……. 맑은 물이 흐르고…… 정말예요, 플라상스에서는…… 플라상스를 모르세요?…… 마르세유 근처인데.」

「야, 굉장한걸!」 빨랫방망이를 힘차게 두드리는 제르베즈의 솜씨에 감탄하며 보슈 부인이 소리쳤다. 「이것 좀 봐! 아가씨처럼 가냘픈 팔로 강철이라도 펴놓을 기세인데!」

대화가 큰 목소리로 계속되었다. 문지기 여자는 가끔 목소리가 잘 들리지 않아 몸을 기울여야만 했다. 흰 빨래를 두드리는 방망이질이 모두 끝났다, 그것도 완벽하게! 제르베즈는 흰 빨래를 다시 물통에 넣은 후, 한 장씩 꺼내서 두 번째로 비누칠을 하고 솔질을 했다. 한쪽 손으로 빨래를 빨래판에 고정시켰다. 짧은 개밀 솔을 쥔 다른 쪽 손으로 그녀는 더러운 거품을 빨래에서 밀어냈는데, 그 더러운 거품은 긴 얼룩 물이 되어 아래로 떨어져 내렸다. 솔질하는 소리가 나지막이 깔리는 가운데, 두 여자는 서로 가까이 붙어서 더 은밀하게 잡담을 나누었다.

「아뇨, 우린 결혼한 게 아니에요.」 제르베즈가 다시 말했다. 「난 아무것도 감추지 않아요. 랑티에는 여자들이 아내가 되고 싶어 할 정도로 친절한 사내가 아니죠. 아이들만 없다면, 벌써!…… 큰애를 가졌을 때 난 열네 살이었고, 그이는 열여덟 살이었죠. 작은애는 4년 뒤에 태어났고……. 아시잖아요, 늘 일이 그렇게 되는 거죠. 집에서도 행복하진 않았어요. 우리 아버지 마카르 영감님은 내가 그렇다고 해도 걷어찼고, 안 그렇다고 해도 걷어찼죠. 이쯤 되면, 안 그래요? 누구라도 밖으로만 돌게 되죠……. 랑티에와 결혼을 할 수도 있었겠지만, 이유는 몰라도 부모님이 원하지 않았어요.」

그녀는 발갛게 된 손을 하얀 거품 속에서 휘저었다.

「파리 물은 너무 세요.」 그녀가 말했다.

보슈 부인은 빨래를 설렁설렁 천천히 했다. 일손을 멈추기도 하고 비누칠을 오래 하기도 하면서, 어떻게든 거기에 남아 2주일 전부터 그녀의 호기심을 자극해 온 이야기의 내막을 알아보려 했다. 통통한 얼굴 가운데 그녀의 입은 반쯤 벌어져 있었고, 툭 튀어나온 두 눈이 반짝이고 있었다. 그녀는 자신의 짐작이 맞았다고 흡족해하면서 속으로 생각했다.

〈그래, 할 말이 많은가 봐. 한바탕 소동이 있었던 게 분명해.〉

그녀가 목소리를 높였다.

「그 사람이 잘해 주지 않아요? 그럼 어떡해?」

「그런 말씀 마세요!」 제르베즈가 대답했다. 「거기서는 나한테 얼마나 잘했는지 몰라요. 하지만 파리로 올라온 뒤로 많이 변했죠……. 그이의 어머니가 작년에 돌아가시면서 1천 7백 프랑 정도를 유산으로 남겼어요. 그러자 그이가 파리로 가자고 졸랐죠. 나도 아버지한테 무시로 따귀를 얻어맞던 판이라 좋다고 했고. 우리는 애들과 함께 여행을 했죠. 그이는 나한테 세탁부 일을 구해 주고, 자기는 모자장이로 일할 작정이었어요. 그렇게 했더라면 우린 정말 행복했을 텐데……. 하지만 보시다시피 랑티에는 야심이 많고, 돈을 헤프게 쓰고, 노는 것밖에 생각하지 않아요. 정말 절망적인 경우죠……. 우린 몽마르트르 가에 있는 〈몽마르트르 호텔〉로 갔어요. 외식을 하고, 마차를 타고, 극장에 가고, 그이의 시계와 내 실크 드레스를 샀죠. 돈이 있을 때 그이는 심성이 나쁘지 않아요. 그렇게 두 달을 보내고 나니, 모든 게 흔들리면서 우리는 빈털터리가 됐죠. 어쩔 수 없이 〈봉쾨르 호텔〉로 옮겼고, 그때부터 이 망할 놈의 생활이 시작된 거죠.」

그녀는 목이 멘 탓에 말을 멈추고 눈물을 삼켰다.

「온수를 받으러 가야겠네.」 그녀가 중얼거렸다.

그러나 속내 이야기가 중단될까 봐 조바심이 난 보슈 부인이 지나가던 세탁장 급사를 불렀다.

「이봐요, 샤를, 미안하지만 부인에게 온수 한 양동이만 받아다 줘요, 급해서 그래.」

급사가 양동이에 온수를 가득 채워서 갖다 주었다. 제르베즈는 값을 치렀는데, 한 양동이에 1수였다. 그녀는 온수를 물통에 부은 다음, 그녀의 황금빛 머리칼에 잿빛 연무를 드리우는 수증기 속에서 빨래판 위로 몸을 굽힌 채 마지막으로 빨래에 비누칠을 했다.

「자, 나한테 세탁 소다가 있으니 그걸 넣어요.」 문지기 여자가 친절하게 말했다.

그녀는 가져온 봉지를 탈탈 털어서 중탄산소다를 제르베

즈의 물통에 넣어 주었다. 그녀가 양잿물도 주었지만, 젊은 여자는 사양했다. 양잿물은 기름때나 포도주 얼룩에만 효과적이었던 것이다.

「그 양반, 바람기가 좀 있나 봐.」 보슈 부인이 이름을 말하지 않은 채 랑티에 이야기를 다시 꺼냈다.

허리를 굽힌 채, 제르베즈는 두 손을 빨래 속에 집어넣고서 그저 고개를 끄덕일 뿐이었다.

「그래그래, 나도 대수로운 건 아니지만 몇 가지 보기는 봤어 —」 보슈 부인이 말했다.

그러나 별안간 제르베즈가 벌떡 일어나서 창백한 얼굴로 노려보는 바람에, 그녀는 황급히 소리쳤다.

「아냐, 아냐! 난 아무것도 몰라!…… 내가 보기에 사람이 우스갯소리를 좋아하는 것 같아, 맞아, 그뿐이야……. 우리 아파트에 사는 두 아가씨, 당신도 알잖아요, 아델과 비르지니! 그 양반이 두 아가씨한테 농담을 하더라고, 물론 그 이상 아무 관계도 없을 거야, 확실해요.」

그녀 앞에 똑바로 선 젊은 여자는 얼굴이 땀범벅이 되고 두 팔이 물에 젖은 채, 여전히 그녀를 뚫어져라 쳐다보았다. 그러자 화가 난 문지기 여자가 주먹으로 가슴을 치면서 맹세했다. 그녀가 소리쳤다.

「난 아무것도 몰라요, 정말 모른다니까!」

잠시 후 진정이 된 문지기 여자가 흔히 진실에 귀를 막은 사람에게 그렇게 하듯 달콤한 목소리로 덧붙였다.

「그 양반 눈이 참 솔직해 보여……. 이봐요, 그 양반은 꼭 당신과 결혼할 거예요, 내가 장담할게!」

제르베즈는 젖은 손으로 이마를 닦았다. 그녀는 다시 고개를 끄덕이면서 물에서 빨래 하나를 꺼냈다. 둘 다 잠시 침묵을 지켰다. 세탁장이 조용해졌다. 11시 종이 울렸다. 빨래 세탁부들 절반이 물통 가장자리에 한쪽 다리를 걸치고 앉아, 마개가 열린 포도주 병을 발밑에 둔 채, 소시지를 끼운 빵 조각을 먹고 있었다. 작은 빨랫감을 세탁하러 온 주부들만이 사무실 위에 걸린 괘종시계를 보면서 일손을 서둘렀다. 여전히 빨랫방망이 소리가 울렸지만, 그 소리는 게걸스럽게 빵을 씹는 소리에 섞인 끈적끈적한 목소리와 킥킥거리는 웃음소리 가운데 아까보다 더 띄엄띄엄 들렸다. 한편 휴식도 휴지도 없이 계속 돌아가는 보일러는 소음과 율동을 드높이며 거대한 장내를 쉭쉭거리는 소리로 가득 채웠다. 그러나 여자들 귀에 보일러 소리는 전혀 들리지 않았다. 그것은 세탁장의 호흡 그 자체, 허공에 떠도는 영원한 수증기를 천장의 들보 아래 모으는 뜨거운 숨결 같은 것이었다. 열기가 참을 수 없을 정도로 올라갔다. 왼쪽의 높은 창을 통해 들어온 몇 줄기 햇살이 젖빛 수증기를 아주 연한 분홍 회색과 청회색으로 물들이고 있었다. 여자들의 불평이 커지자, 급사 샤를이 이 창 저 창 옮겨다니며 두꺼운 천 차양을 내렸다. 이어서 그는 건너편 그늘 쪽으로 가서 여닫이창을 열어젖혔다. 모두가 환호성을 지르고 손뼉을 쳤다. 더없이 즐거운 분위기였다. 마지막 빨랫방망이 소리가 잦아들었다. 빨래 세탁부들은 주머니칼로 자른 빵을 한입 가득 씹으며 몸짓만으로 말을 했다. 장내가 너무도 조용했기에, 맨 끝 구석진 곳에서 석탄을 퍼서 보일러 화덕에 던져 넣는 화부의 삽질 소리만이 규칙적으로 들릴 뿐이었다.

제르베즈는 따뜻하고 진한 비눗물로 색깔 있는 세탁물을 빨고 있었다. 그 일이 끝나자 그녀는 사각대로 가서 모든 빨래를 가로로 걸쳐 놓았는데, 그 바람에 바닥이 온통 푸르스름한 늪으로 변했다. 그러고서 그녀는 빨래를 헹구기 시작했다. 그녀 뒤편에 있는 냉수 수도꼭지가 커다란 물통, 밑은 바닥에 고정시켜 놓고 위는 빨래를 받치기 위해 횡목 두 개를 걸쳐 놓은 커다란 물통으로 물을 흘려보내고 있었다. 그 위로 허공에 횡목 두 개가 더 걸쳐져 있었는데, 거기 놓인 빨래에서 물기가 빠져나오고 있었다.

「이제 거의 끝이네, 그래도 빨리 끝나는 편이야.」 보슈 부인이 말했다. 「내가 남아서 빨래 짜는 걸 도와줄게요.」

「아! 고맙지만 괜찮아요.」 맑은 물속에서 색깔 있는 빨래를 손으로 비비고 헹구던 젊은 여자가 대답했다. 「침대 시트라면 또 모를까.」

그러나 문지기 여자의 도움을 받지 않을 수 없었다. 두 여자가 각자 한쪽 끝을 잡고서 염색 상태가 좋지 않은 밤색 모직 치마를 힘껏 비틀자 거기서 노르스름한 물이 흘러내렸는데, 바로 그때 보슈 부인이 소리쳤다.

「이봐요! 키다리 비르지니가 왔어!⋯⋯ 저 여자가 도대체 무얼 하러 왔을까, 손수건에 누더기 몇 장 싸들고 말이야.」

제르베즈는 퍼뜩 고개를 들었다. 그녀와 나이가 같은 비르지니는 그녀보다 키가 더 크고, 머리칼이 갈색이고, 얼굴은 좀 길지만 예쁘게 보이는 여자였다. 그녀는 밑단 장식이 달린 검정 드레스를 입고 목에는 빨간 리본을 감고 있었다. 머리칼을 정성스레 손질한 듯 틀어 올린 머리채가 푸른 망사에 싸여 있었다. 중앙 통로 한가운데서 그녀는 한순간 무엇인가를 찾는 표정으로 눈살을 찌푸렸다. 그러다가 제르베즈가 눈에 띄자, 그녀는 거칠고 오만한 태도로 엉덩이를 흔들면서 제르베즈 곁을 지나 제르베즈와 같은 줄에, 제르베즈에게서 물통 다섯 개 떨어진 곳에 자리를 잡았다.

「진짜 변덕쟁이야!」 보슈 부인이 목소리를 낮추며 말했다. 「저 여자는 소매 한 짝도 자기 손으로 빠는 법이 없어……. 아휴! 저런 게으름뱅이가 또 어디에 있을까! 자기 반장화조차 꿰매지 않는 재봉사라니! 금속 연마공으로 일하면서 결근을 밥 먹듯이 하는 못된 여동생 아델하고 똑같다니까! 저것들이 어미 아비가 있기나 한 건지, 도대체 무얼 먹고 사는지……. 아무도 저것들과 이야기를 나누고 싶어 하지 않아. 그런데 저 여자가 도대체 무얼 비벼 빠는 거지? 응? 속치마 아냐? 역겨워 정말, 저 속치마는 틀림없이 좋은 구경을 했겠지!」

확실히 보슈 부인은 제르베즈를 즐겁게 해줄 심산이었다. 기실 그녀는 아델과 비르지니가 돈이 있을 때 그들과 함께 종종 커피를 마시기도 했던 것이다. 제르베즈는 대답을 하지 않았고, 손에 열이 나서 빨래를 서둘렀다. 그녀는 받침대 위에 놓인 물통에 푸른 물감을 풀었다. 이어서 래커처럼 반짝이는 푸른 물에 하얀 빨래를 담그더니 잠시 흔들었다. 그런 다음 가볍게 짠 후 빨래를 허공에 걸린 횡목에 하나씩 걸쳐 놓았다. 이렇게 일하는 동안 그녀는 일부러 비르지니에게서 등을 돌렸다. 그러나 비르지니가 비웃는 소리가 들렸고, 자신을 쳐다보는 곁눈질이 느껴졌다. 비르지니는 오직 제르베즈를 자극하기 위해서 온 것처럼 보였다. 별안간 제르베즈가 몸을 돌렸고, 둘은 서로를 노려보았다.

「내버려 둬요.」 보슈 부인이 속삭였다. 「이러다 서로 머리채라도 잡겠어……. 아무 일도 없다고 했잖아요! 게다가 저 여자가 아니라니까!」

젊은 여자가 마지막 빨래를 걸고 있을 때, 문득 세탁장 입구에서 웃음소리가 들렸다.

「꼬마 두 녀석이 엄마를 찾아요!」 샤를이 외쳤다.

모든 여자들이 고개를 돌렸다. 제르베즈의 눈에 클로드와 에티엔이 보였다. 그녀를 보자마자, 아이들은 끈이 풀린 신발 뒤꿈치로 물이 흥건한 타일 바닥을 철퍼덕철퍼덕 치면서 달려왔다. 형인 클로드가 동생의 손을 꼭 잡고 있었다. 아이들이 겁에 질린 표정이었지만 그래도 미소를 띠는 것을 보고 빨래 세탁부들은 아이들이 지나갈 때 가볍게 다정한 말을 던져주었다. 엄마 앞에 와서도 서로의 손을 놓지 않은 채, 두 아이는 금발 머리를 들고 엄마를 바라보았다.

「아빠가 보냈니?」 제르베즈가 물었다.

그러나 에티엔의 신발 끈을 매주려고 몸을 굽혔을 때, 그녀는 구리로 만든 호텔 객실 열쇠가 클로드의 손가락에서 흔들거리는 것을 보았다.

「어머나! 열쇠를 갖고 왔잖아!」 그녀가 깜짝 놀라며 말했다. 「어떻게 된 거야, 도대체?」

아이는 손에 열쇠를 들고 있다는 사실조차 깜박 잊고 있다가 생각났다는 듯 또렷한 목소리로 소리쳤다.

「아빠가 나가 버렸어.」

「아빠는 점심거리를 사러 간 거야, 아빠가 날 찾아오라고 했어?」

클로드가 동생을 쳐다보면서 어쩔 줄 몰라 하며 망설였다. 그러다가 단숨에 이렇게 말했다.

「아빠가 나가 버렸어……. 침대에서 벌떡 일어나서 트렁크에 이것저것 집어넣더니 그걸 마차에 실었어……. 그러고는 떠나 버렸어.」

 몸을 웅크리고 있던 제르베즈는 하얗게 질린 얼굴로 천천히 일어나면서, 마치 머리가 빠개진다는 듯 두 손으로 뺨과 관자놀이를 감쌌다. 그녀는 한마디 말밖에 찾지 못했는데, 그 말을 똑같은 어조로 수없이 되풀이했다.

「아! 어쩌면 좋아!…… 아! 어쩌면 좋아!…… 아! 어쩌면 좋아!……」

 정통으로 사연을 알게 된 보슈 부인은 흥분에 들떠 아이에게 질문을 했다.

「얘, 꼬마야, 말해 보렴……. 문을 닫고 열쇠를 갖다 주라고 한 게 아빠지, 그렇지?」

 그러더니 목소리를 낮춰서 클로드의 귀에 대고 이렇게 말했다.

「마차에 여자가 있었니?」

 아이는 다시 한 번 당황했다. 그는 의기양양하게 이야기를 다시 시작했다.

「아빠가 침대에서 벌떡 일어나서 트렁크에 이것저것 집어넣었어요, 그러고는 떠나 버렸어요…….」

 이어서 보슈 부인이 아이가 발걸음을 옮기는 것을 막지 않았기에, 아이는 동생의 손을 잡고 수도꼭지로 갔다. 두 아이는 거기서 물을 이리저리 흘리면서 놀았다.

 제르베즈는 눈물조차 흘릴 수 없었다. 그녀는 허리를 물통에 기댄 채 여전히 두 손에 얼굴을 묻고 질식할 듯 힘겨워했다. 그녀의 몸에 움찔움찔 짧은 경련이 일었다. 간간이 그녀는 긴 한숨을 쉬었고, 마치 눈알이 없어져서 절망의 어둠에 갇혀 버리는 게 낫다는 듯 두 손으로 눈을 더 세게 눌렀다. 그녀는 자신이 끝없는 암흑의 나락으로 굴러떨어지는 것만 같았다.

「이봐요, 정신 차려요, 어떻게 이런 일이!」 보슈 부인이 속삭였다.

「말도 안 돼! 말도 안 돼!」 마침내 그녀가 나직이 말했다. 「오늘 아침에 그이가 내 숄과 속옷을 전당포에 잡히게 했어요, 그게 이 마차 삯을 치르기 위해서였다니……」

그녀가 울었다. 아침에 있었던 일을 이야기하면서 전당포로 달려간 사실을 떠올리자, 그때까지 억지로 목구멍 속에 눌러 놓았던 흐느낌이 한꺼번에 터져 나왔던 것이다.

그녀를 그렇게 달려가게 한 것은 정말이지 혐오스럽기 짝이 없는 짓이었고, 그녀를 절망과 고통의 구렁텅이 속으로 던져 넣는 비열한 짓이었다. 눈물이 턱까지 흘러내렸지만, 그녀는 손수건을 집을 생각조차 하지 못했다.

「자, 마음을 가라앉혀요, 아무 말도 하지 말고, 사람들이 보잖아요.」 보슈 부인이 그녀를 서둘러 가려 주면서 말했다. 「남자 때문에 그렇게 괴로워하다니!…… 아직도 그 사람을 사랑하는구먼, 응? 이봐요, 애 엄마. 좀 전에 그토록 화를 내 놓고서는. 지금은 또 울고불고 가슴을 치고 있으니……. 휴, 우리 여자들이란 정말이지 어리석다니까!」

그러면서 그녀는 어머니처럼 자애로운 표정을 지으며 말했다.

「당신처럼 예쁘고 귀여운 여자를 버리다니! 그런데 말해도 괜찮을지 모르겠네!…… 이렇게 됐으니 모든 걸 이야기해도 되겠죠? 그래요! 생각나죠! 내가 당신 창문 밑을 지나갔을 때, 그때 이미 짐작하고 있었지……. 간밤에 아델이 돌아왔을 때, 그 여자 발소리와 함께 남자 발소리가 들렸어요. 그래서 누군지 알아보려고 계단을 올려다봤죠. 그 남자는 벌써 3층에 있었지만, 내 눈에 랑티에 씨의 프록코트가 보이더군요. 게다가 오늘 아침에 바깥을 살피던 보슈가 그 사람이 살금살금 내려오는 것을 보기까지 했고……. 물론 상대는 아델이죠. 비르지니는 지금 남자가 있어서 일주일에 두 번 그 남자 집으로 가니까. 정말 더러운 짓거리죠, 자매는 둘인데 방도 하나 침대도 하나이니 말이에요. 그러니 간밤에 비르지니가 어디서 잤는지 알고도 남죠.」

그녀는 잠시 말을 끊고 뒤돌아보더니, 굵은 목소리를 낮추어서 다시 말했다.

「저 여자가 당신이 우는 걸 보면서 웃고 있어, 인정머리 없는 계집 같으니라고. 빨래는 구실일 뿐이야, 아니면 내가 손에 장을 지지지……. 둘을 마차에 태워 보낸 다음, 곧장 여기로 와서 당신 얼굴을 보고 그들에게 말해 주려는 거야.」

제르베즈는 두 손을 얼굴에서 떼고 쳐다보았다. 서너 여자들에게 둘러싸인 비르지니가 그녀를 째려보며 나지막이 소곤거리는 것이 보였을 때, 그녀는 미칠 듯한 분노에 사로잡혔다. 무엇인가를 찾는 양 두 손을 앞으로 내민 채 두리번거리던 그녀는 몇 걸음 걸어가서 물이 가득 찬 양동이를 두 손으로 잡더니, 대번에 그것을 비르지니 쪽으로 힘껏 쏟았다.

「왜 이래, 망할 년이!」 키다리 비르지니가 소리쳤다.

그녀가 펄쩍 뛰어 뒤로 물러났기 때문에 반장화만이 물에 젖었다. 그렇잖아도 젊은 여자의 눈물로 어수선해진 세탁장이 싸움 구경을 하기 위해 몰려든 여자들로 한층 더 복잡해졌다. 빵을 다 먹은 빨래 세탁부들은 물통 위로 올라갔다. 다른 여자들은 손에 비누를 들고 달려왔다. 둥그런 원이 형성되었다.

「야! 이 망할 년아!」 키다리 비르지니가 되풀이했다. 「도대체 왜 이래, 이 미친년아!」

동작을 멈추고 턱을 내민 제르베즈는 얼굴에 경련이 일었지만, 아직 파리식(式) 욕설을 몰랐기 때문에 대꾸를 하지 못했다. 상대방이 계속했다.

「그래, 할 테면 해봐! 촌구석에서 굴러먹다 지친 모양이지, 군인들과 붙어먹은 게 열두 살도 안 됐을 때라며, 한쪽 다리는 고향에 두고 온 거야 뭐야……. 아니면 썩어 없어진 거야?……」

웃음소리가 터져 나왔다. 욕설이 먹혀들자 우쭐해진 비르지니가 두어 걸음 더 나가가서 허리를 꼿꼿이 세운 채 더 크게 소리쳤다.

「어때! 앞으로 나오시지, 본때를 보여 줄 테니까! 잘 알아 둬, 이런 데서 나 같은 사람에게 시비를 거는 게 아냐……. 못돼 먹은 갈보 같으니라고! 덤벼 봐, 네년의 치마를 홀랑 쳐들어 주지, 그게 다 보이게 말이야. 도대체 내가 너한테 뭘 어쨌다는 거야……. 말해 봐, 이년아, 뭘 어쨌다는 거냐고?」

「그렇게 함부로 말하지 말아요.」 제르베즈가 더듬거렸다. 「알잖아요……. 어젯밤에 내 남편을 본 사람이 있단 말이에요……. 그러니 입 다물어요, 아니면 당신의 목을 조를 테니까, 정말로.」

「남편이라고! 아, 착하시기도 하지, 마님!…… 마님의 남편이라! 꼴에 남편도 여럿인가 보네!…… 그 사람이 널 차버렸다 해도 내 잘못이 아냐. 내가 훔친 게 아니라니까. 우리 집을 뒤져 봐도 좋아……. 말해 줄까? 그 남자를 떠나게 한 건 바로 너야, 너! 네년한텐 정말 과분한 남자지……. 그 사람한테 목걸이라도 걸어 놨어? 누가 이 마님의 남편 못 봤소?…… 포상금을 두둑이 드릴 텐데…….」

다시 웃음이 터져 나왔다. 제르베즈는 나지막한 목소리로 여전히 이렇게 중얼거릴 뿐이었다.

「알잖아요, 알잖아……. 당신 여동생이 그랬잖아요, 내가 목을 졸라 죽일 거야, 당신 여동생을…….」

「그래, 내 동생 한번 건드려 보라지.」 비르지니가 코웃음을 치면서 말했다. 「아, 그래! 내 동생이 그랬다고? 그럴 수도 있지, 내 동생 매력은 너하고는 차원이 다르니까……. 근데 그게 나하고 무슨 상관이야! 조용히 빨래나 하면 안 될까? 나 좀 내버려 둬, 제발, 진절머리가 난다니까!」

그러나 욕설에 취하고 흥분해서 대여섯 번 방망이질을 하다가 다시 돌아온 것은 다름 아닌 비르지니였다. 그녀는 세 번씩이나 잠자코 있다가 다시 시작하곤 했다.

「맞아! 그래, 내 동생이야. 그 말을 들으니 속 시원해?…… 둘은 서로 사랑하지. 그들이 키스하는 걸 봤어야 했는데!…… 그 사람이 사생아들과 함께 널 버린 거란 말이야! 얼굴이 빵 껍질처럼 생긴 예쁜 조무래기들이지! 하나는 헌병의 새끼라며, 맞지? 게다가 네년은 애를 셋이나 지워 버렸고, 짐을 더 지기 싫어서 말이야……. 이런 이야기를 우리한테 해준 게 바로 네년의 랑티에야. 아! 그 사람 말도 잘하지, 이젠 너 같은 해골바가지는 지긋지긋하대!」

「갈보! 갈보! 갈보!」 제르베즈가 실성한 듯 몸을 부들부들 떨면서 울부짖었다.

제르베즈는 두리번거리며 다시 한 번 땅바닥에서 무엇인가를 찾았다. 눈에 띄는 게 작은 물통밖에 없었기에, 그것을 밑바닥부터 붙잡고 비르지니의 얼굴에 푸른 염색물을 쫙 끼얹었다.

「염병할 년! 내 옷을 못쓰게 만들었잖아!」 어깨가 흠뻑 젖고 왼손이 파랗게 물든 비르지니가 소리쳤다. 「기다려, 이 창녀야!」

이번에는 비르지니가 양동이를 들고 젊은 여자에게 물을 쏟아부었다. 그러자 무시무시한 싸움이 일어났다. 물통이 놓인 줄을 따라 달려간 두 여자는 이내 물이 가득 찬 양동이를 들고 와서 서로의 머리에 끼얹었다. 물을 쏟아부을 때마다 고함 소리가 터졌다. 이제 제르베즈도 대꾸를 했다.

「자! 더러운 년!…… 옛다, 한 방 먹어라. 어때, 엉덩이까지 시원할걸.」

「오호라! 잡년아! 이 물로 때나 좀 씻어. 일생에 한 번쯤은 목욕을 해야지.」

「그래그래, 소금기를 빼줄게, 이 키다리 갈보 년아!」

「에라, 한 방 더 먹어라!…… 이빨도 좀 헹구고, 깨끗이 씻어 둬야 오늘 저녁에 벨롬 가에서 손님을 끌지, 이 매춘부야.」

이윽고 두 여자는 수도꼭지로 달려가서 양동이를 채우기에 이르렀다. 양동이가 찰 때까지 욕설이 오고 갔다. 처음 몇 양동이는 조준이 잘 안 돼서 거의 맞지 않았다. 그러나 점점 솜씨가 늘었다. 먼저 비르지니가 얼굴에 정통으로 물벼락을 맞았다. 물은 목덜미를 타고 등과 가슴을 지나 드레스 밑으로 흘러내렸다. 그녀가 얼떨떨해 있을 때, 비스듬히 날아든 두 번째 물벼락이 왼쪽 귀를 강타하면서 머리칼을 적신 탓에 틀어 올린 머리채가 풀어져서 마치 노끈처럼 후줄근해졌다.

제르베즈는 먼저 다리에 물벼락을 맞았다. 물 한 양동이가 그녀의 신발에 쏟아진 다음 허벅지까지 튀어 올랐다. 두 번째와 세 번째 공격에 허리와 엉덩이가 물에 흠뻑 젖었다. 게다가 앞으로 몇 방이나 더 맞을지 가늠할 수가 없었다. 두 여자 모두 머리에서 발끝까지 물에 흠뻑 젖어 있었다. 블라우스는 어깨에 붙었고, 치마는 부들부들 떨리는 가냘프고 빳빳한 허리에 달라붙었는데, 마치 소나기를 맞은 우산처럼 치마 여기저기서 물이 줄줄 흘러내렸다.

「저 여자들, 정말 우습지도 않네!」 빨래 세탁부 하나가 쉰 목소리로 말했다.

세탁장에 흥겨움이 가득했다. 모두가 물세례를 받지 않으려고 뒤로 물러났다. 힘차게 쏟아지는 양동이 물벼락 소리에 박수 소리와 농담 소리가 섞였다. 땅바닥이 물바다가 되었고, 두 여자가 발목까지 물을 첨벙거리며 다녔다. 그런데 비르지니가 문득 비열한 생각을 하여 자기 옆의 여자가 마련해둔 펄펄 끓는 양잿물 동이를 집더니 제르베즈에게 냅다 내던졌다. 비명 소리가 터졌다. 모두들 제르베즈가 끓는 양잿물을 뒤집어쓴 것이라 여겼다. 그러나 왼쪽 발이 약간 데었을 뿐이었다. 고통에 격분한 나머지 그녀가 이번에는 빈 양동이를 비르지니의 발에 힘껏 내던졌고, 비르지니는 땅바닥에 쓰러지고 말았다.

빨래 세탁부들이 한꺼번에 말했다.

「다리 하나는 부러졌겠어!」

「그래도 싸지! 저 여자를 끓는 물에 삶으려고 했잖아!」

「어쨌든 금발 머리가 옳아, 남자를 뺏겼으니까 말이야!」

보슈 부인은 두 팔을 쳐들고 흥분해서 소리를 질렀다. 두 여자가 싸우는 동안 그녀는 신중하게 두 물통 사이로 피신했었다. 클로드와 에티엔, 두 아이는 공포에 사로잡힌 채 울면서 그녀의 옷자락을 붙잡고 엄마! 엄마! 하고 쉼 없이 소리쳤지만, 흐느낌에 뒤섞여 제대로 발음이 되지 않았다. 비르지니가 땅바닥에 쓰러지자, 보슈 부인은 제르베즈에게로 달려가서 치마를 당기면서 이렇게 되풀이했다.

「자, 나가요! 진정하고……. 머리가 다 저리네, 정말! 내 평생 이런 육박전은 본 적이 없어.」

그러나 그녀는 뒷걸음질을 쳤고, 아이들과 함께 돌아서서 다시 두 물통 사이로 피신했다. 비르지니가 방금 제르베즈의 가슴팍으로 달려들었던 것이다. 그녀는 제르베즈의 목을 쥐고 조르려고 했다. 그러자 제르베즈가 필사적으로 몸을 흔들어 그녀의 손아귀에서 벗어났고, 마치 그녀의 머리를 뽑아 버릴 듯 그녀의 머리채 끝에 매달렸다. 말도 없이, 고함도 없이, 욕설도 없이 싸움이 다시 시작되었다. 두 여자는 서로 엉켜 붙지는 않은 채 두 손을 갈고리 모양으로 만들어 얼굴을 공격하고, 손에 닿는 대로 할퀴고 찢었다. 갈색 머리 키다리의 머리채에서 빨간 리본과 푸른 망사가 뽑혀 달아났다. 그녀의 블라우스도 찢어져서 목과 한쪽 어깨가 드러났다. 한편 금발 머리는 자기도 모르는 사이에 캐미솔의 한쪽 소매가 떨어져 나갔고, 속옷이 찢어진 탓에 벌거벗은 허리 주름살이 드러났다. 찢긴 천 조각들이 허공에 날아다녔다. 먼저 피를 본 쪽은 제르베즈였는데, 입에서 턱 밑으로 세 줄기 핏자국이 생겼다. 그녀는 애꾸눈이 될까 두려워서 맞을 때마다 눈을 감았다. 비르지니는 아직 피를 흘리지 않고 있었다. 제르베즈는 귀를 노렸지만 잡히지 않아 안달을 내고 있던 차에 마침내 배[梨] 모양의 노란 유리 귀고리 하나를 손에 잡았다. 그녀가 그것을 잡아채자 비르지니의 귀가 찢어졌고, 피가 흘렀다.

「서로 죽이겠어! 떼놔요, 저 원숭이들을!」 여러 여자들이 말했다.

빨래 세탁부들이 모여들었다. 두 패가 만들어졌다. 한쪽은 싸우는 게 암캐인 양 두 여자를 부추겼고, 다른 한쪽은 신경이 예민한 까닭에 몸서리를 치면서 고개를 돌리고, 더는 못 보겠다는 표정을 지으며 두 여자가 틀림없이 몸져누울 거라고 되풀이해서 말했다. 패싸움이 일어날 뻔했다. 서로를 몰인정하다느니 쓸모없다느니 하면서 비난했다. 여기저기 소매를 걷어붙인 팔이 보였다. 따귀를 때리는 소리가 세 번이나 울려 퍼졌다.

보슈 부인은 세탁장의 급사를 찾고 있었다.

「샤를! 샤를!…… 이 사람이 도대체 어디로 갔어?」

그녀의 눈에 맨 앞줄에서 팔짱을 끼고 구경하는 그가 보였다. 목이 굵고 키가 큰 건장한 사내였다. 그는 미소를 빈 채 두 여자가 언뜻언뜻 내보이는 속살을 즐기고 있었다. 아담한 금발 머리는 메추라기처럼 오동통 살이 쪘어. 속옷이 찢어지면 정말 볼만할 텐데.

「어라!」 그가 눈을 깜박이며 중얼거렸다. 「저 여자는 겨드랑이 밑에 빨간 반점이 있네.」

「어쩜! 여기 있었잖아!」 그를 발견한 보슈 부인이 소리쳤다. 「두 사람을 떼놓게 좀 도와줘요!…… 떼놓으려면 당신이 있어야겠어, 당신이!」

「에이! 싫어요! 나 혼자선 안 돼요!」 그가 태연히 말했다. 「지난번처럼 또 눈을 할퀴면 어떡해요?…… 싸움 말리려고 여기 있는 게 아니라니까, 할 일이 태산입니다……. 자, 겁내지 마세요! 약간의 사혈(瀉血)은 건강에도 좋아요. 피를 흘리고 나면 조용해질 겁니다.」

그러자 문지기 여자는 순경한테 알리자고 했다. 그러나 눈병을 앓는 젊지만 허약한 세탁장 여주인이 한사코 반대했다. 그녀는 여러 번 이렇게 되풀이했다.

「안 돼요, 안 돼, 알리지 마세요, 장사에 지장이 있으니까.」

땅바닥에서는 싸움이 계속되었다. 갑자기 비르지니가 무릎 위로 몸을 반쯤 일으켰다. 그녀는 빨랫방망이 하나를 주워 들고 휘둘렀다. 그녀는 목소리까지 변한 채 헐떡거렸다.

「개 같은 년, 기다려! 더러운 빨래처럼 두들겨 줄게!」

제르베즈도 급히 손을 뻗어서 빨랫방망이 하나를 잡고 곤봉처럼 휘둘렀다. 그녀 역시 목이 쉬어 있었다.

「오호라! 때를 씻고 싶다 이거지……. 알몸을 내놔 봐, 내가 걸레로 만들어 줄 테니까!」

잠시 두 여자는 무릎을 꿇은 자세로 서로를 위협했다. 머리가 산발이 되고 가슴이 오르내리고 온몸이 흙투성이가 되고 얼굴이 부어오른 채, 두 여자는 숨을 헐떡이면서 틈을 노렸다. 제르베즈가 먼저 공격했다. 그녀의 빨랫방망이가 비르지니의 어깨를 스쳤다. 이어서 비르지니의 공격을 피하려고 옆으로 펄쩍 뛰었지만, 빨랫방망이가 그녀의 둔부를 스쳤다. 그러자 약이 빠짝 오른 두 여자는 마치 빨래 세탁부들이 빨래를 두들기듯 박자를 맞춰 격렬하게 서로를 두들겼다. 서로의 몸에 타격이 가해질 때마다 물통 속의 빨랫방망이 소리처럼 둔탁한 소리가 났다.

주변의 빨래 세탁부들은 이제 웃지도 않았다. 여럿은 역겨다고 하면서 이미 자리를 떴다. 남아 있는 빨래 세탁부들은 두 여장사가 정말 용감하다고 생각하면서 잔인한 취향으로 목을 뺀 채 눈을 빤짝였다. 보슈 부인은 클로드와 에티엔을 데리고 멀찍이 떨어져 있었다. 하지만 두 개의 빨랫방망이가 부딪치는 소리에 뒤섞인 아이들의 흐느낌 소리가 다른 쪽 끝까지 들렸다.

별안간 제르베즈가 비명을 질렀다. 비르지니가 방금 팔꿈치 위쪽의 벌거벗은 팔을 빨랫방망이로 힘껏 내리친 것이다. 금세 붉은 반점이 생기고 살이 부어올랐다. 그러자 제르베즈가 앞으로 돌진했다. 정히 상대방을 때려죽일 기세였다.

「그만해! 그만해!」 여자들이 소리쳤다.

제르베즈가 어찌나 무서운 표정을 지었던지 아무도 감히 가까이 다가가지 못했다. 격정으로 힘이 폭발한 그녀는 비르지니의 허리를 잡고 허공에서 꺾은 후에 얼굴을 타일 바닥에 밀어붙였다. 그녀는 버둥거리는 비르지니의 치마를 훌러덩 걷어 올렸다. 그러자 속바지기 드러났다. 그녀가 틈새로 손을 집어넣어 속바지를 벗겨 버리자, 모든 것이, 벌거벗은 넓적다리가, 벌거벗은 엉덩이가 하얗게 드러났다. 빨랫방망이를 쳐들고 그녀는 마치 예전에 플라상스의 비오른 강에서 여주인이 맡아 온 군복을 두들겨 팰 때처럼 신나게 두들겨 팼다. 철썩철썩 물기 어린 소리와 함께 빨랫방망이가 비르지니의 살에 착착 달라붙었다. 때릴 때마다 새하얀 살결에 붉은 줄무늬가 생겼다.

「오! 오!」 급사 샤를이 눈을 휘둥그레 뜨고서 감탄을 금하지 못했다.

여기저기서 다시 웃음소리가 터졌다. 하지만 이내 그만해!

그만해! 하는 고함 소리가 재개되었다. 제르베즈는 듣지도 못했고, 지치지도 않았다. 조금이라도 마른자리가 남으면 안 된다는 듯, 고개를 숙이고 정성스레 살폈다. 그녀는 정신이 혼미한 상태에서 비르지니의 맨살을 아낌없이 두들겨 팼다. 그리고 잔인한 쾌감에 사로잡힌 채 빨래 세탁부의 노래를 떠올렸다.

「팡! 팡! 빨래터의 마르고…… 팡! 팡! 빨랫방망이 소리…… 팡! 팡! 가슴을 씻으렴…… 팡! 팡! 까맣게 탄 괴로운 가슴을…….」

이어서 그녀는 이렇게 되풀이했다.

「자, 이건 네 몫, 이건 네 동생 몫, 이건 랑티에 몫……. 연놈을 만나서든 이걸 전해 주렴……. 차렷! 다시 시작이야. 자, 이건 랑티에 몫, 이건 네 동생 몫, 이건 네 몫……. 팡! 팡! 빨래터의 마르고…… 팡! 팡! 빨랫방망이 소리…….」

사람들이 힘을 합쳐서 그녀의 손에서 비르지니를 빼내지 않으면 안 되었다. 갈색 머리 키다리는 얼굴이 눈물에 젖고 볼이 빨개지고 넋이 나간 채 빨래를 들고 황급히 달아났다. 그녀의 패배였다. 한편 제르베즈는 캐미솔의 소매에 팔을 끼우고 치마를 고쳐 입었다. 팔이 아파서 그녀는 보슈 부인에게 세탁물을 어깨에 올려 달라고 부탁했다. 문지기 여자는 싸움을 회상하면서 자기가 얼마나 흥분했는지 이야기했고, 몸이 어디가 어떻게 상했는지 살펴보자고 했다.

「틀림없이 어디가 부러졌을 거야……. 소리가 들렸다니까…….」

그러나 젊은 여자는 자리를 떠나고 싶어 했다. 그녀는 앞치마 차림으로 그녀를 둘러싼 빨래 세탁부들이 늘어놓는 수

다스러운 찬사와 동정에 아무런 대꾸도 하지 않았다. 세탁물이 어깨에 얹히자, 그녀는 곧장 아이들이 기다리는 출입구로 갔다.

「두 시간 지났으니 2수예요.」 벌써 유리창 달린 작은 방으로 돌아간 세탁장 여주인이 그녀를 멈춰 세우며 말했다.

왜 2수지? 그녀는 그것이 싸움터 자리 값이라는 것을 이해하지 못했다. 그렇지만 2수를 지불했다. 어깨에 얹힌 빨래 무게 때문에 심하게 다리를 절면서 그녀는 온몸이 물에 흠뻑 젖고, 팔꿈치가 푸르스름하게 멍이 들고, 뺨에 피가 묻은 채 벌거벗은 두 팔로 에티엔과 클로드를 잡고 걸어갔는데, 두 아이는 아직도 훌쩍이며 꾀죄죄한 얼굴로 종종걸음을 쳤다.

그녀의 등 뒤로 세탁장에서는 다시 커다란 물소리가 났다. 빨래 세탁부들은 빵을 먹었고, 포도주를 마셨고, 제르베즈와 비르지니의 격투 덕분에 한결 즐거워진 밝은 얼굴로 더 힘차게 방망이질을 했다. 줄지어 늘어선 물통을 따라 그들은 다시 부지런히 팔을 놀렸는데, 그 긱진 옆모습이 마치 돌쩌귀를 달아 놓은 듯 허리가 꺾이고 어깨가 구부러진 꼭두각시 같았다. 통로 이쪽 끝에서 저쪽 끝까지 잡담이 계속되었다. 말소리, 웃음소리, 음담패설이 거대한 물소리에 섞였다. 수도꼭지에서 물이 콸콸 나오고 양동이에서 연방 물이 튄 탓에 빨래판 아래로는 강물이 흘렀다. 빨래를 두드리는 빨랫방망이 소리가 끝없이 울려 퍼지는 힘겨운 오후였다. 거대한 세탁장에서 적갈색으로 변한 수증기는 커튼의 찢긴 틈을 통해 들어온, 금색 공처럼 동그란 태양 광선에 의해 군데군데 구멍이 나 있었다. 미적지근한 비누 냄새 때문에 숨쉬기가 몹시 불편했다. 갑자기 창고가 하얀 수증기로 가득 찼다. 양잿물이 끓는 거대한 대야의 뚜껑이 나사 모양의 중심축을 따라서 기계적으로 올라가고 있었던 까닭에, 벽돌 구조물 위에 놓인 구리 대야의 거대한 배 속에서 들쩍지근한 양잿물 냄새를 동반한 수증기가 소용돌이 모양으로 솟아오른 것이다. 한편 그 곁에서는 탈수기가 작동하고 있었다. 주철 원통 속의 빨래 뭉치가 탈수기의 회전 원반 아래로 연방 물줄기를 내보냈고, 수증기 속에서 숨을 헐떡이는 탈수기는 그처럼 쉼 없이 무쇠 팔을 휘두르며 일을 하느라 세탁장을 더욱 거세게 뒤흔들었다.

〈봉쾨르 호텔〉로 가는 골목길로 접어들었을 때, 제르베즈는 다시 눈물을 흘리기 시작했다. 그 길은 담장을 따라 하수용 도랑이 흐르는 어둡고 좁은 골목길이었다. 그녀가 재회한 이 악취는 거기서 랑티에와 함께 보낸 2주일, 가난과 말다툼의 2주일을 생각나게 했는데, 이제는 그 추억조차 가슴 아픈 그리움으로 다가왔다. 그녀는 이 세상에 홀로 버림받은 느낌이었다.

위로 올라가니 텅 빈 방은 창문이 열린 채 햇살만이 가득할 뿐이었다. 이 햇살, 이 춤추는 금빛 먼지는 시커먼 천장, 군데군데 벽지가 찢겨 없어진 사방 벽을 더욱 서글퍼 보이게 했다. 남은 것이라고는 벽난로 못에 걸린, 끄나풀처럼 꼬인 작은 여성용 숄뿐이었다. 아이들 침대가 방 한가운데로 끌어내어진 탓에 서랍장이 훤히 보였는데, 서랍들이 모두 열려 있어 서랍 옆구리가 다 드러났다. 랑티에는 세수를 하면서 카드 상자에 있던 약간의 포마드를 몽땅 써버린 모양이었다. 그가 손을 씻은 기름진 물이 세면기를 채우고 있었다. 그가 잊고 간 것은 아무것도 없었다, 아까까지 트렁크가 채우고 있었던 한쪽 구석이 제르베즈에게는 거대한 구멍처럼 보였다. 쇠고리에 걸려 있던 작고 둥근 거울조차 보이지 않았다. 그러자 그녀는 퍼뜩 정신이 들어 벽난로 위를 쳐다보았다. 짝이 맞지 않는 두 촛대 사이에 있었던 연분홍색 전당표 꾸러미가 보이지 않았다. 랑티에가 가지고 가버린 것이다.

그녀는 세탁물을 의자 등받이에 걸쳐 놓았다. 잠시 서서 가구들을 둘러보던 그녀는 어수선한 모습에 망연자실하여 눈물조차 나오지 않았다. 그녀에게는 세탁장 사용료로 예정했던 4수 가운데 1수가 남아 있었다. 벌써 진정된 에티엔과 클로드가 창가에서 웃는 소리를 들었을 때, 그녀는 다가가서 두 아이의 머리를 품에 안은 채 아침에 노동자들의 행렬, 거대한 파리의 기상(起牀)을 보았던 잿빛 거리 앞에서 잠시 스스로를 잊었다. 이 시각, 작열하는 태양과 한낮의 노동으로 달궈진 거리의 포석이 입시세관의 벽 너머로, 도시 위로 뜨거운 반사열을 내뿜고 있었다. 그녀가 아이들과 함께 홀로 내던져진 곳은 바로 이 뜨거운 포석 위였고, 불타는 대기 속이었다. 그녀는 외곽 대로 좌우를 바라보다가 말할 수 없는 공포에 사로잡혀 양쪽 끝에 시선을 고정시켰는데, 이제 자신의 삶이 양쪽 끄트머리, 즉 도살장과 병원 사이에 갇혀 영원히 빠져나갈 수 없을 것만 같았다.

2

 3주 후, 맑고 화창한 어느 날 10시 30분경 제르베즈와 함석장이 쿠포가 콜롱브 영감의 〈목로주점〉에서 술에 절인 자두를 먹고 있었다. 길에서 담배를 피우고 있던 쿠포가 세탁물을 배달하고 길을 건너 돌아가던 제르베즈를 억지로 〈목로주점〉으로 들어가게 했던 것이다. 그녀가 가져온 커다랗고 네모난 세탁소 바구니가 작은 아연판 테이블 아래 바닥에, 그녀의 다리 곁에 놓여 있었다.
 콜롱브 영감의 〈목로주점〉은 푸아소니에 가와 로슈슈아르 대로가 만나는 길모퉁이에 있었다. 간판에는 끝에서 끝까지 푸른 글자로 기다랗게 쓰인 하나의 낱말, 〈증류주*Distillation*〉라는 하나의 낱말만이 보였다. 출입구에는 술통을 둘로 쪼개 만든 두 화분 속에 먼지 낀 협죽도(夾竹桃)가 있었다. 출입구 왼쪽으로 커다란 카운터가 있었는데, 카운터에는 나란히 줄지어 놓인 유리 술잔들, 꼭지 달린 술통, 주석으로 만든 그릇들이 보였다. 드넓은 홀 가두리는 모두 니스 칠을 해서 윤이 나는, 구리로 만든 테두리와 마개가 반짝반짝 빛나는 커다란 연노랑 술통들로 장식되어 있었다. 위쪽 선반들에는 리큐어

술병들, 주둥이가 넓은 과일주 병들, 그 외 온갖 종류의 유리병들이 가지런히 놓여 벽을 가렸고, 카운터 뒤에 있는 거울에는 푸른 사과 색, 연초록색, 부드러운 래커 색 등 그 병들의 선명한 색깔이 반사되었다. 그러나 이 집의 명물은 뭐니 뭐니 해도 참나무 횡목 너머 유리에 가려진, 안마당에 위치한 증류 장치인데, 기다란 관들이 달린 증류기라든가 땅속으로 내려가는 수많은 나선형 관이라든가 하는 부품들이 그 작동 방식을 보여 주는 증류 장치는 가히 악마의 부엌이라고 불릴 만한 것으로서, 주정뱅이 노동자들이 그 앞으로 와서 꿈꾸듯 바라보곤 했다.

점심시간인 이 시간에는 〈목로주점〉이 텅 비어 있었다. 소매 달린 조끼를 입은 마흔 살의 뚱뚱한 남자 콜롱브 영감이 술잔을 들고 심부름을 온 열 살가량의 소녀에게 4수어치의 술을 따라 주었다. 문을 통해 들어온 햇빛이 담배 피우는 사람들의 침 때문에 늘 눅눅한 마룻바닥을 덮혔다. 카운터에서, 술통에서, 홀 전체에서 올라오는 술 냄새와 알코올 증기가 햇빛에 떠도는 먼지를 무겁게 하고, 심지어 취기에 젖게 만드는 듯했다.

쿠포는 담배를 새로 말고 있었다. 올이 굵은 작업복을 입고 푸른 천 모자를 쓴 쿠포는 깔끔해 보였고, 하얀 이를 드러내며 웃었다. 아래턱이 튀어나오고 코가 약간 납작했지만, 밤색 눈이 아름다웠고 얼굴이 명랑한 강아지나 착한 아이 같았다. 숱이 많은 곱슬머리가 위로 서 있었다. 피부는 스물여섯 살이라는 나이치고는 아직 부드러웠다. 그와 얼굴을 마주한 채, 검은색 상의를 입고 머리에 아무것도 쓰지 않은 제르베즈가 손가락 끝으로 꼭지를 잡고 자두를 먹고 있었다. 그들은 카운터 앞에 놓인 장식용 술통을 따라 정렬된 네 개의 테이블 가운데 길에서 가장 가까운 테이블에 앉아 있었다.

담배에 불을 붙인 함석장이는 테이블에 팔꿈치를 괸 채 얼굴을 앞으로 내밀고 잠시 젊은 여자를 바라보았다. 금발 머리의 예쁜 얼굴이 그날따라 매끈매끈한 도자기처럼 우윳빛으로 맑게 빛났다. 그런 다음 둘만이 알고 있는 문제, 이미 거론된 문제를 암시하면서 그는 목소리를 낮추고 간단히 물었다.

「어때요, 안 돼요? 안 된다고 말하실 겁니까?」

「아! 그럼요, 안 되고말고요, 쿠포 씨.」제르베즈가 미소를 지으면서 조용히 말했다.「이런 데서 그런 이야기 하지 마세요. 분별 있게 행동하겠다고 약속하셨잖아요……. 이럴 줄 알았으면, 초대에 응하지 않았을 텐데요.」

그는 말을 멈추고 아주 가까이서 대담한 애정의 시선을 던졌는데, 그녀는 특히 입술 언저리, 웃으면 홍조를 띠는 촉촉한 연분홍 입술 언저리가 더없이 매혹적이었다. 그녀는 뒤로 물러남이 없이 온화하고 애정 어린 표정으로 앉아 있었다. 잠시 침묵이 흐른 후, 그녀가 다시 말했다.

「이걸 생각하세요, 제발. 난 나이가 많은 여자예요. 여덟 살짜리 사내애까지 있고……. 도대체 우리 둘이 무얼 할 수 있겠어요?」

「당연히!」쿠포가 눈을 깜박이며 속삭였다.「모두가 하는 일을 하죠!」

그러자 그녀가 말이 안 통한다는 듯한 몸짓을 했다.

「아! 당신은 그게 늘 재미있을 거라고 생각하세요? 가정을 꾸려 보신 적이 없긴 없군요……. 안 돼요, 쿠포 씨, 난 더 현실적인 걸 생각해야 해요. 장난질이란 결국 남는 게 아무것도 없죠, 아시겠어요? 집에서 기다리는 입이 두 개나 있어요, 엄청나게 먹어 대죠, 정말! 내가 서방질에 재미를 붙인다면 어떻게 그 애들을 키우겠어요?…… 게다가 말예요, 지난번 불행이 내겐 좋은 교훈이 됐죠. 정말이지 이제 남자라면 지긋지긋해요. 더 이상 남자에게 붙들리는 일은 없을 거예요.」

그녀는 마치 옷감 문제를 다루듯, 넝마에 새 풀을 먹일 수 없는 이유를 화를 내지도 않고 침착하게, 더없이 슬기롭게 설명했다. 확실히 오랜 생각 끝에 그녀가 그런 결정을 내린 것으로 보였다.

쿠포는 감상적인 목소리로 이렇게 되풀이했다.

「당신은 날 너무 힘들게 하는군요, 너무 힘들게……」

「그래요, 알아요.」 그녀가 다시 말했다. 「미안해요, 쿠포 씨……. 당신이 상처받지 않았으면 좋겠어요. 만일 내게 즐거움을 함께 나눌 사람이 필요하다면, 정말예요, 그건 다른 누구보다 당신이에요. 당신은 선량하고, 또 친절하니까. 함께 지낼 수도 있겠죠, 잘될 것 같기도 하고. 내가 콧대를 세우는 건 절대 아녜요, 그런 일이 일어날 수 없다고 말하는 것도 아녜요. 다만, 그럴 마음이 안 생기니 어쩌겠어요? 포코니에 부인의 가게에서 일한 지 벌써 2주일이 됐어요. 아이들도 학교에 잘 다니죠. 난 지금 일을 하고 있고, 그것으로 만족해요……. 그러니 가장 좋은 것은 지금 이대로 사는 거죠.」

그녀는 바구니를 잡으려고 몸을 숙였다.

「말을 많이 시키시네요, 틀림없이 가게에서 날 기다리고 있을 텐데……. 다른 여자를 찾아보세요, 네, 쿠포 씨, 나보다 더 예쁘고 꼬맹이들도 안 달린 여자 말예요.」

그는 유리에 든 둥근 시계를 쳐다보았다. 그러고는 그녀를 다시 앉히면서 이렇게 소리쳤다.

「기다려요, 제발! 11시 35분밖에 안 됐는데……. 아직 25분이나 남았잖아요……. 내가 이상한 짓이라도 하지 않을까 걱정하실 필요 없어요, 당신과 나 사이엔 테이블이 있으니까……. 그래, 잠시 이야기도 나누고 싶지 않을 정도로 내가 싫습니까?」

그녀는 그의 마음을 상하게 하지 않기 위해 바구니를 다시 내려놓았다. 그러고서 그들은 좋은 친구로서 이야기를 나누었다. 그녀는 세탁물을 배달하러 가기 전에 이미 식사를 마쳤었다. 그 또한 길목에서 그녀를 기다리기 위해 거리로 나오기 전에 수프와 쇠고기를 서둘러 삼켰었다. 제르베즈는 상냥하게 대답하면서 과일 증류주 병들 틈으로 유리창을 통해 거리를 바라보았는데, 점심시간이었던 까닭에 엄청나게 많은 사람들이 쏟아져 나왔다. 집들이 다닥다닥 붙은 양쪽 보도 위에서 사람들이 두 팔을 흔들며 서둘러 걸어가는 바람에 끊임없이 팔꿈치끼리 부딪쳤다. 일에 매달려 있었던 탓에 식사가 늦어진 노동자들이 배가 고파 침울해진 얼굴로, 성큼성큼 차도를 가로질러 맞은편 빵집으로 들어갔다. 잠시 후 1파운드짜리 빵을 겨드랑이에 낀 채 빵집에서 나온 그들은 세 집 더 위쪽에 있는 〈쌍두 송아지〉 식당으로 6수짜리 간단한 식사를 하러 갔다. 빵집 옆에는 과일 가게가 있었는데, 거기서는 파슬리를 곁들인 홍합과 감자튀김을 팔았다. 긴 앞치마를 두른 여자 노동자들이 감자튀김 봉지와 홍합 그릇을 들고 끊임없이 오갔다. 허약하게 생긴 맨머리의 깜찍한 여공들이 작은 무 다발을 사 들고 갔다. 제르베즈가 몸을 더 앞으로 숙였더니 사람들로 북적이는 돼지고기 가게가 보였는데, 거기서 아이들이 기름종이에 싼 소시지, 빵가루를 입힌 갈비, 또는 몹시 뜨거운 순대를 손에 들고 나왔다. 한편 날씨가 좋은 날에도 사람들이 하도 많이 오가는 통에 진창길이 되곤 하는 차도를 따라서, 벌써 싸구려 식당에서 나온 몇몇 노동자들이 손바닥으로 허벅지를 탁탁 치면서 음식을 푸짐하게 먹어 몸이 무겁다는 듯, 말없이 느릿느릿 혼잡한 인파 속으로 걸어갔다.

〈목로주점〉 입구에 한 무리의 노동자가 모여들었다.

「어이, 〈불고기 병정〉, 독주 한잔 안 사줄래?」 쉰 목소리가 말했다.

노동자 다섯이 들어와서 섰다.

「에이, 콜롱브 영감, 순 날강도야!」 쉰 목소리가 다시 말했다. 「젠장, 잘 익은 것 좀 줘요, 호두 껍데기 같은 건 치우고, 진짜 술을 달란 말이오!」

콜롱브 영감은 일없다는 듯 태연히 술을 따랐다. 노동자 셋이 무리를 지어 들어왔다. 점점 더 많은 수효의 작업복 차림 노동자들이 길모퉁이로 모여들더니 잠시 망설인 후, 마침내 먼지가 자욱한 두 협죽도 사이를 지나 홀로 들어왔다.

「구제 불능이시네요! 불결한 짓거리만 생각하시니!」 제르베즈가 쿠포에게 말했다. 「물론 난 그이를 사랑했죠……. 하지만 야비하게 버림받은 뒤로는……」

둘은 랑티에에 대해서 이야기하고 있었다. 제르베즈는 그를 본 적이 없었다. 그녀는 그가 글라시에르에 있는 친구, 모자 공장을 차릴 친구 집에서 비르지니의 동생과 함께 살고 있으리라고 짐작했다. 어쨌든 그녀는 그의 꽁무니를 쫓아다닐 생각이 추호도 없었다. 처음엔 말할 수 없이 고통스러워서 물에 빠져 죽고 싶은 생각조차 들었었다. 하지만 지금은 이성적으로 생각하게 되었고, 모든 것이 잘되어 가고 있었다. 만약 랑티에와 함께 계속 산다면 도저히 아이들을 키울 수 없으리라, 그는 돈이 생기면 흥청망청 탕진하는 사람이 아니던가. 클로드와 에티엔을 안아 주러 와도 좋다, 문전 박대하지는 않을 테니까. 하지만 내 몸을 산산조각 낼망정 그로 하여금 내 몸에 손가락 하나라도 대게 하는 일은 결코 없을 것이다. 그녀가 생활 계획을 잘 수립한 여자, 결단력 있는 여자로서 이런 말을 하는 동안, 그녀를 소유하고 싶은 욕망을 떨쳐 버릴 수 없었던 쿠포는 농담을 하며 모든 화제를 외설적인 방향으로 돌리고 랑티에에 대해서 노골적인 질문을 해댔지만, 새하얀 이를 드러낸 그 표정이 너무도 명랑해서 그녀는 화를 낼 생각조차 하지 못했다.

「아니, 당신이 그 여자를 때렸다고요!」 그가 말했다. 「아! 정말 몹쓸 여자네요, 당신! 아무나 두들겨 패니 말입니다.」

그녀가 웃음을 멈추지 못하는 바람에 그의 말이 끊겼다. 하지만 정말 그랬다, 아무나 두들겨 팬 것은 아니지만 그녀가 키다리 해골바가지 비르지니를 흠씬 두들겨 준 것은 사실이었다. 그날은 누구라도 걸리기만 하면 목을 졸라 죽이고 싶은 심정이었다. 그녀는 더 큰 소리로 웃기 시작했는데, 왜냐하면 비르지니가 알몸을 내보인 게 부끄러워 며칠 전 동네를 떠났다고 쿠포가 알려 주었기 때문이었다. 그렇지만 그녀의 얼굴은 어린아이처럼 부드러웠다. 그녀는 통통한 팔을 내밀면서 자기는 파리 한 마리도 죽이지 않을 거라고 되풀이해서 말했다. 살아오면서 이미 수없이 구타를 당했기 때문에, 그녀는 구타가 무엇인지 잘 알고 있었다. 그리하여 그녀는 플라상스에서 보낸 자신의 젊은 시절을 이야기하기에 이르렀다. 그녀는 전혀 바람둥이가 아니었다. 남자라면 질색이었다. 하지만 열네 살에 랑티에의 여자가 되었을 때 그를 무척 다정한 사람으로 여겼는데, 왜냐하면 그가 남편을 자처한 데다 그녀 자신도 마치 소꿉장난을 하는 기분이었기 때문이다. 그녀의 단언에 따르면 그녀의 유일한 단점은 정에 너무 약하고, 사람을 무턱대고 좋아하고, 나중에 숱한 고통을 안겨 줄 사람에게도 쉽게 빠져 버리는 것이었다. 이런 식으로, 한 남자를 사랑하게 되면 그녀는 불행한 일은 전혀 생각하지 않고 오직 그와 함께 영원히 행복하게 살 꿈만을 꾼다는 것이었다. 쿠포가 베개 밑에서 알을 품듯 두 아이를 낳은 것은 아니지 않느냐고 하면서 그녀를 비웃었을 때, 그녀는 손으로 그의 손가락을 가볍게 두드리면서, 물론 자신도 다른 여자들과 다를 바 없지만 여자들이 언제나 그런 짓에만 몰두한다고 생각하는 것은 잘못이라고 덧붙였다. 여자들은 살림을 걱정하고, 몸이 으스러지도록 집안일을 하고, 밤이면 녹초가 되어서 잠에 곯아떨어진다는 것이었다. 게다가 그녀는 억척스러운 일꾼인 어머니를 닮았는데, 어머니는 20년이 넘도록 마카르 영감을 위해서 마소처럼 일하다가 고생 끝에 죽었다. 그녀는 체형이 가늘지만, 어머니는 문에 부딪치면 문짝이 부서져 나갈 정도로 어깨가 튼튼했다. 하지만 그럼 뭐해, 사람들에게 쉽게 정을 주는 성격은 엄마를 빼닮았는데, 뭐. 심지어 그녀가 다리를 약간 저는 것도 마카르 영감에게 두들겨 맞곤 하던 불쌍한 어머니에게서 물려받았을지도 모를 일이었다. 어머니는 밤늦게 술에 취해 귀가한 아버지가 너무나 난폭하게 애정 표시를 해서 다리가 부러질 지경이었다고 수없이 이야기했는데, 틀림없이 그녀는 그런 밤에 한쪽 다리가 발육이 덜 된 채 태어났으리라는 것이었다.

「아! 정말 아무렇지도 않아요, 눈에 띄지도 않는걸요, 뭘.」
쿠포가 아첨하듯 말했다.

그녀는 고개를 흔들었다. 그녀는 그게 눈에 띈다는 것을 잘 알고 있었다. 마흔 살이 되면 허리가 휘어져 두 조각이 날 텐데. 그녀는 가볍게 웃으면서 부드럽게 말했다.

「절름발이 여자를 좋아하다니 괴상한 취미를 가졌네요.」

그러자 여전히 테이블에 팔꿈치를 괸 채 얼굴을 더 앞으로 내밀면서, 쿠포는 그녀를 취하게 하려는 듯 온갖 감언이설로 그녀를 칭찬했다. 그러나 그녀는 이 말의 애무를 즐기면서도 유혹에 넘어가지 않고 고개를 저으며 안 된다고 했다. 그녀는 시선을 밖에 둔 채 점점 늘어나는 인파에 흥미를 느끼는 척하면서도 실은 그의 말을 유심히 들었다. 손님들이 다녀간 지금, 텅 빈 가게에서는 주인이 비질을 하고 있었다. 과일 가게 여주인은 팬에서 마지막 감자튀김을 꺼내고 있었고, 돼지고기 가게 주인은 카운터에 어질러진 접시들을 정돈하고 있었다. 여기저기 싸구려 식당에서 노동자들이 쏟아져 나왔다. 수염이 덥수룩한 장정들이 서로 때리고 밀치면서 장난을 쳤고, 조무래기 아이들처럼 징을 박은 큰 구두로 소리를 내기도 하고 미끄러지기도 하면서 포석에 홈집을 냈다. 두 손을 호주머니에 찔러 넣은 또 다른 장정들은 생각에 잠긴 표정으로 태양을 바라보고 두 눈을 깜박이며 담배를 피웠다. 보도, 차도, 도랑 할 것 없이 군중의 물결이 흘러넘쳤다, 도처에 열린 문을 통해 쏟아져 나온 수많은 사람들, 거리에 넘치는 황금빛 햇살 때문에 다소 퇴색해 보이는 남루한 옷, 작업복, 헌 외투를 입은 수많은 사람들이 오가는 마차 때문에 잠시 멈추기도 하면서 천천히 움직였다. 멀리서, 공장의 종소리가 울렸다. 그래도 노동자들은 서두르는 기색이 없었고, 파이프 담배에 다시 불을 붙였다. 그런 다음 등을 굽히고 이 술집에서 저 술집으로 서로를 불러 댄 후에야 겨우 마음을 먹은 듯, 작업장으로 무거운 발걸음을 옮기는 것이었다. 제르베즈는 세 노동자, 키가 큰 노동자 하나와 키가 작은 노동자 둘이 아쉬운 듯 열 걸음을 뗄 때마다 뒤를 돌아보는 것을 시선으로 좇으며 재미있어 했다. 그 세 노동자는 결국 거리를 다시 내려와서 곧장 콜롱브 영감의 〈목로주점〉으로 들어왔다.

「아휴, 저것 좀 봐!」 그녀가 중얼거렸다. 「세 사람 다 손이 털북숭이야!」

「아, 저 껑다리는 내가 잘 알죠.」 쿠포가 말했다. 「저 친구는 별명이 〈장화〉랍니다.」

〈목로주점〉은 손님들로 가득 찼다. 모두들 목소리가 높았다, 때때로 고함 소리가 터져 나와 나지막이 이야기하던 걸걸한 목소리를 뒤덮곤 했다. 간간이 누군가가 주먹으로 카운터를 쾅 하고 치는 바람에 유리잔들이 부딪히는 소리가 났다. 술꾼들은 모두 선 채로 팔짱을 끼거나 뒷짐을 진 채 삼삼오오 비좁게 무리를 이루고 있었다. 술통 가까이에도 사람들이 모여들었는데, 그들은 콜롱브 영감에게 술을 주문하기 위해서 한참을 기다리지 않으면 안 되었다.

「이게 누구야! 지체 높은 〈막내둥이 카시스〉[4] 아니신가!」 〈장화〉가 쿠포의 어깨를 거칠게 치면서 소리쳤다. 「종이로 만 담배를 피우고 속옷을 차려입은 멋진 나리님!…… 친구들을 놀라게 하려면 먼저 맛있는 걸 한턱내셔야지!」

---

4 *cassis*. 식전에 마시는 달콤하고 부드러운 술. 까치밥나무 열매로 만든다.

「뭐야! 귀찮게 하지 마!」 몹시 난처한 표정으로 쿠포가 대답했다.

그러자 상대방이 비웃었다.

「뭐긴 뭐야! 콧대가 하늘을 찌르는군, 신사 나리……. 송충이는 솔잎을 먹어야 하는 거야, 알겠어?」

그는 제르베즈를 험악한 눈초리로 힐끔 쳐다본 후 등을 돌렸다. 겁을 먹은 제르베즈가 흠칫 뒤로 물러났다. 파이프 담배 연기와 사내들의 강한 체취가 술 냄새 밴 공기 속으로 올라왔다. 그녀는 숨이 막혀 잔기침을 했다.

「아! 술 마시는 건 정말 안 좋아요!」 그녀가 나지막이 말했다.

그녀는 예전에 플라상스에서 가끔 어머니와 아니스 주(酒)를 마시던 경험을 이야기했다. 어느 날 아니스 주 때문에 그녀는 죽을 뻔했다. 그 이후로 술이 역겨웠고, 리큐어라면 쳐다보기도 싫었다.

「자, 봐요.」 그녀가 자기 술잔을 보여 주면서 덧붙였다. 「자두는 먹었지만 과즙은 남겼죠, 먹으면 몸이 괴로우니까요.」

쿠포 역시 증류주를 벌컥벌컥 들이켤 수 있는 사람들을 이해할 수 없었다. 때때로 술에 절인 자두를 먹는 것은 나쁘지 않았다. 그렇지만 독주, 압생트, 싸구려 술이라면, 미안하지만 안녕이지! 그런 건 정말 질색이야. 동료들이 놀려 봤자 소용없었다, 그는 술꾼들이 증류주를 마시러 들어가면 문가에 서서 기다렸다. 자기처럼 지붕을 이는 함석장이였던 아버지가 어느 날 술에 취한 채 코크나르 가 25번지 처마에서 길바닥으로 떨어져 머리가 박살 났던 것이다. 이 추억 때문에 가족들 모두가 조심하게 되었다. 코크나르 가를 지나면서 광장을 보았을 때, 쿠포는 술집에서 공짜 술을 마시기보다 차라리 개울물을 퍼마시겠노라고 다짐했었다. 그런 이런 말로 결론지었다.

「우리 함석장이들은 무엇보다 다리가 튼튼해야 합니다.」

제르베즈는 바구니를 다시 집었다. 그렇지만 젊은 노동자의 말이 그녀가 오래전부터 마음으로 그려 온 삶을 일깨워 준 양, 그녀는 꿈꾸듯 멍한 시선으로 바구니를 무릎 위에 올려놓은 채 자리에서 일어나지 않았다. 그러더니 뜸을 들이지 않고 천천히 이렇게 말했다.

「정말이에요! 난 야심이 없어요, 큰 걸 바라지 않죠……. 내 이상은 그저 조용히 일하고, 언제나 먹을 빵이 있고, 잠자기에 적당한 집이 있고, 글쎄, 침대 하나, 식탁 하나, 의자 둘, 더 이상은 아녜요……. 아! 그리고 아이들도 키워야죠, 가능하면 훌륭한 사람으로……. 한 가지 더 있다면, 그건 언젠가 살림을 다시 차린다 해도 더 이상 얻어맞지 않는 거죠. 안 돼요, 얻어맞는 건 정말 못 참겠어요……. 그뿐이에요, 정말 그뿐이에요…….」

그녀는 속으로 자신이 무엇을 욕망하는지 자문했지만, 더 이상 마음이 끌리는 진지한 것을 찾지 못했다. 그렇지만 그녀는 잠시 망설인 끝에 다시 입을 열었다.

「그래요, 누구나 마지막엔 자기 침대에서 죽기를 바라죠……. 나도 일평생 열심히 일한 후에 내 집에서, 내 침대에서 죽고 싶어요.」

그러고서 그녀는 일어났다. 그녀의 소망에 열렬하게 공감을 표한 쿠포는 시간을 걱정하면서 이미 일어나 있었다. 그러나 그들은 곧장 밖으로 나가지 않았다. 그녀는 호기심에 이

끌려 안마당의 밝은 유리 안에서 작동하고 있는 거대한 붉은 구리 증류기를 구경하러 저 안쪽, 참나무 횡목 너머로 가보고 싶어 했다. 그래서 그녀를 뒤따라간 함석장이는 손가락으로 증류기의 여러 부품을 가리키면서, 그리고 알코올이 투명한 실처럼 떨어지는 거대한 증류 가마를 보여 주면서 그것이 어떻게 작동하는지 설명해 주었다. 증류기는 이상야릇하게 생긴 용기들과 이리저리 끝없이 얽힌 나선형 관들 때문에 외관이 음산했다. 한 줄기의 수증기도 거기서 새어 나오지 않았다. 내부의 숨소리도, 지하의 숨소리도 거의 들리지 않았다. 그것은 흡사 음울하고 힘세고 말 없는 일꾼이 야밤에 해야 할 일을 대낮에 하는 것과도 같았다. 한편 카운터에 자리가 나기를 기다리면서 〈장화〉가 두 동료와 함께 와서 횡목에 팔꿈치를 괴고 있었다. 그는 그 주정뱅이 제조기에 애정 어린 눈길을 보내면서 고개를 끄덕였고, 기름을 덜 친 도르래 같은 소리를 내면서 웃었다. 제기랄! 얼마나 멋진 기계야! 저 뚱뚱한 배때기 안에는 일주일 동안 목구멍을 시원하게 적셔 줄 술이 있을 텐데. 그로서는 증류기의 나선형 관 끝을 이빨에 용접해서 언제나, 언제나 작은 개울물처럼 뜨거운 독주가 몸속으로 흘러 발뒤꿈치까지 내려가길 바랐으리라. 젠장! 그렇게만 되면 더 이상 승강이를 벌일 일도 없고, 몹쓸 콜롱브 영감의 싸구려 술과도 당장 작별할 텐데 말이야! 그러자 동료들이 〈장화〉란 놈은 늘 말도 안 되는 소리만 한다고 비웃었다. 증류기는 소리 없이, 불꽃 하나 없이, 쾌활한 분위기라고는 전혀 없이 구리의 흐릿한 반영 속에서 알코올의 땀방울을 쉼 없이 흘렸는데, 고집스레 천천히 흐르는 샘 같은 증류기는 종국에는 홀을 가득 채우고 외곽 대로로 넘쳐흘러 파리라는 거대한 구명을 홍수처럼 범람시킬 것이 틀림없었다. 그렇게 생각하자 제르베즈는 몸이 부들부들 떨려서 뒤로 물러나지 않을 수 없었다. 그녀는 미소를 지으려 애쓰면서 중얼거렸다.

「끔찍해요, 저 기계를 보니까 몸이 오싹해져요……. 술은 생각만 해도 오싹해져요…….」

그러면서 그녀는 자신이 애무했던 완벽한 행복에 대한 생각으로 되돌아갔다.

「네, 안 그래요? 그게 훨씬 나아요. 일하고, 빵을 먹고, 자기 집을 갖고, 아이들을 키우고, 자기 침대에서 죽는 것 말예요…….」

「그리고 얻어맞지 않는 것.」 쿠포가 쾌활하게 덧붙였다. 「난 절대로 당신을 때리지 않을 겁니다, 제르베즈 부인……. 무서워하지 마세요, 난 술도 안 마시고, 게다가 당신을 너무나 사랑하죠……. 자, 그러니 제발 오늘 밤에는 둘이 함께 발이라도 녹여 봅시다.」

그가 목소리를 낮추어 그녀의 목덜미에 대고 그렇게 말하는 동안, 제르베즈는 바구니를 앞으로 내밀어 남자들 사이를 헤치고 나아갔다. 그녀는 여전히 고갯짓으로 누차 안 된다고 했다. 하지만 그녀는 뒤돌아보며 그에게 미소를 지었고, 그가 술을 마시지 않는다는 사실을 기쁘게 여기는 듯했다. 만일 다시는 남자와 함께 살지 않으리라고 맹세하지만 않았더라면, 그녀는 그에게 좋다고 말했을지도 모른다. 마침내 그들은 문에 다다랐고, 밖으로 나왔다. 그들 뒤에서 여전히 손님들로 꽉 찬 〈목로주점〉이 쉰 목소리와 독한 술 냄새를 길거리까지 실어 나르고 있었다. 〈장화〉가 콜롱브 영감이 자기 잔에 술을 반밖에 채우지 않았다고 욕하면서 영감을 날강도로 취급하는 소리가 들렸다. 선량한 남자요, 멋진 남자요, 억센 남자인 나한테 이런 짓을 하다니. 에잇! 빌어먹을! 주인 영감이 속임수를 썼든 안 썼든 그는 일터로 돌아갈 생각이 없었고, 빈둥거릴 생각만 했다. 그는 두 동료에게 기가 막힌 술이 있으니 생드니 시문 근처 술집 〈기침하는 졸병〉으로 가자고 제의했다.

「아! 이제 숨통이 트이네요.」 보도 위를 걸으며 제르베즈가 말했다. 「자! 잘 가요, 그리고 고마워요, 쿠포 씨……. 난 빨리 돌아가야 해요.」

그녀는 대로를 따라가려 했다. 그러나 그가 이렇게 졸라 대며 그녀의 손을 잡고 놓아주지 않았다.

「나랑 같이 한 바퀴 돌아요, 구트도르 가를 통해서 갑시다, 뭐, 별로 돌아가는 것도 아니니까……. 작업장으로 돌아가기 전에 누나 집에 들러야 하거든요……. 둘이 함께 갑시다.」

그녀는 결국 제의를 받아들였고, 팔짱은 끼지 않았지만 나란히 푸아소니에 가를 따라 천천히 올라갔다. 그는 자기 가족 이야기를 했다. 조끼 제조공이었던 어머니는 이제 눈이 침침해져서 파출부로 일하고 있었다. 그녀는 지난달 3일에 예순두 살이 되었다. 그는 막내였다. 두 누나 가운데 하나인 르라 부인은 서른여섯 살의 과부로서 조화 만드는 일을 했고, 바티뇰의 무안 가에서 살았다. 서른 살 된 다른 누나는 귀금속 사슬 제조공인 조롱꾼 로리외의 부인이었다. 지금 그가 가고 있는 곳이 바로 구트도르 가에 있는 이 누나의 집이었다. 누나는 왼쪽으로 보이는 큰 건물에 살고 있었다. 저녁이면 그는 누나 집에서 식사를 했다. 그것은 남매 모두에게 절약이 되었다. 그날 저녁에 친구의 초대를 받았기 때문에, 그는 밖에서 식사를 할 것이라고 누나에게 미리 알려 주러 가는 길이었다.

그의 말을 듣고 있던 제르베즈가 별안간 그의 말을 끊고 웃으며 이렇게 물었다.

「그래서 〈막내둥이 카시스〉라고 불리나요, 쿠포 씨?」

「아! 그건 동료들이 강제로 날 술집에 데려가면 내가 보통 카시스 주만 마시기 때문에 붙인 별명입니다······.」 그가 대답했다. 「〈막내둥이 카시스〉나 〈장화〉나 똑같죠. 안 그런가요?」

「〈막내둥이 카시스〉는 절대로 상스러운 별명이 아녜요.」 젊은 여자가 단호하게 말했다.

그녀는 그의 일에 대해서 물었다. 그는 여전히 저기, 입시세관의 벽 뒤에서 일하고 있었다. 아! 일이 모자라는 일은 없어요, 올해는 저 공사장을 떠나지 않을 게 확실해요. 빗물받이 홈통이 1미터 2미터 끝없이 날 기다리고 있으니까!

「이것 봐요.」 그가 말했다. 「저기로 일하러 올라가면, 〈봉쾨르 호텔〉이 보입니다······. 어제 당신이 창가에 있더군요, 내가 손짓을 했지만 당신은 알아보지 못했죠.」

그러는 동안 그들은 이미 구트도르 가로 1백 걸음쯤 들어섰다. 그때 쿠포가 발걸음을 멈추며 눈을 들고 말했다.

「바로 이 건물입니다······. 난 저 멀리 22번지에서 태어났지만······. 그런데 이 건물은 벽돌 공사가 정말 튼튼해요! 내부는 병영만큼 넓고.」

제르베즈는 고개를 들어 건물 정면을 살펴보았다. 거리 쪽으로 여섯 층이 보이고 각 층마다 열다섯 개의 창문이 열을 지어 뚫려 있었는데, 날이 부서진 검은 덧창 탓에 그 거대한 벽면은 폐허의 분위기를 띠었다. 밑에는 가게 네 개가 1층을 차지하고 있었다. 출입구 오른쪽으로는 기름때가 잔뜩 낀 싸구려 식당의 커다란 홀이 있었고, 왼쪽으로는 석탄 가게, 잡화점, 우산 가게가 있었다. 건물은 양쪽에 바짝 붙어 있는 낮고 좁은 두 개의 작은 건물 사이에서 우뚝 솟아 있는 만큼 더욱더 우람해 보였다. 거칠게 뭉갠 회반죽 덩어리 같은, 비를 맞아 군데군데 삭고 부스러진 사각형 건물은 이웃 지붕 너머 맑은 하늘 위로 장식 없는 거대한 입방체를, 초벽도 바르지 않은 감옥처럼 헐벗은 흙빛 입방체를 드러내었는데, 벽면에는 몇 줄의 신축 대비용 돌이 튀어나와 있어 마치 허공에서 하품을 하는 노쇠한 턱처럼 보였다. 그러나 제르베즈는 특히 출입구, 3층까지 솟아 있는 거대한 아치형의 출입구, 중앙 현관을 깊이 파서 저쪽 끝 넓은 안마당에 드리운 햇살이 어슴푸레 보이는 출입구를 유심히 바라보았다. 바깥 거리처럼 포석을 깐 중앙 현관 한가운데에는 희미한 연분홍색 물이 흐르는 도랑이 지나갔다.

「들어와요.」 쿠포가 말했다. 「아무도 당신을 잡아먹지 않을 테니까.」

제르베즈는 길에서 그를 기다리려고 했다. 그렇지만 그녀는 중앙 현관 아래를 지나 오른쪽에 있는 경비실까지 가지 않을 수 없었다. 거기, 문턱에서 기다리면서 그녀는 또다시 눈을 들어 쳐다보았다. 내부에서 바라보니 건물은 7층이었고, 똑같이 생긴 네 벽면이 네모난 넓은 안마당을 가두고 있었다. 그것은 지붕에서 떨어지는 빗물 때문에 마치 문둥병 반점처럼 노랗게 얼룩이 진 벽면들로서 포석에서 슬레이트 지붕까지 쇠시리 하나 없이 밋밋하게 서 있었다. 오직 지붕에서 내려오는 파이프들만이 각층 벽면에서 팔꿈치처럼 옆으로 꺾였는데, 각층 벽면은 입을 벌린 빗물받이 통 때문에 주철 얼룩이 져 있었다. 창문들은 덧창이 없어 청록의 흐린 물색을 띤 유리창을 그대로 노출시켰다. 몇몇 열린 창문에는 맑은 공기를 쐬는 푸른 체크무늬 매트리스가 걸쳐져 있었다. 다른 몇몇 창문 너머에는 팽팽하게 매놓은 줄에 남자 셔츠, 여자 캐미솔, 꼬마들의 반바지 등 빨래가 걸린 채 마르고 있었다. 4층의 한 창문에는 오줌을 싼 흔적이 있는 어린아이의 이부자리가 널려 있었다. 위에서 아래까지 너무도 협소한 거처들이 밖으로 터져 나왔고, 여기저기 틈새로 가난의 흔적을 내보였다. 아래에서는 각기 건물의 바깥 벽면으로 통하는 높고 좁은 출입구, 내장재 하나 없이 회반죽으로 마감을 한 높고 좁은 출입구에 군데군데 금이 간 작은 현관이 나 있었는데, 현관 가운데에서 철제 난간이 달린 흙투성이 계단이 나선형으로 올라가고 있었다. 이런 계단이 네 개 있었고, 각기 벽 위에 A, B, C, D라는 알파벳이 페인트로 표기되어 있었다. 1층에는 먼지 낀 검은 유리창이 달린 몇몇 커다란 작업장이 있었다. 기기시 자물쇠장이의 화덕이 불타고 있었고, 더 멀리서 목수의 대패질 소리가 들렸다. 한편 경비실 옆 염색장이의 작업실에서는 중앙 현관 아래를 지나가는 연분홍색 도랑물이 콸콸 흘러나왔다. 염색물 구덩이, 대팻밥, 석탄재로 더럽혀지고 가장자리 포석들이 벌어진 틈새로 풀이 자라는 안마당엔 눈부신 햇빛이 비치고 있어 마치 태양이 양지와 음지를 선명하게 칼로 잘라 놓은 듯했다. 그늘 쪽, 수도가 있어서 늘 축축한 급수장 주변에서는 암탉 세 마리가 흙을 쪼면서 지렁이나 벌레를 찾고 있었다. 여기저기 천천히 바라보던 제르베즈는 시선을 7층에서 포석까지 내려보냈다가 건물의 거대한 규모에 놀라 다시 시선을 위로 올려 보냈고, 살아 있는 신체 기관의 한가운데에, 도시의 심장 한가운데에 서 있는 듯, 거인 앞에 서 있는 듯 이 건물에 강렬한 흥미를 느꼈다.

「누구를 찾아 오셨나요, 부인?」 이상하게 여긴 문지기 여자가 경비실 문 앞에 나와서 큰 소리로 물었다.

젊은 여자는 누군가를 기다리는 중이라고 설명했다. 그녀는 거리를 향해 돌아섰다. 그러나 쿠포가 늦어졌기 때문에, 그녀는 건물에 이끌려 다시 들어가서 바라보았다. 건물은 흉해 보이지 않았다. 창가에 걸린 누더기 옷가지 사이로 화분 속에 핀 꽃무의 꽃, 방울새가 지저귀는 새장, 어둠 속에서 동그란 별처럼 반짝이는 면도용 거울 등 여기저기서 유쾌한 삶의 편린들이 웃고 있었다. 아래쪽에서 목수가 규칙적으로 내패질 소리를 내며 노래를 부르는 동안, 자물쇠 작업장에서는 박자를 맞추어 망치를 두드리는 소리가 낭랑하게 울렸다. 열려 있는 십자형 유리창마다 빈곤한 삶이 언뜻 보였지만 머리가 꼬질꼬질한 아이들은 깔깔거리며 웃었고, 여자들은 조용히 몸을 숙인 채 바느질을 하고 있었다. 점심 식사 후에 일이 다시 시작되었다. 남자들이 일하러 나간 탓에 방이 비고 건물은 평화를 되찾았는데, 때때로 장인들이 일하는 소리, 여러 시간 동안 반복되는 똑같은 후렴의 자장가로 인해 그 평화가 단절되곤 했다. 안마당은 좀 습했다. 만일 자기가 여기 살았다면, 제르베즈는 햇빛이 잘 드는 안쪽 방을 택했으리라. 그녀는 대여섯 걸음 더 앞으로 나아가서 가난한 집의 김빠진 냄새, 케케묵은 먼지와 역한 오물 냄새를 맡았다. 염색물 냄새가 코를 찔렀지만, 그녀는 〈봉쾨르 호텔〉보다 냄새가 나쁘지 않다고 생각했다. 그녀는 벌써 자기가 살 곳으로 왼쪽 모퉁이에 있는 창문을 선택했는데, 거기에는 작은 상자 안에 스페인 강낭콩이 자라고 있어서 그 가는 줄기들이 줄로 엮은 아케이드를 감고 올라가기 시작하는 중이었다.

「기다리게 해서 미안해요.」 갑자기 그녀 바로 옆에서 쿠포의 목소리가 들렸다. 「식사를 못 한다고 했더니 야단이 났어요, 오늘은 누나가 송아지 고기까지 사왔다지 뭡니까.」

그녀가 깜짝 놀라며 가볍게 몸을 떨었을 때, 이번에는 그가 건물을 훑어보면서 말을 계속했다.

「집을 보고 있었군요. 늘 위층에서 아래층까지 꽉 차 있습니다. 세입자가 대략 3백 명쯤 될걸요....... 나한테 가구만 있었더라도 빈방 하나를 노렸을 텐데....... 살기 좋을 것 같죠, 안 그래요?」

「예, 살기 좋을 것 같아요.」 제르베즈가 중얼거렸다. 「플라상스의 우리 동네에는 사람이 이렇게 많이 살지 않았죠....... 저기 봐요, 강낭콩이 보이는 6층 창문, 정말 예뻐요.」

그러자 그는 집요히 그녀가 자기와 함께 살기를 원하는지 다시 물었다. 그러고는 함께 살게 되면 이 건물로 이사하자고 했다. 그러나 그녀는 서둘러 중앙 현관 아래로 달아나면서 그런 어리석은 생각을 다시는 하지 말라고 부탁했다. 이 건물이 무너진들 무슨 상관이랴, 그녀가 그와 한 이불 밑에서 자는 일은 결코 없을 것이다. 그렇지만 포코니에 부인의 가게 앞에서 그녀와 헤어질 때, 쿠포는 잠시 그녀가 다정하게 내맡긴 손을 잡을 수 있었다.

한 달 동안, 젊은 여자와 함석장이 사이에 좋은 관계가 지속되었다. 그녀가 죽도록 일하고, 아이들을 돌보고, 밤에는 온갖 누더기를 바느질하는 것을 보고 그는 그녀가 정말 근면

한 여자라고 생각했다. 깨끗하지 못하고, 놀기 좋아하고, 먹고 마시는 데만 신경 쓰는 여자들도 있었다. 그러니 정말 대단해! 그런 여자들을 전혀 닮지 않았어, 게다가 삶을 얼마나 진지하게 대하는지! 그가 그런 생각을 말했을 때, 그녀는 웃으면서 겸손을 차렸다. 유감스럽게도 그녀는 늘 그렇게 조신하지만은 않았다. 그녀는 열네 살에 벌써 초산을 겪었음을 암시했고, 예전에 어머니와 함께 아니스 주를 몇 병씩이나 비운 적이 있다는 얘기를 다시 꺼냈다. 경험이 그녀의 행실을 다소 고쳐 주었을 뿐이었다. 그녀를 강한 의지력의 소유자라고 생각한다면, 그것은 잘못이었다. 반대로, 그녀는 아주 연약한 여자였다. 그녀는 사람들에게 부담이 되는 것이 싫어서 사람들이 떠미는 대로 살아왔다. 그녀의 꿈은 정직한 사회에서 사는 것이었는데, 왜냐하면 나쁜 사회란 일종의 도살 몽둥이 같은 것으로서 순식간에 사람들의 머리통을 깨놓고 여자를 흠씬 두들겨서 일어서지도 못하게 만들기 때문이다. 그녀는 미래를 생각하면 식은땀이 난다고 했고, 공중에 던져져서 길바닥의 우연에 따라 앞면으로 떨어질 수도 뒷면으로 떨어질 수도 있는 동전에 자신을 비겼다. 지금까지 그녀가 보아 왔던 모든 것, 어린 눈 앞에 펼쳐졌던 온갖 나쁜 사례가 그녀에게 쓰디쓴 교훈을 주었다. 하지만 쿠포는 외설스러운 말로 장난하기도 하고 용기를 북돋워 주기도 하면서 그녀의 엉덩이를 꼬집었다. 그녀는 그를 밀치면서 손을 찰싹 때렸는데, 그는 웃으면서 연약한 여자치고는 손맛이 보통 매운 게 아니라고 소리쳤다. 그는 쾌남아로서 미래에 대해서는 전혀 걱정하지 않는다고 했다. 하루가 가고 하루가 올 뿐이지, 그렇고말고! 잠자리와 양식은 어떻게든 생기기 마련이야. 도랑에서 몰아내야 할 술꾼들만 아니라면, 그가 보기에 이 동네는 깨끗했다. 그는 나쁜 사람이 아니었다, 그는 가끔 매우 분별 있는 이야기를 했고, 머리 한쪽으로 정성스레 가르마를 탔고, 예쁜 넥타이와 일요일용 에나멜 구두를 가졌고, 심지어 애교도 있었다. 또한 그는 원숭이 같은 재치와 능청스러움으로 파리 노동자 특유의 수다스럽고 깔보는 듯한 농담을 했는데, 젊은 얼굴 탓에 아직은 이 모든 것이 매력적으로 보였다.

마침내 둘은 〈봉쾨르 호텔〉에서 서로 도우며 지내는 사이가 되었다. 쿠포는 그녀의 우유를 찾으러 갔고, 이런저런 심부름을 했고, 세탁물 보따리를 들어 주었다. 저녁에 종종 일터에서 먼저 돌아오면, 그는 외곽 대로에서 아이들을 산책시키곤 했다. 제르베즈는 답례로 그가 사는 비좁은 지붕 밑 방으로 올라갔다. 그녀는 그의 옷을 살펴보면서 작업복 단추도 달아 주고 상의도 기워 주었다. 둘 사이에 굉장한 친밀감이 생겼다. 그가 옆에 있을 때 그녀는 전혀 지루하지 않았는데, 그가 노래를 불러 주거나 그녀에게는 새롭기만 한 파리 변두리 농담을 끝없이 해줘서 무척 재미있었다. 그로서는 그녀의 치맛자락이 스칠 때마다 점점 더 열정이 불타올랐다. 그는 사로잡힌 것이다, 그것도 아주 단단히! 마침내 그런 상황이 그를 힘들게 했다. 그는 여전히 웃었지만, 가슴이 너무나 불편하고 뒤틀려서 전혀 즐겁다는 생각이 들지 않았다. 그래도 외설스러운 우스갯소리는 계속되었다. 그녀를 만날 때마다 그는 이렇게 소리쳤다. 「언제죠?」 그 말이 무슨 뜻인지 알고 있었기에, 그녀는 목요일이 네 번 있는 주가 오면 그렇게 하자고 약속했다. 그러자 그는 이사를 하듯 실내화를 손에 들고 그녀의 방으로 가는 척하면서 짓궂게 그녀를 괴롭혔다. 그녀는 재미있어했고, 끊임없이 계속되는 음란한 암시에도 얼굴 한 번 붉히지 않고 하루를 잘 보냈다. 그가 거칠게 굴지 않았기 때문에, 그녀는 그가 하는 장난을 모두 받아 주었다. 다만 어느 날 그가 강제로 키스를 하려는 바람에 머리카락 몇 개가 뽑혔을 때, 그녀는 화를 냈다.

6월 말경, 쿠포는 특유의 쾌활함을 잃었다. 그는 완전히 다른 사람이 되었다. 그의 시선에 불안을 느낀 제르베즈는 밤이면 방에 틀어박혀 있었다. 일요일부터 화요일까지 뽀로통해 있던 쿠포가 화요일 밤 11시경 갑자기 그녀의 방문을 두드렸다. 그녀는 문을 열어 주려 하지 않았다. 그러나 그의 목소리가 너무도 부드럽고 너무도 떨렸던 까닭에, 그녀는 마침내 문짝에 밀어붙여 놓았던 서랍장을 치웠다. 그가 들어오자 그녀는 그가 아프다는 것을 알아차렸다, 그만큼 그는 눈이 빨갛고 얼굴이 대리석처럼 굳은 채 창백했던 것이다. 그는 선 채로 고개를 저으면서 말을 더듬거렸다. 아니, 아니, 아픈 게 아녜요. 그는 위층의 자기 방에서 두 시간 전부터 울었던 것이다. 그는 이웃들이 들을까 봐 어린아이처럼 베개를 깨물면서 울었다. 그가 잠을 못 이룬 지 사흘이 되었다. 계속 이렇게 살 수는 없는 노릇이었다.

「이봐요, 제르베즈 부인.」 그가 금세라도 울음을 터뜨릴 듯 목이 멘 소리로 말했다. 「이제 끝을 내야죠, 안 그래요?⋯⋯ 우리 결혼합시다. 난 그러고 싶어요, 결심했습니다.」

제르베즈는 깜짝 놀랐다. 그녀는 몹시 심각한 얼굴로 말했다. 「아! 쿠포 씨.」 그녀가 속삭였다. 「도대체 어쩌시려는 거예요! 난 결코 당신한테 이런 걸 바란 적이 없어요, 아시잖아요⋯⋯. 나한테 어울리는 일이 아니죠, 말도 안 돼요⋯⋯. 아아! 안 돼요, 안 되고말고, 진심이에요, 잘 생각해 보세요, 제발.」

그러나 그는 단호한 표정으로 흔들리지 않는다는 듯 고개를 가로저었다. 그것은 생각하고 또 생각한 끝에 내린 결정이었다. 그가 내려온 것은 이제 편안한 밤을 보내고 싶었기 때문이었다. 다시 나를 위층에서 울게 하지는 않겠죠, 네! 좋다고 말해 주면 더 이상 괴롭히지 않을게요, 당신 또한 조용히 잠들 수 있을 것이고. 그는 다만 그녀가 좋다고 하는 말을 듣고 싶을 뿐이었다. 자세한 이야기는 내일 해도 되니까 말이다.

「물론 좋다고 말씀드릴 수 없어요.」 제르베즈가 다시 말했다. 「나중에 내가 당신이 어리석은 짓을 하도록 부추겼다고 비난하는 말을 듣고 싶진 않아요……. 봐요, 쿠포 씨, 고집부리지 마세요. 당신 스스로도 나에 대한 감정이 무엇인지 모르잖아요. 장담하죠, 일주일만 날 안 만나도 씻은 듯 괜찮아질 거예요. 남자들은 흔히 하룻밤, 그것도 최초의 하룻밤 때문에 결혼을 하죠, 그리고는 밤이 계속되고 낮이 계속되죠, 일평생, 그리고 그들은 진절머리를 내죠……. 여기 앉으세요, 이야기나 좀 나누게요.」

그렇게 새벽 1시까지, 심지 자르는 것을 잊은 탓에 촛불에서 그을음이 피어오르는 어두침침한 방에서, 그들은 머리를 한 베개에 두고 새근거리며 자고 있는 두 아이, 클로드와 에티엔이 깰까 봐 목소리를 낮추고 결혼에 대해서 이러쿵저러쿵 말을 했다. 제르베즈는 거듭 아이들 이야기를 하면서 쿠포에게 그들을 가리켜 보였다. 그녀가 가져가는 지참금이라고는 우습기 짝이 없는 것이고, 더욱이 아이들로 그를 불편하게 하고 싶지 않다고 했다. 그리고 그로서도 창피한 일이다. 동네에서 뭐라고 말들을 하겠는가? 모든 사람이 그녀가 남자와 함께 살았다는 것을 알고 있고, 최근의 사건도 알고 있다. 그런데 두 달도 채 안 되어서 둘이 결혼을 한다면 볼썽사나운 일이 아닐 수 없는 것이다. 구구절절 옳은 말에 쿠포는 어깨를 으쓱했다. 동네 사람들 말에 신경 쓸 게 뭐람! 다른 사람들 일에 코를 킁킁거리는 것은 어리석은 짓이지! 오히려 코가 더러워지지 않을까 조심해야 해! 원, 참! 그래, 그녀가 랑티에와 살았어. 그게 뭐가 나쁘다는 거야? 그녀가 바람을 피운 것도 아니고, 숱한 여자들처럼 집으로 외간 남자를 들인 것도 아닌데 말이야. 아이들이야 저희들끼리 커갈 테고, 아, 물론 잘 키워야지! 이처럼 근면하고, 선량하고, 자질 있는 여자를 또 어디서 만날까. 그뿐만이 아냐, 그녀가 얼굴이 못생긴 게으름뱅이인들, 역겨운 짓을 하면서 길바닥에 굴러다닌들, 흙투성이 아이들이 여럿 달린들 무슨 상관이랴, 그런 것은 하등 중요하지 않아. 중요한 것은 그가 원한다는 것이었다.

「그래요, 난 당신을 원해요.」 그가 계속해서 주먹으로 자기 무릎을 탁 치면서 되풀이했다. 「알겠소? 난 당신을 원해요……. 거기에 대해서는 할 말이 없겠죠?」

제르베즈는 조금씩 마음이 움직였다. 마음과 감각이 풀어졌고, 꽁꽁 묶여 있던 욕망이 갑자기 뜨거워졌다. 그녀는 이제 두 손을 치마 위에 놓은 채 다감한 얼굴로 수줍게 반대할 뿐이었다. 밖에서부터, 반쯤 열린 창을 통해 6월의 아름다운 밤이 따뜻한 바람을 실어 와서 발간 심지가 그을음을 내는 촛불을 흔들었다. 잠든 동네의 거대한 침묵 가운데 대로에 누워 아이처럼 흐느끼는 주정뱅이의 울음소리가 들렸고, 저 멀리 어느 레스토랑에서 결혼식용의 천박한 카드리유[5] 무도곡, 하모니카의 선율처럼 투명하고 선명하고 가녀린 무도곡을 연주하는 바이올린 소리가 들렸다. 쿠포는 젊은 여자가 논쟁 끝에 희미하게 미소 지으며 말없이 앉아 있는 것을 보고서 그녀의 손을 잡고 끌어당겼다. 그녀는 바야흐로 자신이 그토록 경계했던 자포자기의 순간에 이르렀고, 무엇인가를 거절하고 누군가를 힘들게 하기에는 그 자신이 너무나 동요되고 너무나 감동한 상태였다. 그러나 함석장이는 그녀가 몸을 맡기고 있음을 모르고 있었다. 그녀를 소유하기 위해 그는 그녀의 두 손목을 으스러질 정도로 꽉 잡는 것으로 만족했다. 가벼운 아픔에 그들은 둘 다 한숨을 쉬었지만, 이 아픔으로 그들의 애정이 조금이나마 충족된 것은 사실이었다.

「좋다고 한 거죠, 네?」 그가 물었다.

「정말 나를 힘들게 하시네요!」 그녀가 소곤거렸다. 「그렇게 원하세요? 그래요, 좋아요⋯⋯. 맙소사, 어쩌면 우리가 말도 안 되는 짓을 하고 있는지도 몰라요.」

그는 벌떡 일어나서 그녀의 허리를 움켜쥐고 얼굴에 마구 키스를 퍼부었다. 그러다가 애무하는 소리가 너무 크게 나자, 그가 먼저 불안해하며 클로드와 에티엔을 바라보았고, 목소리를 낮추면서 까치걸음을 걸었다.

「쉿! 얌전하게 굴어야죠.」 그가 말했다. 「꼬맹이들을 깨워선 안 되니까⋯⋯. 내일 봅시다.」

그는 자기 방으로 올라갔다. 제르베즈는 부들부들 떨면서 옷을 벗을 생각조차 못 한 채 한 시간 가까이 침대 가장자리

---

[5] quadrille. 남녀 두 쌍이 정사각형으로 서서 추는 춤. 18세기 말에서 19세기 사이에 프랑스에서 유행했다.

에 앉아 있었다. 그녀는 감동에 젖었고, 쿠포를 매우 정직한 사람이라고 생각했다. 왜냐하면 한순간 그녀는 모든 것이 끝났고, 그가 이 방에서 자고 가리라고 생각했었기 때문이다. 창문 아래 거리에서 주정뱅이가 길을 잃은 짐승처럼 아까보다 더 쉰 목소리로 신음을 토했다. 저 멀리서 카드리유 무도곡을 연주하던 바이올린 소리가 잦아들었다.

이튿날부터 며칠 동안, 쿠포는 저녁에 제르베즈를 구트도르 가에 있는 누나 집으로 데려가려고 했다. 그러나 젊은 여자는 몹시 소심해서 로리외 부부를 방문하자는 말에 화들짝 놀랐다. 그녀는 함석장이가 로리외 부부를 은근히 두려워한다는 것을 잘 알고 있었다. 물론 그가 장녀도 아닌 누나에게 예속된 상태는 아니었다. 쿠포의 어머니도 아들 일이라면 반대하지 않기 때문에 쌍수를 들어 아들의 결혼을 환영할 것이다. 그러나 가족들 사이에서 로리외 부부는 하루에 10프랑까지 번다고 알려져 있었고, 그런 이유로 상당한 실력을 행사하고 있었다. 만일 로리외 부부가 제르베즈를 받아들이지 않는다면, 쿠포도 감히 결혼할 생각을 하지 못하리라.

「그들에게 당신 얘기를 해뒀어요, 그들도 우리 계획을 잘 알고 있죠.」 쿠포가 제르베즈에게 설명했다. 「이런! 어린애처럼 왜 그래요! 오늘 저녁에 갑시다……. 이미 얘기했죠, 네? 누나가 완고해 보일 겁니다. 로리외도 늘 친절하진 않아요. 실은 결혼하면 내가 그 집에서 식사를 안 하게 될 거고, 그렇게 되면 절약도 줄어들 것이기 때문에 잔뜩 골이 나 있죠. 하지만 괜찮아요, 당신을 문밖으로 내쫓진 않을 테니까……. 나를 위해서 그렇게 해요, 꼭 필요한 일입니다.」

이 말은 제르베즈를 더 두렵게 했다. 그렇지만 어느 토요일 저녁, 그녀는 마침내 굴복하고 말았다. 쿠포가 8시 30분에 그녀를 데리러 왔다. 그녀는 몸치장을 끝냈는데, 검은 드레스, 노란 종려나무 무늬의 모직 날염 모슬린 숄, 짧은 레이스가 달린 하얀 보닛[6] 차림이었다. 6주 전부터 그녀는 열심히 일을 해서 숄 값 7프랑, 보닛 값 2프랑 50상팀을 저축했었다. 드레스는 낡은 것이었지만 깨끗하게 세탁해서 손질해 두었었다.

「그들이 당신을 기다리고 있어요.」 푸아소니에 가를 걸으면서 쿠포가 그녀에게 말했다. 「아! 이제 그들도 내가 결혼한다는 사실에 적응하기 시작했습니다. 오늘 저녁엔 둘 다 아주 친절할 듯해요……. 게다가 금 사슬 만드는 걸 본 적이 없다면, 아마 좋은 구경거리가 될 겁니다. 월요일까지 맞춰 줘야 할 급한 주문이 있거든요.」

「그 집에 금이 있어요?」 제르베즈가 물었다.

「있고말고요! 벽에도 있고, 바닥에도 있고, 도처에 있죠.」

그러는 동안 그들은 아치형 출입구를 지나 안마당을 통과했다. 로리외 부부는 B 계단의 7층에 살았다. 쿠포는 웃으면서 난간을 꼭 잡으라고 그녀에게 외쳤다. 그녀는 고개를 들어 속눈썹을 깜박거리며 계단이 올라가는 높다란 허공을 바라보았는데, 그 허공에는 두 층마다 한 개씩, 도합 세 개의 가스등이 있었다. 가장 높은 곳에 있는 세 번째 가스등은 캄캄한 허공에서 가물거리는 별처럼 보였고, 나머지 두 가스등은 끝없는 나선형 계단을 따라 묘하게 뚜렷하고 긴 광선을 던지고 있었다.

---

6 *bonnet*. 부드러운 천으로 만든, 턱 밑으로 끈을 매게 되어 있는 여성용 또는 아동용 모자.

「응?」 2층 층계참에 이르자 함석장이가 말했다. 「양파 수프 냄새가 진동하잖아. 틀림없이 양파 수프를 먹은 거야.」

난간과 층계에 기름때가 잔뜩 끼어 있고 벽에 난 홈집이 허연 석고를 드러내고 있는 지저분한 잿빛 B 계단에서는 과연 음식 냄새가 물씬 풍겼다. 층계참마다 복도가 나 있어 떠들썩한 소리가 들렸고, 열쇠 구멍 근처가 손때에 절어 거무스레하게 변한 노란 문들이 열려 있었다. 창가에서는 개숫물 통이 역한 습기를 피워 올려 그 악취가 익은 양파 냄새와 뒤섞였다. 1층에서 7층까지 접시 씻는 소리, 팬 헹구는 소리, 냄비를 숟가락으로 긁어 씻어 내는 소리가 들렸다. 2층에서 제르베즈는 〈제도사〉라는 굵은 글자가 쓰인 반쯤 열린 문을 통해, 두 남자가 그릇을 치운 밀랍 먹인 식탁보 앞에 앉아 자욱한 파이프 담배 연기 속에서 격한 목소리로 이야기를 나누는 것을 보았다. 3층과 4층은 조용했는데, 거기서는 다만 판자벽의 균열을 통해 규칙적으로 요람이 흔들리는 소리, 어린아이의 짓눌린 울음소리, 내용은 확실치 않지만 조용한 물소리에 뒤섞인 여자의 굵은 목소리가 새어 나왔다. 그리고 제르베즈는 못으로 박은 간판에서 〈소모공(梳毛工) 고드롱 부인〉, 좀 더 멀리 있는 〈판지 제조사 마디니에 씨〉 등의 이름을 읽을 수 있었다. 5층에서는 싸움이 벌어지고 있었다. 쾅쾅 발을 구르는 바람에 마룻바닥이 흔들렸고, 가구들이 뒤집혔고, 욕설과 구타로 더없이 떠들썩한 소리가 났다. 그럼에도 맞은편에 사는 이웃들은 통풍을 위해 문을 열어 둔 채 태연히 카드놀이를 했다. 6층에 이르렀을 때, 제르베즈는 층계를 올라가는 데 익숙하지 않았기에 숨을 크게 몰아쉬어야만 했다. 벽들이 빙빙 돌고 반쯤 열린 방들이 줄지어 지나가는 바람에 그녀는 머리가 어지러웠다. 게다가 한 가족이 층계참을 가로막고 있었다. 아버지는 개숫물 통 근처 작은 화덕 위에서 접시를 씻고 있었고, 어머니는 난간에 기댄 채 잠자리로 데려가기 전에 어린애를 씻기고 있었다. 한편 쿠포는 젊은 여자를 격려했다. 그들은 거의 다 왔다. 마침내 7층에 이르렀을 때, 그는 돌아서서 미소 지으며 그녀를 도왔다. 그녀는 고개를 들고서 계단에 들어설 때부터 들었던 맑고 날카로운 한 줄기 목소리, 다른 소리들을 압도했던 한 줄기 목소리가 어디서 나는 것인지 살폈다. 그것은 지붕 밑 다락방에서 13수짜리 인형에게 옷을 입히고 있던 작은 노파의 노랫소리였다. 또한 제르베즈는 키 큰 아가씨가 양동이를 들고 이웃 방으로 들어가는 순간 흐트러진 침대를 보았는데, 침대 위에서는 한 사내가 셔츠를 벗은 채 허공을 바라보며 뒹굴뒹굴 기다리고 있었다. 그 문이 닫히자, 문 위에 손으로 〈다림질장이 클레망스 양〉이라고 쓴 간판이 나타났다. 제르베즈는 이토록 높은 곳에 올라 다리가 몹시 아프고 숨이 찼지만, 그래도 호기심에 이끌려 난간 너머로 몸을 숙였다. 거기서 내려다보니 아래쪽 가스등이 7층 높이의 좁은 우물 속에 가물거리는 별처럼 보였다. 그리고 이 건물의 온갖 냄새, 이 건물의 으르렁거리는 거대한 삶이 단숨에 올라왔고, 심연의 가장자리에서 내려다보듯 위험을 무릅쓰고 내려다보는 그녀의 불안한 얼굴에 획 하고 열기를 뿜었다.

「아직 좀 남았습니다.」 쿠포가 말했다. 「휴! 정말 긴 여행이죠!」

그는 왼쪽으로, 긴 복도로 들어섰다. 이어서 두 번, 먼저 왼쪽으로, 그다음엔 오른쪽으로 돌았다. 비좁고 벽에 금이 가고 초벽 칠이 떨어져 나간 복도는 길게 뻗어 나가다가 두 갈래로 갈라졌는데, 드문드문 희미한 가스등이 불빛을 던지고 있었다. 감옥이나 수도원의 문처럼 일렬로 늘어선 똑같은 모양의 문들은 거의 모두 활짝 열린 채 가난과 노동의 내부를 보여 주었고, 6월 저녁의 열기가 그곳을 다갈색 증기로 채우고 있었다. 마침내 그들은 칠흑처럼 어두운 복도 끝에 이르렀다.

「다 왔습니다.」 함석장이가 말했다. 「조심해요! 벽에 붙어서 걸어요, 계단이 셋 있으니까.」

제르베즈는 어둠 속에서 신중하게 열 걸음쯤 옮겼다. 그녀는 비틀비틀 세 계단을 세었다. 그런데 복도 안쪽에서 쿠포가 노크도 없이 문을 밀었다. 강렬한 빛이 바닥에 깔렸다. 그들은 들어갔다.

그것은 파이프처럼 생긴 숨 막힐 듯 좁은 방으로, 복도의 연장과도 같았다. 평소에는 빛바랜 모직 커튼이 이 파이프를 둘로 나누었는데, 그날은 커튼이 끈에 묶여 위로 들려 있었다. 파이프의 첫 번째 칸에는 망사르드식[7] 천장 아래로 밀어 놓은 침대 하나, 아직 식사의 온기가 남아 있는 주철 난로 하나, 의자 두 개, 식탁 하나, 그리고 침대와 문 사이에 딱 맞춰 넣을 수 있도록 돋을새김 장식을 톱으로 자른 장롱 하나가 있었다. 파이프의 두 번째 칸은 작업장이었다. 안쪽으로는 풀무가 달린 좁은 화덕이 있었고, 오른쪽으로는 쇠붙이들이 널려 있는 선반 아래 벽에 고정된 바이스가, 왼쪽으로는 창문 근처에 기름때가 묻어 지저분한 핀셋들, 절단기들, 미소한 톱

---

[7] mansarde. 채광창이 달린 이중 경사면 지붕 또는 그런 식의 지붕 밑 다락방. 건축가 망사르François Mansart(1598~1666)의 이름에서 유래했다.

들로 가득 찬 아주 작은 작업대가 있었다.

「우리 왔어요!」 모직 커튼까지 나아가면서 쿠포가 외쳤다.

그러나 즉답이 없었다. 제르베즈는 몹시 흥분한 채, 특히 황금이 가득한 곳에 들어왔다는 생각에 동요된 채 쿠포 뒤에 서서 말을 더듬거리며 인사로 고개만 끄덕였다. 강한 불빛, 작업대 위에서 환히 빛나는 램프, 화덕에서 타오르는 시뻘건 석탄불 등이 그녀의 얼을 빼놓았다. 그렇지만 마침내 그녀의 눈에 머리가 다갈색이고 힘이 꽤 세어 보이는 작달막한 로리 외 부인의 모습이 보였는데, 로리외 부인은 짧은 두 팔로 큰 집게를 잡고 전력으로 검은 쇠줄을 당겨 바이스에 고정된 다이스 선반 구멍에 집어넣고 있었다. 작업대 앞에는 키가 아내만큼 작고 어깨는 아내보다 더 가냘픈 로리외가 앉아 핀셋 끝으로 원숭이처럼 재빠르게, 작업 대상이 마디진 손가락 사이에서 보이지 않을 정도로 너무나 재빠르게 정밀한 작업을 하고 있었다. 그가 먼저 색깔이 오래된 밀랍처럼 누르스름하게 변색된 머리칼이 듬성듬성 나 있는, 병색이 짙은 길쑥한 머리를 쳐들었다.

「아! 자네 왔군, 그래그래!」 그가 중얼거렸다. 「우린 좀 바빠, 알다시피······. 작업장으론 들어오지 말게, 방해가 되니까. 거기에 그대로 있게.」

그는 커다란 물방울의 푸르스름한 반영 속으로 다시 얼굴을 숙이고 정밀 작업을 계속했는데, 물방울을 통해 램프가 강렬한 빛의 동그라미를 세공물 위에 던졌다.

「좀 앉지그래!」 이번에는 로리외 부인이 소리쳤다. 「이 부인이구나, 그렇지? 알았어, 알았어!」

그녀는 쇠줄을 동그랗게 말았다. 그녀는 그것을 화덕으로 가져갔고, 거기서 커다란 나무 부채로 불을 더 크게 일으켜서 쇠줄을 달군 후에 그것을 다이스 선반의 마지막 구멍에 넣어 관통시켰다.

쿠포는 의자를 밀어 제르베즈를 커튼가에 앉혔다. 방이 너무도 좁아서 그녀 곁에 자리를 잡을 수가 없었다. 그래서 그는 그녀의 뒤에 앉아서 몸을 숙인 채 그녀의 목덜미에 대고 작업을 설명해 주었다. 로리외 부부의 묘한 대접에 놀란 젊은 여자는 그들의 곁눈질에 불편해져서 귀가 윙윙거리고 아무것도 들리지 않았다. 그녀는 부인이 서른 살치고는 퍽 늙었다고 생각했다, 인상이 까다로워 보였고, 흐트러진 캐미솔 위에 암소 꼬리 같은 머리칼이 지저분하게 헝클어져 있었다. 입술이 심술쟁이처럼 얇은 남편도 겨우 한 살 많았지만 늙은이처럼 보였다, 그는 셔츠를 벗은 채 맨발을 뒤꿈치가 망가진 실내화에 아무렇게나 찔러 넣고 있었다. 제르베즈를 특히 놀라게 한 것은 작업장의 협소함, 대충 칠한 벽, 고철처럼 빛바랜 연장, 고물상에서나 볼 수 있을 법한 시커먼 때 등이었다. 게다가 끔찍하게 더웠다. 구슬땀이 로리외의 푸르스름한 얼굴에 송송 맺혀 있었다. 로리외 부인은 캐미솔을 벗어 던진 탓에 맨팔이 드러났고, 내의가 축 쳐진 젖가슴 위에 달라붙어 있었다.

「그런데 금은요?」 제르베즈가 조그만 목소리로 물었다.

그녀의 불안한 시선이 구석구석 가닿았고, 이 더러운 물건들 틈에서 머릿속에 그리고 있던 찬란한 광채를 찾았다.

그러나 쿠포가 소리 내어 웃기 시작했다.

「금 말입니까?」 그가 말했다. 「아, 그거야 여기도 있고, 저기도 있고, 그리고 당신 발밑에도 있잖아요!」

그는 누나가 세공하고 있는 가느다란 쇠줄과 바이스 옆 벽에 걸린 철사 뭉치 같은 쇠줄 뭉치를 가리켰다. 그러고는 살금살금 기어서 작업장 타일 바닥을 덮고 있는 나무 체 밑에서 녹슨 바늘 끄트머리 같은 쇠 부스러기를 주웠다. 제르베즈가 목소리를 높였다. 저런 쇠처럼 검고 더러운 것이 금이라니, 말도 안 돼! 그는 쇠 부스러기를 씹어서 반짝이는 잇자국을 보여 줘야만 했다. 그러고서 그는 다시 설명하기 시작했다. 업주는 이런저런 금줄 뭉치를 제공해요. 그러면 세공사들이 원하는 굵기의 금줄을 얻기 위해서 다이스 선반에 그것을 관통시켜야 하는데, 금줄이 끊어지지 않도록 공정 가운데 그것을 대여섯 번 달궈 줘야 하죠. 아! 정말 대단한 손힘과 숙련이 필요해요! 그의 누나는 남편이 기침을 하기 때문에 다이스 선반에는 손도 못 대게 했다. 누나는 비할 데 없이 솜씨가 좋았는데, 그는 누나가 머리카락만큼 가느다란 금줄을 빼내는 것을 본 적도 있었다.

그러는 동안 로리외가 기침 발작이 나서 팔걸이 없는 의자 위로 몸을 숙였다. 기침을 하면서도 그는 자기로서는 상황을 다 파악했다는 듯 제르베즈를 쳐다보지도 않고 숨넘어가는 목소리로 말을 했다.

「사슬을 만드는 중이야.」

쿠포는 억지로 제르베즈를 자리에서 일어나게 했다. 더 가까이 다가가서 봐요. 사슬장이는 투덜거리면서 동의했다. 그는 몹시 가느다란 강철 막대 같은 원통형 굴대에 아내가 준비해 준 금줄을 감았다. 이어서 그는 가볍게 톱질을 해서 굴대를 따라 금줄을 잘랐는데, 한 바퀴의 금줄이 하나의 고리를 이루었다. 다음은 땜질이었다. 고리들이 커다란 목탄 위에 놓였다. 그는 자기 옆에 놓인 깨진 유리컵 바닥에서 붕사(硼砂) 한 방울을 취해서 그것으로 고리들을 적셨다. 그러고 나서 재빨리 용접기의 수평 불꽃으로 고리들을 발갛게 달구었다. 그런 식으로 1백 개가량의 고리가 만들어졌을 때, 그는 잦은 손길에 반들반들해진 작은 받침대 끝에 가슴을 댄 채 다시 한번 세공을 시작했다. 핀셋으로 고리를 약간 휘게 했고, 그것을 꽉 집어서 이미 매달아 놓은 위쪽 고리에 끼워 넣은 다음, 송곳으로 그 끄트머리를 다시 열어 두었다. 이런 작업이 규칙적으로 연달아 이루어지면서 고리에 고리가 이어졌는데, 그 손놀림이 너무도 현란해서 제르베즈가 상황을 따라가지도, 이해하지도 못하는 사이에 사슬이 그녀의 눈앞에서 점점 길어졌다.

「이건 사슬입니다.」쿠포가 말했다. 「메달 줄, 죄수 줄, 시곗줄, 동아줄……. 줄은 종류가 많죠. 그런데 이건 사슬입니다. 로리외는 사슬만 만들어요.」

로리외는 사뭇 냉소를 지으며 만족감을 나타냈다. 그는 검은 손톱 사이로 보이지도 않는 고리를 핀셋으로 계속 집으면서 소리쳤다.

「이보게, 〈막내둥이 카시스〉!…… 오늘 아침에 계산을 해봤어. 열두 살에 내가 이 일을 시작했지, 안 그런가? 그런데 말이야! 지금까지 내가 만든 사슬 길이가 얼마나 되는지 알아?」

그는 창백한 얼굴을 들고 붉은 눈꺼풀을 깜박거렸다.

「8천 미터야, 8천 미터! 무려 20리란 말이야!…… 어때! 금사슬 20리라! 동네 여자들 모두의 목에 걸고도 남을 거야……. 그런데 보다시피 길이가 점점 길어지고 있어. 파리에서 베르사유까지 가게 해야지.」

환상이 깨진 제르베즈는 그 모든 것이 너절하다고 생각하면서 자리로 돌아가 앉았다. 그렇지만 그녀는 로리외 부부의 마음에 들기 위해 미소를 지었다. 특히 그녀를 불안하게 한 것은 결혼 문제, 그게 아니라면 여기 오지도 않았을 그 중요한 문제에 대한 그들의 침묵이었다. 로리외 부부는 계속해서 그녀를 쿠포가 데려온 귀찮은 구경꾼으로 취급했다. 이윽고 대화가 시작되었지만, 화제는 건물의 세입자 문제를 맴돌 뿐이었다. 로리외 부인은 동생에게 올라올 때 5층 사람들이 싸우는 소리를 듣지 못했느냐고 물었다. 그 베나르 부부는 매일 싸움질이었다. 남편은 돼지처럼 술에 취해 집에 돌아왔다. 마누라 또한 형편없는 여자로서 욕을 입에 달고 다녔다. 이어서 2층의 제도사, 빚에 쪼들리는 주제에 언제나 담배를 피우고 동료들과 고함을 지르며 언쟁하는, 잘난 체하기를 좋아하는 보드캥이라는 거한에 대해서 이야기했다. 마디니에 씨의 판지 제조 작업장은 요즘 원활하게 굴러가지 못했다. 어제만 해도 두 여공을 해고했었다. 파산한다 해도 자업자득인 셈이데, 왜냐하면 아이들 옷도 제대로 입히지 못하면서 먹는 것만 밝혔기 때문이다. 고드롱 부인은 매트리스를 이상하게 소모(梳毛)했다. 그녀는 또 임신을 했는데 그녀의 나이를 고려하면 그렇게 좋아 보이는 일은 아니었다. 6층의 코케 부부는 건물 주인으로부터 방을 내놓으라는 통보를 받았다. 그들은 집세가 3기분이나 밀려 있었다. 그러나 그들은 고집스레 층계참 위에 그들의 화덕을 올려놓았다. 심지어 지난 토요일에는 7층의 늙은 노처녀 르망주 양이 인형을 배달하러 내려가다가 하마터면 온몸에 화상을 입을 뻔한 꼬마 랭게를로를 극적으로 구해 준 일까지 있었다. 다림질장이 클레망스 양으로 말하자면 아주 제멋대로 산다, 하지만 누가 상관할 수 있으랴, 그녀는 동물을 사랑하고, 비단결 같은 마음씨를 가지고 있으니 말이다. 그래도 참! 얼마나 유감스러운 일인가, 그런 아름다운 아가씨가 아무 남자 하고나 어울려 다니니! 언젠가 밤거리에서 배회하는 그녀와 마주치게 될지도 모를 일이다.

「자, 하나 만들었어.」 로리외가 점심 먹은 뒤부터 만든 사슬 하나를 아내에게 주면서 말했다. 「뒷손질 좀 해줘.」

그러고서 그는 농담을 꺼내면 쉽게 중단하지 않는 사람들 특유의 집요함으로 덧붙였다.

「자, 또 4피트 반……. 베르사유가 더 가까워졌어.」

한편 로리외 부인은 사슬을 다시 달군 후에 그것을 조정 다이스 선반에 관통시키면서 뒷손질을 했다. 이어서 그녀는 사슬을 수용액이 가득 든, 긴 손잡이가 달린 작은 구리 냄비에 넣어 화덕의 불 위에서 세척했다. 제르베즈는 다시 쿠포에게 떠밀려서 이 마지막 공정을 지켜봐야 했다. 세척이 마무리되었을 때, 사슬은 진홍색을 띠었다. 뒷손질이 끝났고, 사슬은 이제 업주에게 넘길 수 있게 되었다.

「이 상태 그대로 넘기게 돼요.」 함석장이가 다시 설명했다. 「헝겊으로 문질러서 윤을 내는 것은 광택공들이 할 일이죠.」

그러나 제르베즈는 진이 빠지는 느낌이었다. 점점 더 뜨거워지는 열기가 그녀를 질식시켰다. 바람이 조금만 들어와도 로리외가 감기에 걸린다고 해서 문을 꽁꽁 닫아 두었던 것이다. 둘의 결혼에 대해서는 여전히 아무 말이 없었기 때문에, 그녀는 떠나고 싶어서 쿠포의 옷자락을 가볍게 당겼다. 쿠포도 그녀의 뜻을 알아차렸다. 게다가 그 역시 이 가장된 의도적 침묵에 마음이 상하고 당황하기 시작했다.

「자, 그럼 우리는 갑니다.」 그가 말했다. 「일하세요.」

그러나 그는 오도 가도 못 하고서 한마디 말이나 어떤 암시라도 해주기를 기다렸다. 이윽고 어쩔 수 없이 그 자신이 이야기를 꺼냈다.

「글쎄, 매형, 우리는 매형을 믿고 있어요, 아내의 증인이 되어 주셨으면 합니다.」

사슬장이는 고개를 들고 비웃음을 띠며 놀라는 척했고, 그의 아내는 다이스 선반을 놓고 작업장 한가운데 우뚝 섰다.

「그렇다면 진담이었구먼.」 로리외가 중얼거렸다. 「이 빌어먹을 〈막내둥이 카시스〉는 농담을 하는지 진담을 하는지 도통 구분이 안 돼.」

「아! 그렇지, 이 부인이 바로 그 사람이지.」 이번에는 그의 아내가 제르베즈를 뚫어지게 바라보면서 말했다. 「어쩌겠어! 우린 할 말이 없어, 우린……. 아무튼 결혼한다는 건 웃기는 생각이야. 하지만 두 사람이 좋다면야 어쩌겠어. 만일 결혼 생활이 실패로 돌아가면, 그건 다 자기 책임이지, 그뿐이야. 게다가 실패로 끝나는 경우도 많지, 정말 많지, 정말 많아…….」

이 마지막 말을 느릿느릿 하면서, 그녀는 마치 피부가 좋은지 나쁜지 보기 위해 옷을 벗기듯 젊은 여자의 얼굴에서 팔까지, 다시 발까지 훑어보면서 고개를 끄덕였다. 그녀는 젊은 여자가 상상했던 것보다 괜찮다고 생각한 것이 틀림없었다.

「내 동생은 자유롭게 결정할 권리가 있죠.」 그녀가 한층 못마땅한 어투로 말을 계속했다. 「물론 가족들의 바람도 있지만……. 누구나 늘 계획을 세우잖아요. 하지만 일이 우습게 돌아갈 때가 있죠……. 난 무엇보다 말다툼을 하기 싫어요. 동생이 우리에게 최고로 형편없는 여자를 데리고 왔다 하더라도, 난 이렇게 말했을 거예요. 결혼하렴, 대신 날 괴롭히지 말고……. 동생은 여기서 우리와 함께 식사하면서 잘 지냈죠. 살집도 보기 좋게 붙었고, 한눈에 잘 먹였다는 게 보이죠. 언제나 뜨거운 수프를 때맞춰서……. 글쎄, 로리외, 이 부인이 테레즈를 닮은 것 같지 않아요? 폐병으로 죽은 건너편 여자 말이야.」

「그래, 좀 닮은 것 같아.」 사슬장이가 대답했다.

「아이가 둘이라고요, 부인. 아! 동생에게도 말했어요, 어떻게 아이가 둘 있는 여자와 결혼하겠다는 건지 이해가 안 간다고……. 동생 생각만 한다고 화내지 마세요, 당연한 일이니까……. 게다가 당신은 그리 튼튼한 것 같진 않네요, 몸을 보니……. 안 그래요, 로리외, 부인이 튼튼해 보이지 않죠?」

「그래그래, 튼튼해 보이지 않아.」

그들은 그녀의 다리에 대해서는 말하지 않았다. 하지만 제르베즈는 그들이 곁눈질을 하고 입을 삐죽거리는 것으로 보아 그것을 암시하고 있음을 알아차렸다. 노란 종려나무 무늬의 얇은 숄을 당기며 그녀는 마치 재판관들 앞에 앉은 듯 단음절로 답하면서 그들 앞에 앉아 있었다. 그녀가 괴로워하는 것을 보자 마침내 쿠포가 소리쳤다.

「그런 건 상관없어요……. 누나와 매형이 무슨 말을 하든, 결과는 똑같아요. 결혼식은 7월 29일 토요일로 정했습니다. 달력에서 계산해 봤어요. 어때요? 괜찮죠?」

「오! 우리야 늘 괜찮지.」 그의 누나가 말했다. 「우리에게 물어볼 필요도 없어……. 게다가 난 로리외가 증인이 되는 데 대해 반대하지도 않아. 난 조용히 살고 싶을 뿐이야.」

제르베즈는 고개를 떨어뜨린 채 어찌할 바를 몰라 작업장

바닥을 덮은 나무 체의 마름모꼴 구멍에 발끝을 집어넣었다. 그런 다음 발끝을 빼면서 무엇인가를 흩트려 놓은 듯해서 그녀는 허리를 굽히고 손으로 더듬었다. 로리외가 느닷없이 램프를 들이댔다. 그런 다음 그는 의심스러운 눈초리로 그녀의 손가락을 살펴보았다.

「조심해야 해요.」 그가 말했다. 「본인도 모르는 사이에 금 부스러기가 신발에 붙어 나간단 말입니다.」

그것은 정말 큰 문제였다. 업주들은 1밀리그램의 부스러기 손실조차 인정하지 않았다. 로리외는 세공 받침대 위에 남은 금 부스러기를 쓸어 내는 솔과 금 부스러기를 받기 위해 자기 무릎 위에 펼쳐 놓은 가죽을 보여 주었다. 일주일에 두 번 작업장을 정성스레 청소했다. 쓰레기를 모아서 불태운 다음, 그 재를 체에 치면 한 달에 25프랑 내지 30프랑어치의 금을 얻을 수 있었다.

로리외 부인은 제르베즈의 구두에서 눈을 떼지 않았다.

「화내시지 않겠죠.」 그녀가 상냥한 미소를 띠고 조용히 말했다. 「구두 바닥 좀 보여 주세요.」

얼굴이 새빨개진 제르베즈는 다시 자리에 앉아 발을 들고 아무것도 없다는 것을 보여 주었다. 쿠포는 이미 문을 열고서 거친 목소리로 〈잘 있어요!〉 하고 소리를 질렀다. 그는 복도에서 그녀를 불렀다. 그러자 그녀가 나오면서 더듬더듬 인사의 말을 건넸다. 그녀는 곧 다시 만나자고, 앞으로 모두 사이좋게 지내자고 말했다. 그러나 로리외 부부는 벌써 작업장의 어둠 구석에서 일을 하기 시작했는데, 거기서는 작은 화덕이 마치 가마의 뜨거운 열기 속에서 하얗게 타는 마지막 석탄 불처럼 빛나고 있었다. 옷이 어깨 위로 흘러내린 탓에 아내는 살갗이 화덕의 불기운에 빨갛게 물든 채 새로운 금줄을 잡아당겼고, 힘을 줄 때마다 팽팽해지는 그녀의 목에서 근육이 가느다란 끈처럼 꿈틀거렸다. 남편은 큰 물방울의 푸르스름한 섬광 아래로 몸을 숙인 채 다시 사슬을 만들었는데, 시간이 아까운 듯 얼굴의 땀을 닦지도 않고 연속적으로, 그리고 기계적으로 먼저 핀셋으로 고리를 약간 휘게 만들고 그 한쪽 끝을 꽉 집어서 위쪽 고리에 끼워 넣은 후 송곳으로 끄트머리를 다시 열었다.

복도를 빠져나와 7층 층계참에 이르렀을 때, 제르베즈는 눈물을 글썽이며 이렇게 말하지 않을 수 없었다.

「우리 앞날이 그리 행복할 것 같진 않네요.」

쿠포는 사납게 머리를 흔들었다. 로리외는 언젠가 오늘 저녁 일에 대한 대가를 치르리라. 이런 욕심쟁이는 결코 본 적이 없어! 금 부스러기를 훔쳐 갈 거라고 생각하다니! 이 모든 생각이 순전히 탐욕에서 나온 거지. 식사로 4수를 절약시켜 주기 위해 내가 평생 결혼도 안 할 거라고 누나는 생각했단 말이야? 무슨 일이 있어도 7월 29일에 결혼식이 치러져야 해. 그런 사람들에게 누가 신경을 써!

그러나 제르베즈는 계단을 내려오면서 마음이 무거웠고, 터무니없는 두려움으로 고통스러워서 난간의 긴 그림자를 불안스레 쳐다보았다. 이 시각 계단은 3층의 가스등 하나만이 켜진 채 쓸쓸히 잠들어 있었는데, 가스등의 줄어든 불꽃이 이 암흑의 우물에 야등의 빛 방울을 떨어뜨렸다. 닫힌 문 뒤로 깊은 침묵의 소리가, 식사가 끝나자마자 바로 누운 노동자들이 곤히 잠자는 소리가 들렸다. 그렇지만 다림질장이의 방에서는 달콤한 웃음소리가 들렸고, 가위로 13수짜리 인형의 박사(薄紗) 드레스를 재단하는 르망주 양 방의 열쇠 구멍에서는 한 줄기 불빛이 새어 나왔다. 아래층 고드롱 부인의 방에서는 어린아이가 울음을 그치지 않았다. 그리고 개숫물 통은 어둡고 적막한 평화 속에서 한층 더 독한 악취를 피워 올리고 있었다.

쿠포가 안마당에서 노래하는 듯한 목소리로 문지기에게 문을 열어 달라고 부탁하는 동안, 제르베즈는 돌아서서 마지막으로 건물을 쳐다보았다. 건물은 달도 없는 하늘 아래에서 더 커 보였다. 사방의 잿빛 벽면들은 여기저기 헌데를 청소하고 그림자로 새 칠을 한 듯 넓어지고 높아졌다. 그리고 햇빛에 말리는 누더기마저 없었기 때문에 벽면들은 더 깨끗했고 더 편평했다. 닫힌 창들이 잠들어 있었다. 다만 드문드문 몇몇 창에 불이 환하게 켜져 있어 마치 눈을 뜨고 건물 구석구석을 살펴보는 듯했다. 각 벽면 1층에 나 있는 작은 현관 위로, 아래에서 위까지 일렬로 늘어선, 희미한 빛을 담은 여섯 층계참의 유리창이 좁디란 빛의 띠을 세우고 있었다. 3층 판지 제조소에서 떨어진 한 줄기 램프 불빛이 1층 작업장들이 잠겨 있는 어둠에 구멍을 뚫으면서 안마당의 포석 위에 노란 띠를 남겼다. 그리고 어둠 깊숙이 습한 구석에서, 잘못 잠근 급수장 수도꼭지로부터 물이 방울방울 떨어지면서 밤의 정적 가운데 맑은 소리를 냈다. 그때, 제르베즈는 건물이 그녀를 덮쳐 어깨를 차디차게 짓누르는 듯한 기분을 느꼈다. 그것은 늘 그렇듯 터무니없는 두려움이었고, 이내 미소 짓게 만드는 어린애 같은 유치함이었다.

「조심해요!」 쿠포가 소리쳤다.

밖으로 나오기 위해 그녀는 염색소에서 흘러나온 커다란

물웅덩이 위로 펄쩍 뛰어야 했다. 그날 밤 물웅덩이는 한여름 하늘처럼 짙은 푸른색이었는데, 경비실의 작은 야등이 거기에 점점이 별을 뿌렸다.

3

 제르베즈는 결혼식을 원하지 않았다. 그런 데 돈을 써서 무엇할까? 게다가 좀 부끄럽기도 했다. 그녀는 온 동네 사람들 앞에서 결혼을 보란 듯 펼치는 것이 쓸데없는 짓처럼 보였다. 그러나 쿠포의 생각은 달랐다. 간소하게나마 식사도 함께하지 않고 결혼을 할 수는 없는 일이었다. 동네 사람들 보라고 하는 게 아녜요! 아! 아주 간단히 하면 돼요, 오후에는 짧게 산책을 하고, 그다음에는 허름한 식당에 가서 토끼 목이라도 비틀면 어떨까. 물론 후식 시간에 음악 같은 건 필요 없어요, 여자들의 엉덩이를 흔들게 할 클라리넷도 필요 없고. 간단히 건배만 하는 거지, 건배 후엔 각자 집으로 가서 자면 될 것이고.

 함석장이는 농담도 하고 장난도 치면서 절대로 흥청망청 떠들썩하게 하지 않겠노라고 맹세함으로써 젊은 여자를 결심시켰다. 사람들이 술에 취하지 않도록 술잔에서 눈을 떼지 않으리라. 그리하여 그는 샤펠 대로에 있는 오귀스트네 술집 〈은(銀) 풍차〉에서 일인당 1백 수짜리 식사를 하기로 했다. 그곳은 값싼 술집으로서 가게 뒤편 안마당의 세 그루 아카시아 나무 아래 무도장이 있었다. 2층에서 회식한다면 더할 나위 없이 적당하리라. 열흘 동안, 그는 누나가 사는 구트도르 가의 건물에서 회식 참가자를 모집했다. 마디니에 씨, 르망주 양, 고드롱 부인과 그녀의 남편. 심지어 그는 제르베즈로 하여금 〈불고기 병정〉과 〈장화〉를 받아들이게 했다. 물론 〈장화〉는 술고래지만 각자 부담일 경우 반드시 회식에 초대되었는데, 왜냐하면 앉은자리에서 빵 12파운드를 해치우는 엄청난 대식가여서 그 모습을 보고 주인이 놀라는 표정이 재미있었기 때문이다. 젊은 여자는 자기 손님으로 세탁소 여주인 포코니에 부인과 사람 좋은 보슈 부부를 초대하기로 했다. 결국 식탁에는 열다섯 명이 앉을 것이며, 그것으로 충분했다. 사람이 너무 많으면, 늘 말다툼으로 끝나니까 말이다.

그런데 쿠포는 돈이 없었다. 그는 허세를 부리는 법이 없이 분수를 지키는 사람으로 행동하고자 했다. 그는 고용주에게서 50프랑을 빌렸다. 그것으로 그는 먼저 결혼반지, 로리외가 공장에서 9프랑에 사다 준 12프랑짜리 금반지를 마련했다. 다음으로 그는 미라 가에 있는 양복점에서 프록코트, 바지, 조끼를 주문했는데, 일단 25프랑의 선금만 치렀다. 에나멜 구두와 실크해트는 아직 쓸 만했다. 아이들은 공짜니까 제르베즈와 자기 회식비 10프랑을 떼놓으면, 가난뱅이들의 제단 미사비 6프랑이 남는다. 물론 그는 사제들을 좋아하지 않았다, 이 게으름뱅이들에게 6프랑을 갖다 바친다고 생각하니 가슴이 쓰렸다, 그들에게는 목을 축일 돈조차 되지 않겠지만 말이다. 그러나 미사가 없는 결혼이란 아무래도 결혼이 아니었다. 그는 성당으로 흥정을 하러 갔다. 거기서 과일 장수처럼 도둑질을 잘하는, 더러운 사제복을 입은 작고 늙은 신부와 한 시간이나 씨름해야 했다. 그는 신부의 따귀를 몇 대 때려 주고 싶었다. 농담 삼아 신부의 가게에는 너무 상하지 않은 중고 미사 상품, 그것으로 선량한 부부가 버터를 만들 수 있는 중고 미사 상품이 없는지 물었다. 작고 늙은 신부는 하느님이 이 결혼을 기쁘게 축복하시지는 않을 것이라고 불평하면서 마침내 5프랑에 미사를 해주기로 했다. 아무튼 20수가 절약되었다. 그에게 20수가 남은 것이다.

제르베즈 또한 결혼식을 조촐하게 하고 싶었다. 결혼이 결정되자마자 그녀는 준비를 시작했고, 저녁에 잔업을 해서 30프랑을 별도로 모았다. 그녀는 포부르푸아소니에르 가에 걸린 13프랑짜리 실크 반코트가 몹시 탐났다. 그녀는 그것을 샀고, 이어서 포코니에 부인이 사는 건물에서 죽은 세탁부의 청색 모직 드레스를 그녀의 남편에게서 10프랑에 사서 자기 치수에 맞게 완전히 뜯어 고쳤다. 남은 7프랑으로 그녀는 면장갑 한 켤레, 보닛에 달 장미 한 송이, 큰아들 클로드의 구두를 샀다. 다행히 아이들의 옷은 입을 만했다. 그녀는 모든 것을 세탁하고 자기 양말과 속옷의 가장 작은 구멍까지 찾아 꿰매는 데 나흘 밤을 보냈다.

마침내 결혼식 전날인 금요일 저녁, 일터에서 돌아온 제르베즈와 쿠포는 11시까지 이것저것 마지막 준비를 했다. 그런 다음 각자 자기 방으로 자러 가기 전에, 이 모든 곤경을 잘 헤쳐 나온 것에 만족하면서 그들은 젊은 여자의 방에서 한 시간을 함께 보냈다. 동네 사람들 눈 때문에 불필요한 고생을 하지는 말자고 다짐했음에도 그들은 여러 가지 문제에 신경을 썼고, 그 때문에 기진맥진 녹초가 되었다. 서로 잘 자라고 말했을 때, 그들은 선 채로 잠이 들 지경이었다. 어쨌든 그들은 안도의 한숨을 길게 내쉬었다. 이제, 준비는 끝났다. 쿠포는 증인으로 마디니에 씨와 〈불고기 병정〉을 택했다. 제르베즈는 로리외와 보슈에게 증인이 되어 달라고 부탁했다. 그들은 꽁무니에 사람들을 줄 세우는 일 없이 여섯이서 조용히 시청과 성당으로 갈 작정이었다. 신랑의 두 누나는 그들이 함께 갈 필요가 없으므로 그냥 집에 있겠다고 미리 선언했었다. 다만 쿠포의 어머니만이 먼저 가서 한쪽 구석에 숨어 있겠다고 말하면서 훌쩍거리기 시작했다. 그래서 그녀를 데리고 가기로 약속했다. 참석자 전부는 일단 〈은 풍차〉에서 1시에 만나기로 되어 있었다. 거기서 식욕을 돋우기 위해 생드니 벌판으로 갈 것이었다. 갈 때에는 기차를 타고 올 때에는 큰 도로를 따라 걷기로 했다. 이 유람은 아주 괜찮을 것 같았다, 진탕 먹고 마실 수는 없지만 장난을 치면서도 상냥하고 예의 바른 행동이 오갈 듯했다.

토요일 아침, 옷을 입으면서 쿠포는 20수짜리 지폐 한 장을 들고 불안에 사로잡혔다. 그는 예의상 저녁 식사를 기다리면서 증인들에게 포도주 한 잔과 햄 한 조각쯤은 사야 하리라는 생각이 들었다. 그 외에도 예상치 않은 비용이 들 것이다. 20수로는 분명히 부족했다. 그래서 저녁에 식당으로 바로 올 보슈 부인에게 클로드와 에티엔을 맡긴 후, 그는 구트도르 가로 달려가서 로리외에게 대담하게 10프랑을 빌려 달라고 부탁했다. 그것은 그로서는 목구멍이 타들어 가는 일이었는데, 왜냐하면 매형이 오만상을 찌푸릴 것이 뻔했기 때문이었다. 매형은 투덜거리면서 심술궂은 짐승처럼 비웃었지만, 결국 1백 수짜리 지폐 두 장을 빌려 주었다. 하지만 쿠포의 귀에는 누나가 이빨 사이로 〈벌써 시작이군〉 하고 힐난하는 소리가 들렸다.

시청에서의 결혼식은 10시 30분으로 예정되어 있었다. 태양이 이글거리며 거리를 달굴 정도로 날씨가 화창했다. 구경거리가 되지 않기 위해서 신랑 신부와 어머니, 네 증인은 두 패로 나뉘었다. 앞에서 제르베즈는 로리외의 팔짱을 끼고 걸었고, 마디니에 씨가 쿠포의 어머니를 모시고 갔다. 스무 걸음쯤 뒤에서, 건너편 보도 위로 쿠포, 보슈, 〈불고기 병정〉이 따라왔다. 세 남자는 모두 검정 프록코트 차림으로 등을 구부린 채 두 팔을 흔들며 걸었다. 보슈는 노란색 바지를 입고 있었다. 〈불고기 병정〉은 조끼도 입지 않은 채 프록코트 단추를 목까지 잠근 탓에, 넥타이가 밧줄처럼 꼬여 그 한 귀퉁이만이 겨우 밖으로 삐져나올 뿐이었다. 오직 마디니에 씨만이 정장, 각진 연미복 정장을 입고 있었다. 행인들이 멈춰 서서 이 신사가 초록색 숄을 두르고 검은 보닛을 쓰고 빨간 리본을 단 뚱뚱이 쿠포 어머니를 에스코트하는 것을 바라보았다. 제르베즈는 짙푸른 드레스에 어깨와 몸통을 꽉 조이는 반코트를 입고서 아주 부드럽고 명랑한 표정으로 이 더위에 자루처럼 생긴 커다란 외투에 파묻힌 로리외의 비웃음을 기분 좋게 듣고 있었다. 때때로 길모퉁이를 돌 때 그녀는 고개를 약간 돌린 채, 햇빛을 받아 번쩍이는 새 옷을 입고 거북해하는 쿠포에게 가볍게 미소를 보내 주었다.

아주 천천히 걸어왔는데도 그들은 무려 반 시간이나 일찍 시청에 도착했다. 더욱이 시장이 지각을 했기 때문에, 11시경에나 그들의 차례가 올 것 같았다. 그들은 홀 한쪽 구석에 있는 의자에 앉아 높은 천장과 엄숙한 분위기의 벽을 바라보면서, 사환이 지나갈 때마다 필요 이상으로 예의 바르게 의자를 뒤로 빼며 기다렸다. 그렇지만 낮은 목소리로 그들은 시장을 게으름뱅이라고 불렀다. 시장은 금발 머리 애인 집에서 통풍을 앓는 관절에 마사지를 받은 게 틀림없어. 아마 현장(懸章)도 술값으로 날려 버렸을걸. 하지만 정작 시장이 나타났을 때, 그들은 공손하게 자리에서 일어났다. 시장은 다시 앉으라고 했다. 그런 다음 그들은 부르주아 하객들이 즐비한 세 결혼식을 보았는데, 흰색 예복을 입은 신랑과 신부, 머리가 곱슬곱슬한 소녀들, 장밋빛 띠를 두른 들러리들, 상황에 맞게 차려입은 신사들과 부인들의 끝없는 행렬이 지나갔다. 이어서 그들을 부르는 소리가 들렸는데, 때마침 〈불고기 병정〉이 어디론가 사라져서 하마터면 결혼을 못 할 뻔했다. 보슈가 아래쪽 광장에서 파이프 담배를 피우고 있는 그를 발견했다. 정말 한심한 놈들이야, 먹고 마실 거리를 코끝에서 흔들어 주지 않으면 금세 달아나 버린다니까! 의례적인 절차, 법규 낭독, 질문, 서명 등이 너무나 빨리 이루어져서 그들은 의식의 절반을 도둑맞았다고 생각하며 서로의 얼굴을 쳐다보았다. 제르베즈는 얼떨떨했지만 가슴이 뭉클해져서 손수건을 입술에 갖다 대었다. 쿠포의 어머니는 뜨거운 눈물을 흘렸다. 모두가 서류에 코를 처박고 비뚤비뚤 큰 글씨로 그들의 이름을 썼는데, 다만 신랑만은 글을 쓸 줄 몰라서 십자가를 하나 그렸다. 그들은 빈자들을 위해서 각기 4수씩 기부했다. 사환이 쿠포에게 결혼 증명서를 전달했을 때, 제르베즈에게 팔꿈치를 찔린 쿠포는 5수를 더 내놓을 수밖에 없었다.

시청에서 성당까지 가는 여정은 즐거웠다. 도중에 남자들은 맥주를 마셨고, 쿠포 어머니와 제르베즈는 물을 탄 카시스주를 마셨다. 그리고 그들은 긴 거리를 따라가지 않으면 안 되었는데, 한 뼘의 그늘도 없이 태양이 수직으로 내리쬐었다. 성당지기가 텅 빈 성당에서 그들을 기다리고 있었다. 그는 그들을 작은 예배당 안으로 몰아넣으면서 이처럼 늦는 것을 보니 종교를 무시하는 게 아니냐고 사납게 물었다. 사제가 지저분한 중백의를 입고 종종걸음을 걷는 젊은 성직자를 앞세운 채 배가 고파 파리하고 침울해진 얼굴로 성큼성큼 걸어왔다. 사제는 라틴어 문장을 주워섬기면서, 뒤를 돌아보고 몸을 숙이고 팔을 뻗으면서, 신랑 신부와 증인들을 곁눈질로 살피면서 서둘러 미사를 진행했다. 신랑 신부는 제단 앞에서 언제 무릎을 꿇고 언제 일어나고 언제 앉아야 하는지를 몰라 당혹스러운 표정으로 젊은 성직자의 신호를 기다렸다. 증인들은 예의범절을 지키느라 계속 서 있었다. 쿠포 어머니는 다시 눈물이 솟구쳐 올라 옆에 앉은 여자에게 빌린 미사 경본에 얼굴을 파묻고 울었다. 그러는 동안 정오를 알리는 종소리가 울렸고, 마지막 미사가 읊어졌고, 성당지기들이 오가는 소리, 의자를 다시 정돈하는 소리기 성당을 가득 채웠다. 못으로 제막을 고정시키는 융단장이들의 망치 소리가 들리는 것으로 보아 제의용 주제단(主祭壇)을 준비하는 것이 틀림없었다. 예배당 안쪽에서, 성당지기의 비질이 일으키는 먼지 속에서 침울한 표정을 한 사제가 몸을 숙인 제르베즈와 쿠포의 머리 위에 메마른 손을 부지런히 휘저었는데, 그것은 마치 엄숙한 두 미사 사이에 하느님이 잠시 자리를 비우고 사람들이 소란스럽게 자리를 정리하는 틈을 타서 신랑 신부를 급히 맺어 주는 것처럼 보였다. 결혼식 참석자들이 제의실에서 다시 서류에 서명을 하고 중앙 현관으로 나와 눈부신 햇빛을 받았을 때, 그들은 이리저리 급하게 끌려다닌 탓에 숨을 몰아쉬며 잠시 멍하니 제자리에 서 있었다.

「끝났어!」 어색하게 웃으며 쿠포가 말했다.

몸을 좌우로 흔들며 그는 별로 재미있지는 않다고 생각했다. 그렇지만 이렇게 덧붙여 말했다.

「휴우! 그래도 질질 끌지는 않네. 금세 해치우는구먼……. 치과하고 똑같아. 아야! 하고 외칠 틈도 없잖아. 고통 없이 끝내 주니.」

「그래그래, 훌륭한 솜씨야.」 로리외가 냉소를 띠면서 중얼거렸다. 「5분 만에 쓱싹 해치우고서는 일평생 잘 살라니, 원……. 자! 불쌍한 〈막내둥이 카시스〉, 잘해 봐.」

그러자 네 증인이 모두 등이 축 처진 함석장이의 어깨를 두드려 주었다. 그 동안 제르베즈는 미소를 지으면서도 눈물이 글썽한 쿠포의 어머니를 포옹했다. 그녀는 말을 제대로 잇지 못하는 노파에게 이렇게 말했다.

「걱정하지 마세요, 최선을 다할게요. 혹시 결과가 안 좋아도 제 노력 부족 때문은 아닐 겁니다. 그럼요, 전 정말 행복해지고 싶거든요……. 결국 잘될 겁니다, 안 그래요? 저이와 제가 서로 이해하고, 서로 힘을 모아야죠.」

일행은 곧장 〈은 풍차〉로 갔다. 쿠포는 아내에게 팔을 주었다. 둘은 집도 행인도 마차도 보지 않고 다른 사람들보다 2백 걸음쯤 앞장서서 흥분한 듯 소리 내어 웃으며 걸었다. 변두리의 요란한 소음이 그들의 귀에는 축복의 종소리처럼 들렸다. 술집에 도착했을 때, 쿠포는 즉시 접시도 식탁보도 없는, 유리창이 달린 1층의 작은 방으로 들어가서 간편식으로 술 두 병, 빵 그리고 몇 조각의 햄을 주문했다. 이어서 보슈와 〈불고기 병정〉이 그것을 게 눈 감추듯 먹어 버리자, 그는 세 번째

술 한 병과 브리산(産) 치즈를 가져오게 했다. 쿠포의 어머니는 배가 고프지 않았고, 무엇인가를 먹기에는 너무도 가슴이 미어졌다. 몹시 목이 말랐던 제르베즈는 포도주를 몇 방울 떨어뜨린 물을 여러 잔 마셨다.

「제가 낼 겁니다.」 쿠포는 금세 카운터로 가서 4프랑 5수를 지불했다.

그러는 동안 1시가 되었고, 손님들이 도착했다. 살이 쪘지만 아직도 아름다운 포코니에 부인이 맨 먼저 나타났다. 그녀는 꽃무늬가 있는 베이지 색 드레스를 입고, 분홍색 목도리를 두르고, 꽃으로 장식한 보닛을 썼다. 그다음에는 잠잘 때에도 벗지 않을 것 같은 검은 드레스를 입은, 몹시 가늘고 메마른 몸매의 르망주 양과 고드롱 부부가 함께 들어왔는데, 짐승처럼 무거운 남편은 조금만 움직여도 갈색 상의가 서걱거렸고, 몸집이 거대한 아내는 원색적인 보랏빛 치마를 입은 탓에 임신을 해서 그렇잖아도 불룩한 배가 더 크게 보였다. 쿠포는 〈장화〉를 기다릴 필요가 없다고 했다. 생드니 도로에서 서로 마주칠 게 틀림없었다.

「이런!」 르라 부인이 들어오면서 소리쳤다. 「소나기가 한바탕 쏟아질 것 같은데! 큰일 났어!」

그녀는 일동을 술집 앞으로 불러내서 파리의 남쪽 하늘로 빠르게 몰려오는 먹장 같은 소나기구름을 보여 주었다. 쿠포의 큰누나인 르라 부인은 키가 크고 메마르고 남자처럼 생긴 여자로서 볼품없는 적갈색 드레스를 입고 콧소리로 말을 하고 있었는데, 드레스의 기다란 술 장식이 마치 그녀를 물에서 막 건져 올린 깡마른 푸들처럼 보이게 했다. 그녀는 단장(短杖)을 휘두르듯 양산을 휘두르며 하늘을 가리켰다. 제르베즈를 포옹한 후, 그녀는 다시 말했다.

「다들 느낌이 없으신 모양이네, 길이 온통 불덩이인데……. 마치 풀무로 얼굴에 불을 뿜는 것 같아요.」

그러자 모두가 오래전부터 소나기가 쏟아질 듯했다고 말했다. 마디니에 씨는 성당에서 나올 때부터 그런 기색을 느꼈었다. 로리외는 새벽 3시부터 티눈이 아파서 잠을 이루지 못했었다고 했다. 이럴 때면 반드시 비가 온다니까. 사흘 전부터 정말 어지간히도 더웠다.

「그래! 한바탕 내리긴 하겠어.」 문가에 서서 걱정스러운 눈길로 하늘을 살피던 쿠포가 말했다. 「이제 누나만 기다리면 돼, 누나가 도착하면 바로 떠납시다.」

로리외 부인이 지각이었다. 르라 부인은 방금 막 그녀를 데리러 그녀의 집에 들렀었다. 하지만 이제 겨우 코르셋을 입고 있어서 그녀는 로리외 부인과 잠시 말다툼을 하고 오는 길이었다. 키다리 과부는 동생의 귓전에 대고 이렇게 말했다.

「아예 집에 있으라고 했어. 기분이 엄청 안 좋던데!…… 면상 한번 볼만할 거야.」

일행은 카운터로 한잔 마시러 오는 남자들 틈에서 팔꿈치에 부딪히기도 하고 떠밀리기도 하면서 술집에서 15분을 더 기다려야 했다. 간간이 보슈, 포코니에 부인, 또는 〈불고기 병정〉이 길가로 나가서 하늘을 올려다보았다. 비는 한 방울도 내리지 않았다. 그러나 해가 기울고 있었고, 바람이 땅을 휩쓸면서 여기저기 작고 허연 먼지 회오리를 일으켰다. 이윽고 천둥이 치자, 르망주 양이 성호를 그었다. 모든 시선이 일제히 거울 위에 걸린 괘종시계로 향했다. 벌써 2시 20분 전이었다.

「이것 봐!」 쿠포가 소리쳤다. 「천사가 눈물을 흘리시네.」

세찬 소나기가 차도를 휩쓸었고, 여자들이 두 손으로 치마를 잡고 뛰어갔다. 이 소나기 속에서 드디어 로리외 부인이 숨을 헐떡이며 도착했는데, 그녀는 문턱에서 잘 접히지 않는 우산과 씨름하면서 울화통을 터뜨렸다.

「어떻게 이럴 수가 있담!」 그녀가 더듬거리며 말했다. 「길가로 나서자마자 비가 쏟아지잖아. 처음엔 다시 집으로 올라가서 옷을 벗을까 생각했었어. 그렇게 하는 게 훨씬 나았을 것을……. 아! 정말 멋진 결혼식이야! 내가 말했지, 다음 주 토요일로 연기하는 게 좋을 거라고. 내 말 안 듣더니 꼴좋잖아! 잘됐어! 잘됐어! 하늘이 터지도록 쏟아지라고 해!」

　쿠포는 그녀를 진정시키려고 했다. 하지만 그녀는 일없으니 됐다고 했다. 드레스가 엉망이 된다 해도 물어 줄 것도 아니잖아. 그녀는 검정 실크 드레스 속에서 질식할 지경이었다. 블라우스의 품이 너무 좁아서 단춧구멍이 팽팽해지고 어깨가 불쑥 튀어나왔다. 긴 칼집처럼 재단된 치마는 허벅지에 꽉 끼어서 그녀는 잔걸음으로 걸을 수밖에 없었다. 그렇지만 부인네들은 입을 삐죽이면서도 그녀의 옷차림을 감동한 듯 바라보았다. 그녀는 시어머니 옆에 앉아 있는 제르베즈를 안중에도 두지 않았다. 그녀는 로리외를 불러서 손수건을 달라고 했다. 그러더니 가게 한쪽 구석으로 가서 실크 위에 구르는 물방울을 하나하나 닦아 냈다.

　별안간 소나기가 그쳤다. 그렇지만 해가 더 기울었고, 거의 밤처럼 어두워져 납빛으로 변한 하늘에 강한 번개가 쳤다. 〈불고기 병정〉이 껄껄 웃으면서 틀림없이 한바탕 폭우가 쏟아질 거라고 뇌까렸다. 바로 그때, 엄청난 뇌성이 울렸다. 반시간 동안 양동이로 물을 퍼붓듯 비가 왔고, 쉴 새 없이 벼락이 떨어졌다. 남자들은 문가에 서서 쏟아지는 잿빛 소나기, 불어나는 도랑물, 물구덩이에서 튀어 오르는 흙탕물을 물끄러미 바라보았다. 여자들은 손으로 눈을 가린 채 겁에 질려 앉아 있었다. 모두가 목구멍이 죄어드는 듯 말문을 닫았다. 보슈가 천둥을 가리켜 성(聖) 베드로가 하늘에서 하는 재채기라고 농담을 했지만, 아무도 웃지 않았다. 그러나 벼락이 뜸해지면서 멀리 사라졌을 때, 일행은 다시 조바심을 내기 시작했고, 뇌우에 대해 화를 내면서 욕을 하고 구름에 대고 주먹질을 했다. 지금은 희뿌연 하늘에서 가랑비가 끝없이 내리고 있었다.

「벌써 2시가 넘었어.」 로리외 부인이 소리쳤다. 「그렇다고 여기서 밤을 새울 순 없잖아!」

르망주 양이 성채 외호(外濠)에서 비를 피하는 일이 있더라도 교외로 나가자고 하자, 일행 모두가 각자 자기 의견을 큰 소리로 말했다. 길이 엉망진창이 되어 있을걸, 풀밭에는 앉을 수도 없을 거야. 게다가 비가 그친 게 아냐, 다시 쏟아질 거라고. 비에 흠뻑 젖은 한 노동자가 빗속으로 태연히 걸어가는 것을 눈으로 좇던 쿠포가 중얼거렸다.

「〈장화〉란 놈이 생드니 길바닥에서 우릴 기다린다 해도 일사병엔 안 걸리겠어.」

그 말에 모두가 웃었다. 하지만 기분이 점점 더 나빠졌다. 폭발 일보 직전이었다. 무엇인가 결정을 내려야만 했다. 아무도 저녁 식사 때까지 이처럼 서로를 바라보고 있을 생각은 없었다. 그래서 15분 동안 끈질기게 내리는 비 앞에서 일행은 지혜를 짜냈다. 〈불고기 병정〉은 카드놀이를 하자고 했다. 기질이 음탕하고 엉큼한 보슈는 고해 신부 놀이라는 아주 재미

있는 놀이를 알고 있었다. 고드롱 부인은 양파 파이를 먹으러 클리냥쿠르로 가자고 했다. 르라 부인은 잡담을 나누고 싶어 했다. 지루하지도 않았고 힘들지도 않았던 고드롱은 차라리 바로 식사를 하자고 했다. 누군가 제안을 할 때마다 일행은 토를 달기도 했고, 화를 내기도 했다. 바보 같은 짓이야, 모두가 잠들걸, 어린애들 장난도 아니고, 원. 이어서 한마디 하고 싶었던 로리외가 아주 간단한 제안, 즉 외곽 대로를 따라 페르라셰즈 공원묘지, 시간이 되면 엘로이즈와 아벨라르[8]의 무덤도 구경할 수 있는 페르라셰즈 공원묘지로 산책을 가자는 제안을 했을 때, 마침내 인내심의 한계에 달한 로리외 부인이 폭발하고 말았다. 먼저 갈게, 먼저! 도대체 무슨 짓을 한 거야, 내가! 사람을 놀려도 유분수지! 새 옷을 차려입고 비를 쫄딱 맞고 왔더니, 글쎄, 술집에 갇혀 있으라고! 웃기고 있네, 이런 결혼식은 딱 질색이야, 차라리 집구석에 처박혀 있는 게 백번 낫지! 쿠포와 로리외가 문을 가로막아야만 했다. 그녀는 되풀이했다.

「비켜요! 난 간다니까!」

그녀의 남편이 그녀의 화를 가라앉혔기 때문에, 쿠포는 한쪽 구석에서 시어머니와 포코니에 부인과 함께 도란도란 이야기를 나누고 있는 제르베즈에게 다가갔다.

「당신, 당신은 아무것도 제안하지 않는군요!」 아직 감히 반말을 하지 못하는 쿠포가 말했다.

---

8 Pierre Abélard(1079~1142). 12세기의 유명한 스콜라 철학자로 스무 살 연하의 어린 제자 엘로이즈와 운명적 사랑에 빠지지만, 모욕을 느낀 엘로이즈의 숙부에 의해 거세당한다. 이후 아벨라르는 수도사가 되고 엘로이즈는 수녀가 된다.

「괜찮아요! 사람들이 원하는 대로 할게요.」 그녀가 웃으면서 대답했다. 「난 까다롭지 않아요. 나가도 좋고, 안 나가도 좋아요. 난 괜찮아요. 더 이상 바라는 게 없어요.」

실제로 그녀의 얼굴은 평온한 기쁨으로 밝게 빛나고 있었다. 손님들이 그곳에 도착한 이래, 그녀는 지각 있는 태도로 말다툼에 끼어들지 않으면서 그들 하나하나에게 감동한 목소리로 나직이 말을 건넸다. 뇌우가 쏟아지는 동안, 그녀는 찰나의 섬광 속에서 저 먼 장래에 닥쳐올 중요한 일들을 미리 보는 듯 번갯불을 가만히 응시했다.

그때까지 마디니에 씨는 아무것도 제안하지 않았었다. 그는 연미복 끝자락을 좌우로 걷어 올린 채 어른의 위엄을 유지하면서 카운터에 기대어 있었다. 그는 침을 멀리 뱉었고, 키다란 눈망울을 이리저리 굴렸다.

「그렇다면!」 그가 말했다. 「박물관에라도 가볼까……」

그는 턱을 어루만지고 눈을 깜박거림으로써 일행의 의견을 물었다.

「골동품, 초상화, 그림, 그 외에도 엄청나게 많은 것들이 있지. 유익하다마다……. 잘 모르시는 것 같은데. 그럼! 꼭 봐야 해요, 적어도 한 번쯤은.」

일행은 서로를 쳐다보았고, 서로의 눈치를 살폈다. 제르베즈는 그런 것을 모르고 있었다. 포코니에 부인도, 보슈도, 다른 사람들도 알지 못했다. 쿠포는 어느 일요일에 가본 적이 있는 듯했지만, 더 이상 기억나는 것이 아무것도 없었다. 일행이 망설이고 있을 때, 마디니에 씨의 위엄에 감동한 로리외 부인이 매우 유익하고 적절한 제안이라고 말했다. 하루를 희생하고 성장(盛裝)을 한 이상, 교양에 도움이 되는 무엇인가를 해야 할 필요가 있었다. 모두가 찬성이었다. 아직도 빗방울이 떨어지고 있었기 때문에, 일행은 술집 주인에게서 우산을, 손님들이 두고 간 푸른색, 초록색, 밤색 낡은 우산을 빌렸다. 그러고서 일행은 박물관을 향해서 떠났다.

일행은 오른쪽으로 돌아서 포부르생드니를 통해 파리 시내로 내려갔다. 쿠포와 제르베즈가 다른 사람들을 앞질러 가서 다시 한 번 선두에 섰다. 쿠포의 어머니가 다리가 아파서 술집에 남았기 때문에, 마디니에 씨는 이번에는 로리외 부인에게 팔을 주었다. 뒤따라 로리외와 르라 부인, 보슈와 포코니에 부인, 〈불고기 병정〉과 르망주 양이 왔고, 맨 끝에 고드롱 부부가 있었다. 도합 열두 명이었다. 그 정도만 해도 보도 위에 상당히 긴 행렬이 이루어졌다.

「오! 맹세하건대, 우린 아무 책임이 없어요.」 로리외 부인이 마디니에 씨에게 설명했다. 「우린 쟤가 어디서 저런 여자를 주워 왔는지 몰라요, 아니 어쩌면 너무 잘 알고 있죠. 하지만 우리가 무슨 이야기를 하겠어요, 네?…… 결혼반지도 우리 남편이 사줘야 했죠. 오늘 아침만 해도 눈뜨자마자 10프랑을 빌려 갔는데, 그게 없었으면 무슨 꼴이 됐겠어요……. 자기 결혼식에 일가친척 하나 안 데리고 오는 신부라니! 자기 말로는 파리에 돼지고기 파는 언니 하나가 있다나요. 그렇담 왜 하객으로 부르지 않았을까요?」

그녀는 말을 멈추고 오르막길 때문에 더 심하게 다리를 저는 제르베즈를 가리켰다.

「저것 좀 봐요! 이렇게 말하면 어떨지 모르겠지만!…… 그렇잖아요! 절름발이!」

그러자 〈절름발이〉라는 말이 금세 일행 사이에 돌았다. 로리외는 냉소를 지으며 당연히 그렇게 불러야 한다고 했다. 하지만 포코니에 부인은 제르베즈를 옹호했다. 그녀를 비웃는 것은 옳지 못해요, 그녀는 1수짜리 동전처럼 깨끗하고, 필요하면 몸이 가루가 되도록 일을 하죠. 늘 음란한 암시를 즐기는 르라 부인은 그녀의 다리를 귀여운 〈사랑의 구주희(九柱戲) 핀〉[9]이라고 불렀다. 그리고 많은 남자들이 그것을 좋아한다고 덧붙였지만, 더 이상은 설명을 하려 들지 않았다.

일행은 생드니 가를 빠져나와 대로를 가로질렀다. 일행은 마차의 물결 앞에서 잠시 멈추었다. 그런 다음, 위험을 무릅쓰고 폭우로 진흙탕 개울이 된 차도 위로 걸어갔다. 다시 소나기가 쏟아져서 일행은 우산을 펴 들었다. 남자들의 손에서 흔들리는 낡은 우산 밑에서 여자들이 소매를 걷어 올렸고, 행렬은 간격을 두고 길 이쪽에서 저쪽까지 이어졌다. 두 건달 소년이 가장행렬이 지나간다고 소리쳤다. 거리를 어슬렁거리던 사람들이 달려왔다. 가게 주인들은 재미있다는 듯 가게 진열창 뒤에서 발돋움을 했다. 웅성거리며 모여든 사람들 가운데에서, 비에 젖은 잿빛 대로 위에서, 쌍을 지어 걸어가는 이 행렬은 제르베즈의 짙푸른 드레스, 포코니에 부인의 드레스에 그려진 수많은 꽃무늬, 보슈의 노란 카나리아 색 바지 덕분에 눈부신 얼룩처럼 눈에 띄었다. 쿠포의 번쩍이는 프록코트, 마디니에 씨의 각진 연미복 등 나들이옷을 입은 사람들의 어색한 모습이 사육제의 가장행렬처럼 우스꽝스러웠다. 그리고 로리외 부인의 화려한 옷치장, 르라 부인의 술 장식, 르

---

9 *quille*. 중세 유럽 대륙에서 시작된 일종의 볼링 게임. 〈구주희〉 또는 〈구주희 핀〉을 뜻하는 프랑스어 〈*quille*〉는 구어(口語)로 〈다리〉를 뜻하기도 한다.

망주 양의 구겨진 치마는 여러 유행을 섞어 놓은 듯했고, 가난뱅이들의 사치스러운 헌 옷을 일렬로 전시해 놓은 듯했다. 그러나 구경꾼들을 특히 즐겁게 한 것은 신사 나리들의 모자, 장롱 어둠 구석에 처박아 두어 빛이 바랜 낡은 모자였는데, 모양이 높다란 것, 나팔처럼 벌어진 것, 뾰족한 것 등으로 하나같이 우스웠고, 차양은 위로 들린 것, 편평한 것, 너무 넓은 것, 너무 좁은 것 등으로 희한하기 짝이 없었다. 그리고 행렬의 맨 끝에서 소모장이 고드롱 부인이 임신으로 거대해진 배를 불쑥 앞으로 내민 채 원색적인 보랏빛 치마를 입고 걸어왔을 때, 구경꾼들의 웃음소리는 한층 커졌다. 그렇지만 일행은 순진한 아이들처럼 시선을 모으는 게 좋은 듯 구경꾼들의 농담을 즐기며 발걸음을 서두르지 않았.

「야! 신부다, 신부!」 건달 소년 중의 하나가 고드롱 부인을 가리키면서 외쳤다. 「어라! 불쌍하기도 하지! 엄청나게 큰 씨앗을 삼켰나 봐!」

모두가 웃음을 터뜨렸다. 〈불고기 병정〉은 뒤를 돌이보며 꼬마둥이가 그럴듯한 소리를 한다고 했다. 소모장이가 가장 큰 소리로 웃으면서 배를 불쑥 더 앞으로 내밀었다. 부끄러운 일이 아니잖아, 어때. 여자들이 지나가면서 곁눈질을 했는데, 아마도 그렇게 되고 싶은 모양이었다.

일행은 클레리 가로 들어섰다. 이어서 마이유 가로 접어들었다. 빅투아르 광장에서 일행은 잠시 멈추어 섰다. 신부의 왼쪽 구두끈이 풀렸던 것이다. 루이 14세 동상 밑에서 그녀가 구두끈을 다시 매는 동안, 쌍을 이룬 행렬이 뒤로 몰려들어 그녀가 드러낸 장딴지를 가지고 농담을 하면서 기다렸다. 일행이 크루아데프티샹 가를 내려오자, 마침내 루브르가 나타났다.

마디니에 씨가 정중하게 행렬의 선두에 서기를 자청했다. 그의 키가 매우 컸기 때문에, 일행은 서로 잃어버릴 염려가 없었다. 게다가 그는 볼만한 곳이 어디인가를 잘 알고 있었는데, 왜냐하면 대형 판지 제조소에 종이 상자 인쇄용 데생을 파는, 머리가 아주 명석한 젊은 예술가와 함께 자주 들렀기 때문이었다. 아래층의 아시리아 전시관으로 들어섰을 때, 일행은 몸이 약간 떨렸다. 이럴 수가! 거기는 덥지 않았던 것이다. 홀이 꼭 무슨 지하실처럼 서늘해. 일행은 쌍쌍이 턱을 치켜들고 눈을 깜박이며 거대한 석상들, 엄숙한 자태로 묵묵히 서 있는 검은 대리석 신상들, 코는 가늘고 입술은 두툼하고 얼굴은 죽은 여자 같은 빈인빈묘의 괴물들 사이를 지나갔다. 그 모든 것이 몹시 흉해 보였다. 돌을 다듬는 일이라면 오늘날이 훨씬 낫지. 페니키아 문자로 새긴 비문은 그들을 깜짝 놀라게 했다. 말도 안 돼, 아무도 이런 괴상한 문자는 읽을 수 없을 거야. 하지만 벌써 로리외 부인과 함께 첫 번째 층계참에 도착한 마디니에 씨가 그들을 부르며 궁륭(穹窿) 아래에서 이렇게 외쳤다.

「빨리 와요. 이런 건 아무것도 아니니…… . 볼만한 건 2층에 있지.」

장식 없는 계단의 엄숙함이 그들을 숙연하게 했다. 빨간 조끼에 금줄 장식이 달린 제복을 입은 멋진 수위가 마치 그들을 기다리듯 층계참에 서 있어서 그들의 감동이 배가되었다. 그들은 경건하게 가능한 한 조용한 걸음으로 프랑스 전시관으로 들어갔다.

액자의 금테두리에 눈이 휘둥그레진 그들은 멈추지도 않

고 작은 전시실들을 계속해서 들렀는데, 그들을 스쳐 지나가는 그림이 너무나 많아서 자세히 볼 틈이 없었다. 그림을 이해하려면, 그림 하나에 한 시간은 족히 걸릴 거야. 웬 그림이 이렇게 많아, 제기랄! 도대체 끝이 없었다. 돈으로 치자면 엄청난 액수임이 틀림없었다. 드디어 프랑스 전시관의 끝에 이르자, 마디니에 씨가 갑자기 그들을 「메두사호의 뗏목」[10] 앞에 멈춰 서게 했다. 그러고는 그들에게 주제를 설명했다. 모두들 깜짝 놀라 말문을 닫은 채 움직이지도 못했다. 일행이 다시 걷기 시작했을 때, 보슈가 모두의 감상을 요약했다. 엄청난걸.

아폴로 전시관에서 일행을 감탄하게 한 것은 마루판, 장의자 다리까지 반사하는 거울처럼 투명하게 빛나는 마루판이었다. 르망주 양은 물 위를 걷는 기분이어서 눈을 꼭 감았다. 일행은 임신 중인 고드롱 부인에게 구두를 바닥에 딱 붙이고 걸으라고 소리쳤다. 마디니에 씨는 천장의 금장식과 그림을 보여 주고 싶었다. 하지만 모두가 목이 아프냐고 야단이었다. 그들은 뭐가 뭔지 구분을 하지 못했다. 그래서 장방형 전시실로 들어가기 전에, 마디니에 씨가 몸짓으로 창문을 가리키면서 말했다.

「저곳이 샤를 9세가 민중에게 총을 쏘았던 바로 그 발코니입니다.」

그러면서 그는 행렬의 후미를 살폈다. 그러고는 장방형 전시실 한가운데에서 손짓으로 정지를 명령했다. 그는 마치 성

---

10 Le Radeau de la Méduse. 19세기 프랑스 낭만파 화가 제리코Théodore Géricault(1791~1824)의 작품. 난파된 메두사호의 생존자 15명이 뗏목을 타고 표류한 끝에 기적적으로 구조되었던 실화에 근거해서 그렸다.

당 안에서 말하듯 목소리를 낮추어서 속삭였다. 여기엔 걸작들만 전시되어 있소. 일행은 전시실을 한 바퀴 돌았다. 제르베즈가 「가나의 결혼」의 주제가 무엇인지 물었다. 액자에 주제를 써넣지 않다니 정말 이해가 안 돼. 쿠포는 모나리자 앞에 멈춰 서서 자기 아주머니 한 분과 닮았다고 생각했다. 보슈와 〈불고기 병정〉은 서로 곁눈질로 나부(裸婦)들을 가리키면서 킬킬거렸다. 특히 안티오페의 넓적다리가 그들의 탄성을 자아냈다. 고드롱 부부는 전시실 맨 끝에 있는 무리요[11]의 성모 마리아 앞에 멈춰 서서 남편은 입을 벌린 채, 아내는 배 위에 두 손을 모은 채 멍하니 감동에 사로잡혀 있었다.

전시실을 한 바퀴 돌고 나자, 마디니에 씨가 한 바퀴 더 돌자고 제안했다. 이 방은 그럴 만한 가치가 충분해요. 그는 실크 드레스 때문에 로리외 부인에게 특별히 신경을 썼다. 그녀가 질문할 때마다, 그는 근엄한 표정으로 침착하게 답했다. 로리외 부인이 자기처럼 머리칼이 노란 것을 보고 티치아노[12]가 그린 정부(情婦)에게 관심을 보였을 때, 그는 그 여인이 바로 앙비귀 극장에서 연극으로 상연된 바 있는 연애 스토리의 주인공으로서 앙리 4세의 정부 〈라 벨 페로니에르〉[13]라고 알려주었다.

---

11 Bartolomé Esteban Murillo(1618~1682). 17세기 스페인에서 바로크 양식의 종교화로 이름이 높았던 화가.
12 Vecellio Tiziano(1488~1576). 16세기에 활약한 이탈리아 베네치아 파의 대표적인 화가.
13 La Belle Ferronnière. 〈아름다운 장식 머리끈을 두른 여인〉이라는 뜻으로 레오나르도 다빈치(1452~1519)가 그린 그림의 제목인 동시에 프랑스 국왕 프랑수아 1세(1494~1547)가 둔 정부 가운데 하나의 별명이다. 『목로주점』의 서술자와 등장인물 마디니에가 제공하는 정보는 사실과 차이가 있다.

다음으로 일행은 이탈리아 유파와 플랑드르 유파가 있는 긴 전시관으로 들어갔다. 또다시 그림들, 끝없이 이어지는 그림들이 나타났다. 이해할 수 없는 얼굴을 한 성자들, 남자들, 여자들, 몹시 검은 배경들, 노랗게 탈색된 짐승들 그리고 끝없이 펼쳐진, 색채가 요란하게 대조되는 그림 속의 사람들과 사물들이 일행의 머리를 아프게 하기 시작했다. 마디니에 씨는 이제 말문을 닫은 채 천천히 행렬을 이끌었는데, 행렬은 고개를 비틀고 허공을 바라보면서 질서 있게 그를 따라갔다. 르네상스 초기의 메마른 섬세함, 베네치아 화가들의 찬란함, 네덜란드 화가들의 풍부하고 아름답고 생동감 있는 빛 등 여러 세기의 예술이 얼빠진 그들의 무지한 눈앞으로 지나갔다. 그러나 무엇보다 그들의 눈길을 끈 것은 관객들이 오가는 가운데 화판틀을 설치해 놓고 아무 거리낌 없이 그림을 모사하는 사람들이었다. 특히 커다란 사다리 위에 올라가서 거대한 캔버스의 희미한 하늘 위로 열심히 붓을 놀리는 늙은 부인 하나가 그들을 놀라게 했다. 그런데 결혼식 하객 일행이 루브르를 구경하고 있다는 소문이 조금씩 퍼진 게 틀림없었다. 화가들이 웃음으로 입이 찢어진 채 달려왔다. 구경꾼들은 편안한 자세로 행렬을 보기 위해 미리 장의자에 자리를 잡았다. 수위들은 입을 꼭 다문 채 조롱 섞인 농담이 튀어나오려는 것을 억지로 참았다. 이미 지칠 대로 지쳐서 외경심이 사라진 일행은 징을 박은 구두를 질질 끌었고, 그 바람에 구두 뒤꿈치가 바닥을 때려서 소리가 크게 울렸는데, 그것은 마치 조용하고 깨끗한 홀 한가운데 풀어 놓은 가축 떼가 이리저리 몰려다니면서 내는 발 구름 소리 같았다.

마디니에 씨는 효과를 노려 입을 다물고 있었다. 그는 곧장 루벤스[14]의 「케르메스 축제」[15] 앞으로 갔다. 거기서, 그는 여전히 입을 다문 채 외설적인 눈초리를 힐끗 던져 그림을 가리킬 뿐이었다. 부인들은 그림에 얼굴을 들이밀고서는 나지막이 소리를 질렀다. 그런 다음 얼굴을 붉히고 돌아섰다. 남자들은 여자들을 붙들고 그림에서 음란한 부분을 찾으며 농담을 했다.

「와, 이것 좀 봐!」 보슈가 되풀이했다. 「돈을 주고 들어올 만해. 저기 토하는 녀석 좀 봐. 저기 오줌 싸는 녀석도 있고. 그리고 저기 저 녀석, 아! 말도 안 돼……. 젠장! 정말 깨끗한 곳이야, 여긴!」

「갑시다.」 속셈대로 효과가 나타난 데 만족한 마디니에 씨가 말했다. 「이쪽에서는 더 이상 볼 게 없소.」

일행은 온 길을 되밟아서 장방형 전시실과 아폴로 전시관을 다시 가로질러 갔다. 르라 부인과 르망주 양은 다리가 끊어질 듯 아프다면서 투덜거렸다. 그러나 판지 제조사는 로리외에게 고대 보석들을 보여 주고 싶었다. 그것은 바로 옆에, 그가 눈을 감고도 찾아갈 수 있는 작은 방 안쪽에 있었다. 그렇지만 그는 길을 잘못 들어섰고, 관람객도 없이 썰렁한 가운데 오직 깨진 항아리와 흉한 사람 몰골만이 무수히 진열된 일고여덟 개의 홀을 따라 일행을 헤매게 했다. 모두가 몸을 떨었고, 몹시 지겨워했다. 이윽고 출구를 찾았지만, 그것은 데생 전시실의 입구였다. 다시 끝없는 진열이 시작되었다. 데생

---

14 Peter Paul Rubens(1577~1640). 17세기 전반의 미술사에 위대한 족적을 남긴 플랑드르파 화가.
15 La Kermesse. 네덜란드·벨기에·북프랑스 지방의 수호성인 축제. 1635년경 루벤스가 그린 「케르메스 축제」는 수십 명의 시골 마을 주민들이 삼삼오오 난잡하게 뒤엉켜 축제를 즐기는 장면을 묘사하고 있다.

이 줄지어 전시되어 있었고, 전시실은 전시실로 이어졌는데 서투른 그림이 그려진 종잇장이 벽에 걸린 유리 액자들에 들어 있었다. 마디니에 씨는 정신이 없었지만 길을 잃었다고 고백하기 싫어 계단이 보이자 일행을 위층으로 올라가게 했다. 이번에는 해양 기구와 대포 모형, 돋을새김으로 된 도면, 장난감 크기의 군함으로 가득 찬 해군 박물관을 지나가게 되었다. 15분 정도 걸었을 때, 또 하나의 계단이 나타났다. 그 계단을 따라 내려가자 일행은 다시 데생 진열실에 서게 되었다. 절망에 사로잡힌 일행은 여전히 쌍쌍이 줄지어 마디니에 씨를 따라 이 방 저 방 마구 헤매고 다녔는데, 마디니에 씨는 넋이 나간 듯 이마의 땀을 닦으며 관리 사무소가 출입구를 바꿔 놓았다고 분통을 터뜨렸다. 수위들과 구경꾼들이 놀란 표정으로 그들이 지나가는 것을 쳐다보았다. 채 20분도 안 되어 자그마한 동양의 신들이 잠들어 있는 진열창을 따라서 장방형 전시실로, 프랑스 전시관으로 다시 나타나는 일행이 보였다. 일행은 다시는 밖으로 나갈 수 없으리라, 다리가 끊어질 듯 아프고 자포자기의 심정이 깃들 무렵, 임신한 고드롱 부인이 뒤에 처져 보이지 않았기 때문에 큰 소동이 일어났다.

「폐관! 폐관!」 수위들이 큰 목소리로 외쳤다.

일행은 하마터면 갇힐 뻔했다. 수위 하나가 그들의 선두에 서서 출구까지 인도하지 않으면 안 되었다. 뒤이어 루브르 안마당에 있는 휴대품 보관소에서 우산을 찾아 들었을 때, 일행은 안도의 한숨을 쉬었다. 마디니에 씨 또한 냉정을 되찾았다. 왼쪽으로 돌지 않은 것이 잘못이었다. 이제야 그는 보석 전시실이 왼쪽에 있다는 것을 기억해 냈다. 일행은 그 대신에 다른 것들을 많이 봐서 만족스러운 척했다.

4시 종이 울렸다. 저녁 식사를 하기 전에 아직도 두 시간을 더 보내야만 했다. 일행은 시간을 죽이기 위해 한 바퀴 산책을 하기로 했다. 부인들은 너무 지쳐서 좀 앉고 싶었지만, 한 잔 마시자고 제안하는 사람이 아무도 없었다. 일행은 강변을 따라 다시 걸었다. 그때, 다시 너무도 세찬 소나기가 쏟아지는 바람에 우산이 있음에도 부인들의 나들이옷이 엉망이 되었다. 빗방울에 옷과 가슴이 흠뻑 젖은 로리외 부인이 퐁루아얄 다리 아래로 가서 비를 피하자고 제안했다. 모두가 싫다면 자기 혼자서라도 내려가겠다고 위협했다. 그래서 행렬은 퐁루아얄 다리 아래로 갔다. 비를 피하기에는 안성맞춤이었다. 정말 멋진 생각이야! 부인들은 포석에 손수건을 펼쳐 놓고 그 위에 다리를 쭉 뻗고 앉아서, 마치 시골에 놀러 오기나 한 듯 돌 틈에 자라는 풀잎을 뜯거나 흘러가는 시커먼 강물을 바라보았다. 남자들은 눈앞의 아치에 메아리를 일으키기 위해서 큰 소리를 지르면서 즐거워했다. 보슈와 〈불고기 병정〉이 차례로 허공에 대고 목이 터져라 〈돼지 같은 놈아!〉 하고 외쳤는데, 그 욕이 메아리가 되어서 돌아오자 모두가 킬킬거리며 웃어 댔다. 그러다가 목이 컬컬해지자, 그들은 납작한 조약돌을 주워 물수제비 뜨기를 하면서 놀았다. 소나기가 그쳤지만, 일행은 기분이 좋아서 아무도 그곳을 떠나려 하지 않았다. 센 강은 기름때 묻은 식탁보, 낡은 병마개, 채소 껍질 따위를 마구 실어 왔고, 소용돌이 때문에 그 쓰레기 더미는 아치 그늘로 더 어두워지고 음산해 보이는 강물에 쓸려 잠시 제자리에서 맴돌았다. 한편 다리 위에서는 승합 마차와 삯마차가 쉴 새 없이 오가면서 혼잡한 파리의 일단을 드러냈는데, 마치 구멍을 통해 볼 때처럼 머리 위 왼쪽 오른쪽으로 파리의 지붕들만이 얼핏 보였다. 르망주 양이 한숨을 내쉬었다. 나무숲이 있었더라면 마른 강 한 모퉁이가 생각났을 텐데, 1817년경에 어느 청년과 거길 갔었어, 그 일을 떠올리면 아직도 눈물이 난단 말이야.

마디니에 씨가 출발 신호를 했다. 일행은 튈르리 공원으로 가서 한 무리의 아이들이 노는 틈새를 가로질러 갔는데, 아이들의 굴렁쇠 놀이와 공놀이가 행렬의 질서를 흐트러뜨렸다. 일행이 방돔 광장에 도착해서 기념탑을 바라보았을 때, 마디니에 씨가 여자들을 즐겁게 해주려는 생각을 했다. 그는 기념탑에 올라가서 파리를 내려다보자고 제안했다. 무척 재미있을 것 같았다. 그래그래, 올라가 보자, 두고두고 이야깃거리가 될 거야. 게다가 한 번도 땅바닥을 떠나 본 적이 없으니 얼마나 재미있겠어.

「〈절름발이〉가 저 다리로 탑을 올라갈 수 있을까!」 로리외 부인이 중얼거렸다.

「난 기꺼이 올라갈 거야.」 르라 부인이 말했다. 「하지만 내 뒤에 남자가 서는 건 싫어.」

일행은 올라갔다. 좁은 나선형 계단을 통해 열두 명이 낡은 층계에 부딪히기도 하고 벽에 기대기도 하면서 줄지어 걸음을 옮겼다. 잠시 후 칠흑같이 어두워지자, 여기저기서 웃음이 터져 나왔다. 부인들이 가볍게 비명을 질렀다. 신사들이 부인들을 간질이기도 하고 다리를 꼬집기도 했던 것이다. 이럴 때 화를 내는 건 정말 촌스러운 짓이지! 모두들 그게 생쥐 때문이라고 생각하는 척했다. 게다가 무슨 일이 있는 것도 아니었다. 그들은 예의범절에 비추어 어디쯤에서 멈춰야 하는지 잘 알고 있었다. 이어서 보슈가 농담을 찾아냈는데, 모두가 그것을 되풀이했다. 즉 모두가 고드롱 부인이 멈춰 서기라도 한 듯 부인을 부르면서 그녀의 배가 길을 잘 통과하는지 물었던 것이다. 생각해 봐! 배가 끼여서 고드롱 부인이 오도 가도 못 한 채 길을 막아 버린다면, 모두 나갈 방도가 없는 거지. 일행은 임신한 여자의 배를 가지고 기념탑이 떠나갈 듯 즐겁게 폭소를 터뜨렸다. 신바람이 난 보슈가 이놈의 굴뚝으로 올라가다가 폭삭 늙어 버리겠다고 호들갑을 떨었다. 정말 끝이 없어, 하늘 끝까지 갈 셈인가? 보슈는 부인들에게 겁을 주려고 탑이 흔들린다고 비명을 질렀다. 한편 쿠포는 아무 말도 하지 않았다. 그는 제르베즈를 뒤따라가면서 그녀의 허리를 껴안았고, 그녀가 자신에게 몸을 맡기고 있다는 것을 느꼈다. 갑자기 일행이 햇빛 속으로 나오게 되었는데, 바로 그때 쿠포는 제르베즈의 목덜미에 키스를 하고 있었다.

「어머나! 참하시기도 하지, 신경 쓰지 말고 계속하시게!」

로리외 부인이 상을 찌푸리며 말했다.

〈불고기 병정〉은 화가 난 모양이었다. 그는 짜증 섞인 목소리로 되풀이했다.

「그만 좀 떠들어요! 도대체 계단이 몇 개인지 셀 수가 없잖아.」

마디니에 씨가 벌써 전망대로 가서 여러 기념물을 가리켰다. 포코니에 부인도 르망주 양도 계단에서 밖으로 나오려 하지 않았다. 탑 아래 길바닥을 내려다볼 생각만 해도 머리가 핑 돌았던 것이다. 두 여자는 자그마한 문을 통해 살며시 내다보는 데 만족했다. 좀 더 용감한 르라 부인은 청동 돔에 몸을 바싹 붙이고 좁은 테라스를 한 바퀴 돌았다. 한 발만 잘못 디디면 끝이라고 생각하니 전신에 소름이 돋았다. 떨어지면 어떻게 될까, 아휴! 남자들도 약간 창백해진 얼굴로 광장을 내려다보았다. 세상 만물에서 절연된 채 공중에 붕 떠 있는 기분이었다. 와, 정말이지 창자까지 오싹해졌다. 그때 마디니에 씨가 눈을 들어서 전방으로 되도록 멀리 쳐다보라고 했다. 그러면 어지럽지 않으니까. 그러고서 그는 손가락으로 앵발리드, 팡테옹, 노트르담, 생자크 탑, 몽마르트르 언덕을 가리켰다. 문득 로리외 부인이 일행의 회식 장소인 샤펠 대로의 〈은 풍차〉가 보이는지 물어볼 생각을 했다. 그러자 10분 동안 이리저리 찾아보면서 말다툼이 벌어졌다. 제각기 술집이 있는 지점이 바로 저기라고 우겼다. 그들 주변으로 파리가 수많은 지붕이 파도처럼 넘실대는 깊은 골짜기들을 저 멀리 푸르스름한 원경까지 끝없이 펼쳐 보이고 있었다. 센 강 우안은 거대한 누더기 같은 구릿빛 구름 밑에서 그늘에 덮여 있었다. 이 구름의 가장자리에서 마치 황금의 술 장식처럼 거대한 햇빛이 쏟아져 나와 센 강 좌안의 수많은 유리창을 반짝이게 했고, 폭우에 씻겨 더없이 맑은 하늘 위로 도시의 바쪽을 눈부시게 부각시켰다.

「서로 싸우려면 굳이 여기까지 올라올 필요가 없었어.」 계단을 내려가는 동안 보슈가 화를 내며 말했다.

일행은 뽀로통한 표정으로 계단에 구두 부딪치는 소리만 요란하게 내면서 말없이 내려왔다. 아래에서, 마디니에 씨가 요금을 치르려 했다. 그렇지만 쿠포가 안 된다고 소리치면서 황급히 일인당 2수씩 도합 24수를 수위의 손에 쥐어 주었다. 5시 30분이 가까워졌다. 이제 돌아가면 모든 게 알맞을 시간이었다. 그래서 일행은 대로와 포부르푸아소니에르를 거쳐 돌아갔다. 하지만 쿠포는 산책이 이렇게 끝나서는 안 된다고 생각했다. 그는 모든 사람들을 술집으로 밀어 넣고서는 베르무트 주를 한 잔씩 돌렸다.

식사는 6시로 예정되어 있었다. 〈은 풍차〉에서는 몇몇 참석자가 20분 전부터 일행을 기다리고 있었다. 경비실을 이웃 여자에게 맡기고 온 보슈 부인은 2층 살롱의 테이블, 음식을 차려 놓은 테이블 앞에서 쿠포의 어머니와 잡담을 나누고 있었다. 그녀가 데리고 온 두 조무래기, 클로드와 에티엔은 테이블 아래 의자 사이를 헤집고 다니며 놀았다. 제르베즈가 살롱으로 들어오면서 온종일 만나지 못한 두 아이를 보았을 때, 그녀는 그들을 무릎 위에 앉히고 요란하게 입맞춤을 하며 쓰다듬었다.

「요 녀석들이 얌전하게 굴었나요?」 그녀가 보슈 부인에게 물었다. 「아주머니를 못살게 하지나 않았는지 걱정이네요.」

개구쟁이들이 오후 내내 조잘대서 요절 복통을 일으켰던 이야기를 보슈 부인이 전해 주었을 때, 그녀는 다시 격한 애정에 사로잡혀 아이들을 일으켜서 가슴에 꼭 껴안았다.

「어쨌거나 쿠포에겐 턱없이 안 어울리죠.」 살롱 안쪽에서 로리외 부인이 다른 여자들에게 말했다.

제르베즈는 오전에는 얼굴에 미소를 담은 채 침착함을 유지했다. 하지만 산책을 하면서 그녀는 간간이 깊은 슬픔에 빠져 남편과 로리외 부인을 차분히 바라보며 생각에 잠겼다. 그녀가 보기에 쿠포는 누나 앞에서 비굴했다. 어제만 해도 그는 분개했고, 독사의 혀 같은 누나 부부가 허튼짓을 하면 가만두지 않겠다고 큰소리를 쳤다. 그러나 막상 그들 앞에 서면, 그는 사냥개처럼 굴면서 그들의 눈치를 살폈고, 그들이 화를 내면 어쩔 줄 모르고 불안해했다. 그것만으로도 젊은 여자는 앞날이 걱정되었다.

한편 일행은 아직도 모습을 드러내지 않는 〈장화〉를 기다렸다.

「이런! 염병할!」 쿠포가 소리쳤다. 「먼저 자리에 앉읍시다. 그 친구는 곧 올 겁니다. 코가 개코라서 멀리서도 냄새를 귀신같이 맡거든요……. 글쎄, 아직도 생드니 길바닥에서 우릴 기다리고 있다면 바보 중의 바보죠!」

그러자 기분이 좋아진 일행은 의자를 요란하게 젖히며 테이블에 자리를 잡았다. 제르베즈는 로리외와 마디니에 씨 사이에, 쿠포는 포코니에 부인과 로리외 부인 사이에 앉았다. 나머지 참석자들은 원하는 자리에 앉도록 했는데, 왜냐하면 자리 지정은 반드시 질투와 언쟁으로 끝나기 때문이었다. 보슈는 슬그머니 르라 부인 곁으로 갔다. 〈불고기 병정〉은 르망주 양과 고드롱 부인을 이웃해서 앉았다. 보슈 부인과 쿠포의 어머니는 테이블 끝에 앉아서 아이들을 돌보며 고기를 잘라 주거나 음료수를 따라 주었는데, 포도주는 아주 조금만 따라 주었다.

「식사 기도는 안 할 거야?」 여자들이 얼룩이 묻을까 봐 식탁보로 치마를 가리는 동안, 보슈가 물었다.

그러나 로리외 부인은 그것을 농담으로 들었다. 모두들 식어 버린 국수 수프를 스푼으로 후루룩거리는 소리를 내며 금세 먹어 치웠다. 기름때 묻은 짧은 상의를 입고 더러운 흰색 앞치마를 두른 두 웨이터가 음식을 날랐다. 안마당의 아카시아 쪽으로 열린 네 개의 창을 통해 폭우에 씻겼지만 아직도 따가운 오후의 마지막 햇살이 들어왔다. 나무 그늘이 연기와 습기가 드리워진 홀을 푸르스름하게 만들었고, 곰팡이 냄새가 은근하게 밴 식탁보 위로 나뭇잎 그림자들이 춤을 추었다. 홀 양쪽에 파리똥이 잔뜩 묻은 거울이 걸려 있었고, 기다란 테이블 위에는 노랗게 변색된 두꺼운 접시들, 칼자국에 개숫물 때가 검게 밴 접시들이 놓여 있었다. 안쪽에서는 웨이터가 부엌에서 올라올 때마다 문이 여닫히는 소리가 났고, 고기 굽는 냄새가 물씬 풍겼다.

「이러다가 별안간 한꺼번에 입을 열지는 맙시다.」 모두가 말없이 접시에 코를 처박은 채 먹는 데만 열중했기 때문에 보슈가 그렇게 말했다.

웨이터가 나누어 주는 두 개의 고기 완자 파이를 눈으로 좇으며 좌중이 첫 술잔을 들었을 때, 〈장화〉가 들어왔다.

「이런 젠장! 죄다 상놈들이야, 당신네들 모두!」 그가 소리쳤다. 「길바닥에서 세 시간이나 죽치고 있었어, 헌병 한 놈이 신분증까지 보자고 했단 말이야……. 친구를 이렇게 개처럼 푸대접해도 되는 거야? 심부름꾼을 시켜서 마차라도 한 대 보냈어야지. 아! 정말 기도 안 차, 여기저기서 지랄 같은 농담을 해대더구먼. 게다가 비는 또 얼마나 많이 왔어, 호주머니까지 다 젖었다고……. 뭐야, 벌써 시작했어, 그래도 내가 낚을 생선튀김 하나쯤은 남겨 뒀겠지.」

모두가 허리를 뒤틀며 웃음을 터뜨렸다. 이 〈장화〉란 놈은 벌써 얼굴이 벌겋잖아. 이미 두 병쯤 마신 게 틀림없어. 하늘이 팔다리에 쏟아붓는 개구리 오줌을 피하기 위해서 한잔 걸친 거라고 말하겠지.

「어이! 〈넓적다리 백작〉!」 쿠포가 말했다. 「저기, 고드롱 부인 옆에 앉아. 알지? 우리 모두 널 목이 빠지게 기다렸어.」

아! 그런 건 아무래도 좋았다, 그는 금세 다른 사람들을 따라잡았으니. 그는 수프와 국수를 세 번이나 다시 주문했는데, 그 속에 커다란 빵 조각들을 잘라 넣었다. 좌중이 고기 완자를 다 먹었을 무렵, 그는 바야흐로 테이블 전체의 찬탄의 대상이 되었다. 정말 엄청난 대식가야! 깜짝 놀란 웨이터들이 계속해서 얇게 자른 빵 조각을 날라 왔지만, 가져오기가 무섭게 그는 그것을 한입에 삼키고 말았다. 마침내 그가 화를 냈다. 그는 빵을 통째로 갖다 달라고 했다. 술집 주인이 몹시 불안한 표정으로 홀 문턱에 잠시 모습을 드러냈다. 좌중이 기다렸다는 듯 다시 배를 잡고 웃었다. 싸구려 식당 주인으로서는 정말이지 환장할 노릇이지 뭐야! 이 〈장화〉란 놈 정말 대단해! 전에도 정오를 알리는 종이 열두 번 울리는 동안, 삶은 달걀 열두 개와 포도주 열두 잔을 뚝딱 해치웠잖아! 정말이지 흔히 볼 수 없는 대식가야. 르망주 양은 〈장화〉가 음식물 씹는 모습을 감탄하며 바라보았고, 마디니에 씨는 존경에 가까운 놀라움을 나타내는 표현을 찾은 끝에 비범하기 짝이 없는 능력이라고 딘인했다.

잠시 침묵이 흘렀다. 웨이터가 토끼 고기찜을 샐러드 접시처럼 움푹 팬 커다란 접시에 담아 테이블 위에 올려놓았다. 장난을 좋아하는 쿠포가 그럴듯한 농담을 던졌다.

「이봐, 웨이터, 이건 빗물받이 홈통에서 잡은 고양이잖아……. 아직도 야옹야옹 소리를 내는걸.」

과연 진짜 고양이 울음소리 같은 것이 접시에서 희미하게 나오는 듯했다. 실은 쿠포가 입술을 움직이지 않고 목구멍에서 내는 소리였지만 말이다. 그것은 성공이 보장된 사교적 재능으로서 쿠포는 외식을 할 때면 반드시 토끼 고기찜을 주문하곤 했다. 이어서 그는 고양이처럼 가르랑거리는 소리를 냈다. 여자들은 웃음을 주체할 수 없어 냅킨으로 얼굴을 가렸다.

포코니에 부인이 토끼 머리 부분을 달라고 했다. 그녀에게 맛있는 부위는 머리뿐이었다. 르망주 양은 비곗살 조각에 감탄했다. 보슈가 노르스름하게 잘 구운 작은 양파가 최고라고 말했을 때, 르라 부인이 입을 오므린 채 중얼거렸다.

「그건 나도 알아요.」

그녀는 포도나무 버팀목처럼 말랐지만, 과부가 된 후에 남자 코빼기도 못 보고 따분하게 일만 한 탓인지 자꾸만 음담패설에 마음이 쏠려 자기만 아는 의미심장하고 모호한 말, 외설적인 암시를 늘어놓기를 좋아했다. 보슈가 몸을 기울이며 조용히 귓속말로 설명을 구하자, 그녀는 말을 계속했다.

「그야 물론 작은 양파란 게……. 아유, 됐어요, 잘 아시면서.」

그러나 화제가 진지한 것으로 바뀌었다. 각자 자기 직업에 대해 이야기했다. 마디니에 씨는 판지 제조업을 찬양했다. 그 분야에는 진짜 예술가들이 있었다. 그는 새해 선물 상자를 예로 들었는데, 이루 말할 수 없이 경이로운 초호화 고급 제품이 있다는 것이었다. 그러자 로리외가 코웃음을 쳤다. 금세공에 무한한 자부심을 느끼는 그는 자신의 손가락에, 자신의 몸 전체에 황금의 광채가 나지 않느냐고 물었다. 그는 옛날에는 보석 세공사들이 긴 칼을 차고 다녔다고 말했다. 그는 잘 알지도 못하면서 베르나르 팔리시[16]를 예로 들었다. 쿠포는 쿠포대로 자기 동료가 만든 걸작 풍향계에 대해 이야기했다. 그것은 기둥, 꽃다발, 과일 바구니, 깃발로 구성되었는데, 그 모

---

16 Bernard Palissy(1509~1590). 전원풍 도자기를 만들어 왕실 도공이 되었던 유명한 도자기 장인.

두가 함석을 잘라 납땜해서 만든 것이었다. 르라 부인은 마디진 손가락 사이로 나이프를 빙글빙글 돌리면서 〈불고기 병정〉에게 어떻게 장미꽃 잎자루를 만드는지 보여 주었다. 그러는 동안 목소리가 고조되었고, 서로 뒤섞였다. 소란 속에서 문득 포코니에 부인의 흥분한 목소리가 들렸는데, 그녀는 자기 가게에서 일하는 여자들, 특히 어제 침대 시트 두 장을 태워 먹은 수습공 꼬마 아가씨에 대해 불평을 늘어놓았다.

「다들 일 자랑 해봤자 소용없어요.」 로리외가 주먹으로 테이블을 쾅 치며 소리쳤다. 「황금은 황금이니까.」

이런 고집이 야기한 침묵 속에서 오직 르망주 양의 가늘고 높은 목소리만이 들릴 뿐이었다.

「그런 다음, 치마를 들어 올려 속을 꿰매고⋯⋯ 보닛을 지탱하기 위해 머리에 핀도 꽂고⋯⋯. 그럼 완성이죠, 개당 13수에 팔아요.」

그녀는 〈장화〉에게 인형 제작 공정을 설명해 주었는데, 〈장화〉는 턱을 맷돌처럼 천천히 움직이고 있었다. 그는 귀담아듣지 않고 고개만 끄덕이면서 음식이 남은 접시를 웨이터들이 가지고 가지 않는지 살폈다. 일동은 송아지 넓적다리찜과 완두콩을 먹었다. 이번에는 앙상한 영계구이가 나왔는데, 영계구이 밑에는 오븐에서 익혔지만 시들어 버린 물냉이가 깔려 있었다. 밖에서는 높다란 아카시아 가지 위로 해가 기울고 있었다. 홀에서는 포도주와 소스로 더럽혀진, 식기가 어지럽게 널려 있는 테이블에서 올라오는 김으로 인해 푸르스름한 그늘이 더욱 짙어졌다. 웨이터들이 벽을 따라 내려놓은 더러운 접시들과 빈 술병들이 식탁보에서 한꺼번에 쓸어 낸 쓰레기처럼 보였다. 몹시 더웠다. 남자들은 프록코트를 벗고 셔츠

차림으로 식사를 계속했다.

「보슈 부인, 그만 먹이세요, 애들 배가 터지겠어요.」 거의 입을 다물고 있던 제르베즈가 멀리서 클로드와 에티엔을 살펴보며 말했다.

그녀는 자리에서 일어났고, 아이들에게로 와서 의자 뒤에 선 채 잠시 이야기를 했다. 요 녀석들은 생각이 없어서 한 조각도 사양하는 법이 없어, 온종일 먹어 대지. 그러면서도 그녀는 아이들에게 다시 영계구이와 약간의 백포도주를 주었다. 그때 쿠포의 어머니가 애들도 한 번쯤은 소화 불량에 걸려도 괜찮다고 했다. 보슈 부인이 목소리를 낮추어 르라 부인의 무릎을 꼬집은 보슈를 나무랐다. 이런! 엉큼한 작자 같으니라고, 흥청망청 꼴좋구먼. 손이 사라지는 걸 분명 봤단 말이야. 다시 한 번 그랬다간, 끝장나는 줄 알아. 머리통으로 물병이 날아갈 거니까.

조용한 가운데 마디니에 씨가 정치 이야기를 했다.

「그자들의 5월 31일 법안[17]은 가증스럽기 짝이 없소. 2년 동안 한곳에 살지 않은 사람은 투표권이 없다니, 원. 3백만 명의 시민이 선거인 명부에서 사라지는 거지……. 들리는 말로는 보나파르트가 격노했다더군, 그이야말로 민중을 사랑하니까, 이미 여러 차례 증거를 보여 줬잖소.」

그는 공화파였다. 그러나 그는 이 황족 보나파르트를 찬미했는데, 왜냐하면 이 황족의 백부가 다시 볼 수 없을 위대한

---

17 1850년 5월 31일 의회는 3년 동안 동일한 선거구에 거주하지 않은 국민은 선거권이 없다는 요지의 선거법 개정안을 통과시켰다(본문에서 〈2년〉이라고 한 것은 사실과 다른 부분이다). 개정안은 이동이 잦은 수많은 노동자들의 선거권을 박탈하는 결과를 가져왔다.

인물인 바로 그 나폴레옹이기 때문이었다. 그러자 〈불고기 병정〉이 화를 냈다. 엘리제 궁에서 일한 적이 있는 그는 지금 〈장화〉를 눈앞에서 보듯 보나파르트를 눈앞에서 보았었다. 그런데 말이야! 이 대통령[18]이란 작자의 골상이 아주 노새를 빼다 박았더라고! 이번에 그자가 리옹 쪽으로 한 바퀴 돈다지, 진창길에 처박혀서 목이라도 부러진다면 앓던 이가 빠진 양 시원할 텐데. 이야기가 뻐딱하게 흘러가자 쿠포가 끼어들었다.

「이런 제길! 아직도 정치 이야기를 하다니 순진하시긴!…… 엉터리 중의 엉터리, 정치란! 그게 우릴 위해 존재하는 거요?…… 하고 싶은 대로 하면 돼, 국왕이든 황제든 무슨 상관이야, 어쨌든 내가 5프랑을 벌고 먹고 자는 게 중요하지, 안 그래요?…… 그럼, 정치란 미친 짓거리야!」

로리외가 고개를 저었다. 그는 1820년 9월 29일 샹보르 백작[19]과 같은 날에 태어났다. 이런 우연의 일치가 그의 마음을 강하게 움직였고, 국왕의 프랑스 귀환과 자신의 개인적 운명 사이에 모종의 관계가 있다는 꿈을 꾸게 했다. 그는 자기가 기대하는 것을 명시적으로 발설하지는 않았지만, 국왕이 복귀하면 무엇인가 굉장히 즐거운 일이 자기에게 생기리라는 것을 은연중에 암시했다. 따라서 그는 채우기에는 터무니없이 큰 욕망들의 실현을 나중으로, 즉 〈국왕께서 돌아오시는 날〉로 미루었다.

18 나폴레옹 보나파르트 3세는 제2공화국 대통령으로 당선되었다가 친위 쿠데타를 통해 제2제정 황제가 되었다.
19 Comte de Chambord(1820~1883). 프랑스 부르봉 왕조 최후의 상속인. 7월 혁명으로 퇴위한 샤를 10세의 사후에는 스스로를 앙리 5세라고 칭했으며, 제2제정이 몰락한 후에 왕위를 요구했지만 실패로 끝났다.

「게다가」그가 말했다.「어느 날 저녁 나는 샹보르 백작을 직접 뵙기도 했지…….」

모두의 얼굴이 일제히 그를 향했다.

「완벽했어. 짧은 외투를 입고, 착한 소년처럼 행동하는 뚱뚱한 남자……. 나는 샤펠 대로에서 가구를 파는 내 친구 페키뇨의 가게에 있었어……. 샹보르 백작이 그 전날 거기에 우산을 두고 갔나 봐. 그래서 그가 들어왔지, 그는 그냥 이렇게 말할 뿐이었어. 〈제 우산을 돌려주시겠습니까?〉 맙소사! 그래, 바로 그이였어, 페키뇨가 나한테 명예를 걸고 확인해 줬거든.」

참석자 가운데 누구도 그의 말을 전혀 의심하지 않았다. 디저드가 나왔다. 웨이터들이 접시 부딪치는 소리를 내면서 테이블을 치웠다. 그런데 그때까지 매우 단정하게 귀부인처럼 앉아 있던 로리외 부인이 빽 하고 소리를 질렀다. 이런 망할 자식! 웨이터 중의 하나가 접시를 치우다가 그녀의 목에 무엇인가 질척한 것을 흘렸던 것이다. 틀림없이 그녀의 실크 드레스에 얼룩이 졌으리라. 마디니에 씨가 그녀의 등을 살펴봐야 했는데, 다행히 아무것도 보이지 않았다. 식탁보 한가운데 달걀흰자로 만든 한 그릇의 설란(雪卵), 그 양쪽으로 두 접시의 치즈와 두 접시의 과일이 놓였다. 푹 삶은 흰자가 노란 크림 위에 떠도는 설란은 모두의 시선을 모으기에 충분했다. 모두들 설란까지 기대하지는 않았기에, 그것은 더없이 훌륭하게 여겨졌다. 〈장화〉는 여전히 먹는 데 정신이 팔려 있었다. 그는 빵 하나를 더 시켰다. 그는 치즈 두 개를 먹어 치웠다. 설란 그릇에 크림이 남아 있는 것을 보자, 그는 설란 그릇을 달라고 하여 수프를 먹을 때처럼 그릇 바닥에 큼직한 빵 조각을 잘라 넣었다.

「선생은 정말 대단하오.」 마디니에 씨가 감탄하며 말했다.

남자들이 파이프 담배를 피우기 위해 자리에서 일어났다. 그들은 〈장화〉 뒤에 잠시 멈추어 서서 어깨를 두드리며 이제 기분이 좀 나아졌냐고 물었다. 〈불고기 병정〉은 그를 의자째 들어 올렸다. 하지만 제기랄! 짐승 같은 녀석이 그새 무게가 두 배로 늘어나 있었다. 쿠포가 농담으로 이 친구는 이제 막 시작했을 뿐이고, 이렇게 밤새 빵을 먹어 댈 거라고 말했다. 웨이터들이 겁에 질려 자취를 감췄다. 조금 전에 아래층으로 갔던 보슈가 올라와서 술집 주인의 당황한 모습을 전해 주었다. 술집 주인은 카운터에서 파랗게 질려 있고, 대경실색한 여편네는 빵집이 문을 닫았는지 알아보기 위해 방금 막 사람을 보냈고, 술집의 고양이마저 파산한 표정을 짓고 있다는 것이었다. 그래, 정말 웃기는 친구야, 그것만으로도 밥값은 했어, 〈장화〉라는 대식가 없는 연회란 생각할 수도 없지. 남자들은 파이프 담배를 피우면서 그에게 질투의 시선을 던졌다. 저토록 많이 먹는 걸 보면 정력도 왕성할 게 틀림없어!

「당신 식사 책임은 절대로 맡고 싶지 않네요.」 고드롱 부인이 말했다. 「어휴! 저런 대식가는 처음 봐!」

「이봐요, 아줌마, 농담하지 마쇼.」 〈장화〉가 옆에 앉은 고드롱 부인의 배를 곁눈질하면서 대꾸했다. 「당신이 나보다 더 많이 먹었잖소.」

모두들 손뼉을 치며 웃었고, 브라보를 외쳤다. 멋진 응수였다. 어둠이 깊어져서 홀에는 세 개의 가스등이 켜졌는데, 자욱한 파이프 담배 연기 속에서 커다란 불빛이 흐릿하게 흔들거렸다. 웨이터들은 커피와 코냑을 갖다 준 후, 마지막 더러운 접시 더미를 가져갔다. 아래에서는 후덥지근한 밤에 세 그루의 아카시아 밑에서 코넷 하나와 바이올린 둘이 주고받는 요란한 연주와 함께 댄스가 시작되었고, 그 연주에 섞여 약간 목이 쉰 여자 웃음소리가 들렸다.

「화주(火酒)를 만들자고!」〈장화〉가 소리쳤다.「독한 증류주 두 병, 레몬 듬뿍, 설탕 조금!」

그러나 바로 앞에 앉은 제르베즈의 불안해하는 얼굴을 본 쿠포는 자리에서 일어나 모두에게 이제 그만 마시자고 말했다. 벌써 스물다섯 병을 비웠어, 어린아이들까지 합쳐도 일인당 한 병 반을 마신 셈이야. 그만하면 됐어. 허세도 부리지 않고 화기애애하게 다 함께 식사를 잘 마쳤잖아, 서로를 존중하고 또 한 가족처럼 축하해 주고 싶었으니까 말이야. 모든 것이 기분 좋게 진행되었고, 모두가 즐거웠어, 게다가 여자들을 존중하려면 바보처럼 곤드레만드레 취해서는 안 될 일이지. 끝으로 한마디, 모두들 결혼을 축하하러 온 거지 술에 취하러 온 게 아니잖아. 한 문장씩 내뱉을 때마다 가슴에 손을 얹으면서 함석장이가 확신에 찬 목소리로 쏟아 놓은 이 작은 연설은 로리외와 마디니에 씨의 절대적 지지를 받았다. 그러나 보슈, 고드롱, 〈불고기 병정〉, 특히 〈장화〉, 네 사람은 모두 얼굴이 벌겋게 달아오른 채 코웃음을 치며 혀 꼬부라진 소리로 자기들 속에는 갈증이라는 망할 놈의 화냥년이 있으니 목을 좀 축여 줘야 된다고 했다.

「목이 마른 사람은 목이 마르고, 목이 안 마른 사람은 목이 안 마르지.」〈장화〉가 말했다.「그러니 일단 화주를 주문하자고……. 억지로 마시라는 건 아냐. 나리님들은 설탕물을 마시면 돼.」

함석장이가 다시 설교를 시작했을 때, 이미 자리에서 일어나 있던 상대방이 자기 엉덩이를 찰싹 때리면서 소리쳤다.

「자! 여기, 여기 엉덩이에 입맞춤이나 해줘, 막내둥이!……웨이터, 곰삭은 걸로 두 병!」

그러자 쿠포가 그것은 좋을 대로 하되 식사 대금은 지금 치르겠다고 했다. 그래야 말다툼이 없을 테니까. 그래야 교양 있는 분들이 술고래들의 술값을 대신 낼 필요가 없을 테니까. 〈장화〉가 한참 동안 여기저기 주머니를 뒤적거리더니 3프랑 7수만을 찾아냈다. 그러니까 왜 생드니 길바닥에서 그토록 오래 기다리게 했어? 비를 맞고 있을 수는 없는 노릇이잖아, 그러니까 어쩔 수 없이 1백 수짜리 동전을 깼지. 잘못은 다른 사람들에게 있어, 안 그래? 마침내 7수는 이튿날의 담뱃값으로 남겨 두고 그는 3프랑만을 내놓았다. 만일 질겁한 제르베즈가 애원하는 눈초리로 그의 프록코트를 잡아당기지 않았더라면, 쿠포는 격분해서 상대방에게 주먹을 날렸으리라. 쿠포는 로리외에게 2프랑을 빌리고자 했는데, 로리외는 틀림없이 마누라가 원치 않을 것이기에 처음에는 거절하다가 숨어서 빌려 주었다.

그러는 동안 마디니에 씨가 접시 하나를 들었다. 르라 부인, 포코니에 부인, 르망주 양 등 여자들이 먼저 각자 1백 수짜리 동전을 가만히 접시 위에 올려놓았다. 이어서 남자들이 홀의 건너편 구석에서 셈을 했다. 모두 열다섯 명이었다. 말하자면 합계 75프랑이었다. 75프랑이 접시 위에 놓이자, 각자 웨이터의 팁으로 5수씩을 더 놓았다. 모두가 만족할 때까지 15분이나 힘들여 계산을 해야 했다.

그러나 마디니에 씨가 식사 대금을 치르기 위해 주인을 불렀을 때, 주인이 미소를 띠며 그것으론 전혀 계산이 맞지 않는다고 말하는 것을 듣고 일동은 깜짝 놀랐다. 추가분이 있었다는 것이다. 이 〈추가분〉이라는 말에 모두가 발끈해서 고함을 질렀기 때문에, 주인은 상세히 설명했다. 포도주가 미리 합의한 스무 병이 아니라 스물다섯 병, 디저트가 빈약하다 싶어서 그가 추가한 설란, 끝으로 럼주를 좋아하는 사람들이 있을 경우를 대비해서 커피와 함께 내놓은 럼주 한 병. 그러자 격렬한 언쟁이 벌어졌다. 사기를 당했다고 생각한 쿠포가 따졌다. 포도주 스물다섯 병을 주문한 적이 없다, 설란에 관한 한 그것은 디저트에 포함되어 있었다, 만약 주인 마음대로 추가한 것이라면 미안하지만 주인이 알아서 할 일이다, 럼주 한 병을 아무도 의심하지 않을 때 슬그머니 테이블에 올린 것은 계산서를 부풀리려는 속임수가 아니고 무엇인가.

「럼주는 커피 쟁반 위에 있었단 말이오.」 쿠포가 소리쳤다. 「젠장! 그러니 커피 값만 내면 되는 거지...... 제발 흥분하게 만들지 마쇼. 자, 돈 받아요, 다시 이런 너절한 식당에 발을 들여놓느니 차라리 벼락을 맞지!」

「6프랑 더 줘요.」 술집 주인이 되풀이했다. 「6프랑이 모자라요...... 저 양반이 먹은 빵 세 개 값은 아직 계산도 하지 않았단 말이오!」

일동은 주인을 빽빽이 둘러싼 채 격한 동작을 취하며 날카로운 목소리로 울화통을 터뜨렸다. 특히 여자들이 이성을 잃고 단돈 1상팀도 줄 수 없다고 소리쳤다. 그래그래! 고맙기도 하지, 정말 아름다운 거야, 결혼이란! 르망주 양이 외쳤다. 다시 이런 회식에 끼나 봐라! 포코니에 부인은 먹은 게 별로 없었다. 집에서라면 40수로도 배가 터지게 먹을 텐데. 고드롱 부인은 테이블 한쪽 구석에, 그것도 배려심이라고는 눈곱만큼도 없는 〈장화〉 옆에 자기를 앉혔다고 불만을 터뜨렸다. 그렇지 뭐, 이런 연회는 늘 끝이 안 좋기 마련이야. 결혼식에 사람을 초대하려면 애초에 회비 같은 걸 받지 말아야지, 아무렴, 그렇고말고! 창가에 있는 시어머니 곁으로 몸을 피한 제르베즈는 이 모든 불평이 결국 자기를 향한 것이라고 느꼈기에, 부끄러움에 사로잡힌 채 가만히 입을 다물고 있었다.

마디니에 씨가 마침내 술집 주인과 함께 아래층으로 내려갔다. 밑에서 입씨름하는 소리가 들렸다. 반 시간쯤 지난 뒤에 판지 제조사가 다시 올라왔다. 그는 3프랑에 정산을 끝냈다. 그러나 일동은 추가분 이야기를 하면서 다시 흥분하고 분개했다. 소란은 보슈 부인의 격정적인 행동으로 증폭되었다. 계속해서 보슈를 감시하고 있던 그녀는 한쪽 구석에서 보슈가 르라 부인의 허리를 꼬집는 것을 보았다. 그래서 그녀는 물병을 힘껏 던졌고, 물병은 벽에 맞아 박살이 났다.

「당신 남편이 제단시리는 게 맞나보군요, 부인.」 무엇인가 암시를 하듯 입을 삐죽이며 키다리 과부가 말했다. 「여자 치맛자락 들추는 데는 일등이니까……. 하지만 내가 테이블 밑으로 보기 좋게 걷어찼으니 걱정 말아요.」

야회가 엉망이 되었다. 너나없이 신경이 점점 더 날카로워졌다. 마디니에 씨가 노래를 부르자고 제안했다. 그러나 멋진 목소리를 가진 〈불고기 병정〉이 사라져 버렸다. 창가에서 두 손에 턱을 괴고 있던 르망주 양이 아카시아 밑에서 맨머리 뚱보 소녀와 춤추고 있는 그를 발견했다. 코넷과 두 대의 바이올린이 「겨자 장수」라는 카드리유 무도곡을 연주하고 있었는데, 사람들이 손뼉으로 박자를 맞추었다. 그러자 일동이 뿔뿔

이 흩어졌다. 〈장화〉와 고드롱 부부는 아래층으로 내려갔다. 보슈도 어디론가 사라졌다. 창문 너머 나뭇잎 사이로 남녀가 쌍을 지어 도는 것이 보였는데, 나뭇가지에 걸린 등불이 그 무성한 나뭇잎을 마치 무대 장치인 양 싱싱한 초록빛으로 물들였다. 어둠은 무더위에 지친 듯 숨도 쉬지 않고 잠들어 있었다. 홀에서는 로리외와 마디니에 씨 사이에 진지한 대화가 시작되었고, 여자들은 더 이상 어떻게 분을 삭여야 할지 몰라서 혹시 얼룩이 묻지 않았는지 드레스만 이리저리 살펴보았다.

르라 부인의 술 장식은 커피에 젖었음이 틀림없었다. 포코니에 부인의 베이지 색 드레스에는 온통 소스가 묻어 있었다. 의자에서 떨어진 쿠포 어머니의 초록색 숄은 이리저리 뒹굴고 여러 사람들의 발에 밟힌 채 한쪽 구석에서 발견되었다. 특히 로리외 부인이 화를 가라앉히지 못하고 있었다. 그녀는 등에 얼룩이 묻었다고 주장했는데, 사람들이 아니라고 말해 봐야 소용없었다, 느낌이 틀림없다는 것이었다. 그녀는 거울 앞에서 이리저리 몸을 꼬면서 살피다가 마침내 얼룩을 찾아냈다.

「내가 뭐라고 그랬어요?」 그녀가 소리쳤다. 「영계구이 기름이잖아. 웨이터에게 변상을 받아야 해. 차라리 소송을 걸까 봐……. 아! 정말 완벽한 하루야. 집에서 잠이나 자는 게 훨씬 나았는데……. 난 가겠어요. 잘난 결혼식이라니, 지긋지긋해!」

화를 못 이긴 그녀는 구두 뒤꿈치로 계단을 쾅쾅 밟으면서 떠나 버렸다. 로리외가 황급히 그녀를 뒤따라갔다. 하지만 그가 얻어 낸 것은 그녀로 하여금 함께 떠나고 싶은 사람들을 위해 보도에서 5분 남짓 기다리게 하는 것뿐이었다. 그녀는 자신이 원했던 대로 폭우가 그친 뒤에 집으로 돌아가야 했었다고 후회했다. 앞으로 쿠포는 오늘 일에 대해 대가를 치러야 하리라. 쿠포는 그녀가 단단히 화가 난 것을 알고 몹시 당혹스러워했다. 제르베즈는 그의 난처함을 덜어 주기 위해 지금 당장 돌아가는 데 동의했다. 그래서 모두 서둘러 작별의 포옹을 했다. 마디니에 씨가 쿠포의 어머니를 데려다 주는 책임을 맡았다. 첫날밤을 망치지 않기 위해 보슈 부인은 클로드와 에티엔을 자기 집으로 데려가서 재우기로 했다. 그러나 아이들의 어머니가 걱정할 필요도 없이 두 아이는 설란을 소화시키느라 축 늘어진 채 벌써 의자 위에서 잠들어 있었다. 마침내 신랑 신부가 나머지 하객들을 술집에 두고 로리외와 함께 자리를 떠났을 때, 갑자기 아래층에서 시끄러운 음악과 더불어 그들 무리와 다른 무리 사이에 싸움이 벌어졌다. 한 여자와 춤을 추었던 보슈와 〈장화〉가 원래 그녀의 파트너였던 두 군인에게 그녀를 돌려보내기는커녕, 오히려 코넷과 두 대의 바이올린이 요란하게 「진주 목걸이」라는 폴카를 연주하는 가운데 무도장을 싹 쓸어비리겠다고 위협을 가했던 것이다.

이제 겨우 11시였다. 샤펠 대로와 구트도르 가에서는 그날이 마침 보름치 급료가 나온 토요일이었던 까닭에, 여기저기서 소란스러운 술판이 벌어졌다. 로리외 부인은 〈은 풍차〉에서 스무 걸음쯤 떨어진 가스등 아래 서 있었다. 그녀는 로리외의 팔짱을 낀 채 뒤도 돌아보지 않고 앞장서서 걸었는데, 어찌나 빨리 걸었던지 제르베즈와 쿠포는 뒤따라가느라 숨이 찼다. 간간이 그들은 사지를 뻗고 길바닥에 누워 있는 주정뱅이를 피하기 위해 보도에서 내려서야 했다. 로리외는 뒤를 돌아보며 가족의 불화를 조정하려 했다.

「우리가 문 앞까지 바래다줄게.」 그가 말했다.

그러자 로리외 부인이 목소리를 높이며 첫날밤을 그따위 더러운 봉쾨르 소굴에서 보내다니 꼴좋다고 했다. 결혼을 연기하고, 돈을 착실히 모으고, 가구라도 사서 첫날밤을 제집에서 보내야 마땅하지 않아? 아, 말도 안 돼! 공기도 통하지 않는 10프랑짜리 싸구려 골방, 그것도 지붕 밑 다락방에서 신랑 신부 둘이 겹쳐서 첫날밤을 보내다니.

「벌써 임대 계약을 해지했어, 지붕 밑에 살진 않는다고.」쿠포가 눈치를 살피면서 반발했다. 「우린 더 널찍한 제르베즈의 방에 살림을 차렸어.」

로리외 부인이 자기도 모르게 몸을 홱 돌렸다.

「하, 그것 참 장하구나!」 그녀가 소리쳤다. 「〈절름발이〉 방에서 잠을 자다니 말이야!」

제르베즈는 새파랗게 질렸다. 그녀가 처음으로 면전에서 듣는 이 별명은 마치 따귀를 때리듯 그녀를 때렸다. 이어서 그녀는 시누이가 퍼붓는 모욕의 의미를 이해했다. 〈절름발이〉의 방이란 바로 랑티에와 한 달을 살았던 방, 과거의 흔적이 아직도 떠도는 방이란 뜻이었다. 쿠포는 그 뜻을 이해하지 못한 채 다만 별명을 부른 것에 상처를 받았다.

「남의 별명을 부르는 건 나쁜 일이야.」 그가 못마땅한 표정으로 말했다. 「동네에서 누나를 〈소꼬리〉라고 부르는 거 몰라? 누나 머리채 때문에 말이야. 그렇게 부르면 기분이 나쁘잖아, 안 그래?…… 2층 방을 쓰면 안 될 이유가 뭐야? 오늘 밤엔 아이들도 없고, 둘이서 오붓하게 지내면 되지, 뭐.」

로리외 부인은 〈소꼬리〉라는 별명에 화가 잔뜩 나서 더 이상 아무 말도 하지 않고 위엄을 갖추고자 입을 다물었다. 쿠포는 제르베즈를 위로하려고 살며시 팔을 잡았다. 그는 바지

주머니 속에 있는 동전을 짤랑거리면서 그들이 2수짜리 동전 세 개, 1수짜리 동전 한 개, 달랑 7수를 가지고 살림을 시작하는 것이라고 제르베즈의 귓전에 속삭임으로써 겨우 그녀를 달래는 데 성공했다. 〈봉쾨르 호텔〉에 도착하자, 일행은 골이 난 표정으로 서로 작별 인사를 했다. 쿠포가 둘 다 어리석다고 하면서 두 여자를 서로 포옹하도록 떠민 순간, 왼쪽으로 향하던 주정뱅이 하나가 갑자기 오른쪽으로 비틀거리며 두 여자 사이에 끼어들었다.

「뭐야! 바주즈 영감이잖아!」 로리외가 말했다. 「오늘이 월급날인 모양이네.」

제르베즈는 질겁하며 호텔 출입문에 바싹 달라붙었다. 50대 장의(葬儀) 인부 바주즈 영감은 흙탕물로 얼룩진 바지, 어깨 위에 훅 단추를 채운 검정 외투, 찌부러진 검정 가죽 모자를 착용하고 있었는데, 가죽 모자는 땅에서 굴렀는지 납작하게 눌려 있었다.

「겁내지 말아요, 나쁜 사람이 아니니까.」 로리외가 말을 계속했다. 「이웃이라오, 우리 방과 같은 복도 세 번째 방……. 소속 관청에서 이 꼴을 보면 큰일 날 텐데.」

젊은 여자가 질겁하자 바주즈 영감은 화가 난 모양이었다.

「뭐야, 왜 이래!」 그가 더듬더듬 말했다. 「장의 인부라고 사람을 잡아먹진 않아……. 다른 사람들하고 똑같지, 잘 봐, 귀염둥이 아줌마……. 하기야 한잔 걸치긴 했어! 돈이 나오면 바퀴에 기름을 쳐야 할 거 아냐. 당신도, 당신 친구도 6백 파운드짜리 남자를 옮기는 일을 하진 않지, 오늘도 단둘이서 6백 파운드짜리 남자를 5층에서 길바닥으로 내렸어, 털끝 하나 상하지 않게 말이야……. 그러지 말라고, 난 명랑한 사람들이 좋아.」

 그렇지만 제르베즈는 금방이라도 울음을 터뜨릴 듯 출입문 구석에서 더욱더 몸을 움츠렸는데, 이 공포가 온종일 누렸던 정숙한 즐거움을 망쳐 버렸다. 그녀는 시누이를 포옹할 엄두도 내지 못하고 쿠포에게 주정뱅이를 쫓아 달라고 애원했다. 그러자 바주즈가 비틀거리면서 철학적 경멸로 가득 찬 몸짓을 취했다.

「당신이라 해서 죽지 않을 순 없어, 귀염둥이 아줌마……. 당신도 언젠가 죽는 게 좋다고 할 날이 올 거야……. 그렇고말고, 땅 밑으로 실어다 주면 고맙다고 할 여자를 내 여럿 알고 있지.」

 로리외 부부가 그를 데려가려 했을 때, 그가 돌아서서 딸꾹질을 하며 마지막 한마디를 내뱉었다.

「사람이란 죽으면…… 그런 거야……. 죽으면 만사가 끝이라오.」

4

 힘겨운 4년의 노동이었다. 동네에서 제르베즈와 쿠포는 오붓하게 살아가는 금슬 좋은 부부로 통했는데, 싸움도 하지 않고 일요일이면 반드시 생투앙 쪽으로 산책을 가곤 했다. 여자는 포코니에 부인의 세탁소에서 하루에 열두 시간을 일하면서도 집 안을 1수짜리 동전처럼 깨끗하게 해놓았고, 아침 저녁으로 식구들의 식사를 빠짐없이 준비했다. 남자는 술에 취하는 일도 없었고, 보름치 급료를 꼬박꼬박 집으로 가져왔으며, 밤이면 잠자리에 들기 전에 바람을 쐬기 위해 창가에서 파이프 담배를 피웠다. 참한 행동거지로 인해 동네 사람들은 그들을 생활의 본보기로 치켜세웠다. 그리고 둘이서 하루에 약 9프랑을 벌었기 때문에, 사람들은 그들이 상당한 돈을 모았으리라고 추측했다.

 그렇지만 특히 초기에, 그들은 살림을 꾸려 나가기 위해 정신없이 일해야만 했다. 결혼 때문에 2백 프랑이라는 큰 빚을 졌던 것이다. 게다가 그들은 〈봉쾨르 호텔〉에서 사는 것이 끔찍하게 싫어졌다. 끊임없이 불결한 사람들이 드나드는 통에 혐오감이 들었다. 그들은 소중하게 간직할 수 있는 그들만의 가구, 그들만의 집을 꿈꾸었다. 스무 번도 넘게 그들은 필요한 금액을 계산해 보았다. 지금 가진 물건을 불편 없이 간수하고 필요할 때 스튜 냄비 또는 작은 프라이팬을 가지려면 어림잡아도 350프랑이 필요했다. 2년 안에 이사하고 싶었지만 그토록 많은 돈을 저축할 수 없다는 사실에 절망하고 있을 때, 그들에게 행운이 넝쿨째 굴러떨어졌다. 플라상스의 노신사가 장남 클로드를 그곳의 중학교에 넣어 주겠다고 했던 것이다. 미술 애호가인 이 괴짜 노인은 예전에 아이가 서투르게 그린 인물화에 감탄하여 이런 너그러운 제안을 하기에 이르렀다. 클로드는 이미 그들에게 상당한 부담이 되고 있었다. 경제적 부담이 둘째 에티엔만으로 줄어들자, 그들은 일곱 달 반 만에 350프랑을 모았다. 벨롬 가의 고물상에서 가구를 구입하던 날, 그들은 집으로 돌아가기 전에 가슴이 터질 듯한 기쁨으로 외곽 대로를 산책했다. 침대 하나, 침실용 작은 탁자 하나, 대리석 상판이 있는 서랍장 하나, 장롱 하나, 방수포에 덮인 식탁 하나, 의자 여섯 개를 샀는데, 이 모든 것이 마호가니 제품이었다. 그 외에도 침구, 리넨 제품, 새것이나 다름없는 부엌 집기 등이 있었다. 그것은 그들에게 새 삶으로의 성실하고 결정적인 돌입, 소유자가 됨으로써 동네에서도 형편이 좋은 사람들 틈에 끼게 해주는 무엇인가를 의미했다.

두 달 전부터는 집을 선택하는 일에 골몰했다. 그들은 특히 구트도르 가의 그 큰 건물의 방 가운데 하나를 세내고 싶었다. 하지만 빈방이 하나도 없었기에, 그들은 오랜 꿈을 버려야 했다. 그러나 사실인즉 제르베즈는 전혀 서운하지 않았다. 왜냐하면 로리외 부부와 이웃이 되어 등을 맞대고 사는 것이 몹시 두려웠기 때문이다. 그래서 그들은 다른 곳을 찾았다. 당연히 쿠포는 제르베즈가 언제라도 한걸음에 집에 다녀갈 수 있도록 포코니에 부인의 세탁소 근처에 집을 얻으려고 했다. 마침내 그들은 절묘하게도 뇌브드라구트도르 가에서, 그것도 세탁소 바로 앞에 있는 건물에서 부엌과 곁방이 딸린 큰 방 하나를 찾아냈다. 그것은 계단이 매우 가파른 작은 2층 건물로서 위층에는 왼쪽 한 가구와 오른쪽 한 가구, 단지 두 가구만이 살도록 되어 있었다. 아래층에는 마차 임대 업자가 살았는데, 도구, 기구, 집기 따위가 거리를 따라 늘어선 안마당 헛간들을 가득 채우고 있었다. 젊은 여자는 고향에 돌아온 듯 그곳이 마음에 꼭 들었다. 두려워할 이웃도 걱정할 험담도 없이 조용하게 살 수 있는 그곳은 플라상스 성벽 뒤의 골목길을 연상케 했다. 게다가 운 좋게도 세탁소 작업대에서 다리미를 놓지 않고도 고개만 들면 집 창문이 보였다.

4월 말에 이사를 했다. 그때 제르베즈는 임신 8개월이었다. 하지만 그녀는 어처구니없게 일을 했는데, 배 속의 아기가 일할 수 있도록 도와준다면서 명랑하게 웃는 것이었다. 배 속에서 아기가 고사리 같은 손을 내밀어 그녀에게 힘을 주는 듯했다. 괜찮아요, 괜찮아! 쿠포가 좀 쉴 수 있도록 그녀를 눕히려 해도 그녀는 한사코 손사래를 쳤다. 정말 견딜 수 없을 정도로 힘들면 누울게요. 그러나 쉴 틈이 있을까. 입이 하나 더 늘면 더 열심히 일하지 않을 수 없으니까 말이다. 그녀는 집 안 청소를 했고, 남편을 도와 가구를 알맞은 위치에 놓았다. 그녀는 종교적인 사랑으로 마치 자식을 대하듯 가구를 정성스레 닦았는데, 아주 조그만 흠집이라도 보일라치면 가슴이 미어지곤 했다. 비질을 하다가 빗자루가 가구에 부딪히면 그녀는 마치 자기 몸을 얻어맞은 듯 화들짝 놀라며 하던 일을 멈추었다. 서랍장이 특히 소중했다. 그것은 아름답고, 견고하고, 단아해 보였다. 그녀가 감히 입 밖에 내지 못한 단 하나의 꿈이 있다면, 그것은 서랍장이 훨씬 더 돋보이도록 추시계를 하나 사서 대리석 상판 위에 놓아두는 것이었다. 새로 태어날 아기만 없었다면, 그녀는 아마 추시계 구입을 감행했으리라. 어쩔 수 없이 그녀는 한숨을 쉬며 그것을 후일로 미루었다.

부부는 새집이 너무나 마음에 들어서 즐거운 마음으로 살았다. 에티엔의 침대가 곁방을 차지했는데, 거기에는 어린이용 침대를 하나 더 놓을 공간이 있었다. 부엌은 손바닥만큼 작고 몹시 어두웠지만, 그래도 문을 열어 두면 꽤 밝았다. 어쨌거나 제르베즈가 30인분의 식사를 만들어야 하는 것도 아니지 않은가, 단지 수프를 끓일 공간만 있으면 그만이었다. 큰방이야말로 그들의 자랑거리였다. 아침에 일어나자마자, 그들은 알코브[20]를 하얀 광목 커튼으로 가렸다. 그러면 방은 금세 식탁을 가운데 두고 서랍장과 장롱이 서로 마주 보는 식당으로 바뀌었다. 벽난로가 하루에 15수의 석탄을 태워 없앴기 때문에, 그들은 벽난로를 막아 버렸다. 강추위가 몰아칠 때에는 대리석 판 위에 놓은 조그만 주철 난로가 단돈 7수만으로 그들을 따뜻하게 해주었다. 이어서 쿠포는 환경 미화를 위해 벽을 장식하는 일에 공을 들였다. 지휘봉을 손에 쥐고 대포와 포탄 더미 사이를 걸어가는 프랑스 원수를 묘사한 고급 판화가 거울을 대신했다. 서랍장 위에는 성냥 통으로 쓰

---

20 *alcôve*. 침실의 벽을 파서 만든 공간으로서 침대를 세워 두는 곳.

이는 황금색 도자기 성수반 좌우에 가족사진이 두 줄로 가지런히 놓여 있었다. 돋을새김 장식을 한 장롱 위에는 파스칼의 상반신과 베랑제[21]의 상반신이 짝을 이루며 놓였는데, 한 사람은 근엄한 표정으로 다른 한 사람은 상냥한 표정으로 뻐꾸기시계 옆에서 똑딱 소리를 듣고 있는 듯했다. 정말 아름다운 방이었다.

「우리가 얼마 내고 사는지 맞혀 볼래요?」 손님이 올 때마다 제르베즈가 물었다.

손님이 집세를 너무 높게 부를 때면, 그녀는 이토록 적은 돈에 그토록 여유 있게 사는 것에 더없이 만족한 표정으로 득의양양하게 외쳤다.

「150프랑, 한 푼도 더 많지 않아요!…… 어때요? 공짜나 다름없죠!」

뇌브드라구트도르 가 또한 그들이 느끼는 만족감의 상당 부분을 차지했다. 제르베즈는 자기 집과 포코니에 부인의 세탁소를 손쉽게 오갈 수 있었다. 구포는 밤이 되면 이제 건물 현관 앞으로 내려와서 파이프 담배를 피웠다. 보도가 없는 거리, 군데군데 포석이 망가진 거리는 오르막길이었다. 오르막길 위의 구트도르 가 쪽에는 유리창이 더러운 어두침침한 가게들, 예컨대 구둣방, 통 제조장, 너절한 식료품점, 파산한 술집이 자리 잡고 있었는데, 수 주일 전부터 닫혀 있는 술집 덧문에는 광고지가 덕지덕지 붙어 있었다. 반대편 파리 쪽으로는 5층 건물들이 하늘을 가렸는데, 1층에는 세탁소들이 즐비

---

21 Pierre-Jean de Béranger(1780~1857). 19세기 프랑스의 시인. 기성 정치를 격렬히 비판하는, 정치적이고 풍자적인 노래와 시를 써서 민중에게 특히 인기가 있었다.

하게 들어서 있었다. 다만 전면이 초록색이고 연한 빛깔의 유리병이 가득한 촌스러운 이발소만이, 진열창에 놓인, 깨끗이 닦은 구리 쟁반에서 나는 반짝이는 빛으로 이 어두운 길모퉁이를 다소나마 밝게 했다. 하지만 가장 쾌적한 곳은 건물이 더 드물고 더 낮은 거리 중간 구역으로서 거기에는 공기와 햇빛이 충분히 들었다. 마차 임대 업자의 헛간들, 이웃한 탄산수 제조장, 맞은편 세탁장 등이 조용하고 넓은 공간을 차지하고 있었는데, 세탁장에서 들리는 빨래하는 여자들의 나지막한 목소리와 규칙적인 보일러 증기 소리가 그곳의 정적을 한층 더 깊게 하는 듯했다. 깊숙한 공터들, 양쪽으로 늘어선 시커먼 벽 사이로 난 작은 통행로들이 그곳을 하나의 마을처럼 보이게 했다. 쿠포는 드물게 나타난 행인이 비눗물이 흐르는 도랑물을 펄쩍 뛰어 건너는 것을 보고 다섯 살 때 그의 아저씨 하나가 데리고 간 시골 마을이 생각난다고 했다. 제르베즈를 기쁘게 한 것은 안마당에 서 있는 아카시아, 자기 방 창문 왼쪽으로 쭉 뻗은 가지 하나가 보이는 아카시아였는데, 녹음이 옅었지만 그래도 거리에 신선한 매력을 부여하기에는 충분했다.

젊은 여자가 해산을 한 것은 4월의 마지막 날이었다. 오후 4시경에 포코니에 부인의 세탁소에서 한 쌍의 커튼을 다림질하고 있을 때, 진통이 시작되었다. 그녀는 당장 자리를 뜨려 하지 않았고, 의자 위에서 몸을 비틀다가 진통이 잠시 가라앉을 때마다 다림질을 한 번씩 했다. 커튼은 급히 돌려 달라고 한 일감이었기 때문에, 그녀는 어떻게든 끝마쳐야 한다고 고집을 피웠다. 아마 단순한 복통일 거야, 배가 아프다고 해서 일을 멈출 순 없어. 하지만 남자 셔츠를 다리기 시작했을 때,

그녀의 얼굴이 하얗게 질렸다. 그녀는 가게에서 나와 배를 움켜쥔 채 벽을 짚으며 거리를 가로질러 갔다. 일꾼 하나가 따라가 주겠다고 했지만, 그녀는 사양하면서 다만 근처 샤르보니에르 가에 사는 산파를 불러 달라고 부탁했다. 물론 집에는 불기가 없었다. 난롯불이 밤새 다 타버렸던 것이다. 그래도 쿠포의 저녁 식사만은 준비해 둬야 했다. 집에 가서 옷을 입은 채 잠시 침대 위에 누워 있으면 진통이 가라앉을 거야. 하지만 계단을 올라갈 때 배가 너무 아파서 그녀는 계단 한가운데 주저앉지 않을 수 없었다. 그녀는 소리를 지르지 않으려고 두 주먹으로 입을 틀어막았는데, 왜냐하면 누군가 올라오면서 그 꼴을 보면 창피할 것 같았기 때문이다. 고통이 사라졌다, 몸이 한결 가벼워진 그녀는 착각이 틀림없었다고 생각하면서 자기 집 문을 열 수 있었다. 그날 저녁, 그녀는 양고기 갈비 스튜를 만들고 있었다. 감자 껍질을 벗길 때까지만 해도 모든 것이 순조로웠다. 그런데 갈비가 작은 냄비에서 익고 있을 때, 갑자기 땀이 쏟아지며 복통이 다시 시작되었다. 그녀는 굵은 눈물방울 때문에 앞을 볼 수 없으면서도 화덕 앞에서 발을 구르며 소스를 휘저었다. 해산을 한다 해도, 안 그래? 그게 쿠포를 굶길 이유는 아니잖아. 이윽고 스튜가 재로 덮인 불 위에서 익었다. 방으로 돌아간 그녀는 식탁 한쪽에 식기를 차려 놓을 시간은 있으리라고 생각했다. 그러나 포도주 병을 황급히 내려놓지 않으면 안 되었다. 침대까지 갈 힘조차 없었다, 그녀는 바닥에 쓰러졌고, 신발을 터는 밀짚 위에서 해산하고 말았다. 15분 후에 산파가 도착해서 뒤처리를 해준 곳도 바로 그곳이었다.

그때 함석장이는 병원에서 일을 하고 있었다. 제르베즈는 사람들에게 남편의 일을 방해하지 말아 달라고 부탁했다. 7시에 귀가했을 때, 그는 이불을 푹 뒤집어쓴 채 몹시 창백한 얼굴로 누워 있는 아내를 보았다. 숄로 감싸 놓은 아기는 엄마 발치에서 울고 있었다.

「아! 불쌍한 내 마누라!」 쿠포가 아내를 포옹하면서 말했다. 「한 시간도 안 된 거지, 당신이 비명을 지르는 동안 난 객쩍은 농담이나 하고 있었으니!…… 글쎄, 순산이었나 봐, 금세 낳은 걸 보니 말이야.」

그녀는 가냘픈 미소를 지었다. 이어서 그녀는 나지막이 말했다.

「딸이에요.」

「잘됐지 뭐야.」 함석장이는 아내를 안심시키려고 다시 말했다. 「내가 딸을 주문해 놨거든!…… 봐! 주문대로 됐잖아! 당신은 내가 원하는 건 뭐든지 해줄 거지?」

그러고는 아기를 안으면서 그는 말을 계속했다.

「좀 봅시다, 말괄량이 아가씨!…… 까무잡잡하고 예쁜 얼굴이네. 금세 하얘질 거랍니다, 걱정하지 마세요. 착한 아기가 돼야죠, 왈가닥 악동 말고, 엄마 아빠처럼 성실한 사람이 되세요.」

사뭇 진지해진 제르베즈는 조금씩 슬픔에 젖어 두 눈을 크게 뜬 채 딸을 바라보았다. 그녀는 고개를 가로저었다. 사내아이를 낳아야 했어, 그래야 그럭저럭 살아 나가기가 쉽고, 이 파리에서 수많은 위험을 겪지 않아도 될 테니까 말이야. 산파가 쿠포에게서 아기를 빼앗아야 했다. 그녀는 제르베즈에게도 말을 삼가라고 했다. 산모 곁에서 이렇게 부산을 떠는 것조차 해로운 일이었다. 그러자 함석장이가 어머니와 로리외 부부에게도 알려 줘야 한다고 말했다. 하지만 배가 너무 고팠다, 그는 먼저 식사를 하고 싶었다. 남편이 직접 식탁을 차리고, 부엌으로 스튜를 찾으러 가고, 빵도 찾지 못한 채 큰 접시에 담긴 것을 곧바로 먹는 것을 보면서 산모는 안절부절 몹시 힘들어했다. 산파가 아무리 타일러도 그녀는 자신을 탓했고, 이불 속에서 몸을 뒤척였다. 식탁을 차려 놓지 못한 건 정말 말도 안 되는 일이야. 좀 전에는 복통이 마치 몽둥이질을 하듯 그녀를 땅바닥에 내팽개쳤던 것이다. 불쌍한 남편이 맛없는 식사를 하는 동안 편안하게 쉬고 있다니, 비난받아 마땅해. 감자는 충분히 익었을까? 그녀는 감자에 소금을 쳤는지 기억이 나지 않았다.

「말을 하지 말아요, 제발!」 산파가 소리쳤다.

「허허! 말려 봤자 소용없어요!」 쿠포가 한입 가득 음식을 씹으며 말했다. 「만일 아주머니가 여기 안 계신다면, 장담하건대 저 사람은 벌떡 일어나서 빵을 잘라 주고 있을걸요……. 제발 좀 누워 있어, 미련한 짓 하지 말고! 몸을 망쳐서는 안 돼, 그러다가는 일어나는 데 2주일은 족히 걸릴 거야……. 스튜가 정말 맛있는데. 아주머니, 함께 좀 드세요, 네?」

산파는 사양했다. 하지만 포도주를 한 잔 마시고 싶어 했는데, 왜냐하면 신발 터는 밀짚 위에서 불운한 산모와 아기를 발견해서 너무나 놀랐기 때문이었다. 마침내 쿠포는 가족들에게 소식을 알리러 갔다. 30분 후에 그는 어머니, 로리외 부부, 때마침 로리외 부부 집에 와 있었던 르라 부인과 함께 돌아왔다. 최근 쿠포 부부의 번영을 보고 로리외 부부는 매우 상냥해지고 제르베즈에게도 극도의 찬사를 늘어놓았지만, 그래도 진정한 판단은 유보한다는 듯 고개를 갸우뚱거리고 눈을 깜박이며 단정 짓지 않는 자세를 취했었다. 기실 그들이 쿠포 부부를 이전보다 더 존중한 것은 아니었다. 다만 온 동네의 의견을 거스르고 싶지 않았을 뿐이었다.

「다 모셔 왔어!」 쿠포가 외쳤다. 「할 수 없지 뭐! 다들 당신을 보고 싶어 하니까……. 입을 열지 마, 산파가 말하지 말라고 했잖아. 모두 그저 바라보기만 할 거야, 당신이 말 안 해도 아무도 기분 나빠 하지 않아, 그렇죠?…… 난 커피를 준비할게, 아주 맛있는 걸로.」

그는 부엌으로 사라졌다. 쿠포의 어머니가 제르베즈의 뺨에 입맞춤을 한 후에 아기가 크다고 탄성을 질렀다. 두 시누이도 산모의 뺨에 요란하게 입맞춤을 했다. 침대 앞에 서서 세 여자는 이번 해산에 대해 이러쿵저러쿵 이야기하면서 감탄했다. 정말 희한한 해산이야, 아픈 이를 뽑듯이 간단하게 아기를 낳았잖아. 르라 부인은 아기의 몸을 여기저기 살펴보고서는 아이가 아주 잘생겼다고 단언했고, 훗날 대단한 여자가 될 것이라고 덧붙였다. 그러고는 아기의 머리가 너무 뾰족하다고 생각했기에, 그녀는 머리를 동그랗게 만들기 위해 아기가 우는데도 머리를 가볍게 눌렀다. 로리외 부인이 화를 내며 아기를 빼앗았다. 두개골이 몹시 연한데 그렇게 주물러 대면 아기에게 세상의 모든 악덕이 주입될지도 몰라. 그런 다음 그녀는 닮은 곳을 찾았다. 그들은 언쟁을 할 뻔했다. 여자들 뒤에서 목을 빼고 있던 로리외에 의하면, 아기는 쿠포와 닮은 데가 전혀 없었다. 코가 좀 닮았을까, 그 외에는 없어! 엄마를 쏙 빼닮았다고, 특히 눈을 봐. 확실히 저 눈은 쿠포 가족의 눈이 아니야.

한편 쿠포는 쉽사리 모습을 드러내지 않았다. 그가 부엌에서 화덕과 커피포트와 씨름하는 소리가 들렸다. 제르베즈는 애가 탔다. 커피를 만드는 건 남자가 할 일이 아냐. 그녀는 연방 산파가 쉿! 하고 만류하는데도 소리를 질러 쿠포에게 커피 만드는 방법을 알려 주었다.

「보따리 좀 치워요!」 쿠포가 손에 커피포트를 들고 들어오며 말했다. 「그렇죠! 우리 마누라가 꽤나 귀찮게 굴죠! 빨리 잠이나 좀 자……. 우린 이걸 컵으로 마시죠, 네? 아직 잔을 못 샀거든요.」

모두가 식탁에 둘러앉았고, 함석장이는 직접 커피를 따르려고 했다. 커피에서 진한 향기가 풍겨 나왔다, 찌르레기 콧물 같은 허접스러운 커피가 아님이 틀림없었다. 산파는 커피를 마신 후에 떠났다. 모든 게 잘되어 가므로, 자기는 더 있을 필요가 없다는 것이었다. 밤새 경과가 안 좋으면, 내일 자기를 찾아오라고 했다. 그녀가 계단을 다 내려가기도 전에, 로리외 부인이 그녀를 술꾼에다가 아무짝에도 쓸모없는 여자라고 헐뜯었다. 저 여자가 커피에 각설탕을 네 개나 넣었고, 산모 혼자 해산을 했는데 15프랑이나 챙겼어. 그러나 쿠포는 산파를 옹호했다. 어쨌든 저런 여자들은 젊어서 공부를 많이 했으니 비싸게 받는 것도 무리가 아냐. 이어서 로리외가 르라 부인과 입씨름을 했다. 그는 아들을 낳기 위해서는 침대 머리를 북쪽으로 둬야 한다고 주장했다. 르라 부인은 어깨를 으쓱하며 얼토당토않은 소리 하지 말라고 하면서 양지에서 딴 신선한 쐐기풀 한 줌을 마누라 몰래 침대 매트리스 밑에 두는 새로운 처방을 소개했다. 손님들은 식탁을 침대 가까이 밀어 두었었다. 10시까지, 베개 위의 머리를 손님들을 향해 돌리고 있던 제르베즈는 조금씩 밀려오는 엄청난 피로에 짓눌린 채 미소를 띠고 멍한 시선으로 그들을 바라보았다. 사람도 보이고 소리도 들렸지만, 그녀는 몸짓 하나 취할 힘도 말 한마디 내뱉을 힘도 없었다. 마치 자신이 죽은 것처럼 느꼈는데, 그것은 극히 부드러운 죽음으로서 그 밑바닥에서 다른 사람들이 살아 있는 모습을 보는 것이 즐거운 죽음이었다. 간간이 아기의 울음소리가 들리는 가운데 손님들은 굵은 목소리로 전날 샤펠 대로 끝 봉퓌 가에서 일어난 살인 사건에 대해 끝없이 이야기했다.

손님들이 자리에서 일어나려 했을 때, 세례 이야기가 나왔다. 로리외 부부는 대부와 대모 역할을 받아들였다. 물론 뒤에서는 얼굴을 찌푸리며 싫은 내색을 했지만 말이다. 그렇지만 부부가 부탁을 하지 않았더라면, 그들은 더욱더 기분 나빠 했을 것이다. 쿠포는 아기에게 세례를 줄 필요성을 느끼지 못했다. 그래 봤자 아기에게 1만 프랑짜리 연금이 생기는 것도 아니잖아. 오히려 아기에게 감기만 안겨 줄 뿐이야. 사제 나부랭이와는 아예 상대를 안 하는 게 상책이지. 쿠포의 어머니가 아들을 이교도라고 나무랐다. 로리외 부부는 영성체 빵을 먹으러 성당에 가지는 않지만 그래도 신앙심이 있다고 자부했다.

「원한다면 일요일에 하지, 뭐.」 사슬장이가 말했다.

제르베즈가 고갯짓으로 동의하자, 모두들 몸조심하라고 하면서 그녀에게 작별의 입맞춤을 했다. 아기에게도 인사를 했다. 각자 가냘프게 떨고 있는 그 불쌍한 작은 육체를 향해 허리를 굽히고서는, 마치 아기가 알아들을 수 있기라도 한 것처럼 미소 지으며 애정 어린 말을 건넸다. 모두 아기를 대모의 이름 안나의 애칭을 따서 나나라고 불렀다.

「안녕, 나나……. 자, 나나, 예쁜 아가씨가 되어라…….」

마침내 그들이 떠나자 쿠포가 자기 의자를 침대에 바싹 붙였고, 파이프 담배를 입에 문 채 제르베즈의 손을 잡았다. 그는 천천히 담배를 피우며 몹시 감동한 표정으로 연기를 내뿜은 후 이렇게 말했다.

「그렇지? 여보, 가족들 때문에 머리가 아팠지? 이해해 줘, 막을 방법이 없었어. 어쨌거나 가족 사이의 우애니까 말이야……. 하지만 혼자서 쉬는 게 나은데, 안 그래? 나도 이렇게 단둘이 있는 게 좋아. 정말이지 긴 저녁이었어!…… 불쌍한 내 마누라! 얼마나 아팠겠어! 아기들은 세상에 나올 때 얼마나 엄마를 아프게 하는지 전혀 모르지. 정말이야, 허리가 끊어지듯 아팠을 텐데……. 아픈 곳이 어디야, 내가 뽀뽀해 줄게.」

그는 굵은 손을 아내의 등 밑으로 살그머니 밀어 넣은 다음, 그녀를 끌어당긴 채 아직 아픔이 가시지 않은 산모를 위해 거친 남자 특유의 애정으로 시트를 통해 그녀의 배에 키스했다. 그러고는 자기가 아프게 하지는 않았는지 물었다. 그는 아픈 곳을 입으로 호호 불어서 다 낫게 해주고 싶어 했다. 그녀는 이제 팔짱만 끼고 있으면 안 되게 되었기 때문에, 가능한 한 빨리 자리에서 일어날 일만을 생각했다. 하지만 그는 아무 걱정도 하지 말라고 했다. 아기를 먹여 살리는 일은 자기의 몫이 아니던가? 아기를 아내에게 짐 지운다면, 정말이지 비겁한 남자지. 아기를 만드는 거야 어려울 게 뭐 있어, 문제는 아기를 잘 키우는 일이지, 안 그래?

그날 밤, 쿠포는 잠을 거의 한숨도 못 잤다. 그는 난롯불이 꺼지지 않도록 잘 살폈다. 그리고 매시간 일어나서 아기에게 따뜻한 설탕물을 몇 순가락 먹여야 했다. 그래도 아침이 되자

여느 때와 같이 일터로 나가지 않을 수 없었다. 그는 점심시간을 이용하여 시청으로 가서 아기의 출생 신고를 했다. 그동안 보슈 부인이 소식을 듣고 달려와서 온종일 제르베즈의 곁을 지켰다. 그러나 제르베즈는 열 시간 동안 푹 자고 난 후, 일을 하지 않고 침대에만 처박혀 있으려니 벌써 뼈마디가 쑤신다고 불평을 했다. 자리에서 못 일어나게 한다면, 병에 걸리고 말 것 같아. 저녁에 쿠포가 돌아오자, 그녀는 자신의 괴로움을 호소했다. 물론 그녀는 보슈 부인을 믿었다. 하지만 남의 집 여자가 자기 집에 죽치고 앉아 서랍을 열고 물건들에 손을 대는 것을 보면 미칠 것만 같다는 것이었다. 이튿날 문지기 여자가 일을 끝마치고 돌아와 보니, 제르베즈가 일어나서 옷을 차려입고 청소를 하고 남편의 저녁 식사를 준비하고 있었다. 그리고 다시는 자리에 누우려 하지 않았다. 다들 비웃고 있을 거야, 아마! 아픈 척하는 건 지체 높은 부인네들에게나 어울리는 일이니까. 부자가 아닌 다음에야, 시간을 아껴야지. 해산한 지 사흘 후, 그녀는 포코니에 부인의 세탁소에서 화덕의 열기로 땀에 흠뻑 젖은 채 다리미를 툭툭 치며 속치마를 다리고 있었다.

토요일 저녁에 로리외 부인이 대모로서 선물을 가지고 왔다. 35수짜리 보닛과 세례복이었는데, 작은 레이스가 달리고 주름이 잡힌 세례복은 색이 바랜 탓에 6프랑에 살 수 있었다. 이튿날, 로리외가 대부로서 산모에게 6파운드의 설탕을 선물했다. 그만하면 할 일을 한 셈이었다. 그날 저녁 쿠포 부부가 준비한 만찬 자리에도 그들은 빈손으로 나타나지 않았다. 남편은 양쪽 겨드랑이 밑에 하나씩 봉인(封印) 포도주 두 병을 가지고 왔고, 아내는 아주 유명한 클리냥쿠르의 제과점에서 커다란 크림 과자 하나를 사 왔다. 물론 로리외 부부는 자기들의 넉넉한 인심을 온 동네에 자랑하고 다녔다. 지출이 20프랑 가까이 된다는 것이었다. 그들이 퍼뜨린 자기 자랑을 알고서 제르베즈는 숨이 막혔고, 그들의 선행을 조금도 달가워하지 않았다.

세례 축하 만찬을 계기로 쿠포 부부는 같은 층계참에 사는 이웃과 긴밀한 관계를 맺게 되었다. 그 작은 건물의 또 다른 거처에는 구제라는 성을 가진 모자가 살고 있었다. 그때까지 계단과 거리에서 서로 인사만을 나누었을 뿐, 그 이상은 아무것도 없었다. 모자는 사교성이 없어 보였다. 하지만 해산한 다음 날 구제 부인이 물 한 양동이를 올려다 주었다. 제르베즈는 모자가 좋은 사람들인 만큼 식사에 초대하는 것이 옳다고 판단했다. 이렇게 해서 그들은 자연스럽게 서로 친하게 되었다.

구제 모자는 노르 지방 출신이었다. 어머니는 레이스 짜는 일을 했다. 대장장이인 아들은 나사못 공장에서 일했다. 모자는 5년 전부터 층계참 맞은편에서 살고 있었다. 그들의 삶이 보여 주는 말없는 평화 뒤에는 슬픈 과거가 감춰져 있었다. 구제의 아버지가 릴에서 인사불성으로 대취한 어느 날 쇠몽둥이로 동료를 때려 죽였고, 그 후 감옥에서 손수건으로 목을 매서 자살했던 것이다. 그런 불행을 겪은 다음 파리로 이사한 과부와 아들의 뇌리에서는 늘 이 비극이 떠나지 않았고, 엄격한 정직성, 변함없는 친절과 용기로써 이 비극을 상쇄하려 했다. 심지어 그들의 태도에는 약간의 자부심마저 섞여 있었는데, 왜냐하면 마침내 자신들이 다른 사람들보다 더 낫다는 것을 인식했기 때문이다. 늘 검정 옷을 입고 수녀 모자 같은 것을 쓴 구제 부인은 흰색 레이스와 섬세한 수공 일이 그녀에게 단아한 품위를 주기나 하는 양 중년 귀부인처럼 하얗고 침착한 얼굴을 하고 있었다. 장밋빛 얼굴, 푸른 눈을 가진 구제는 헤라클레스처럼 힘이 센 거인으로서 스물세 살의 멋진 호남이었다. 공장에서는 그의 아름다운 노란색 턱수염 때문에 동료들이 그를 〈황금 주둥이〉라고 불렀다.

제르베즈는 이내 이 모자에 대해 깊은 우정을 느꼈다. 처음으로 그들의 집에 들어갔을 때, 그녀는 집 안이 깨끗해서 감탄했다. 나무랄 것이 아무것도 없었고, 어디서나 숨을 쉴 수 있었으며, 먼지 하나 날지 않았다. 유리창이 마치 거울처럼 빛났다. 구제 부인은 아들의 방을 구경시켜 주었다. 그것은 소녀의 방처럼 예쁘고 깔끔했다. 모슬린 커튼을 늘어뜨린 작은 철제 침대, 테이블, 경대, 벽에 매단 좁은 서가가 있었다. 벽은 위에서 아래까지 온통 그림으로 장식되어 있었는데, 여기저기서 오려 낸 인물화들, 네 모서리를 못으로 고정시킨 채색 판화들, 신문 삽화에서 떼어 낸 각양각색의 초상화들이 그것이었다. 구제 부인은 아들이 큰 어린아이 같다고 웃으면서 말했다. 저녁에 책을 읽다가 피곤해지면, 아들은 즐겨 이 그림들을 본다는 것이었다. 제르베즈는 창가에서 다시 자수틀에 앉은 이웃 여자 곁에서 한 시간 동안 스스로를 잊고 있었다. 거기에 머무르는 것이 행복했던 그녀는 레이스를 묶는 수백 개의 핀에 흥미를 느꼈으며, 섬세한 손놀림이 고요를 더하는 그 집의 청결한 냄새를 마음껏 들이켰다.

구제 모자는 사귈 만한 가치가 있는 사람들이었다. 늘 열심히 일하는 그들은 2주일마다 급료의 4분의 1 이상을 은행에 예금했다. 동네 사람들은 그들에게 인사를 건넸고, 그들의 저

축에 대해서 이야기했다. 구제는 결코 구멍 난 옷을 입지 않았으며, 항상 얼룩 하나 없이 깨끗한 작업복을 입고 나갔다. 그는 우람한 어깨에도 불구하고 아주 얌전하고 심지어 소심했다. 동네 세탁부들은 그가 고개를 숙이고 지나가는 모습을 보며 재미있어했다. 그는 세탁부들의 저속한 언행을 좋아하지 않았고, 여자들이 끊임없이 외설스러운 말을 입에 올리는 것을 혐오스러워했다. 그런데 어느 날, 그가 술에 취해 귀가했다. 그날, 구제 부인은 아들을 나무라는 대신에 서투른 그림이지만 서랍장 속에 경건하게 간직해 온 아버지의 초상화 앞에 그를 앉혔다. 그날의 교훈 이후, 구제는 노동자에게 술이 필요하므로 술을 끊지는 않았지만 반드시 자기 주량만큼만 마셨다. 일요일엔 어머니와 팔짱을 낀 채 외출했다. 대개 그는 어머니를 뱅센 숲 쪽으로 모시고 갔다. 때때로 그는 어머니와 함께 극장으로 가기도 했다. 그의 어머니는 여전히 그에게 정열의 대상이었다. 그는 아직도 어머니에게 꼬마였을 때처럼 말을 했다. 머리가 단단하고, 서친 망치질로 봄이 육중해졌어도 그는 덩치 큰 짐승이나 매한가지였다. 머리는 느리게 돌지만 선량하기 그지없는 짐승 말이다.

초기에 그는 제르베즈를 보면 몹시 거북해했다. 하지만 몇 주일이 지나자 차츰 익숙해졌다. 그는 그녀를 기다리고 있다가 짐을 올려다 주기도 했고, 갑작스러운 친숙함으로 그녀를 누이로 취급하면서 자기 마음에 드는 그림을 오려 주기도 했다. 그런데 어느 날 아침, 노크도 없이 문을 열었기 때문에 그는 반쯤 벗은 채로 목을 씻고 있는 그녀와 마주쳤다. 이후 일주일 동안 그는 그녀를 정면으로 쳐다보지 못했는데, 그 바람에 그녀도 그를 보면 얼굴을 붉혔다.

〈막내둥이 카시스〉는 파리 사람 특유의 달변으로 〈황금 주둥이〉를 바보로 취급했다. 술을 진탕 마시지 않거나 길에서 아가씨들의 목덜미에 숨결을 내뿜지 않는 건 좋아. 그러나 남자는 뭐니 뭐니 해도 남자여야 해, 그렇지 않다면 속치마를 입는 게 낫지. 쿠포는 구제가 동네 아가씨들 모두에게 추파를 던진다고 제르베즈 앞에서 놀려 댔다. 그러면 고적대장 같은 멋쟁이 구제는 기를 쓰고 변명을 했다. 그렇다고 깨질 친구 관계가 아니었다. 그들은 아침에 서로를 불러 함께 일터로 떠났고, 가끔 귀가하기 전에 맥주를 한잔 나누기도 했다. 나나의 세례 만찬 이후, 그들은 〈당신〉이라는 호칭이 말을 길어지게 한다는 이유로 서로 반말을 쓰기로 했다. 그들의 우정이 이 정도에 이르렀을 때, 〈황금 주둥이〉가 〈막내둥이 카시스〉에게 귀중한 도움을, 일평생 잊지 못할 특별한 도움을 주었다. 12월 2일의 일이었다. 함석장이는 장난삼아 폭동을 구경하러 가려는 어리석은 생각을 했다. 그는 공화국에도, 보나파르트에게도, 그 밖의 다른 정치적 경향에도 별다른 관심이 없었다. 다만 그는 화약을 아주 좋아했고, 총질 구경을 무척 재미있어했다. 만일 대장장이가 때마침 나타나서 그 큰 덩치로 그를 보호하고 달아나게 해주지 않았더라면, 그는 틀림없이 바리케이드 뒤에서 체포되었을 것이다. 구제는 심각한 표정으로 포부르푸아소니에르 가를 급히 거슬러 올라갔다. 그는 정치에 관심이 많았고, 현명하게도 만인의 행복과 정의의 이름으로 공화파를 자처했다. 그렇지만 그는 총질을 하지는 않았다. 그는 그 이유를 이렇게 설명했다. 민중은 손발에 화상을 입으면서까지 부르주아들을 위해 불구덩이에서 밤[栗]을 주워 주었지만, 이젠 지쳤어. 2월과 6월이 좋은 교훈을 남졌지. 이제부터, 변두리 민중은 시내 부르주아들이 하고 싶은 대로 하게 내버려 두고 구경만 하는 거야. 언덕 위 푸아소니에 가에 다다랐을 때, 그는 고개를 돌려 파리를 내려다보았다. 어쨌든 저기서 사람들이 힘든 일을 하고 있어, 언젠가 민중은 팔짱만 끼고 있었던 걸 후회하게 될지도 모르지. 그러나 쿠포는 냉소했고, 의회의 빌어먹을 게으름뱅이들에게 일당 25프랑을 주기 위해 목숨을 거는 노새들이라니, 정말 어리석기 짝이 없다고 했다. 저녁에 쿠포 부부는 구제 모자를 식사에 초대했다. 디저트 시간에, 〈막내둥이 카시스〉와 〈황금 주둥이〉는 서로의 뺨에 두 번씩 진한 입맞춤을 했다. 이제 평생의 친구가 된 것이다.

  3년 동안, 두 가족의 생활은 아무 일 없이 층계참 양쪽에서 흘러갔다. 제르베즈는 일주일에 기껏해야 이틀 정도 일을 쉬면서도 딸을 잘 키웠다. 그녀는 일당 3프랑을 버는 숙련 노동자가 되었다. 그래서 이제 곧 여덟 살이 되는 에티엔을 샤브르브 가의 1백 수짜리 기숙 학교에 넣을 결심을 했다. 부부는 두 아이를 키우면서도 매월 20~30프랑을 은행에 저금했다. 그들의 예금액이 6백 프랑에 이르렀을 때, 젊은 여자는 야심 찬 꿈에 사로잡혀 더 이상 잠을 이루지 못했다. 그녀는 작은 가게를 하나 빌려서 개업을 하고, 자기 자신이 세탁부들을 고용하고 싶었다. 그녀는 하나하나 계산을 해보았다. 일이 잘 되면, 20년 후쯤 부부는 어딘가 시골로 가서 연금으로 생활할 수도 있으리라. 하지만 그녀는 감히 생각을 실행으로 옮기지 못했다. 그녀는 가게를 물색하는 중이라고 말하면서 시간을 벌었다. 돈은 은행에 있으니 걱정할 필요가 없었다. 오히려 조금이나마 이자가 불어났다. 게다가 3년 만에 그녀는 자신의 소망 가운데 하나를 이루었는데, 드디어 추시계를 산 것이다. 나선형 기둥, 금도금을 한 구리 추가 달린 그 자단목 시계는 매주 월요일마다 20수씩 1년 동안 대금을 갚아야 하는 것이었다. 쿠포가 둥근 유리 덮개를 들어 올리려고 하면, 그녀는 화를 벌컥 냈다. 마치 서랍장 대리석 상판이 예배당이라도 되는 것처럼, 그녀만이 경건하게 유리 덮개를 들어 올리고 기둥들을 닦았다. 유리 덮개 아래, 시계추 뒤에 그녀는 저금통장을 감춰 두었다. 가게를 꿈꿀 때면, 그녀는 종종 시계의 문자반 앞에서 바늘이 도는 것을 물끄러미 바라보면서, 마치 결단을 내리기 위해 특별하고 엄숙한 순간을 기다리는 듯한 표정으로 깊은 생각에 잠겼다.

쿠포 부부는 거의 매주 일요일마다 구제 모자와 함께 외출했다. 그것은 매우 즐거운 소풍이었다. 생투앙으로 갈 때에는 튀김 요리를, 뱅센으로 갈 때에는 토끼 요리를 식당의 풀숲에서 오붓하게 먹었다. 남자들은 목이 마를 때 한잔 마셨고, 여자들에게 팔을 맡긴 채 기분 좋게 돌아갔다. 저녁에 잠자러 가기 전에 두 가족은 비용을 셈해서 반씩 부담했다. 한 푼 더 하니 덜하니 하는 시비는 결코 일어나지 않았다. 로리외 부부는 구제 모자를 질투했다. 〈막내둥이 카시스〉와 〈절름발이〉가 형제를 놔두고 언제까지나 남들과 싸돌아다니는 것을 보니 기가 막혔다. 흥! 그래! 가족은 아무것도 아니라 이거지! 저금을 좀 했다고 눈에 뵈는 게 없는 모양이야. 동생이 멀어져 가는 것을 보면서 울화통이 터진 로리외 부인은 다시 제르베즈에게 욕을 퍼붓기 시작했다. 반대로 르라 부인은 젊은 여자의 편을 들었고, 젊은 여자가 밤에 대로에서 여러 번 유혹을 받았음에도 마치 연극의 여주인공처럼 치근대는 남자의 따귀를 때리고 도망쳤다는 엉뚱한 이야기로 그녀를 변호했다. 쿠포의 어머니는 모두를 화해시키고 모두의 비위를 맞추려고 애썼다. 시력이 점점 나빠지고 있는 그녀는 이제 파출부 일자리도 한 집밖에 없었기에, 자식들에게서 가끔 1백 수씩 얻어 쓰는 데 만족했다.

나나가 만 세 살이 되던 날, 저녁에 집으로 돌아온 쿠포는 제르베즈가 안절부절 흥분 상태에 있는 것을 보았다. 그녀는 말도 하지 않으려 했고, 그저 괜찮다고만 했다. 그녀가 식탁을 엉성하게 차리면서 접시를 들고 깊은 생각에 잠겨 있었기 때문에, 쿠포는 무슨 일인지 다그쳐 물었다.

「그래요! 말할게요.」 마침내 그녀가 털어놓았다. 「구트도르 가의 작은 잡화점이 셋집으로 나왔어요……. 한 시간 전에 실을 사러 갔다가 봤죠. 어찌나 놀랐던지.」

그것은 예전에 그들이 살아 보기를 꿈꾸었던 바로 그 큰 건물에 있는 아주 깨끗한 가게였다. 가게에는 뒷방, 왼쪽 방, 오른쪽 방이 딸려 있었다. 방들이 좀 작았지만 배치가 잘된 집으로서 그들에게 안성맞춤이었다. 다만 집세가 너무 비싸게 여겨졌다. 건물 주인이 5백 프랑을 부르고 있었다.

「집도 구경하고 세도 물어봤단 말이지?」 쿠포가 말했다.

「아! 그저 궁금해서!」 그녀는 관심 없다는 듯 대답했다. 「가게를 구하고 있으니 셋집이라는 글자만 보이면 들어가 보는 거죠 뭐, 돈이 드는 일도 아니니까……. 그렇지만 이 집은 너무 비싸요. 게다가 가게를 낸다는 게 어리석은 일일지도 모르고.」

그렇지만 저녁 식사가 끝나자, 그녀는 다시 잡화점 이야기를 꺼냈다. 그녀는 신문지 여백에 가게를 그렸다. 차츰차츰 그녀는 이야기에 빠져들어 마치 다음 날이라도 거기로 가구를 옮겨야 한다는 듯 구석구석 측정하기도 하고, 방 안을 정리 정돈하기도 했다. 쿠포는 그녀의 마음이 몹시 동하는 것을 보고 가게를 세내자고 부추겼다. 확실히 5백 프랑 아래로는 그런 깔끔한 가게를 찾을 수 없으리라. 게다가 아마 좀 깎아 주기도 하지 않겠는가. 하지만 한 가지 단점은 로리외 부부가 사는 건물에 함께 산다는 것인데, 이 점은 참기가 쉽지 않으리라. 그러자 그녀가 화를 냈다, 그녀는 아무도 싫어하지 않는다는 것이었다. 그 가게를 세내고 싶은 욕망의 불길에 휩싸여 그녀는 로리외 부부를 변호하기까지 했다. 실은 그렇게 나쁜 사람들이 아니다, 그러니 서로 사이좋게 살 수 있을 것이다. 두 사람은 잠자리에 들었다, 쿠포는 금세 잠들었지만, 그녀는 세낼 것을 확정하지도 않았으면서 내부 설비를 어떻게 할 것인가를 계속 고민했다.

이튿날, 혼자 있을 때 그녀는 추시계 유리 덮개를 들어 올리고 저금통장을 보고 싶은 욕망에 몸이 달았다. 보기 흉한 글씨로 더럽혀진 이 통장에 그녀의 가게가 들어 있는 것이다! 일터로 가기 전에 구제 부인과 상의를 했는데, 구제 부인은 가게를 차리려는 계획에 대찬성이었다. 술도 마시지 않는 훌륭한 남편과 함께라면 가게를 들어먹을 염려도 없고, 장사도 잘될 것이 틀림없다는 것이었다. 점심시간에 제르베즈는 심지어 로리외 부부의 집으로 가서 의견을 구했다. 집안사람들에게 무엇인가 감추고 있다는 인상을 주기 싫었기 때문이다. 로리외 부인은 깜짝 놀랐다. 뭐라고! 〈절름발이〉가 벌써 자기 가게를 차린단 말이야! 그녀는 몹시 속이 상해서 말을 더듬거리면서도 아주 만족스럽다는 표정을 짓지 않을 수 없었다. 그래, 가게는 쓸 만해, 그 가게를 세낼 생각을 한 건 잘한 일이야. 하지만 마음이 진정되자 그녀와 그녀의 남편은 안마당이 질척하다느니, 1층 방들에는 햇빛이 잘 안 든다느니 하면서 입방아를 찧었다. 그렇고말고! 류머티즘에 걸리기 딱 좋은 곳이지. 그런데 이미 세내기로 결심한 거 아냐? 그렇다면 더 이상 이러쿵저러쿵할 필요 없지, 뭐.

저녁에 제르베즈는 만일 사람들이 자기가 가게를 차리는 것을 만류했다면 아마 병이 났으리라고 웃으면서 털어놓았다. 〈어쨌든 결정했어!〉 하고 말하기 전에 쿠포를 그 가게로 데려가서 집세를 깎게 하고 싶었다.

「그래, 그렇다면 내일 가볼까.」 남편이 말했다. 「내가 일하는 나시옹 가의 주택으로 6시까지 와. 돌아오면서 구트도르 가에 들러 보자고.」

그 무렵 쿠포는 4층짜리 새 주택의 지붕을 마무리하고 있었다. 그날, 그는 마지막 함석 몇 장을 깔 작정이었다. 지붕이 거의 편평했기 때문에, 두 사가대 위에 그의 작업대로 쓰이는 널따란 목판을 걸쳐 놓았다. 5월의 아름다운 태양이 지붕 위의 굴뚝들을 황금빛으로 물들이며 기울고 있었다. 맑은 하늘 저 높은 곳에서 함석장이가 작업대에 엎드린 채 마치 재단사가 반바지를 재단하듯 큰 가위로 조용히 함석을 잘랐다. 몸이 호리호리한 열일곱 살짜리 금발 머리 조수는 옆집 벽에 몸을 기댄 채 큰 풀무로 화로에 바람을 넣었는데, 풀무질을 할 때마다 사방으로 불꽃이 튀었다.

「어이! 지도르, 인두를 넣어!」 쿠포가 소리쳤다.

조수는 대낮에는 연한 장밋빛을 띠는 숯불 속으로 납땜용 인두를 집어넣었다. 이어서 그는 다시 풀무질을 시작했다. 쿠포는 마지막 한 장의 함석을 들었다. 그것은 지붕 가장자리의 빗물받이 홈통 근처에 깔 함석이었다. 거기는 경사가 급했고, 허공으로 입을 벌린 구멍이 있어서 그 아래로 길바닥이 보였다. 함석장이는 집에서처럼 실내화를 신은 채「와! 아기 염소들」이라는 노래를 휘파람으로 불면서 살금살금 앞으로 나아갔다. 구멍 앞에 이르자 그는 미끄러지듯 유연하게 굴뚝에 감은 한쪽 다리를 버팀목 삼아서 몸을 반쯤 허공으로 내보냈다. 한쪽 다리는 공중에 떠 있었다. 게으름뱅이 지도르를 부르기 위해서 몸을 젖혔을 때, 저 아래로 길바닥이 보여서 그는 벽돌 한 귀퉁이를 손으로 잡았다.

「느림보 같으니라고, 어서!…… 인두를 달라니까! 이 말라깽이야, 아무리 하늘을 쳐다봐 봤자 종달새가 봉구이로 떨어지진 않아!」

그러나 지도르는 서두르지 않았다. 그는 이웃 지붕들에, 특히 그르넬 쪽으로 저 멀리 파리에서 올라오는 굵은 연기에 정신이 팔려 있었다. 불이 났을지도 모르는 일이었다. 그는 다가와서 납작 엎드린 채 머리만을 구멍 위로 내밀었다. 그러고서 그는 인두를 쿠포에게 건넸다. 그러자 쿠포는 함석에 납땜을 하기 시작했다. 그는 한쪽 엉덩이로 앉기도 하고, 한쪽 발끝으로 서기도 하고, 손가락 하나로 지탱하기도 하면서 언제나 균형을 잃지 않고 자유자재로 몸을 굽혔다 폈다 했다. 그는 이 일에 익숙해서 태연하기 그지없었고, 천둥처럼 대담했고, 위험을 전혀 두려워하지 않았다. 너무나 잘 알고 있는 일이었다. 그는 길바닥이 오히려 자기를 두려워할 거라고 큰소리를 쳤다. 파이프 담배를 계속 물고 있었기 때문에, 그는 이따금 고개를 돌려 무심히 길바닥으로 침을 뱉었다.

「어라! 보슈 부인이잖아!」 그가 별안간 소리쳤다. 「이봐요! 보슈 부인!」

차도를 건너는 문지기 여자가 눈에 띄었던 것이다. 고개를 든 그녀가 그를 알아보았다. 지붕과 보도 사이에서 대화가 시작되었다. 그녀는 두 손을 앞치마 밑에 넣은 채 얼굴을 공중으로 쳐들었다. 그는 이제 일어서서 왼쪽 팔로 굴뚝을 감은 채 몸을 아래로 기울였다.

「우리 집사람 못 봤어요?」 그가 물었다.

「아니, 못 봤는데요.」 문지기 여자가 대답했다. 「여기로 오기로 했어요?」

「날 찾으러 오기로 했답니다....... 아주머니 댁에는 모두 평안하시죠?」

「그럼요, 고마워요, 보다시피 몸이 안 좋은 나만 빼고....... 클리냥쿠르로 작은 양 다리 하나 사러 가는 중이에요. 물랭 루즈 근처 푸줏간에서는 16프랑이나 받으니, 원.」

마차 한 대가 지나가고 있었기 때문에, 그들은 목소리를 높였다. 넓고 한적한 나시옹 가에서 목청껏 대화를 나누고 있음에도 창가에 나타난 것은 작은 노파 한 사람뿐이었다. 노파는 창가에 팔꿈치를 괸 채 정면 지붕에서 일하는 남자를 호기심에 찬 표정으로 바라보았는데, 마치 그 남자가 떨어지기를 기다리기라도 하는 듯했다.

「자, 그럼! 잘 있어요.」 보슈 부인이 다시 소리쳤다. 「방해하고 싶지 않아요.」

쿠포는 몸을 돌리고 지도르가 내민 인두를 손에 쥐었다. 그런데 쿠포에게서 멀어져 가던 문지기 여자가 맞은편 보도에서 나나의 손을 잡고 오는 제르베즈를 보았다. 그녀가 쿠포에게 그 사실을 알려 주기 위해 고개를 들었을 때, 젊은 여자가 다급한 몸짓으로 그녀의 입을 막았다. 위에서 들리지 않도록 그녀는 목소리를 낮추면서 자기의 두려움을 말했다. 그녀는 갑자기 나타난 자기를 보고 남편이 놀라서 지붕에서 떨어지지나 않을까 걱정하고 있었다. 4년 동안 그녀는 딱 한 번 남편을 찾아 그의 일터로 간 적이 있었다. 오늘이 두 번째였다. 남편이 하늘과 땅 사이에서, 참새도 다가갈 것 같지 않은 위험한 곳에서 일하는 것을 보았을 때, 그녀는 온몸의 피가 얼어붙는 듯했다.

「정말 기분이 안 좋겠네요.」 보슈 부인이 소곤거렸다. 「우리 집 그 양반이야 재단사이니 내가 그런 두려움을 알 리가 없지.」

「처음엔 말예요…….」 제르베즈가 말했다. 「아침부터 저녁까지 온통 두렵기만 했죠. 머리가 깨진 채 들것에 실려 오는 그이가 늘 눈앞에 아른거렸거든요……. 이젠 그렇게까지 생각하진 않아요. 무엇에나 익숙해지기 마련이죠. 어쨌든 먹고 살아야 하니까……. 빵 값이란 정말 비싸요, 자기 차례도 아닌데 수없이 목숨을 걸어야 하니까 말예요.」

그녀는 숨을 죽였고, 나나가 소리를 지를까 봐 두려워서 나나를 치마폭에 숨겼다. 그럼에도 자기도 모르게 새파랗게 질려서 위를 쳐다보았다. 그때 쿠포는 빗물받이 홈통 근처 함석 맨 끄트머리에 납땜을 하고 있었다. 그는 가능한 한 몸을 길게 뻗었지만 손이 끄트머리에 닿지 않았다. 그러자 그는 노동자 특유의 여유 만만하고 묵직해 보이는 느린 몸놀림으로 모험을 감행했다. 한순간 그는 아무것도 잡지 않고 길 쪽으로 몸을 내민 채 태연히 작업에 몰두했다. 아래에서 보니 조심스러운 손놀림으로 움직이고 있는 인두 밑으로 하얀 납땜 불꽃이 튀었다. 제르베즈는 고통으로 목이 조이고 말문이 막힌 채 두 손을 꼭 쥐고는 기도하듯 그것을 기계적으로 위로 올렸다. 불현듯 그녀가 숨을 내쉬었다, 쿠포가 서두르는 기색도 없이 길에 마지막으로 침을 뱉은 후에 지붕 위로 다시 올라간 것이다.

「이런, 감시를 하고 계셨구먼!」 그가 그녀를 보고 즐겁게 소리쳤다. 「저 사람이 또 바보 같은 소리를 했죠, 안 그래요, 보슈 부인? 날 부르지도 않은 걸 보니……. 잠시만 기다려, 10분 정도 더 일할 게 남았어.」

남은 작업은 굴뚝에 갓을 씌우는 일이었는데, 그것은 전혀 번거로운 작업이 아니었다. 세탁부와 문지기 여자는 보도에 선 채 동네 이야기를 하면서 나나가 작은 물고기를 찾느라고 도랑물로 뛰어들지 않을까 주시하고 있었다. 두 여자는 여전히 지붕을 쳐다보면서도 조바심이 나지 않는다는 것을 보여 주려는 듯, 미소를 띠고 고개를 끄덕였다. 정면의 노파는 여전히 창가에서 남자를 빤히 바라보며 무엇인가를 기다렸다.

「저 늙다리 할망구는 도대체 뭘 엿보는 거야?」 보슈 부인이 말했다. 「저 흉한 몰골 좀 봐!」

지붕 위에서는 작업대에 몸을 기울인 채 능란하게 함석을 자르며 「아, 딸기 따기는 즐거워라!」를 부르는 함석장이의 쾌활한 목소리가 들렸다. 컴퍼스를 한 바퀴 돌려서 선을 그은 다음, 그는 날이 아치형으로 휜 가위를 가지고 커다란 부채꼴을 오려 냈다. 이어서 그는 가벼운 망치질로 부채꼴을 끝이 뾰족한 버섯 모양으로 접었다. 지도르는 다시 화로에 풀무질을 하기 시작했다. 태양은 건물 뒤로 기울었는데, 밝은 장밋빛 노을 속에서 천천히 퇴색하여 이제는 연한 자홍색으로 변하고 있었다. 하루가 저물어 가는 이 시각, 하늘 속에서 터무니없이 커진 두 노동자의 그림자가 맑은 대기 가운데 작업대의 짙은 횡목과 풀무의 괴상한 옆모습과 함께 더욱 또렷이 드러났다.

굴뚝 갓을 다 재단하자, 쿠포가 불렀다.

「지도르! 인두를 줘!」

그러나 지도르는 방금 막 사라졌다. 함석장이는 욕을 하면서 눈으로 그를 찾고 지붕 밑 다락방 천창을 통해 그를 불렀다. 마침내 두 집 떨어진 이웃 지붕에서 그를 찾아냈다. 장난꾸러기는 이리저리 어슬렁거리면서 근처를 탐험했고, 빈약한 금발 머리를 바람에 휘날리면서 파리의 광대한 전망 앞에서 눈을 깜박거렸다.

「이런, 게으름뱅이 같으니라고! 들판에라도 나온 줄 알아!」 쿠포가 화가 나서 소리쳤다. 「베랑제 선생 같구나, 그래 시라도 쓰는 게냐!…… 인두를 달란 말이야! 지붕 위에서 산책을 하다니! 그런 놈은 세상에 본 적이 없어! 빨리 애인이라도 데려와서 사랑의 노래나 불러 주렴……. 퍼뜩 인두를 줘, 망할 놈의 멍텅구리야!」

납땜을 마무리한 그가 제르베즈에게 외쳤다.

「자, 끝났어……. 내려갈게.」

그가 갓을 씌운 굴뚝은 지붕 한가운데 있었다. 마음이 진정된 제르베즈는 그의 동작을 눈으로 좇으면서 계속해서 미소를 지었다. 나나는 아버지의 모습을 보고 갑자기 신이 나서 고사리 같은 손으로 손뼉을 쳤다. 나나는 위를 더 잘 보기 위해 보도에 앉았다.

「아빠! 아빠!」 나나가 목청껏 소리를 질렀다. 「아빠! 여기 좀 봐!」

함석장이가 몸을 숙이려 했을 때, 한쪽 발이 미끄러졌다. 별안간 발이 얽힌 고양이처럼 어처구니없게도 몸이 굴렀고, 미처 자세를 바로잡을 틈도 없이 완만한 지붕 경사면으로 휩쓸려 내려갔다.

「제기랄!」 그가 질식한 목소리로 말했다.

그리고 그는 떨어졌다. 그의 몸은 부드러운 곡선을 그리며 두 번 회전을 하고서는, 높은 데서 던진 빨래 뭉치처럼 둔탁한 소리를 내면서 길바닥 한가운데 내동댕이쳐졌다.

제르베즈는 목구멍이 찢어질 듯 비명을 지르면서 두 손을 허공으로 뻗은 채 반쯤 얼이 빠져 있었다. 지나가는 사람들이 달려왔고, 이내 작은 군중을 이루었다. 대경실색한 보슈 부인은 얼른 허리를 굽혀서 나나가 그 광경을 못 보도록 자기 품속에 감싸 안았다. 한편 정면의 키 작은 노파는 만족한 듯 조용히 창문을 닫았다.

네 남자가 쿠포를 푸아소니에 가 길모퉁이에 있는 약국으로 옮겼다. 사람들이 라리부아지에르 병원으로 들것을 찾으러 간 동안, 그는 약국 한가운데에서 한 시간 가까이 담요 위에 누워 있었다. 그는 여전히 숨을 쉬고 있었지만, 약사는 고개를 설레설레 흔들었다. 제르베즈는 바닥에 무릎을 꿇고 앉아 눈물에 젖은 채 눈앞이 캄캄하고 망연자실하여 계속 흐느꼈다. 기계적인 동작으로 그녀는 손을 내밀어 남편의 팔다리를 아주 조심스럽게 만져 보았다. 그러다가 약사가 만지지 말라고 하면, 그녀는 퍼뜩 손을 뺐다. 하지만 잠시 후 남편의 몸이 아직도 따뜻한지 알고 싶고 또 그렇게 하는 것이 남편에게 좋을 듯해서 다시 그의 팔다리를 만졌다. 이윽고 들것이 도착하고 사람들이 병원으로 출발하자고 했을 때, 그녀는 벌떡 일어나서 사납게 소리를 질렀다.

「안 돼요, 안 돼, 병원으로 가지 말아요!…… 우리는 뇌브드라구트도르 가에 살아요.」

남편을 집에서 간호하면 치료비가 훨씬 더 든다고 설명해 봤자 소용없었다. 그녀는 고집스레 되풀이했다.

「뇌브드라구트도르 가로 가죠, 집은 제가 가르쳐 드릴게요……. 당신들과는 상관없는 일이잖아요? 돈이라면 저도 가지고 있어요……. 제 남편이잖아요, 안 그래요? 제 남편이고, 제가 그렇게 하고 싶어요.」

사람들은 쿠포를 집으로 데려다 주지 않을 수 없었다. 들것이 약국 앞에 운집한 군중을 뚫고 지나갔을 때, 동네 여자들이 잔뜩 흥분해서 제르베즈에 대해 이야기했다. 절름발이이지만 성실하기 이를 데 없어, 그렇고말고, 저 여자가 남편을 꼭 살려 낼 거야, 심하게 다친 환자일 경우 병원에서는 의사들이 고치는 수고를 하기 싫어서 그냥 죽인다고 하잖아. 보슈 부인은 나나를 자기 집에 데려다 놓은 후에 다시 돌아와서, 아직도 두근거리는 가슴으로 사고 경위를 소상하게 끝없이 이야기했다.

「양고기를 사러 가는 길이었어, 거기서 잠시 얘기를 나누었지, 그러다가 그 사람이 떨어지는 걸 봤지 뭐야.」 그녀가 되풀이했다. 「딸아이 때문이었어, 그 사람이 딸아이를 보려고 했어, 그러다가 그만 쿵! 오! 맙소사! 두 번 다시 그런 광경은 보고 싶지 않아……. 어쨌든 양고기를 사러 가야 해.」

일주일 동안, 쿠포는 위독한 상태였다. 가족들, 이웃들, 모든 사람들이 그가 숨을 거두기를 기다렸다. 왕진을 올 때마다 1백 수를 받는 의사는 내상을 걱정했다. 내상이라는 말에 모두가 겁을 먹었다. 동네에는 함석장이가 충격으로 심장이 뒤틀렸다는 말이 돌았다. 다만 며칠간의 밤샘으로 창백해진 제르베즈만이 진지하고 단호하게 어깨를 으쓱했다. 남편은 오른쪽 다리가 부러졌다. 그거야 모든 사람들이 알고 있다. 하지만 의사가 고쳐 줄 텐데 무슨 걱정인가. 게다가 뒤틀린 심장이란 것도 대수로운 것이 아니다. 그녀 자신이 그것을 원래대로 되돌려 놓을 것이다. 그녀는 어떻게 하면 심장이 제자리로 돌아가는지 알고 있는데, 정성과 청결과 변함없는 애정이 중요하다. 실제로 그녀는 그가 회복되리라는 더없이 강한 확신과 함께 그의 곁을 떠나지 않았고, 열이 나면 손으로 만져 주었다. 그녀는 한순간도 흔들리지 않았다. 일주일 내내 그녀는 남편의 발치에서 그를 구하겠다는 일념으로 아이들, 거리, 도시 전체를 잊은 듯 말없이 침묵에 잠겨 있었다. 아흐레째 되던 날 저녁에 의사가 환자의 목숨만은 건질 수 있다고 장담했을 때, 마침내 그녀는 의자에 털썩 주저앉아 다리와 등뼈에 견딜 수 없는 통증을 느끼면서 하염없이 눈물을 흘렸다. 그날 밤, 그녀는 침대 다리에 머리를 괸 채 두 시간 정도 눈을 붙였다.

쿠포의 사고는 가족 모두를 심란하게 했다. 쿠포의 어머니는 제르베즈와 함께 밤을 보내곤 했다. 하지만 9시가 되자마자, 그녀는 의자 위에서 잠이 들었다. 매일 저녁 일이 끝나면, 르라 부인은 차도가 있는지 알아보기 위해 일부러 먼 길을 걸어왔다. 로리외 부부는 처음에는 하루에도 두세 번씩 들러서 밤샘을 자청하기도 하고, 제르베즈를 위해 안락의자를 갖다 주기도 했다. 그러나 이내 간호하는 방법을 둘러싸고 말다툼이 일었다. 로리외 부인은 간호하는 방법을 알기 때문에 이미 여러 사람의 목숨을 구한 적이 있다고 주장했다. 그녀는 젊은 여자가 자기를 동생의 병상에서 밀어내고 멀리 떨어지게 만든다고 비난했다. 물론 〈절름발이〉가 쿠포를 회복시키려고 애쓰는 것은 당연한 일이다. 만일에 〈절름발이〉가 나시옹 가로 가서 작업을 방해하지 않았더라면, 동생이 지붕에서 떨어지는 일은 없었을 테니까 말이다. 하지만 그런 식으로 간병한다면, 동생은 죽을 게 틀림없다.

쿠포가 위험에서 벗어났을 때, 제르베즈는 심하다 싶을 정도로 병상을 독점하던 것을 그만두었다. 이제 남편이 죽을 일은 없었다, 그래서 그녀는 경계를 풀고 사람들이 병상에 접근하게 내버려 두었다. 가족들이 방에 진을 쳤다. 회복기는 매우 길 것으로 예상되었다. 의사에 따르면 넉 달 정도 걸릴 것이었다. 그래서 함석장이가 깊은 잠에 빠진 틈을 타서 로리외 부부는 제르베즈가 멍청이라고 험담했다. 남편을 집에 붙들어 둬서 시간이 훨씬 더 오래 걸린다는 것이었다. 병원으로 갔더라면 환자가 두 배는 더 빨리 일어났으리라. 로리외는 자기라면 지체 없이 라리부아지에르에 입원할 것임을 제르베즈에게 보여 주기 위해 작은 병이라도 났으면 하고 바라기까지 했다. 로리외 부인은 거기서 퇴원한 어떤 부인을 알고 있었다. 아무렴! 거기서 아침저녁으로 닭고기를 먹었다지. 로리외 부부는 넉 달의 회복기가 치르게 할 비용을 스무 번도 더 계산해 봤다. 우선 손해 보는 임금, 그리고 진료비와 약값, 나중에 먹여야 할 좋은 포도주와 싱싱한 고기. 만약 쿠포 부부가 변변찮은 저금만을 먹어 치운다면, 그거야 말릴 수 없는 일이다. 하지만 돈을 빌리려 할지도 모르지. 아! 이건 저희들끼리 해결해야 할 문제가 아니던가. 환자를 집에서 돌보기 위해 여유도 없는 가족들에게 손을 벌리는 일은 절대로 용납할 수 없는 일이지. 〈절름발이〉에겐 안됐지만 말이야, 안 그래? 다른 사람들처럼 남편을 병원으로 데려갔으면 좀 좋았을까. 건방을 떨더니 잘됐지 뭐야.

어느 날 저녁, 로리외 부인은 심술궂게도 그녀에게 불쑥 이렇게 물었다.

「그런데 말이야! 가게는 언제 세낼 거야?」

「그러게.」 로리외가 비아냥거렸다. 「문지기가 아직도 당신을 기다리고 있던데.」

제르베즈는 숨이 막혔다. 그녀는 가게 일을 까맣게 잊고 있었다. 그러나 그녀는 개업이 물 건너갔다는 사실을 그들이 사악하게 즐기고 있음을 알아차렸다. 그날 저녁부터 그들은 기회 있을 때마다 수포로 돌아간 그녀의 꿈을 비웃었다. 이룰 수 없는 희망이 화제에 오를 때면, 그들은 그 희망을 세르베즈가 거리에 면한 멋진 가게의 주인이 될 날까지 미뤄 두자고 말하곤 했다. 그리고 그녀가 뒤돌아서면 그녀를 조롱했다. 악의적인 가정은 하고 싶지 않았지만, 그녀가 보기에 사실상 로리외 부부는 그녀로 하여금 구트도르 가에 세탁소를 차리지 못하게 만든 쿠포의 사고를 즐기는 듯했다.

그러자 그녀는 스스로 웃으며 자신이 남편의 회복을 위해 얼마나 기꺼이 돈을 쓰고 있는지 보여 주려 했다. 그들의 면전에서 추시계 유리 덮개 아래에 있는 저금통장을 꺼낼 때마다, 그녀는 명랑하게 말했다.

「지금 나가서 가게를 얻을 거예요.」

그녀는 단번에 돈을 다 찾고 싶지 않았다. 서랍장에 현금이 쌓이지 않도록 1백 프랑씩 찾았다. 이어서 그녀는 저금을 다 쓰지 않을 수 있도록 갑자기 남편이 회복되는 기적을 막연히 바라기도 했다. 은행에 갈 때마다, 집으로 돌아오면 종이쪽지 위에 잔액을 계산해 보곤 했다. 그것은 상황을 올바로 알기 위해서였다. 결손이 컸지만 어쩔 수 없는 일이었다. 그녀는 조용히 미소 지으며 침착한 태도로 잃어버린 저금을 셈했다. 불행이 닥쳤을 때 수중에 돈이 있고, 그것을 이처럼 활용할 수 있다는 게 이미 큰 위안이 아닐까? 그런 다음 후회 없이 통장을 추시계 유리 덮개 아래 정성스레 다시 놓았다.

구제 모자는 쿠포가 병상에 누워 있는 동안 제르베즈에게 매우 친절했다. 구제 부인은 무슨 일이든 도와주었다. 그녀는 내려올 때마다 제르베즈에게 설탕, 버터, 소금이 필요하지 않은지 물었다. 포토푀[22]를 끓인 날 저녁이면, 언제나 첫 번째로 우려낸 수프를 갖다 주었다. 제르베즈가 바쁠 때엔 부엌일을 해주기도 하고, 설거지를 거들어 주기도 했다. 구제는 매일 아침 젊은 여자의 양동이를 푸아소니에 가의 샘으로 들고 가서 물을 길어다 주었다. 그것으로 2수가 절약되는 것이다. 그리고 저녁 식사 후에 쿠포의 친지들이 방에 없을 때면, 구제 모자가 와서 쿠포 부부의 말벗이 되어 주었다. 10시까지 두 시간 동안, 대장장이는 제르베즈가 환자를 돌보는 모습을 바라보면서 파이프 담배를 피웠다. 그는 저녁 내내 열 마디도 하지 않았다. 금발 머리의 커다란 얼굴을 거대한 두 어깨 사이에 파묻은 채, 그는 그녀가 탕약을 잔에 따르고 스

---

22 *pot-au-feu*. 고기와 야채를 넣어 끓인 스튜.

푼으로 소리 없이 설탕을 휘젓는 모습을 보면서 감동했다. 그녀가 침대 시트 가장자리를 매트리스 밑으로 접어 넣고 쿠포를 다정한 말로 위로했을 때, 그의 감동은 배가되었다. 이처럼 성실한 여자는 결코 본 적이 없어. 다리를 저는 건 아무것도 아니었다, 남편 곁에서 온종일 애쓰는 걸 보면 보통 여자들보다 훨씬 더 나았다. 정말 대단했다, 식사를 할 때조차 자리에 앉는 법이 없었으니 말이다. 그녀는 끊임없이 약국으로 뛰어갔고, 더러운 물건에도 주저 없이 코를 들이댔고, 먹고 자고 간호하는 모든 일이 이루어지는 큰방을 정돈하기 위해 뼈가 으스러지도록 일했다. 그럼에도 불평 한마디 없이 언제나 상냥했다, 선 채로 눈을 뜨고 잠을 자서 몹시 피곤한 날 저녁조차 말이다. 대장장이는 이 가구 저 가구 위에 약이 굴러다니는 그 헌신적인 분위기 속에서 제르베즈가 진심으로 쿠포를 사랑하고 돌보는 모습을 지켜보며 그녀에게 깊은 애정을 느꼈다.

「어때? 친구, 이제 다 나은 것 같은데.」 어느 날 그가 회복기의 환자에게 말했다. 「난 걱정하지 않았어, 자네 부인은 정말 하느님 같은 분이야.」

구제는 결혼을 하기로 되어 있었다. 그의 어머니가 아주 참한 아가씨, 그녀처럼 레이스 짜는 일을 하는 아가씨 하나를 찾아냈는데, 어떻게 해서라도 구제와 결혼을 시키고 싶어 했다. 어머니를 실망시키지 않기 위해서 그는 좋다고 했고, 결혼은 9월 초순으로 예정되었다. 살림을 차릴 돈은 이미 오래전부터 은행에서 잠자고 있었다. 그런데 제르베즈가 그 결혼 이야기를 꺼냈을 때, 그는 고개를 저으면서 느릿느릿 이렇게 중얼거렸다.

「여자라고 해서 다 당신 같진 않아요, 쿠포 부인. 모든 여자가 당신 같다면 열 번이라도 결혼할 텐데.」

두 달이 지나자, 쿠포는 자리에서 일어날 수 있게 되었다. 멀리는 못 가도 제르베즈의 부축을 받으며 침대에서 창문까지 걸었다. 창가에서 그는 로리외 부부가 갖다 준 안락의자에 앉아 오른쪽 다리를 등받이 없는 의자에 올려놓았다. 겨울 빙판길에 다리가 부러진 사람들을 놀리곤 하던 이 장난꾸러기가 자기 사고에 대해서는 잔뜩 골이 나 있었다. 그에게는 철학이 없었다. 그는 침대에서 욕을 하고 사람들을 괴롭히면서 두 달을 보냈다. 소시지처럼 한쪽 다리를 끈으로 동여맨 채 뻣뻣하게 누워 세월을 보내자니 정말이지 사는 게 아니었다. 아! 천장을 하도 올려다봐서 이제 천장 박사가 될 지경이야. 알코브 한 모퉁이에 생긴 균열은 눈을 감고도 그릴 수 있었다. 안락의자에 앉아 있을 때에는 또 다른 잔소리가 튀어나왔다. 언제까지 미라처럼 못 박힌 듯 한자리에서 살아야 한단 말인가? 거리를 내려다봐도 재미가 없었다, 아무도 지나가지 않았고, 온종일 양잿물 냄새만 났다. 아냐, 이건 아냐, 정말 죽을 맛이야, 성벽 공사라도 보러 갈 수 있다면 생명을 10년 단축시켜도 좋아. 그런 다음에 그는 늘 격렬하게 운명을 저주했다. 이 사고는 정말 부당해, 게으름뱅이도 주정뱅이도 아닌 선량한 노동자에게 이런 사고가 일어나다니. 왜 다른 사람이 아니고 나야?

「우리 아버지는 어느 날 고주망태가 돼서 목이 부러졌지.」 쿠포가 말했다. 「자업자득이라고 할 순 없지만, 그래도 이해는 가잖아……. 그런데 난 뭐야, 술 한 방울 입에 대지 않고 맹추처럼 조용히 일만 하고 있었어, 나나에게 웃어 주려고 몸을 돌리다가 굴러떨어지다니, 이게 말이나 돼!…… 심하다고 생각하지 않아? 하느님이 계시다면, 일을 참 잘도 하신 거지. 절대로 이 말을 취소하지 않겠어.」

다리가 회복되었음에도 그는 은근히 일을 하기 싫어했다. 온종일 빗물받이 홈통을 따라 고양이처럼 기어다녀야 한다니 비참하기 이를 데 없는 직업이야. 그래, 부르주아 놈들이 바보는 아닌가 봐! 너무 겁쟁이라 사다리를 못 타니까 우리를 사지(死地)로 내보내지, 자기들은 불가에 가만히 앉아 가난뱅이들을 비웃기만 하면 되게 말이야. 마침내 그는 자기집 지붕은 자기가 깔아야 한다고 말하기에 이르렀다. 그렇고말고! 당연히 그래야지. 비에 젖기 싫으면 덮개를 만들어야지. 이어서 그는 더 근사하고 덜 위험한 다른 직업, 예컨대 고급 가구 세공 일을 배우지 못한 것을 후회했다. 그것 또한 아버지의 잘못이었다. 아버지들이란 어떻게든 아이들에게 자기 직업을 물려주려는 고약한 습관을 가지고 있다는 것이었다.

다시 두 달 동안, 쿠포는 목발을 짚고 다녔다. 처음에는 밑으로 내려가서 문 앞에서 파이프 담배를 피울 수 있는 정도였다. 그다음엔 외곽 대로로 가서 햇빛 속을 어슬렁거리기도 하고 벤치에 앉아 몇 시간을 보내기도 했다. 쾌활함이 그에게 되돌아왔고, 평소의 입심이 오랜 빈둥거림 속에서 한층 날카로워졌다. 그는 살아 있다는 기쁨과 함께 팔다리를 내던지고 힘줄을 달콤한 잠에 빠뜨린 채 아무것도 하지 않는 즐거움을 새롭게 깨달았다. 그것은 회복기를 틈타서 그의 살 속으로 파고들어 애무로써 그를 집어삼키는 게으름의 완만한 정복과도 같았다. 그는 인생이 아름답다고 생각하면서, 왜 아름다운 인생이 언제까지나 지속되지 않는지 모르겠다고 생각하면서, 쓴웃음과 함께 원기 왕성하게 집으로 돌아왔다. 목발 없이 지낼 수 있게 되었을 때 그는 좀 더 멀리 산책을 갔고, 여기저기 작업장을 돌아다니며 동료들을 만났다. 그는 신축 건물 앞에서 팔짱을 낀 채 고개를 가로저으며 냉소적인 표정을 지었다. 그는 땀 흘려 일하는 노동자들에게 농담을 했고, 뼛골이 빠질 정도로 일한 결과가 이것이라며 자기 다리를 내밀었다. 다른 사람들이 힘들게 일하는 것을 보며 이렇게 빈정거리고 나니 노동에 대한 원한이 좀 풀리는 것 같았다. 물론 그도 다시 일할 것이고, 또 일해야만 했다. 그러나 가능한 한 그 시점을 늦출 것이다. 아! 이런 사고를 당했으니 열정이 식는 것도 당연한 일 아닌가. 그러고 보니 게으름을 조금 피우는 것도 나쁘지 않은 것 같아!

오후에 무료할 때면 쿠포는 로리외 부부 집으로 올라갔다. 부부는 그를 몹시 동정하여 온갖 상냥한 배려로써 그의 환심을 샀다. 신혼 시절에 그는 제르베즈의 영향으로 그들을 멀리했었다. 이제 그들은 그를 다시 사로잡고 마누라가 그렇게 무서우냐고 놀렸다. 그렇다면 사내도 아니잖아! 하지만 로리외 부부는 매우 신중을 기하면서 세탁부를 입이 마르도록 칭찬했다. 쿠포는 아직 말다툼을 하지는 않았지만, 누나가 그녀를 좋아하고 있으니 누나에게 좀 더 잘해 주라고 아내에게 당부했다. 최초의 부부 싸움은 어느 날 저녁에 에티엔을 둘러싸고 벌어졌다. 함석장이는 로리외 부부의 작업실에서 오후를 보냈었다. 집으로 돌아와 보니 저녁 식사가 준비되지 않은 데다 아이들도 수프를 달라고 칭얼거렸기에, 그는 별안간 화를 내면서 가볍게 에티엔의 머리를 두 차례 때렸다. 그러면서 한 시간 동안 잔소리를 했다. 애는 내 자식이 아냐, 왜 애를 집에 두고 있는지 모르겠어, 언젠가는 밖으로 내쫓아야지. 그때까지 그는 별 말썽 없이 아이를 길러 왔었다. 이튿날 그는 아버지의 위엄을 강조했다. 사흘 후부터 아침저녁으로 아이의 엉덩이를 걷어찬 탓에 아이는 그가 올라오는 소리가 들리면 구제 모자의 집으로 도망갔고, 레이스를 짜는 노부인은 탁자 한구석에 아이를 앉히고 숙제를 하게 해주었다.

제르베즈는 오래전부터 다시 일을 했다. 더 이상 추시계의 유리 덮개를 들었다 놓았다 하는 수고를 할 필요가 없었다. 왜냐하면 저금한 돈을 모두 탕진했기 때문이다. 식구 네 명이 먹고살려면 그녀가 더욱 뼈 빠지게 일해야만 했다. 식구를 먹여 살리는 건 이제 온전히 그녀의 몫이었다. 사람들이 그녀를 동정하는 소리를 들을 때면, 그녀는 황급히 쿠포를 옹호했다. 생각해 봐요! 그토록 큰 고통을 겪었으니 그이의 성격이 까칠해지는 것도 놀랄 일은 아니죠! 건강이 회복되면 다 좋아질 거예요. 사람들이 구포가 일터로 나설 만큼 튼튼해졌다고 하면, 그녀는 다시 소리쳤다. 아녜요, 아녜요, 아직은 아녜요! 그이를 다시 침대에 눕히고 싶지 않아요. 의사가 무슨 말을 할지 안 봐도 다 알거든요! 매일 아침 서둘지 말라, 무리하지 말라 하고 말하면서 남편이 일터로 나가는 것을 막는 사람은 다름 아닌 그녀였다. 심지어 그녀는 조끼 주머니에 20수를 찔러 넣어 주곤 했다. 쿠포는 그것을 당연한 일로 받아들였다. 게다가 그는 여기가 아프네 저기가 아프네 하면서 응석을 부렸다. 여섯 달이 지났는데도 회복기가 계속되었다. 이제 동료들이 일하는 것을 보러 가는 날이면, 그는 기꺼이 그들과 함께 한잔하러 들어갔다. 어쨌든 술집이란 나쁜 곳이 아냐. 거기서는 사람들이 농담도 하고 잠시나마 휴식도 즐기니까. 누구에게도 불명예스러운 일은 없잖아. 잘난 체하는 놈들이나 목이 마르면서도 문가에서 망설이는 거지. 예전에 사내가 한잔 술로 죽느냐고 사람들이 날 놀려 댄 것도 무리는 아냐. 그는 가슴을 치면서 자기는 오직 포도주만, 언제나 포도주만 마신다고 자랑했다. 절대로 증류주는 마시지 않아. 포도주는 수명을 연장시키고, 몸을 불편하게 하지도 않고, 취하게 하지도 않거든. 하지만 무료함을 달래기 위해 작업장에서 작업장으로, 술집에서 술집으로 돌아다니다가 얼근히 취해서 돌아온 날이 여러 차례 있었다. 그런 날이면 제르베즈는 구제 모자가 쿠포의 술주정을 듣지 못하도록 머리가 너무 아프다는 핑계로 문을 닫아 버렸다.

젊은 여자는 조금씩 우울해져 갔다. 아침저녁으로 그녀는 여전히 셋집으로 나와 있는 구트도르 가의 가게를 보러 갔다. 그러면서 어른으로서 어울리지 않는 유치한 짓을 했다는 듯 얼굴을 가렸다. 이 가게가 다시 그녀의 머리를 어지럽혔다. 밤에 불이 꺼지면, 그녀는 눈을 뜬 채 그 생각에서 매혹적인 금지된 쾌락을 맛보는 것이었다. 그녀는 다시 계산을 해보았다. 집세 250프랑, 도구와 설비 150프랑, 2주일 생활비 1백 프랑 등 아무리 적게 잡아도 도합 5백 프랑이 필요했다. 그녀가 이런 상황을 소리 높여 누차 말하지 않은 것은 쿠포가 사고로 탕진해 버린 저금을 아까워하는 것처럼 보이기 싫었기 때문이었다. 종종 자기도 모르게 자신의 욕망을 내뱉을 뻔한 적도 있었지만, 금세 가당치 않은 생각이라는 자괴감과 더불어 급히 말을 삼키며 하얗게 질리곤 했다. 이제 그런 목돈을 마련하기 위해서는 4~5년 더 뼈 빠지게 일해야만 하리라. 지금 당장 가게를 차릴 수 없다는 것이 쓰라린 슬픔이었다. 살림살이는 쿠포에게 의지하지 않고서도, 심지어 쿠포가 일할 맛이 날 때까지 몇 달 동안 빈둥거리게 내버려 두고서도 그녀의 힘만으로 그럭저럭 유지되었다. 그가 즐거운 표정으로 돌아와서 자기 술을 한잔 얻어먹은 그 명물 〈장화〉 녀석이 얼마나 웃겼는지 한바탕 이야기해 줄 때면, 그녀도 간간이 엄습하는 은밀한 두려움에서 벗어난 채 마음이 진정되며 미래에 대한 확신이 생기는 듯했다.

어느 날 저녁 제르베즈가 혼자 있을 때, 구제가 들어와서는 평소와 달리 집으로 돌아가려 하지 않았다. 그는 자리에 앉아 담배를 피우면서 그녀를 바라보았다. 무엇인가 심각하게 할 말이 있는 것이 틀림없었다. 그는 생각을 정리하고 되새겼지만 어떻게 말을 꺼내야 할지 몰랐다. 긴 침묵 끝에 그는 마침내 결심을 했고, 입에서 파이프를 빼고서 단숨에 말했다.

「제르베즈 부인, 제가 돈을 빌려 드려도 괜찮겠습니까?」

그녀는 서랍장의 서랍에서 행주를 찾고 있었다. 그녀는 얼굴이 빨개진 채 고개를 들었다. 아침에 10분가량 황홀한 표정으로 가게 앞에 서 있는 것을 보기라도 한 것일까? 그는 그녀의 자존심을 상하게 하는 제안을 했다는 듯 계면쩍은 미소를 지었다. 그녀는 단호히 사양했다. 언제 갚을지도 모를 돈을 빌릴 수는 없다는 것이었다. 게다가 그건 정말이지 큰돈이었다. 그래도 그가 정색을 하며 고집을 피우자, 그녀는 마침내 큰 소리로 말했다.

「그럼 당신 결혼은요? 당신 결혼 비용을 제가 빼앗을 순 없는 일이에요, 절대로!」

「아! 그건 걱정하지 마세요.」 이번에는 그가 얼굴을 붉히며 말했다. 「저는 결혼하지 않을 겁니다. 글쎄, 생각이 좀 있거든요……. 정말이에요, 제가 결혼보다 더 원하는 건 당신한테 돈을 빌려 드리는 일입니다.」

둘 다 고개를 숙였다. 둘 사이에는 입 밖으로 표현하진 않았지만 감미로운 무엇인가가 흘렀다. 이윽고 제르베즈가 제안을 받아들였다. 구제는 자기 어머니를 미리 설득해 두었었다. 둘은 층계참을 가로질러 당장 그녀를 보러 갔다. 레이스 짜는 여자는 심각하고 약간 슬픈 표정으로 둥근 자수틀 위로 말없이 고개를 숙이고 있었다. 아들의 생각을 되돌리려 하진 않았지만, 그녀는 이제 제르베즈의 계획에 찬성하지 않았다. 그녀는 이유를 말했다. 왜냐하면 쿠포가 잘못되어 가고 있기 때문이었다. 머잖아 쿠포는 그 가게를 먹어 치우리라. 그녀는 특히 회복기 동안 함석장이가 책 읽는 법 배우기를 거절한 일을 용서할 수 없었다. 대장장이가 자청해서 가르쳐 주겠다고 했음에도, 함석장이는 학문이 세상을 메마르게 한다고 비난하면서 퇴짜를 놓았던 것이다. 그 일이 두 사람 사이를 틀어지게 했다. 이후 그들은 서로의 일에 참견하지 않았다. 어쨌든 구제 부인은 자기 큰 아기의 애원하는 눈초리를 보고 제르베즈에게 매우 상냥하게 대해 주었다. 5백 프랑을 빌리고 빌려 주기로 서로 이야기가 되었다. 매달 20프랑씩 갚아 나가기로 했다. 상환 기간은 따로 정하지 않고 갚을 때까지 갚기로 했다.

「이봐! 대장장이가 당신한테 추파를 던지는 거라고.」 자초지종을 들었을 때 쿠포가 킬킬거리며 소리쳤다. 「아! 난 아무렇지도 않아, 그 자식 정말 얼빠진 놈이잖아……. 물론 돈은 갚아야지. 근데 우리가 사기꾼이면 어떡하려고 저럴까, 한 푼도 못 건질 텐데 말이야.」

 이튿날, 쿠포 부부는 가게를 세냈다. 제르베즈는 뇌브 가에서 구트도르 가로 온종일 뛰어다녔다. 더 이상 다리를 절지 않을 정도로 들뜬 표정으로 가볍게 오가는 것을 보고 동네 사람들은 그녀가 틀림없이 다리 수술을 받았을 거라고 말했다.

5

 때마침 보슈 부부는 4월 말에 푸아소니에 가를 떠나 지금은 구트도르 가 7층 건물의 경비실을 차지하고 있었다. 어쨌든 안성맞춤이지 뭐야! 뇌브 가의 아파트에서 문지기 없이 조용히 살아온 제르베즈에게 걱정거리 중의 하나는 물을 엎질렀느니, 밤에 문을 세게 닫았느니 하면서 시비를 거는 고약한 문지기의 수중에 떨어지면 어떡하나 하는 것이었다. 문지기들이란 정말 별종이니까! 하지만 보슈 부부라면 환영이지. 서로 잘 알고 있고, 서로 잘 통하니까 말이다. 결국 식구처럼 지내게 될 거야.
 가게를 세낸 날, 쿠포 부부가 임대차 계약에 서명을 하러 갔을 때, 제르베즈는 높다란 중앙 현관 출입구로 들어가면서 가슴이 벅차오르는 것을 느꼈다. 바야흐로 계단과 복도가 끝없는 거리처럼 뻗어 나가고 교차하는 이 드넓은 건물에서 살게 된 것이다. 창문마다 햇볕에 말리느라 너절한 빨래가 걸린 잿빛 외벽, 광장처럼 군데군데 포석이 움푹 팬 희끄무레한 안마당, 여기저기 벽에서 새어 나오는 일하는 소리가 커다란 마음의 동요, 즉 마침내 자기의 야망을 채울 준비가 되었다는 기쁨과 동시에 성공하지 못할지도 모른다는 두려움, 일찍이 그 숨결을 들은 적이 있는 굶주림과의 고된 투쟁에서 패배할지도 모른다는 두려움을 불러일으켰다. 1층의 작업장에서 자물쇠장이의 망치 소리와 목수의 대패질 소리가 울리는 동안, 그녀는 자기가 엄청난 짓을 저질렀으며, 작동하는 기계 한가운데로 몸을 던졌다는 기분이 들었다. 그날, 중앙 현관 아래로 흐르는 염색소의 물은 사과 빛 연녹색이었다. 그녀에게는 이 색깔이 길조처럼 느껴졌다.

건물 주인과의 만남은 보슈 부부의 경비실에서 이루어졌다. 페 가(街)에서 큰 칼 가게를 운영하는 마레스코 씨는 예전에는 길가에서 회전 숫돌을 돌렸었다. 하지만 지금은 백만장자라는 소문이 돌았다. 뼈마디가 굵은 억센 쉰다섯 살의 남자로서 그는 훈장을 달았지만, 노동자 출신답게 커다란 손을 그대로 내보였다. 그의 즐거움 가운데 하나는 세입자들의 칼이나 가위를 가지고 가서 재미 삼아 날카롭게 갈아 주는 것이었다. 그는 거만하지 않은 사람으로 알려져 있었는데, 왜냐하면 집세를 받을 때면 경비실 어둠 구석에 눌러앉아 몇 시간이고 숨어 있기 때문이었다. 그는 모든 일을 거기서 처리했다. 쿠포 부부가 보슈 부인의 기름때 묻은 식탁 앞에 있는 그를 보았을 때, 그는 3층 A 계단에 사는 여자 재봉사가 불쾌한 말투로 집세를 못 내겠다고 했다는 소리를 듣고 있었다. 임대차 계약에 서명하자, 그는 함석장이에게 손을 내밀었다. 그는 노동자들을 좋아했다. 옛날에는 그도 무진 고생을 했다는 것이었다. 하지만 노동이 모든 것에 이르는 왕도였다. 첫 6개월분 집세 250프랑을 커다란 호주머니에 넣은 다음, 그는 자기의 인생을 이야기하며 훈장을 보여 주었다.

그런데 제르베즈는 보슈 부부의 태도를 보면서 다소 거북함을 느꼈다. 그들은 그녀를 모르는 척했다. 그들은 건물 주인을 둘러싼 채 허리를 굽히고, 그의 눈치를 살피고, 그의 말이 떨어지기가 무섭게 고개를 끄덕이면서 동의를 표했다. 보슈 부인은 황급히 뛰어나가더니 포석이 홍건히 물에 젖은 공동 수돗가에서 수돗물을 틀어 놓고 물을 튀기며 놀던 조무래기들을 쫓아 버렸다. 건물의 질서를 확인하듯 치마 속 몸을 곧추세우고 엄격한 표정으로 천천히 창문을 일일이 돌아보며 안마당을 가로질러 돌아오면서, 그녀는 3백 가구의 셋집을 관리하게 된 지금 자신이 어떤 권위를 가지고 있는가를 보여 주듯 새침하게 입술을 꽉 오므렸다. 보슈는 3층 여자 재봉사 이야기를 다시 꺼냈다. 그녀를 내쫓자는 의견이었다. 그는 직무를 침해당한 관리인답게 거드름을 피우면서 밀린 집세를 계산했다. 마레스코 씨는 쫓아내자는 의견에 동의했다. 하지만 반기(半期)만 더 기다려 보자고 했다. 건물 주인의 호주머니에 동전 한 닢 들어오는 것도 아닌 바에야 사람을 거리로 내모는 것은 가혹하다는 것이었다. 그때 제르베즈는 불행히도 집세를 못 내게 되는 날, 그녀 또한 거리로 쫓겨날지도 모른다고 생각하며 가벼운 전율을 느꼈다. 거무스레한 가구들이 가득하고 연기 그을음이 잔뜩 묻은 경비실은 습기 찬 지하실처럼 납빛 햇살이 들어 몹시 우중충해 보였다. 밝은 바깥 햇살은 모두 창문 앞에 있는 재단사의 작업대 위로 떨어졌는데, 재단사의 작업대 위에는 낡은 프록코트가 뒤집힌 채 놓여 있었다. 한편 보슈의 딸인 네 살짜리 여자아이 빨강 머리 폴린은 맨바닥에 앉아 냄비에서 풍기는 요리 냄새에 취한 듯 송아지 고기 익는 것을 얌전히 바라보고 있었다.

마레스코 씨가 다시 함석장이에게 손을 내밀었을 때, 일전에 차후 이야기하자고 한 마레스코 씨의 구두 약속을 상기시키며 함석장이가 수리 문제를 꺼냈다. 그러자 건물 주인이 화를 벌컥 냈다. 그는 아무것도 약속한 적이 없다는 것이었다. 게다가 가게 수리를 해주는 건물 주인은 어디에도 없다고 했다. 하지만 그는 쿠포 부부, 보슈와 함께 집 상태를 보러 가자는 것에는 동의했다. 전(前) 세입자였던 잡화상이 칸막이와 카운터 설비 일체를 가져간 상태였다. 헐벗은 가게에는 시커먼 천장과 군데군데 금이 간 벽이 보였는데, 벽에는 빛바랜 노란 벽지 조각이 너덜너덜 넝마처럼 매달려 있었다. 소리가 울리는 텅 빈 가게에서 격렬한 논쟁이 벌어졌다. 마레스코 씨는 가게를 꾸미는 것은 상인들의 몫이라고 소리쳤다, 왜냐하면 상인들이란 가게를 온통 금으로 장식하고 싶어 하지만 건물 주인은 그럴 수가 없기 때문이었다. 그러면서 그는 2만 프랑 이상이 들어간 페 가의 자기 가게 이야기를 했다. 제르베즈는 여자 특유의 고집으로 스스로 생각하기에 반박의 여지가 없을 성싶은 추론을 되풀이했다. 주택이라면, 그렇지 않은가, 당연히 벽지를 발라 줘야 하는 것이 아닌가? 그런데 가게가 왜 주택이 아니란 말인가? 자기는 다른 것을 요구하는 것이 아니다, 요구 사항은 다만 천장을 하얗게 칠하고 벽지를 발라 달라는 것뿐이다.

그렇지만 보슈는 도와줄 생각은커녕 젠체하는 표정만 짓고 있었다. 그는 얼굴을 외면하고 허공만 바라보면서 아무 의견도 이야기하지 않았다. 쿠포가 아무리 그에게 눈짓을 해도 소용없었다. 그는 건물 주인에 대해 자신이 가진 커다란 영향력을 함부로 쓰고 싶지 않다는 표정을 지었다. 하지만 마침내 그는 약간 안색을 바꿔 아주 희미하게 미소 지으면서 고개를 끄덕였다. 바로 그때 흥분한 마레스코 씨가 불행한 표정을 지으며 돈을 빼앗기는 수전노처럼 손가락을 떨면서 천장을 하얗게 칠하고 벽지를 발라 주겠다고 약속했다, 다만 제르베즈가 벽지 값의 반을 부담한다는 조건이었다. 그런 다음 그는 더 이상 아무것도 듣지 않으려 하며 황급히 달아나 버렸다.

쿠포 부부만이 남았을 때, 보슈는 갑자기 환한 표정으로 그들의 어깨를 두드렸다. 어때? 절묘하지! 내가 아니었다면 벽지도 천장도 어림없었어. 건물 주인이 눈짓으로 묻더니 내가 미소를 짓자 갑자기 결정 내리는 거 봤어? 그러면서 비밀스럽게 그는 자기가 이 건물의 진짜 주인이나 마찬가지라고 했다. 자기가 해약을 결정하고, 사람이 마음에 들면 세를 주고, 집세를 2주일 동안 서랍장에 보관한다는 것이었다. 그날 저녁 쿠포 부부는 보슈에게 감사의 표시로 포도주 두 병을 보냈다. 그것은 선물을 할 만한 일이었다.

그다음 월요일부터 일꾼들이 가게를 꾸미기 시작했다. 벽지 구입이 특히 중요한 일이었다. 제르베즈는 벽을 밝고 명랑하게 만들기 위해 파란 꽃무늬가 있는 회색 벽지를 원했다. 보슈가 그녀를 벽지 가게로 데려가겠노라고 했다. 그녀는 거기서 고르기만 하면 될 것이었다. 하지만 그는 건물 주인의 공식적 명령을 받고 있었다, 두루마리당 15수가 넘으면 안 되었다. 그들은 벽지 가게에서 한 시간이나 머물렀다. 세탁부는 다른 벽지들을 끔찍하다고 평하면서 점잖은 18수짜리 인도 사라사 모양 벽지를 필사적으로 고집했다. 결국 문지기가 양보했다. 어떻게든 문제를 해결해 보리라, 필요하면 15수짜리 두루마리를 하나 더 산 것으로 셈하지 뭐. 제르베즈는 돌아오는 길에 폴린에게 선물로 줄 케이크를 샀다. 그녀는 신세 지는 것을 싫어했다, 그래서 호의에 대해서는 반드시 답례를 하고자 했다.

　가게 수리는 나흘 동안 진행할 예정이었다. 그러나 수리는 3주일이나 걸렸다. 처음에는 단순히 기존 도색을 세척만 할 생각이었다. 하지만 예전의 포도주 지게미 색이 너무도 더럽고 음울해 보였기에, 제르베즈는 가게 전면을 노란색 줄이 들어간 밝은 푸른색으로 칠하기로 했다. 이런 식으로 수리가 한없이 길어졌다. 여전히 일을 하지 않고 있던 쿠포는 아침부터 나와서 작업 상황을 지켜보았다. 프록코트나 바지 단춧구멍을 손질하던 보슈도 일손을 멈추고 쿠포 옆으로 와서 일꾼들을 감독했다. 둘 다 일꾼들 앞에 서서 뒷짐을 진 채 담배를 피우고, 침을 뱉고, 붓질을 할 때마다 참견을 하면서 하루를 보냈다. 못을 하나 뽑을 때조차 끝없이 생각하고 깊이 궁리했다. 마음씨 좋은 거한인 두 칠장이도 사다리에서 내려와 가게 한가운데 서서 의논에 참여했고, 몇 시간이고 고개를 끄덕이면서 방금 시작한 작업을 생각에 잠긴 눈으로 바라보았다. 천장 석회 칠은 꽤 빨리 끝났다. 그렇지만 페인트칠은 도무지 끝날 기미가 보이지 않았다. 도료가 잘 마르지 않았던 것이다. 9시경 칠장이들은 페인트 통을 들고 나타나 그것을 한쪽 구석에 두고서는, 한번 쓱 훑어본 후 사라져 버렸다. 그리고 그들의 모습을 다시 볼 수 없었다. 그들은 점심을 먹으러 갔거나, 아니면 근처 미라 가로 잔일을 마치러 갔음이 틀림없었다. 때때로 쿠포가 보슈, 칠장이들, 지나가던 동료들과 함께 무리를 이루어 한잔하러 가기도 했다. 그러면 또다시 하루를 공치는 것이었다. 제르베즈는 조바심이 나서 애를 태웠다. 그런데 갑자기 이틀 사이에 모든 일이 끝났다. 페인트 칠도 완료되고, 벽지 바르기도 끝나고, 지저분한 쓰레기도 쓰레기차에 던져졌다. 일꾼들은 장난하듯 사다리 위에서 휘파람을 불고 동네가 떠나갈 듯 노래를 부르며 작업을 후다닥 해치웠다.

이사는 즉시 이루어졌다. 처음 며칠 동안 제르베즈는 볼일을 보고 돌아오면서 거리를 가로지를 때, 마치 어린애처럼 기쁨을 느꼈다. 그녀는 발걸음을 늦추며 자기 가게에 미소를 보냈다. 멀리서 보면 일렬로 늘어선 거무스레한 다른 가게들 가운데 자기 가게가 너무도 밝게 빛나는 듯했고, 〈고급 세탁소〉라는 노란색 글씨가 커다랗게 쓰인 연푸른색 간판 덕분에 더욱 신선하고 명랑한 분위기가 감도는 듯했다. 하얀 세탁물을 돋보이게 하기 위해 푸른색 종이를 깔고 작은 모슬린 커튼을 친 진열장에는 남자 와이셔츠가 견본으로 놓여 있었고, 부인용 보닛은 턱걸이 줄이 철사에 묶인 채 매달려 있었다. 그녀는 하늘색 가게가 무척 예쁘다고 생각했다. 가게 내부도 푸른색이었다. 퐁파두르 양식의 인도 사라사를 흉내 낸 벽지에는 메꽃이 주렁주렁 달린 포도 덩굴 무늬가 있었다. 두툼한 덮개가 깔린 작업대는 가게의 3분의 2를 차지하는 커다란 탁자였는데, 청색 당초 문양이 있는 무명천 자락이 탁자 다리를 가리고 있었다. 제르베즈는 등받이 없는 의자에 앉아 이 아름다운 청결함에 행복을 느꼈고, 새 연장들을 애정 어린 눈으로 바라보면서 기쁨의 한숨을 쉬었다. 연장이나 기구 가운데 그녀의 눈길이 가장 먼저 가는 곳은 다리미 가열기였다. 주철 가열기에는 열 개의 다리미가 비스듬히 철판 위에 가지런히 놓인 채 뜨겁게 달아오르고 있었다. 그녀는 철부지 수습공이 코크스를 너무 많이 집어넣어 난로가 폭발하지나 않을까 염려

되어 무릎을 꿇고 살펴보곤 했다.

가게 뒤에 마련한 거처는 아주 편리했다. 쿠포 부부는 첫 번째 방에서 잠을 잤는데, 이 방에서 요리도 하고 식사도 했다. 가게 안쪽 문은 건물의 안마당으로 통했다. 나나의 침대는 오른쪽 방에 있었는데, 그것은 천장 근처 둥근 채광창을 통해 빛이 들어오는 꽤 큰 골방이었다. 에티엔은 마룻바닥에 항상 더러운 세탁물이 쌓여 있는 왼쪽 방에서 잤다. 그렇지만 한 가지 불편한 점이 있었다. 처음에 쿠포 부부는 그 점에 신경 쓰지 않았지만, 어쨌든 벽에서 습기가 배어 나오고 오후 3시만 되면 실내가 어두침침해지는 것이었다.

동네에서 새 가게는 대단한 화젯거리가 되었다. 사람들은 쿠포 부부가 일을 너무 서둘러서 보기에도 당혹스럽다고 비난했다. 부부는 실제로 구제 모자에게 빌린 5백 프랑을 가게 마련하는 데 다 썼고, 보름치 생활비조차 남겨 두지 않았다. 제르베즈가 개업을 하던 날 아침, 지갑에는 단돈 6프랑밖에 없었다. 그러나 그녀는 걱정하지 않았다, 손님들이 몰려들었고, 장사의 전망이 매우 밝았다. 일주일 후 토요일, 잠자리에 들기 전에 그녀는 두 시간이나 종잇장 위에 계산을 하느라 여념이 없었다. 그녀는 쿠포를 깨우고서 환한 얼굴로 가게를 올바르게만 운영한다면 수백 프랑, 수천 프랑도 벌 수 있을 것 같다고 말했다.

「말도 안 돼!」 로리외 부인이 구트도르 가를 돌아다니며 떠들었다. 「바보 같은 쿠포 녀석이 웃기는 짓만 골라서 한다니까!⋯⋯ 〈절름발이〉가 그 녀석을 필요로 할 때는 쾌락이 그리울 때뿐이지. 방탕하기 짝이 없는 여자야, 안 그래요?」

로리외 부부와 제르베즈는 사이가 완전히 틀어졌다. 가게를 수리하는 동안, 로리외 부부는 분통이 터져 죽을 뻔했다. 멀리 페인트칠이 보이기만 해도, 그들은 건너편 보도로 발걸음을 옮겨서 이를 갈며 집으로 돌아갔다. 저 보잘것없는 계집에게 푸른색 가게라니, 성실하게 사는 사람들의 기를 꺾는 일이 아니고 뭐란 말이야! 개업 이튿날, 마침 로리외 부인이 막 길을 나설 때 수습공 계집애가 풀 그릇을 휙 하고 비웠기 때문에, 그녀는 사람들을 불러 모아 올케가 일꾼들을 시켜서 자기를 모욕하고 있다고 비난했다. 그래서 모든 관계가 끊겼고, 서로 마주칠 때에는 사나운 눈길만 교환할 뿐이었다.

「그래, 정말 아름다운 삶이야!」 로리외 부인이 뇌까렸다. 「잘난 가게 차릴 돈이 어디서 나왔는지는 모두가 알지! 바로 대장장이한테서 빼낸 거잖아……. 그치도 만만한 인간이 아니지! 아비가 단두대형을 피하려고 자기 목을 자르지 않았겠어? 어쨌든 이런 덴 늘 더러운 이야기가 있는 법이야!」

그녀는 제르베즈가 구제와 잠자리를 함께한다고 공공연히 비난했다. 그녀는 거짓말을 했고, 어느 날 저녁 외곽 대로 벤치에 둘이 함께 앉아 있는 것을 보았다고 주장했다. 구제와의 관계와 올케가 거기서 맛보았을 쾌락을 생각하면, 추녀로서 뻣뻣하게 살아가는 그녀의 가슴에서는 더욱더 울화가 치밀었다. 매일 저녁, 가슴속 절규가 입까지 올라왔다.

「도대체 저 병신에게 뭐가 있기에 사내들이 사족을 못 쓰는 걸까! 나, 나 같은 것도 사랑받을 수 있을까!」

그러고는 이웃 여자들과 끝없이 험담을 늘어놓는 것이었다. 그녀는 온갖 이야기를 다 했다. 글쎄, 결혼식 날에도 기분이 진짜 안 좋았다니까! 아! 난 눈치가 빨라서 일이 어떻게 돌아갈지 벌써 느낌이 왔었어. 그렇지만 어쩌겠어! 〈절름발이〉가 위선적으로 아양을 떨고 또 쿠포의 얼굴을 봐서 우리가 나나의 대부 대모가 돼준 거지. 그런 세례식은 돈도 상당히 드는데 말이야. 하지만 이제 두고 봐! 〈절름발이〉가 죽을 지경이 되어 물 한 모금 달라고 해도 절대 주지 않을 테니까 말이야. 난 뻔뻔스러운 년들, 화냥년들, 방탕한 년들은 질색이야. 그래도 나나가 대부 대모를 보러 올라온다면 언제나 받아 줄 수밖에 없지. 어린것이야, 안 그래? 무슨 죄가 있겠어, 죄야 어미에게 있지. 쿠포 녀석은 남의 충고를 도통 듣지 않아. 어떤 남자라도 쿠포 같은 입장에 놓인다면, 마누라의 따귀를 때리고 엉덩이를 걷어차서 양동이에 처박았겠지. 물론 그건 그 녀석이 알아서 할 일이고, 우리로서는 일가친척을 좀 존중하라고 요구할 뿐이야. 맙소사! 만약 로리외가 나의 부정을 알았다면! 절대로 그냥 두지 않지, 배에 가위를 꽂고 말았을 거야.

그러나 건물에서 벌어지는 언쟁의 엄격한 재판관인 보슈 부부는 로리외 부부가 잘못하고 있다고 판정했다. 물론 로리외 부부는 말썽 없이 조용히 지내는 사람들이었고, 온종일 열심히 일했으며, 집세를 꼬박꼬박 지불했다. 그러나 이번에는 솔직히 말해서 질투에 사로잡힌 것이다. 게다가 그들은 지독한 구두쇠였다. 쩨쩨한 사람들이지 뭐야! 집에 손님이 오면 술 한잔 주는 게 싫어서 술병을 감추는 사람들이었다. 어느 날 제르베즈가 탄산수를 탄 카시스 주를 보슈 부부에게 돌려서 함께 마시고 있었을 때, 로리외 부인이 몹시 뻣뻣하게 지나가면서 경비실 문 앞에 침을 뱉는 시늉을 했다. 그날 이후 보슈 부인은 매주 토요일 계단과 복도를 청소할 때, 로리외 부부의 문 앞에 있는 쓰레기만은 그대로 두었다.

「빌어먹을!」로리외 부인이 소리쳤다. 「〈절름발이〉가 이 걸 신들을 진탕 처먹였군그래! 아! 모두 똑같은 것들이야!…… 하지만 날 깔봐서는 안 되지! 건물 주인한테 찔러 버릴 거야……. 어제만 해도 그 엉큼한 보슈란 자가 고드롱 부인의 치맛자락 끝에서 치근대는 걸 봤거든. 자식을 반 다스나 낳은 늙은 여편네를 노리다니, 응? 정말 무지막지한 잡놈이 아니고 뭐람!…… 그런 더러운 짓을 한 번만 더 하면, 당장 보슈 할망구에게 알려서 영감을 흠씬 패주게 해야지……. 암! 그러면 꽤 웃음거리가 될걸.」

쿠포의 어머니는 두 집 다 드나들었는데, 대개 저녁 식사 시간에 맞추어 와서는 하루 저녁에 한 사람씩 딸과 며느리의 이야기를 기분 좋게 들어 주곤 했다. 르라 부인은 이제 쿠포의 집에는 더 이상 가지 않았다, 왜냐하면 면도칼로 정부(貞婦)의 코를 자른 알제리 보병 사건에 대해서 〈절름발이〉와 말다툼을 했기 때문이다. 그녀는 알제리 보병을 편들었다, 그녀로서는 면도칼을 휘두르는 것이 왠지 모르게 매우 정열적인 행동으로 생각되었다. 그리고 그녀는 〈절름발이〉가 여러 사람 앞에서 이야기하는 도중에 로리외 부인을 거침없이 〈소꼬리〉라고 불렀다고 일러바침으로써 로리외 부인의 분노를 한층 더 자극했다. 어이가 없어! 그래, 지금은 보슈 부부도, 이웃들도 죄다 나를 〈소꼬리〉라고 부른다, 이 말이지.

험담이 난무하는 가운데서도 제르베즈는 가게 문턱에 서서 침착한 미소로 정겹게 고개를 끄덕이며 지나가는 친구들에게 인사를 했다. 그녀는 다림질하는 틈틈이 그곳에 서서 거리의 한 모퉁이를 소유한 여주인의 허영심으로 거리를 향해 웃음 짓기를 좋아했다. 구트도르 가가 그녀의 것이었고, 이

옷 거리들, 동네 전체가 그녀의 것이었다. 그녀는 하얀 캐미솔을 입고 맨팔을 드러낸 채 금발 머리를 흔들며 열심히 다림질을 하다가 간간이 고개를 들고서는, 시선을 좌우로 던지며 행인들, 집들, 포장길과 하늘을 한꺼번에 바라보았다. 왼쪽으로는 구트도르 가가 시골길 모퉁이처럼 평온한 가운데 다소 쓸쓸하게 이어졌고, 문가에서 몇몇 여자들이 잡담을 하고 있었다. 오른쪽으로는 몇 걸음 떨어진 곳에서 푸아소니에 가가 마차들이 요란하게 오가는 소리, 사람들이 끊임없이 밀려오고 밀려가는 발소리를 냈는데, 이 소리가 그곳을 인파가 들끓는 혼잡한 십자로로 만들었다. 제르베즈는 거리를 좋아했다, 울퉁불퉁한 포석 구멍 때문에 덜컹거리는 트럭들, 높다랗게 쌓인 자갈 더미 때문에 좁은 보도를 따라 북적이는 사람들을 바라보는 것을 좋아했다. 가게 앞에 있는 3미터짜리 도랑도 그녀에게는 엄청나게 중요했다, 좀 더 깨끗했으면 하는 이 도랑이 그녀에게는 드넓은 강, 기이하게 살아 있는 강처럼 보였던 것이다. 건물의 염색소가 검은 진흙탕 속으로 더없이 부드러운 염료를 흘려 보내며 이 강물을 여러 색깔로 물들이고 있었다. 그리고 그녀는 주변 가게들, 예를 들어 건과(乾果)를 실이 가느다란 망으로 포장해서 진열해 놓은 커다란 식료품점, 팔다리를 활짝 펴서 걸어 놓은 작업복이 가벼운 바람에도 살랑거리는 노동자 옷 가게에 흥미를 느꼈다. 눈을 돌리면 과일 가게와 내장 가게의 카운터 모퉁이가 보였는데, 거기서 예쁜 고양이들이 조용히 가르랑거리고 있었다. 이웃 석탄 가게 주인인 비구루 부인이 그녀의 인사에 답했다. 얼굴이 검고 눈이 반짝반짝 빛나고 키가 작고 뚱뚱한 비구루 부인은 포도주 지게미 색깔 간판에 그려진 장작들 때문에 시골 오두막처럼 보이는 가게에 기대서서, 사내들과 시시덕거리며 게으름을 피우고 있었다. 또 다른 이웃인 우산 가게 퀴드르주 모녀는 결코 모습을 드러내는 법이 없었는데, 진열창은 어두웠고, 새빨갛게 칠한 두 개의 작은 함석 우산으로 장식된 문은 늘 닫혀 있었다. 제르베즈는 가게로 다시 들어가기 전에 마차가 드나드는 대문이 뚫린 정면의 거대한 흰색 벽을 눈에 담았고, 그 벽의 대문을 통해 짐수레와 짐마차가 가득한 마당에서 활활 타오르는 대장간의 불을 바라보았다. 벽에는 〈제철 공장〉이라는 낱말이 큰 글자로 씌어 있었는데, 그 글자를 말발굽 모양의 부채 간판이 둘러싸고 있었다. 온종일 모루 위에 쇠망치 두드리는 소리가 났고, 불꽃을 튀기는 불이 마당의 희끄무레한 어둠을 밝혔다. 이 벽을 따라 내려가면 고철 가게와 감자 튀김 가게 사이에 장롱처럼 커다란 구멍이 보였는데, 그 안에는 언제나 신사처럼 말쑥하게 프록코트를 차려입은 채 작업대 앞에서 아주 작은 도구로 열심히 시계를 뜯어 살피는 시계포 주인이 있었다. 작업대 위에는 무엇인가 작고 섬세한 물건들이 유리 상자 속에서 잠을 자고 있었다. 시계포 주인 뒤쪽에서는 20~30개의 아주 작은 뻐꾸기시계들의 추가 어두운 거리의 가난과 제철 공장의 리드미컬한 소란 속에서 동시에 똑딱거리는 소리를 냈다.

동네 사람들은 제르베즈를 매우 상냥한 여자로 생각했다. 물론 자기 생각대로 험담하는 사람들도 있었지만, 그녀가 커다란 눈, 눈만큼 길지 않은 작은 입, 아주 새하얀 치아를 가지고 있다는 것은 누구나 인정했다. 결국 그녀는 예쁜 금발 머리 여자였고, 다리만 절지 않았더라면 일류 미인으로 꼽혔을 것이다. 스물여덟 살이 된 그녀는 살이 붙었다. 가느다랗던

몸매가 통통해졌고, 동작이 느긋하고 여유로워졌다. 이제 그녀는 가끔 가볍게 미소를 띤 얼굴에 식도락의 행복을 가득 담은 채, 다리미가 달구어지기를 기다리면서 의자에 멍하니 앉아 생각에 잠기곤 했다. 그녀는 식도락가가 된 것이다. 모두가 그렇게 말했다. 하지만 그것은 상스러운 결점이 아니었다. 맛있는 걸 사 먹을 만한 돈이 있는데, 안 그래? 감자 껍질이나 씹고 있는 건 정말 어리석은 일이지. 일이 많을 때, 그녀는 덧문을 닫은 채 며칠 밤을 새우면서 몸이 가루가 되도록 손님들을 위해서 일했다. 동네 사람들의 말마따나 그녀는 운이 좋았다. 가게가 번창했다. 마디니에 씨, 르망주 양, 보슈 부부 등 건물의 모든 사람들이 그녀의 고객이었다. 심지어 그녀의 옛 주인 포코니에 부인의 고객인 포부르푸아소니에르 가의 파리 귀부인들까지 그녀에게 세탁물을 맡겼다. 보름이 지나면서부터 그녀는 다림질하는 여자 둘을 고용하지 않을 수 없었는데, 퓌투아 부인과 예전에 7층에 살던 키다리 클레망스가 그들이었다. 삼거지처럼 못생긴 사팔뜨기 수습공 오귀스틴까지, 이제 이 가게에는 일꾼이 셋이었다. 다른 사람이라면 틀림없이 이런 갑작스러운 행운에 정신을 잃었으리라. 그녀가 일주일 동안 열심히 일한 후에 월요일에 잘 챙겨 먹는 것은 흠이 될 만한 일이 아니었다. 게다가 그것은 필요한 일이기도 했다. 가슴에 벨벳 냅킨을 걸칠 수 없었다면, 무엇인가 맛있는 것에 대한 욕구가 위장을 자극하지 않았다면, 그녀는 셔츠와 속옷이 저절로 다려진다 해도 맥이 빠졌으리라.

지금까지 제르베즈가 이토록 관대했던 적은 없었다. 그녀는 양처럼 온순했고, 빵처럼 부드러웠다. 그녀가 복수하기 위해서 〈소꼬리〉라고 불렀던 로리외 부인을 제외하고서 그녀는 아무도 싫어하지 않았으며, 모든 사람을 용서했다. 푸짐하게 먹고 커피를 마신 후, 가벼운 포만감 속에서 그녀는 누구에게나 맘씨 좋게 보이고 싶어 했다. 그녀는 이렇게 말하곤 했다. 「서로 용서해야죠, 안 그래요? 야만인처럼 살지 않으려면 말예요.」 사람들이 정말 맘결이 곱다고 말하면, 그녀는 웃었다. 제가 심술궂기까지 하다면 얼마나 꼴불견이겠어요! 그녀는 손을 저으며 자기는 선량하다고 칭찬받을 자격이 없는 사람이라고 말했다. 이제 모든 꿈이 이루어지지 않았는가, 또 무엇을 더 바란단 말인가? 그녀는 길을 걸으며 옛꿈을 떠올리곤 했다. 일하고, 빵을 먹고, 자기 집을 갖고, 아이들을 키우고, 얻어맞지 않고, 자기 침대에서 죽는 것. 이제 그녀는 꿈을 넘어섰다. 그녀는 모든 것을 가졌다, 꿈꾸던 것 이상으로 말이다. 이제 그녀는 자기 침대에서 죽는 것에 대해서 여전히 생각하기는 하지만, 가능한 한 그 시점을 늦추고 싶다고 농담하곤 했다.

제르베즈는 특히 쿠포에게 상냥하게 굴었다. 남편 등 뒤에서 결코 험담이나 불평을 내뱉지 않았다. 함석장이도 마침내 일을 다시 시작했다. 작업장이 파리의 다른 쪽 끝에 있었기 때문에, 아침마다 그녀는 점심 식사, 술, 담배 값으로 40수를 그에게 주었다. 다만 함석장이는 엿새에 이틀은 일터로 가는 발걸음을 멈추고 친구와 함께 40수를 술값으로 탕진한 다음, 점심때 집으로 돌아와서 거짓말을 늘어놓는 것이었다. 한번은 멀리도 가지 않고 샤펠 시문의 〈카퓌생〉에서 〈장화〉와 세 친구에게 달팽이 요리, 불고기, 봉인 포도주 등 푸짐하게 한턱낸 후, 40수로는 부족했기 때문에 웨이터를 통해 아내에게 계산서를 보내면서 자기는 인질로 잡혀 있다고 했다. 제르베즈는 웃으면서 어깨를 으쓱했다. 남자가 좀 논다고 해서 나쁠 게 뭐야? 가정의 평화를 원한다면, 남자 목에 걸린 줄을 좀 길게 풀어 줄 필요가 있는 거지. 괜한 말다툼이 금세 구타로 번지지 않던가. 안 될 말씀이야! 모든 걸 이해해 줘야 해, 쿠포는 아직도 다리가 아프고, 게다가 끌려다닐 뿐이야, 형편없는 놈이라는 소리를 안 듣기 위해 어쩔 수 없이 어울리는 거지. 더욱이 쿠포는 뒤끝이 없었다. 취해서 돌아와도 두세 시간 잠을 자고 나면, 아무 일도 없었다는 듯 멀쩡해졌다.

그러는 동안 날씨가 몹시 더워졌다. 일이 많았던 6월의 어느 토요일 오후, 제르베즈는 손수 다리미 가열기에 코크스를 넣었는데, 가열기 둘레에서 열 개의 다리미가 웡 하는 도관 소리 가운데 발갛게 달구어지고 있었다. 이 시간에는 햇빛이 가게 앞으로 수직으로 떨어졌고, 길바닥에서 올라온 뜨거운 반사광이 가게 천장에서 물결처럼 춤을 추었다. 선반 벽지와 유리창에 반사되어 푸르스름해진 이 빛이 부드러운 리넨 천으로 여과한 햇살처럼 작업대 위에 눈부시게 드리워졌다. 가게 안의 온도는 견딜 수 없을 정도였다. 거리로 통하는 문을 열어 두었지만, 바람 한 점 들어오지 않았다. 철사에 매달려 공중에서 마르고 있던 옷가지들이 김을 내다가 45분도 채 안 돼서 뻣뻣하게 말라 버렸다. 조금 전부터 이 뜨거운 불가마에서 누구 하나 입을 열지 않았고, 침묵이 흐르는 가운데 다리미들이 두툼한 작업대 광목 위로 묵직하게 오가는 소리만이 나직이 들렸다.

「아휴 정말!」 제르베즈가 말했다. 「오늘은 몸이 녹아 버릴 것만 같아! 내의마저 벗어 던져야 할 판이네!」

그녀는 바닥에 웅크리고 앉아서 양동이에 든 세탁물에 풀을 먹이느라 여념이 없었다. 하얀 치마와 어깨로 흘러내리는 캐미솔을 입은 그녀는 소매를 걷어 올린 탓에 맨팔이었고, 장밋빛 목덜미도 그대로 드러났는데 하도 땀에 젖어서 헝클어진 금발 머리 몇 가닥이 살갗에 달라붙어 있었다. 조심스럽게 그녀는 우윳빛 액체에 보닛들, 남자 셔츠들, 속치마들, 여자 속바지 장식들을 담갔다. 이어서 양동이에 손을 넣어 풀이 덜 먹은 셔츠들과 바지들을 휘휘 저은 후에, 세탁물들을 둘둘 말아서 네모난 바구니 안에 쌓았다.

「이 바구니는 당신 몫이에요, 퓌투아 부인.」 그녀가 다시 말했다. 「서두르세요, 네? 금세 말라 버리니까, 한눈팔다 보면 한 시간 후에 다시 해야 할지도 몰라요.」

퓌투아 부인은 키가 작고 몸이 마른 마흔다섯 살의 여자로서 낡은 밤색 웃옷을 입고 단추를 다 채웠음에도 땀 한 방울 흘리지 않고 다림질을 했다. 그녀는 노랗게 퇴색한 초록색 리본들이 달린 보닛조차 벗지 않고 있었다. 그리고 자기에게 너무 높은 작업대 앞에 뻣뻣하게 서서 팔꿈치를 공중에 든 채 꼭두각시처럼 딱딱 끊어지는 동작으로 다리미를 밀었다. 별안간 그녀가 소리쳤다.

「아! 안 돼요, 클레망스 양, 캐미솔을 다시 입어요. 알잖아요, 내가 외설적인 옷차림을 싫어한다는 걸. 그러고 있으면 다 보이잖아요. 벌써 가게 앞에 선 남자가 셋이나 돼요.」

키다리 클레망스는 입속으로 늙은 할망구라고 욕을 했다. 질식할 것만 같아, 그런데 편하게 있을 수도 없다니. 모두가 불판 같은 피부를 가진 건 아니잖아. 게다가 뭐가 보인다는 거야? 그녀는 두 팔을 들어 올렸다, 그러자 아름다운 여자의 육중한 젖가슴 때문에 내의가 터질 것만 같았고, 어깨에서는 짧은 소매가 찢어질 것만 같았다. 클레망스는 서른 살도 안 됐는데 벌써 뼛골이 빠질 정도로 방탕에 젖어 있었다. 강렬한 환락의 밤을 보낸 다음 날이면, 그녀는 길을 걸어도 공중에 붕 뜬 듯 발에 감각이 없었고, 머리와 배가 넝마로 가득 찬 듯 온종일 일을 하면서도 멍하니 졸았다. 그래도 그녀는 해고되지 않았는데, 왜냐하면 그 어느 다림질장이도 그녀만큼 맵시 있게 남자 셔츠를 다리지 못했기 때문이다. 남자 셔츠에 관한 한, 그녀는 달인이었다.

「나 좀 내버려 둬요, 제발.」 마침내 그녀가 젖가슴을 탁탁 치면서 말했다. 「누굴 물어뜯는 것도 아니고, 누굴 아프게 하는 것도 아니잖아요.」

「클레망스, 캐미솔을 입어요.」 제르베즈가 말했다. 「퓌투아 부인 말이 옳아요, 점잖지 않으니까……. 사람들이 우리 가게를 이상하게 보면 안 돼요.」

그러자 키다리 클레망스가 투덜거리며 옷을 다시 입었다. 괜한 트집이야! 그렇다면 지나가는 남자들이 여자 젖가슴을 훔쳐 본 적이 한 번도 없다는 거야! 그녀는 옆에서 양말과 손수건 따위의 편평한 세탁물을 다리고 있던 사팔뜨기 수습공 오귀스틴에게 분풀이를 했다. 그녀는 오귀스틴을 떠밀면서 팔꿈치로 쳤다. 그러자 오귀스틴은 평소에 놀림감이 되는 사람 특유의 음험한 심술로 아무도 모르게 등 뒤에서 클레망스의 옷에 복수의 침을 뱉었다.

제르베즈는 보슈 부인의 보닛을 온갖 정성을 다해 다리기 시작했다. 그녀는 그 모자를 마치 새것처럼 만들기 위해 끓인 풀까지 준비했다. 폴란드 다리미라고 불리는, 두 끝이 둥근 작은 다리미로 그녀가 모자 안을 부드럽게 다리고 있을 때,

광대뼈가 튀어나오고 얼굴에 둥근 반점이 있는 한 여자가 물에 젖은 치마 차림으로 들어왔다. 그 여자는 구트도르 가의 세탁장에서 여자 일꾼 셋을 부리는 빨래 세탁부였다.

「너무 일찍 오셨네요, 비자르 부인!」 제르베즈가 소리쳤다. 「오늘 저녁에 오시라고 말씀드렸었는데……. 일에 방해가 되거든요, 이 시간에는!」

빨래 세탁부가 울상이 되어 오늘 하루를 공칠까 봐 걱정이라고 한탄했기 때문에, 제르베즈는 더러운 세탁물을 빨리 줘서 보내려 했다. 두 여자는 에티엔이 잠을 자는 왼쪽 방으로 세탁물 보따리를 찾으러 갔고, 세탁물을 몇 아름씩 안고 돌아와서는 가게 안쪽 맨바닥에 쌓아 올렸다. 분류하는 데 반 시간은 속히 걸렸다. 제르베즈는 자기 주변에 남자 셔츠, 여자 내의, 손수건, 양말, 행주를 구분해서 쌓았다. 새 손님의 옷가지가 손에 잡히면, 그녀는 구별하기 위해서 빨간 실로 십자형 표시를 했다. 공기가 뜨거운 가운데 마구 휘저어 놓은 더러운 세탁물에서 눅눅한 악취가 솟아올랐다.

「아휴! 냄새 한번 지독하네!」 클레망스가 코를 막으며 말했다.

「당연하지! 깨끗하다면 우리한테 주지도 않았지.」 제르베즈가 조용히 설명했다. 「세상 만물에 다 냄새가 있는 거야!…… 여자 내의가 열네 장이었죠, 그렇죠, 비자르 부인?…… 열다섯, 열여섯, 열일곱…….」

그녀는 큰 목소리로 계속 세었다. 악취에 익숙해진 그녀는 조금도 언짢은 기색이 없었다. 그녀는 때 묻은 노란 셔츠들, 설거지 용액으로 뻣뻣해진 행주들, 땀에 절어 썩어 가는 양말들 속으로 장밋빛 맨팔을 집어넣었다. 세탁물 더미 위로 숙인 얼굴에 솟구치는 악취에도 그녀는 태연하기 그지없었다. 그녀는 등받이 없는 의자에 앉아 몸을 굽힌 채, 악취에 취한 듯 어렴풋이 미소 짓고 눈물을 글썽이며 왼쪽 오른쪽으로 천천히 손을 뻗었다. 처음으로 보이는 그녀의 나른한 몸짓은 아마도 공기를 더럽히는 세탁물의 악취에 질식한 탓인 듯했다.

그녀가 오줌에 절어 식별하기조차 어려운 어린아이의 배내옷을 흔드는 순간, 쿠포가 들어왔다.

「제기랄!」 그가 중얼거렸다. 「무슨 놈의 땡볕이 이래!…… 머리까지 불타는 것 같아!」

함석장이는 쓰러지지 않으려고 작업대를 잡았다. 그가 그렇게 만취한 것은 처음이었다. 지금까지 그는 기분 좋을 정도로만 취해서 돌아왔었다, 절대 그 이상은 아니었다. 그렇지만 이번에는 눈두덩에 멍까지 들었는데, 친구들끼리 서로 밀치다가 우발적으로 한 대 맞았다는 것이다. 벌써 흰머리가 생기기 시작한 그의 고수머리는 수상쩍은 술집 홀을 청소라도 하고 왔는지 거미줄이 목덜미 근처 머리칼에까지 매달려 있었다. 그는 약간 초췌하고 늙어 보이고 예전보다 아래턱이 더 튀어나왔지만 여전히 익살쟁이였고, 자기 말에 따르면 호인이었으며 피부는 아직 공작 부인도 녹일 만큼 부드러웠다.

「오늘 있었던 일을 설명해 줄게.」 그는 제르베즈에게 말했다. 「〈파슬리 대가리〉라는 놈 말이야, 목발 짚고 다니는 녀석 알지?…… 글쎄, 그 녀석이 고향으로 떠난다고 한잔 사겠다지 뭐야……. 어휴! 염병할 놈의 땡볕만 아니었으면 이렇게 취하진 않았을 텐데……. 거리에서도 행인들이 죽겠다고 야단이었어. 정말이야! 모두가 쓰러져 버렸다니까…….」

키다리 클레망스가 거리가 온통 술에 취했다는 그의 말에 깔깔거리며 웃자, 그도 숨이 막힐 정도로 웃으며 즐거워했다. 그가 소리쳤다.

「홍! 망할 놈의 주정뱅이들! 정말 웃기는 놈들이지!…… 하지만 그놈들 잘못이 아냐, 다 태양 때문이지…….」

가게에 한바탕 웃음보가 터졌다, 주정뱅이들을 좋아하지 않는 퓌투아 부인까지 웃었다. 사팔뜨기 오귀스틴은 입을 벌린 채 숨이 넘어갈 듯 암탉처럼 웃었다. 그러나 제르베즈는 쿠포가 집으로 곧장 돌아오지 않고 로리외 부부 집에서 한 시간 정도 시간을 보내며 좋지 못한 조언을 듣고 온 것이 아닌지 의심했다. 그가 아니라고 맹세했을 때, 제르베즈도 관대하게 웃으며 다시 하루 일을 공친 것에 대해 비난조차 하지 않았다.

「아휴, 또 말도 안 되는 이야기를 늘어놓으시네!」 그녀가 중얼거렸다. 「어쩜 저렇게 말도 안 되는 이야기를 잘할까.」

그러고는 어머니 같은 목소리로 말했다.

「자, 그만 들어가서 자요, 네? 보다시피 우린 바쁘답니다. 당신이 방해가 돼요……. 손수건이 서른두 장이죠, 비자르 부인. 여기 두 장 더, 합이 서른넷…….」

그러나 쿠포는 잠이 오지 않았다. 그는 가게에 남아 시계추처럼 몸을 좌우로 흔들면서 집요하고 짓궂게 사람들을 놀렸다. 비자르 부인에게서 벗어나고 싶었던 제르베즈는 클레망스를 불러서 세탁물을 셈하게 하고, 자기는 장부에 기록을 했다. 그러자 키다리 바람둥이 아가씨는 세탁물을 한 장 한 장 셀 때마다 노골적이고 상스러운 말을 내뱉었다. 그녀는 손님들의 가난이라든가 잠자리의 비밀을 주워섬겼고, 손에 든 세탁물의 구멍이나 얼룩 하나하나에 대해 여자 노동자 특유의 농담을 했다. 오귀스틴은 이해를 못 하는 척했지만, 불량 소녀답게 두 귀를 쫑긋 세웠다. 퓌투아 부인은 입을 삐죽거리며 쿠포 앞에서 저런 말을 하다니 정신 나간 여자라고 생각했다. 남자란 세탁물을 봐선 안 되는 거야. 점잖은 사람들 집에서는 세탁물을 이렇게 풀어 놓지 않지. 제르베즈는 일에 몰두한 탓에 아무것도 안 들리는 모양이었다. 장부에 기록하면서 그녀는 눈으로 주의 깊게 세탁물을 살폈는데 세탁물이 누구 것인지 정확하게 알아맞혔다. 그녀는 틀리는 법이 없었다, 냄새와 색깔로 한 장 한 장 호명까지 했다. 저 냅킨은 구제 모자의 것이야, 한눈에 알 수 있지, 냄비 바닥을 닦은 흔적이 전혀 없잖아. 저건 분명 보슈 부부에게서 온 베갯잇이야, 보슈 부인이 어디에나 묻혀 놓는 포마드 기름을 보면 알아. 마디니에 씨의 플란넬 조끼는 주인을 알기 위해서 냄새를 맡아 볼 필요조차 없었다. 왜냐하면 이 남자는 지방질이 많아서 모직물이 금세 변색되기 때문이었다. 그녀는 다른 특징들, 예컨대 각자의 청결도, 실크 치마를 입고 거리를 쏘다니는 이웃 여사들의 속옷 상태, 일주일 동안 더럽히는 스타킹과 손수건과 내의의 개수, 언제나 똑같은 곳을 닳아 빠지게 하는 사람들의 습관 등을 훤히 꿰뚫고 있었다. 말하자면 그녀는 손님들의 비밀에 정통한 셈이었다. 르망주 양의 내의에 대해서는 끝없는 해설을 제공할 수 있었다. 그녀의 내의는 위쪽이 해져, 그렇다면 이 노처녀는 어깨뼈가 뾰족한 게 틀림없어. 게다가 2주일이나 입어도 별로 더러워지지 않잖아, 그건 그녀 나이가 되면 물 한 방울 짜내기조차 힘든 나무토막처럼 말라 버린다는 걸 뜻하지. 가게에서는 이처럼 분류 작업이 이루어질 때마다 구트도르 가의 온갖 비밀이 샅샅이 드러나는 것이었다.

「야, 이거 정말 사람 잡네!」 클레망스가 새 보따리를 풀면서 소리쳤다.

제르베즈가 갑자기 혐오감에 몸서리를 치면서 뒤로 물러섰다.

「고드롱 부인의 보따리구나.」 그녀가 말했다. 「그건 정말 세탁하고 싶지 않아, 뭐라도 구실을 찾아서 말이야……. 내가 다른 세탁부들보다 더 까다로운 게 아냐, 그렇고말고, 평생 엄청 더러운 세탁물을 손으로 만져 왔잖아. 그런데 정말 이건 못 하겠어. 토할 것만 같아……. 그 여잔 도대체 뭘 하기에 속옷을 이 지경으로 만들어 놓는 걸까?」

그녀는 클레망스에게 서둘러서 끝내라고 당부했다. 그러나 세탁부는 계속 해설을 했고, 세탁물 구멍에 손가락을 찔러 넣은 채 당당한 오물의 깃발인 양 흔들면서 여러 가지 암시를 했다. 그러는 동안 제르베즈 주위에 세탁물이 더 높게 쌓였다. 여전히 등받이 없는 의자에 앉아 있었지만, 이제 그녀는 셔츠 더미와 속치마 더미에 가려서 잘 보이지 않았다. 그녀 앞에는 침대 시트, 바지, 식탁보 등 더러운 것들이 잔뜩 쌓여 있었다. 그 안에서, 그 커져만 가는 오물의 바다 한가운데서 그녀는 벌거벗은 팔, 벌거벗은 목덜미, 아까보다 더 발간 장밋빛 얼굴, 더 나른한 표정을 내보였는데, 관자놀이에는 가느다란 금발 머리 몇 가닥이 땀에 젖어 붙어 있었다. 그녀는 주의 깊고 사려 깊은 여주인의 침착한 태도와 미소를 되찾았고, 고드롱 부인의 악취 나는 세탁물도 상관없다는 듯 오류가 없는지 확인하기 위해 한 손으로 세탁물 더미를 휘저었다. 삽으로 다리미 가열기에 코크스를 퍼 넣는 것을 좋아하는 사팔뜨기 오귀스틴이 좀 전에 코크스를 엄청나게 넣은 탓에 주철

판이 빨갛게 달아올랐다. 비스듬히 기운 태양이 유리창을 때렸고, 가게가 불타올랐다. 그러자 뜨거운 열기로 한층 취기가 돈 쿠포가 갑작스럽게 애정의 불길에 휩싸였다. 감격스러운 표정으로 그가 두 팔을 벌리며 제르베즈에게 다가갔다.

「당신은 정말 좋은 여자야.」 그가 더듬더듬 말했다. 「내가 키스해 줄게.」

하지만 그는 속치마 더미에 걸리는 바람에 몸이 기우뚱하며 하마터면 넘어질 뻔했다.

「귀찮게 하지 말아요!」 제르베즈는 그렇게 말했지만 화를 내는 것은 아니었다. 「얌전히 있어요, 일을 끝낼 수가 없잖아.」

아냐, 키스하고 싶어, 그럴 필요가 있어, 사랑하니까 말이야. 더듬더듬 말하며 속치마 더미를 피했지만, 이번에는 셔츠 더미에 부딪혔다. 그래도 고집스레 앞으로 나아가다가 발이 꼬여 엎어지면서 행주 더미에 코를 박았다. 슬슬 화가 나기 시작한 제르베즈가 세탁물이 뒤죽박죽이 되었다고 소리치며 그를 밀쳤다. 그렇지만 클레망스도 퓌투아 부인도 그녀가 잘못했다고 말했다. 좋은 남편이야, 정말. 저토록 키스하고 싶어 하잖아. 그러니 좀 가만히 있어 주면 어때.

「이봐요, 정말 행복하겠어요, 쿠포 부인!」 밤마다 술에 취해 돌아오는 자물쇠장이 남편에게 죽도록 얻어맞곤 하는 비자르 부인이 말했다. 「우리 집 양반이 술에 취했을 때 저렇게 해주면, 얼마나 좋을까!」

제르베즈는 자기가 심하게 했나 싶어 마음이 누그러졌다. 그녀는 쿠포를 부축해서 일으켜 세웠다. 그런 다음 미소 지으면서 뺨을 내밀었다. 그렇지만 함석장이는 사람들 앞에서 체면도 차리지 않고 그녀의 젖가슴을 잡았다.

「이런 말 하기는 뭣하지만 말이야.」 그가 중얼거렸다. 「당신 세탁물에서는 지독한 냄새가 나! 하지만 그래도 난 당신을 사랑해, 알아!」

「놔줘요, 간지러워요.」 그녀가 웃음을 터뜨리며 소리쳤다. 「실없는 양반 같으니라고! 이렇게 실없는 사람이 또 있을까!」

그는 그녀를 꼭 껴안고 놓아주지 않았다. 그녀는 세탁물 더미가 불러일으키는 가벼운 현기증에 얼이 빠진 채 쿠포의 술 냄새 나는 숨결조차 싫어하지 않으며 몸을 맡기고 있었다. 불결한 가게 한복판에서 그들이 한입 가득 교환한 이 진한 키스야말로 서서히 무너져 가는 그들의 삶이 보여 준 최초의 전락과도 같은 것이었다.

그러는 동안 비자르 부인은 세탁물 보따리를 묶고 있었다. 그녀는 욀랄리[23]라는 두 살짜리 딸, 벌써 주부처럼 분별력이 있는 두 살짜리 딸에 대해 이야기했다. 그 애는 혼자 둬도 괜찮았다. 결코 울지도 않았고, 성냥을 가지고 놀지도 않았다. 이윽고 비자르 부인은 커다란 세탁물 보따리를 하나씩 운반했는데, 그 무게 때문에 허리가 휘고 얼굴에는 보랏빛 반점이 생겼다.

「더워서 견딜 수가 없어, 모두 쪄 죽겠어.」 제르베즈가 보슈 부인의 보닛을 다시 만지기 전에 얼굴의 땀을 닦으며 말했다.

다리미 가열기가 벌겋게 달궈진 것을 보았을 때, 모두들 오귀스틴을 때려 주자고 했다. 다리미가 빨갛게 변해 있었다. 이런 못된 계집애를 봤나! 다리미를 쓰려면 15분을 기다려야 했다. 제르베즈는 두 삽의 재를 뿌려서 불을 덮었다. 그런 다

---

23 여기서 언급되는 욀랄리Eulalie와 제6장에서 제12장까지 등장하는 랄리Lalie는 동일 인물이다. 즉 〈랄리〉는 욀랄리의 애칭이다.

음 햇빛을 가리기 위해 두 장의 침대 시트를 철사에 매달아 차양 모양으로 늘어뜨렸다. 그렇게 하니 한결 나아졌다. 조금 전보다 열기가 한층 가라앉았다. 침대 시트 너머로 거리를 급히 오가는 발소리들이 들렸음에도, 세상에서 멀리 떨어져 자기 집 문을 닫은 채 화사한 햇살이 깃든 침실에 있는 기분이었다. 이런 곳에서 편안한 자세를 취하지 않을 이유가 무엇이겠는가. 클레망스는 캐미솔을 벗어 버렸다. 여전히 자러 가기 싫다는 쿠포에게 머물러도 좋다고 했지만, 모두들 이 시간에 게으름을 피워서는 안 되기 때문에 그로 하여금 한쪽 구석에 얌전히 앉아 있겠다는 약속을 하게 했다.

「이 망나니가 폴란드 다리미를 어떻게 한 거야?」 제르베즈가 오귀스틴을 찾으며 중얼거렸다.

작은 다리미가 자꾸만 사라져서 찾아보면 엉뚱한 곳에서 나타나곤 했는데, 수습공이 악의적으로 숨겨 놓는다는 것이었다. 제르베즈는 마침내 보슈 부인의 보닛 안쪽 다림질을 끝냈다. 보닛의 레이스는 손으로 살짝 집어당겨서 가벼운 다림질로 펴놓았다. 그것은 잔잔한 주름 리본과 자수 띠가 교차하는 요란한 테두리를 가진 보닛이었다. 제르베즈는 나무 막대 끝에 달걀 모양으로 만든 인두로 주름 리본과 자수 띠를 말없이 정성스럽게 다렸다.

문득 침묵이 감돌았다. 잠시 동안 두툼한 작업대 덮개 위를 오가는 은근하고 묵직한 다리미 소리만이 들렸다. 커다란 사각형 테이블 양쪽 끝에 여주인, 두 여자 세탁부, 수습공이 몸을 숙인 채 어깨를 동그랗게 하고, 두 팔을 끊임없이 움직이며 일에 몰두했다. 각자의 오른쪽에는 뜨거운 다리미를 놓기 위한 편평한 받침대가 있었다. 작업대 한가운데 놓인, 맑은 물이 흥건히 고인 접시 가장자리에 물에 젖은 헝겊과 작은 솔이 있었다. 버찌 증류주 병에 꽂힌 한 다발의 커다란 백합이, 특히 눈처럼 하얗게 만개한 꽃송이들이 그곳을 왕궁의 정원 한 모퉁이처럼 보이게 했다. 퓌투아 부인은 제르베즈가 준비한 세탁물 바구니에 든 냅킨, 바지, 캐미솔, 옷소매 등을 다렸다. 오귀스틴은 허공을 날아다니는 커다란 파리에 정신이 팔려 고개를 쳐든 채 양말과 행주를 아무렇게나 내팽개쳐 두었다. 클레망스는 아침부터 셈해서 서른다섯 번째 남자 셔츠를 다림질하고 있었다.

「언제나 포도주만 마셔야지, 독한 증류주는 안 돼!」 선언할 필요를 느낀 함석장이가 별안간 입을 열었다. 「독한 증류주는 금세 취하게 해, 그건 안 돼.」

클레망스는 가열기에서 다리미를 집어 든 후 충분히 가열되었는지 확인하기 위해 금속판을 입힌 가죽 손잡이를 자기 볼에 살짝 갖다 대었다. 그녀는 받침대에 다리미를 문지르고 허리춤에 찬 헝겊으로 다리미를 닦은 후, 우선 어깨와 양 소매를 다리면서 서른다섯 번째 셔츠를 공격했다.

「그렇지 않아요! 쿠포 씨.」 잠시 뜸을 들인 후에 그녀가 말했다. 「증류주를 가볍게 한잔하는 것도 나쁘진 않죠. 힘이 나거든요……. 게다가 아시다시피 더 빨리 취할수록 더 재미있잖아요. 아! 그렇다고 제가 재미있어서 하는 소리는 아녜요, 저도 제가 오래 못 살 거라는 건 알고 있죠.」

「죽는다는 이야기 좀 그만해요!」 슬픈 이야기를 싫어하는 퓌투아 부인이 말을 끊었다.

쿠포는 일어섰고, 사람들이 자기가 증류주를 마셨다고 비난한다고 생각하며 화를 냈다. 그는 몸속에 한 방울의 증류주도 흘려 넣지 않았다고 자기와 아내와 아이의 목을 걸고 맹세했다. 그는 클레망스에게 다가가서 냄새를 맡아 보라고 얼굴에 숨결을 확 내뿜었다. 그런 다음 그녀의 벌거벗은 어깨를 보며 히죽거리기 시작했다. 그는 속을 들여다보고 싶었다. 클레망스는 셔츠의 등을 접어 양쪽에 다림질을 한 후, 손목과 칼라를 다림질하려 했다. 하지만 그가 여전히 치근대는 바람에, 그녀는 셔츠 주름을 잘못 잡았다. 그래서 그녀는 접시 가장자리에 있던 솔을 집어서 다시 풀을 발라야 했다.

「아주머니!」 그녀가 말했다. 「아저씨가 자꾸만 괴롭히는데 좀 말려 주세요!」

「내버려 둬요, 점잖지 못하게 왜 그래요.」 제르베즈가 조용히 말했다. 「바쁜 거 안 보여요, 네?」

다들 바쁘다고, 흥! 그래서? 그게 내 잘못은 아니잖아. 난 아무것도 나쁜 짓 한 게 없어. 만지지도 않았어, 그냥 쳐다봤을 뿐이라고. 하느님이 만든 아름다운 물건을 쳐다보지도 못해? 이 영악한 클레망스가 성말 끝내주는 팔을 가졌단 말이야! 2수에 팔을 보여 주거나 만져 보게 해도 좋을걸, 아무도 돈을 아까워하지 않을 거야. 이제 세탁부는 경계하려 하지도 않고, 술 취한 사내의 노골적인 찬사에 웃었다. 한발 더 나아가 그들은 서로 농담을 주고받기에 이르렀다. 그는 남자 셔츠를 소재로 해서 그녀를 놀렸다. 그녀가 늘 남자 셔츠 속에서 살고 있다는 것이었다. 그럼요, 그 속에서 살죠. 아! 말 마세요! 남자 셔츠라면 훤히 알아요, 어떻게 만드는지도 알죠. 죄다 내 손을 거쳐 갔어요, 수백 장, 수천 장! 동네의 금발 머리 남자도 갈색 머리 남자도 모두 내가 다림질한 셔츠를 입고 다니죠. 웃느라고 어깨를 흔들면서 그녀는 일을 계속했다. 셔츠의 벌어진 가슴 부위 안으로 다리미를 넣어서 등판에 편평하게 다섯 개의 주름을 잡았다. 그런 다음 늘어진 앞자락에도 시원스레 다림질을 해서 주름을 잡았다.

「자, 이게 바로 군기(軍旗)야!」 그녀가 더 큰 소리로 웃으며 말했다.

사팔뜨기 오귀스틴이 웃음을 터뜨렸다. 그 말이 그토록 재미있었던 것이다. 모두가 그녀를 꾸짖었다. 머리에 피도 안 마른 것이 뜻도 모르면서 킬킬거리다니! 클레망스가 자기 다리미를 그녀에게 건넸다. 수습공은 풀 먹인 세탁물을 다리기에는 너무 식어 버린 다리미들을 건네받아서 행주와 양말을 다리곤 했던 것이다. 그런데 클레망스의 다리미를 잘못 잡은 탓에 그녀는 손목에 화상을 입어 기다란 붉은 줄이 생겼다. 그녀는 흐느끼면서 클레망스가 일부러 화상을 입혔다고 비난했다. 셔츠 앞면을 다리기 위해 엄청나게 뜨거운 다리미를 찾으러 간 세탁부는 계속 울면 다리미로 양쪽 귀를 다려 주겠다고 위협하면서 그녀를 진정시켰다. 세탁부는 셔츠 가슴 부위에 양털 뭉치를 넣었고, 천천히 다림질을 함으로써 풀이 먹혀 들어가서 마를 시간을 주었다. 셔츠 앞면이 두꺼운 종이처럼 빳빳해지면서 윤기가 돌았다.

「죽이는데!」 술꾼의 집요함으로 그녀 뒤에서 발을 구르고 있던 쿠포가 중얼거렸다.

그는 기름이 마른 도르래 같은 소리로 웃으며 몸을 일으켰다. 클레망스는 작업대에 바싹 붙은 채 손목과 팔꿈치를 능란하게 놀리면서 목을 굽히고 열심히 다림질을 했다. 그녀의 벌거벗은 맨살이 부풀었고, 어깨가 보드라운 피부 밑에서 천천히 움직이는 힘줄의 율동과 함께 솟아올랐으며, 살며시 벌어진 내의의 장밋빛 그늘 속에서 젖가슴이 땀에 젖어 불룩해졌다. 그러자 그가 손을 뻗어 만지려 했다.

「아주머니! 아주머니!」 클레망스가 소리쳤다. 「아저씨 좀 가만히 있게 해주세요!…… 계속 이러시면 나갈 거예요. 날 모욕하는 건 못 참아요.」

제르베즈는 헝겊을 씌운 모자걸이에 보슈 부인의 보닛을 걸고 작은 다리미로 조심스럽게 가두리 레이스를 다렸다. 그녀가 고개를 들고 바라보았을 때, 마침 함석장이가 클레망스의 내의 속으로 손을 다시 집어넣고 있었다.

「그만해요, 여보, 정말 언제 철이 들까.」 마치 빵도 없이 잼을 먹으려고 칭얼대는 아이를 나무라듯 지겹다는 표정으로 그녀가 말했다. 「가서 잠이나 자요.」

「그래요, 들어가서 주무세요, 쿠포 씨, 그게 좋겠어요.」 퓌투아 부인이 말했다.

「제기랄!」 쿠포가 계속 히죽거리면서 더듬더듬 말했다. 「또 잔소리 시작이야!…… 아, 장난도 못 해? 알잖아, 내가 한 번도 여자들을 괴롭힌 적이 없다는 걸. 그냥 좀 꼬집었을 뿐이라고, 응? 더는 아무 짓도 안 해. 그저 여자에게 경의를 표했을 뿐이지……. 게다가 사람들이 물건을 진열할 땐, 그걸 고르라는 뜻 아니겠어. 키다리 금발 머리 아가씨가 왜 자기 몸을 보여 주겠어? 아냐, 옳지 않아, 날 쫓아내는 건.」

그러고서 그는 클레망스를 돌아보았다.

「어이, 귀염둥이 아가씨, 새침 떨지 말라고……. 사람들 눈 때문이야?……」

그러나 그는 말을 계속할 수 없었다. 제르베즈가 한 손으로 가볍게 그를 붙잡고서 다른 손으로 그의 입을 막았던 것이다. 그녀가 가게 안으로, 방을 향해서 그를 밀고 가는 동안에도 그는 장난스럽게 그녀와 다투었다. 그는 입을 막은 손을 뿌리쳤고, 자고 싶긴 하지만 키다리 금발 머리 아가씨가 와서 발을 좀 녹여 주었으면 좋겠다고 했다. 이어서 제르베즈가 그의 신발을 벗겨 주는 소리가 들렸다. 그녀는 마치 엄마처럼 가볍게 때리면서 그의 옷을 벗겼다. 그녀가 그의 반바지를 벗겼을 때, 그는 몸을 내맡긴 채 숨넘어갈 듯 킥킥거리며 침대 한가운데에서 이리저리 뒹굴었다. 그는 발버둥을 치며 간지럽다고 야단이었다. 마침내 그녀가 마치 아이처럼 그의 몸을 이불로 감쌌다. 어때요, 좋아요? 하지만 그는 대답 대신 클레망스에게 소리쳤다.

「이봐, 귀염둥이 아가씨, 나 여기 있어, 기다릴게.」

제르베즈가 가게로 돌아왔을 때, 사팔뜨기 오귀스틴이 클레망스한테 호되게 따귀를 맞고 있었다. 퓌투아 부인이 가열기에서 집은 더러운 다리미 때문에 그 일이 벌어졌다. 다리미가 더러운 줄 모르고 그녀가 다림질을 했다가 캐미솔 한 장을 검게 더럽혔던 것이다. 깜짝 놀란 클레망스는 그 다리미를 깨끗하게 뒷손질해 놓지 못한 것을 감추느라 오귀스틴을 야단쳤고, 풀이 밑에 눌어붙어 있음에도 자기가 쓴 다리미가 아니라고 하느님께 맹세했다. 그러자 수습공이 이 터무니없는 비난에 화가 나서 이번에는 등 뒤에서가 아니라 정면에서 그녀의 옷에 침을 뱉어 버린 것이다. 된통 따귀가 날아간 것은 이 때문이었다. 사팔뜨기는 눈물을 삼켰고, 다리미를 긁은 후 양초로 문질러 닦으면서 깨끗하게 손질했다. 그렇지만 클레망스 뒤로 지나갈 때마다 입속에 모아 둔 침을 뱉었고, 침이 치마를 따라 흘러내릴 때 속으로 통쾌하게 웃으며 고소해했다.

제르베즈는 보닛의 가두리 레이스 장식을 다리기 시작했다. 갑자기 가게가 조용해지자, 가게 뒷방에서 쿠포의 걸걸한 목소리가 두드러지게 들렸다. 그는 얌전한 아이처럼 혼자서 웃으며 중얼거렸다.

「바보야, 내 마누라는!…… 나더러 자라고 하다니, 바보란 말이야!…… 흥! 잠도 오지 않는데, 벌건 대낮에 잠을 자라니, 정말 바보가 아니고 뭐야!」

그러다가 문득 코를 골았다. 그가 침대에서 쉬면서 취기를 가라앉히는 것을 보고서, 제르베즈는 안도의 한숨을 쉬었다. 작은 다리미에서 눈을 떼지 않고 그것을 잽싸게 움직이며, 그녀는 조용한 가운데 느릿느릿 말했다.

「어쩌겠어, 제정신이 아닌걸, 화를 낼 수도 없잖아. 밀어내 봤자 소용없어. 하는 대로 내버려 두다가 재우는 게 상책이야, 어쨌든 금세 끝났어, 조용해졌잖아……. 그래도 나쁜 사람은 아냐, 날 끔찍이도 사랑하거든. 좀 전에도 봤지? 나한테 키스하기 위해서 물불을 가리지 않잖아. 정말 좋은 점이야, 그건. 술만 취하면 여자들 꽁무니를 쫓아다니는 남자가 얼마나 많아……. 그이는 곧장 여기로 오지. 농담을 해대긴 하지만, 더 짓궂게 굴지는 않잖아. 이해해 줘, 클레망스, 기분 나빠 하지 마. 주정뱅이가 어떤 인간인지 당신도 알잖아. 아버지도 어머니도 죽일 듯이 해놓고는, 아무것도 기억하지 못하지……. 아! 난 그이를 진심으로 용서해. 실은 그이도 다른 남자들처럼 하고 싶을 거잖아, 당연히!」

쿠포의 술주정에 이력이 난 그녀는 짐짓 그를 칭찬하면서 열정 없이 이런 말을 늘어놓았는데, 그가 가게에서 아가씨들의 엉덩이를 꼬집는 행동쯤은 이미 그다지 기분 나쁘지도 않았다. 그녀가 입을 다물자 다시 침묵이 감돌았고, 침묵을 깨뜨리는 것은 이제 아무것도 없었다. 퓌투아 부인은 작업대에 두른 무명 장식단 아래 바구니에서 세탁물을 한 장씩 꺼내 다림질을 했다. 그런 다음 다림질이 끝나면 작은 팔을 들어 세탁물을 선반 위에 올려놓았다. 클레망스는 서른다섯 번째 남자 셔츠에 다리미로 주름을 잡았다. 일거리는 넘칠 정도로 많았다. 시간을 계산해 보면 서둘러도 11시까지 야근을 해야 했다. 이제 작업실 전체가 더 이상 농담도 하지 않으며 눈코 뜰 새 없이 움직였다. 벌거벗은 맨팔들이 이리저리 오가면서 그 장밋빛 그림자를 하얀 세탁물에 드리웠다. 다리미 가열기에 코크스를 잔뜩 채워 넣은 데다 커튼 대용 시트 사이로 들어온 태양이 화덕을 때렸기 때문에, 뜨거운 아지랑이, 즉 공기를 뒤흔드는 보이지 않는 불꽃이 햇빛 속으로 피어오르는 것이 보였다. 천장에서 마르는 식탁보와 치마들 아래서 사팔뜨기 오귀스틴은 질식할 듯 너무나 뜨거운 공기에 침이 말라 자꾸만 혀로 입술을 적시곤 했다. 달구어진 쇠 냄새, 쉬어 가는 풀물 냄새, 살짝 탄 다리미 냄새, 욕조처럼 미지근한 냄새가 가게를 가득 채웠는데, 거기에 어깨가 빠지도록 일하는 네 여자의 틀어 올린 머리와 땀에 젖은 목덜미에서 나는 진한 사람 냄새가 뒤섞였다. 게다가 유리병의 초록빛 물에서는 백합꽃이 시들면서 더없이 순수하고 강렬한 향기를 발산했다. 간간이 다리미 소리와 가열기를 긁는 부지깽이 소리 가운데 쿠포의 코고는 소리가 괘종시계의 똑딱 소리처럼 규칙적으로 작업실의 힘겨운 노동에 리듬을 부여했다.

과음을 한 다음 날이면, 머리칼이 엉망이 되고 턱이 부어 일그러진 함석장이는 온종일 입맛이 쓰고 두통이 격심했다.

그는 늦게 잠에서 깨었고, 8시가 되어서야 기지개를 켰다. 침을 뱉으며 가게에서 어슬렁거리던 그는 좀체 일터로 떠날 결심을 하지 못했다. 그날 하루도 공쳤다. 아침에 그는 다리가 마치 솜뭉치처럼 힘이 없다고 불평했고, 과음하면 결국 심신을 망칠 텐데 그렇게 마셔 대다니 자기도 한심한 인간이라고 자학했다. 술꾼들과 마주치면 팔을 잡고 놓아주지를 않으니, 본의 아니게 부어라 마셔라 하게 되고, 결국 고주망태로 뻗게 된단 말이야! 아! 이래선 안 돼! 다신 그러지 말아야지. 한창 나이에 선술집에서 객사하고 싶진 않아. 점심 식사 후에 그는 원기를 되찾아 아직도 멋진 저음이 살아 있는지 확인하기 위해 에헴! 에헴! 하고 목청을 가다듬었다. 그는 어제의 과음을 부인하기 시작했다. 그건 몸에 기름을 약간 친 것뿐이야. 아무도 나처럼 흔들림이 없고, 힘이 엄청나고, 눈 하나 깜짝 안 하고 맘껏 술을 마실 수 있는 사람은 없어. 오후 내내 그는 동네에서 빈둥거렸다. 세탁부들을 집적거렸기 때문에, 그의 아내는 20수를 줘서 그를 밖으로 쫓아 버렸다. 그는 곧장 푸아소니에 가에 있는 〈귀여운 사향고양이〉로 담배를 사러 갔는데, 거기서 친구를 만나 술에 절인 자두를 먹었다. 그런 다음, 그는 목구멍을 축일 햇포도주가 기다리는 구트도르 가의 프랑수아네 주점으로 가서 20수를 몽땅 써버렸다. 프랑수아가 운영하는 술집은 옛 도박장으로서 천장이 낮고 어두웠고, 한쪽에는 수프를 파느라 연기가 가득한 홀이 있었다. 쿠포는 저녁 무렵까지 거기서 술 내기 투르니케[24] 놀이를 했다. 그는 절대로 손님의 마누라에게 계산서를 보내지 않는다고 공언하는

---

24 *tourniquet*. 도박용 회전판.

프랑수아네 주점을 신뢰했다. 안 그래? 어제 쌓인 때를 씻자면 한 잔은 걸쳐야지. 물론 한 잔이 금세 두 잔이 되긴 해. 하지만 나야 괜찮은 놈이지, 절대로 여자에게 손찌검을 하지는 않아, 물론 장난도 하고 취하기도 하지만, 사시사철 술에 취해 고주망태가 되는 추잡한 놈들하고는 격이 다르단 말이야! 그는 방울새처럼 명랑하고 우아하게 집으로 돌아갔다.

「당신 애인 안 왔었어?」제르베즈를 놀리기 위해 그는 가끔 이렇게 물었다.「요즘 통 보이질 않네, 집으로 한번 찾아가 봐야겠어.」

애인이란 구제를 가리키는 것이었다. 구제는 공연히 말을 시키고 일을 방해하게 될까 두려워서 자주 오지 않으려 했다. 그렇지만 그는 적당한 구실을 찾았다, 세탁물을 가져오기도 했고, 스무 번도 더 보도 위를 오가기도 했다. 그는 가게 안쪽 한구석에서 짧은 파이프 담배를 피우면서 몇 시간이고 꼼짝않고 앉아 있기를 좋아했다. 열흘에 한 번은 저녁 식사 후에 여기로 와서 그 자리에 앉았다. 그는 입을 봉한 채 제르베즈만 바라보았고, 가끔 입에서 파이프를 떼고 그녀가 하는 말에 웃음 지었다. 세탁부들이 토요일 밤에도 일을 할 때면, 그는 연극 구경보다 더 재미있다는 듯 넋을 잃은 표정으로 작업을 지켜보았다. 세탁부들이 새벽 3시까지 일을 해야 하는 경우도 있었다. 램프 하나가 철사에 묶여 천장에 매달려 있었다. 램프 갓이 환한 불빛을 둥글게 드리웠고, 그 속에서 세탁물이 눈처럼 하얗게 도드라졌다. 수습공이 가게 덧문을 내렸다. 그러나 7월의 밤이 여전히 타는 듯 더웠기 때문에, 거리로 통하는 문만은 열어 두었다. 시간이 흐름에 따라 세탁부들은 옷의 훅을 풀고 편한 자세를 취했다. 그들의 부드러운 피부는 램프 불빛을 받아 황금색으로 빛났다. 특히 통통하게 살진 제르베즈의 황금빛 어깨는 비단처럼 눈부셨고, 목에는 아기 같은 잔주름이 있었다. 구제는 미세한 결까지도 머릿속에서 그릴 수 있을 정도로 그 잔주름을 너무도 잘 알고 있었다. 그런 밤이면, 그는 다리미 가열기의 뜨거운 열기와 다리미 아래서 김을 내는 세탁물 냄새에 마음이 들뜨곤 했다. 그는 가벼운 현기증에 사로잡혀 생각이 둔해진 채, 동네 사람들에게 일요일 나들이웃을 입히기 위해 벌거벗은 두 팔을 놀려 밤새워 일을 서두르는 여자들을 멍하니 바라보았다. 가게 주위에는 이웃집들이 잠들어 있었고, 수면의 깊은 침묵이 천천히 드리워졌다. 자정이 울렸다, 이어서 1시, 이어서 2시가 울렸다. 마차도 행인도 사라졌다. 이제 인적 없는 어두운 거리에는 가게에서 새어 나온 한 줄기 불빛만이 노란 천 조각처럼 땅바닥에 깔려 있을 뿐이었다. 간간이 발소리가 멀리서 들리더니 이내 한 남자가 다가왔다. 한 줄기 불빛을 가로지를 때 그 남자는 다리미 소리에 흠칫 놀라 고개를 들었고, 다갈색 김이 피어오르는 가게에서 맨살을 드러낸 세탁부들을 힐끗 쳐다보았다.

구제는 제르베즈가 에티엔에 대해 난처해하는 것을 보고서, 또 에티엔을 쿠포의 발길질에서 구해 주고 싶어서 에티엔에게 자기가 일하는 볼트 공장의 풀무질 일자리를 찾아주었다. 못 제조공이라는 직업은 대장간이 불결하기 때문에, 그리고 온종일 지겹도록 쇠붙이를 때려야 하기 때문에 그 자체로는 멋진 직업이 아니었지만, 하루에 10프랑에서 12프랑을 번다는 점에서는 괜찮은 직업이었다. 이 일이 이제 열두 살이 된 꼬마의 마음에 든다면, 당장에 직업으로 택해도 좋을 것이었다. 그리하여 에티엔은 세탁부와 대장장이 사이를 잇는 또 하나의 끈이 되었다. 대장장이는 꼬마를 집으로 데려다 주며 착하게 일을 잘한다는 소식을 전해 주었다. 모든 사람들이 구제가 제르베즈에게 연정을 품고 있다고 제르베즈에게 웃으며 말하곤 했다. 그녀도 그 사실을 알고 있었고, 아가씨처럼 몹시 부끄러워하며 두 볼을 빨간 사과색으로 물들였다. 아! 얼마나 가엾고 소중한 청년인가, 전혀 귀찮지 않아! 그는 결코 속마음을 털어놓지 않았다. 추잡한 행동도, 음란한 말도 결코 하지 않았다. 입 밖으로 내뱉지는 않았지만, 그녀는 성모 마리아처럼 성스럽게 사랑받는 데서 큰 기쁨을 느꼈다. 무엇인가 큰 걱정거리가 생기면, 그녀는 대장장이를 생각했다. 생각만으로도 위안이 되었으니까. 단둘이 있을 때에도 전혀 거북하지 않았다. 마음속의 생각을 이야기하는 법이 없이, 그들은 미소 지으며 서로를 지긋이 바라볼 뿐이었다. 그것은 천박한 짓거리와 전혀 상관없는 이성적인 애정이었다, 가만히 있어도 행복해질 수 있다면 가만히 있는 편이 훨씬 좋은 것이다.

한편 여름이 끝날 무렵, 나나가 말썽꾸러기 실력을 발휘하기 시작했다. 나나는 여섯 살이었고, 이미 불량소녀 기질이 엿보였다. 가게 일에 방해가 되지 않도록, 매일 아침 엄마는 아이를 조스 양이 운영하는 폴롱소 가의 작은 기숙 학교에 데려다 주었다. 거기서 나나는 친구들의 옷자락을 뒤에서 묶어 놓았고, 여선생의 담뱃갑에 재를 채워 넣었고, 그 밖에도 말도 못 할 정도의 못된 장난을 일삼았다. 두 번이나 조스 양은 나나를 내쫓았지만, 한 달에 6프랑의 벌이를 생각해서 다시 받아 주었다. 수업이 끝나자마자 나나는 지금까지 갇혀 있었던 데 대한 분풀이로, 또 세탁부들이 시끄럽다고 밖으로 나가서 놀라고 했기 때문에, 현관 아래에서 또는 안마당에서 불량스럽기 짝이 없는 장난을 쳤다. 나나는 보슈 부부의 딸 폴린과 제르베즈의 옛 여주인의 아들 빅토르와 어울렸는데, 빅토르는 키가 큰 열 살짜리 멍청이로서 계집애들과 쏘다니기를 좋아했다. 쿠포 부부와 사이가 나쁘지 않았던 포코니에 부인은 스스로 아들을 여기로 보냈다. 어쨌든 건물에서는 엄청나게 많은 조무래기들이 몰려다녔고, 시도 때도 없이 네 계단에서 튀어나와 먹을 것을 두고 다투는 참새 떼처럼 왁자지껄 포석 위로 날아들었다. 고드롱 부인만 해도 아이가 아홉이나 되었는데, 금발 머리 아이, 갈색 머리 아이, 머리를 잘 빗지 않은 아이, 코흘리개 아이가 저마다 가슴까지 끌어 올린 반바지, 때가 낀 하얀 살갗이 보이는 찢어진 윗옷, 신발 위로 흘러내린 양말을 착용하고 있었다. 6층의 빵 배달부 여자도 아이가 일곱이었다. 건물의 어느 방에서나 아이들이 무더기로 뛰어나왔다. 비가 와야 비로소 땟국물이 벗겨지는, 주둥이가 발간 이 우글거리는 벌레들 가운데는 깡마른 키다리도 있었고, 벌써 어른처럼 배가 나온 뚱보도 있고, 요람에서 갓 나온 듯 잘 서지도 못하고 빨리 가고 싶을 때엔 네발로 기어야만 하는 웃기는 아기들도 있었다. 나나는 이 개구쟁이 무리를 지배했다. 나나는 자기보다 두 배나 큰 계집애들을 상대로 여왕 노릇을 했고, 자기 뜻을 떠받들어 주는 두 친구 폴린과 빅토르에게 약간의 권력을 나누어 주었다. 이 고약한 말괄량이는 엄마 놀이를 하자며 가장 어린 아이들의 옷을 벗겼다가 입히기 일쑤였고, 아무 집에나 들어가서 그 집 아이를 주물러 댔고, 심술궂은 어른처럼 제멋대로 기이한 횡포를 저질렀다. 따귀를 맞을 만한 놀이는 모두 나나의 작품이었다. 패거리는 염색소의 염색물 속에서 첨벙거리며 놀았고, 무릎까지 온통 푸르게 또는 붉게 물든 채 거기서 나왔다. 이어서 패거리는 자물쇠 가게로 뛰어가서 못과 줄밥을 훔쳤고, 거기서 나오자마자 곧장 목공소의 거대한 대팻밥 속으로 뛰어들어 엉덩이를 내놓고 깔깔거리며 뒹굴었다. 패거리의 세상이었던 안마당에서는, 달음박질치면서 이리저리 부딪치는 신발 소리와 이동할 때마다 터지는 날카로운 고함 소리가 요란하게 울려 퍼졌다. 때로는 안마당만으로 부족했다. 그럴 때면 패거리는 지하실로 뛰어들었고, 복도를 질주했으며, 다시 계단으로 내려갔고, 다시 다른 복도를 따라갔는데, 몇 시간씩 지칠 줄 모르게 떠들면서 사방에 풀어 놓은 맹수처럼 뛰어다니는 통에 거대한 건물 전체가 흔들흔들 몸살을 앓았다.

「시끄러워 죽겠어, 저 못된 놈들!」 보슈 부인이 소리쳤다. 「할 일도 꽤나 없었나 보지, 애들을 저렇게나 많이 낳은 걸 보면……. 그러면서 빵이 없다고 불평을 하니, 원!」

버섯이 퇴비에서 자라나듯 아이들은 가난에서 태어나는 법이라고 보슈가 뇌까렸다. 문지기 여자는 온종일 빗자루로 그들을 위협했다. 그녀는 마침내 지하실 문을 잠가 버렸는데, 왜냐하면 폴린에게 따귀를 때려서 알아낸 바에 의하면 나나가 지하실 어둠 속에서 의사 놀이를 했기 때문이었다. 이 불량소녀는 치료를 한답시고 다른 아이들을 몽둥이로 때렸던 것이다.

그런데 어느 날 오후, 희한한 장면이 펼쳐졌다. 결국 일어날 일이 일어나고 만 것이다. 나나가 정말 재미있는 놀이를 생각해 냈다. 나나는 경비실 앞에 놓인 보슈 부인의 나막신을 훔쳤다. 그러고는 그것을 끈으로 묶어서 마차처럼 끌고 다니기 시작했다. 빅토르는 나막신에 사과 껍질을 채워 넣을 생각을 했다. 행렬이 형성되었다. 나나가 나막신을 끌면서 선두에 섰다. 폴린과 빅토르가 나나의 좌우에 서서 걸었다. 뒤이어 수많은 조무래기들이 열을 지어 서로 떠밀면서 큰 놈들이 앞서고 작은 놈들이 뒤따라갔다. 치마를 입은 장화만 한 꼬마가 밑바닥이 없는 털모자를 귀까지 덮어쓴 채 꽁무니에 서서 걸었다. 행렬은 오! 아! 하는 소리를 연발하면서 무엇인가 슬픈 노래를 불렀다. 나나는 그것을 장례 놀이라고 이름 붙였다. 사과 껍질은 다름 아닌 시신이었던 것이다. 안마당을 한 바퀴 돌고, 다시 돌았다. 패거리는 정말 재미있는 놀이라고 생각했다.

「저 녀석들이 도대체 뭘 하는 거지?」 언제나 의심스러운 눈초리로 감시하던 보슈 부인이 경비실에서 나오면서 중얼거렸다.

그리고 이내 무슨 일인지 알아차렸다.

「저건 내 나막신 아냐!」 그녀가 격분했다. 「이런! 망할 놈의 자식늘!」

그녀는 이놈 저놈 가리지 않고 따귀를 때렸다, 나나에게는 양쪽 뺨에 따귀를 올려붙였고, 자기 엄마 나막신을 훔치게 내버려 둔 머저리 폴린에게는 발길질을 했다. 바로 그때, 제르베즈가 공동 수돗가에서 양동이에 물을 채우고 있었다. 나나가 코피를 흘리면서 목이 멜 정도로 흐느끼는 것을 보고 그녀는 문지기 여자의 머리채를 움켜잡을 뻔했다. 황소를 때려잡듯이 아이를 때리는 여자가 어디 있어? 인정머리가 눈곱만큼도 없는 걸 보니 인간쓰레기가 아니고 뭐야. 당연히 보슈 부인이 대꾸했다. 저런 개망나니 딸년을 가졌으면 자물쇠로 가둬 놔야 할 거 아냐. 마침내 보슈까지 경비실 문지방에 나타나서 천박한 것들하고 말다툼하지 말고 집으로 들어오라고 소리쳤다. 그것으로 두 집안 사이는 완전히 틀어졌다.

사실 보슈 부부와 쿠포 부부 사이가 삐걱거리기 시작한 것은 한 달 전부터였다. 천성적으로 주기를 좋아하는 제르베즈는 때를 가리지 않고 포도주, 수프, 오렌지, 케이크를 나누어 주었다. 어느 날 저녁, 그녀는 문지기 여자가 샐러드라면 사족을 못 쓴다는 것을 알고 사탕무를 곁들인 야생 치커리 샐러드를 경비실에 갖다 주었다. 하지만 이튿날, 남이 먹다 남긴 것을 얻어먹을 정도로, 젠장, 그 정도로 몰락하진 않았다고 보슈 부인이 투덜거리며 역겹다는 듯, 사람들이 보는 앞에서 치커리 샐러드를 쓰레기통에 버렸다는 사실을 르망주 양에게서 전해 듣고 그녀는 하얗게 질렸다. 그때부터 제르베즈는 남에게 선물하는 버릇을 딱 끊어 버렸다. 이제 포도주도, 수프도, 오렌지도, 케이크도, 아무것도 없어. 망할 놈의 부부가 어떻게 나오는지 봐야겠어! 그런데 보슈 부부는 쿠포 부부가 자기들에게 더 이상 선물을 주지 않는 행위를 자기들에게서 도둑질을 해가는 행위로 취급했다. 제르베즈는 비로소 자신의 실수를 깨달았다. 만일 그들에게 바보처럼 퍼주지 않았더라면, 그들은 나쁜 습관을 들이지 않았을 테고 지금도 여전히 상냥하게 굴 테니까 말이다. 이제 문지기 여자는 제르베즈를 목매달아 죽여도 시원찮을 여자라고 떠들어 댔다. 10월 말에 그녀는 세탁부가 재산을 식도락으로 탕진한 탓에 집세가 하루 밀렸다고 하면서, 건물 주인 마레스코 씨에게 온갖 험담을 늘어놓았다. 마레스코 씨 또한 별로 예의 바른 사람이 아니었기에 모자를 쓴 채 가게로 들어가서 집세를 달라고 했는데, 집세는 즉시 지불되었다. 물론 보슈 부부는 로리외 부부에게 손을 내밀었다. 이제 그들은 로리외 부부와 함께 경비실에서 화기애애한 분위기 가운데 먹고 마시기를 즐겼다. 저 〈절름발이〉만 없었더라면, 우리 사이가 틀어질 일은 없었을 거야, 〈절름발이〉는 태산끼리도 싸움을 붙일 여자니까 말이야. 아, 말도 안 돼! 보슈 부부는 이제야 그 여자의 정체를 알게 되었다고, 그동안 로리외 부부가 얼마나 괴로웠을지 이해가 간다고 했다. 제르베즈가 지나가면, 그들은 문가에서 비웃는 시늉을 했다.

그렇지만 제르베즈는 어느 날 로리외 부부의 집으로 올라갔다. 용건은 예순일곱이 된 쿠포의 어머니 문제였다. 쿠포 할멈은 이제 시력을 완전히 잃었다. 다리도 온전치 않았다. 어쩔 수 없이 파출부 일도 그만두었고, 이제 누가 도와주지 않으면 굶어 죽을 판이었다. 제르베즈는 그 나이의 노인이 자녀를 셋이나 두고도 천지에 버림받는다는 것은 자식으로서 부끄러운 일이라고 생각했다. 쿠포가 로리외 부부에게 의논하러 가기 싫다면서 그 일을 자기에게 맡겼기 때문에, 그녀는 가슴이 답답하고 울화가 치미는 가운데 그 집으로 올라갔다.

위층에서 그녀는 노크도 없이 질풍처럼 들어갔다. 로리외 부부가 그녀를 처음으로 맞이하면서 그토록 퉁명스럽게 대접한 날 저녁 이래, 그 집에는 아무것도 변한 것이 없었다. 그날의 빛바랜 모직 커튼이 여전히 작업실을, 뱀장어 집처럼 터무니없이 긴 작업실을 둘로 나누고 있었다. 안쪽에서 로리외가 작업대에 고개를 숙인 채 가느다란 원통형 기둥 끝에서 사슬 고리를 하나씩 집었고, 로리외 부인은 바이스 앞에 서서 금줄을 다이스 선반 쪽으로 당겼다. 조그만 화덕이 대낮의 햇빛을 받아 분홍색으로 빛나고 있었다.

「네, 저예요!」 제르베즈가 말했다. 「놀랐죠? 우린 서로 칼을 겨눈 상태니까 말예요. 하지만 제가 온 것은 저나 형님 때문이 아녜요, 아시겠지만…… 시어머님 문제로 왔어요. 그래요, 다른 사람들에게서 빵 조각을 얻어먹게 내버려 둬도 좋은지 알고 싶어서 왔어요.」

「호오! 드디어 나타나셨군!」 로리외 부인이 중얼거렸다. 「뻔뻔스럽기도 하지.」

그러고서 등을 돌린 채 올케의 존재를 무시하는 척 다시 금줄을 당기기 시작했다. 하지만 로리외가 창백한 얼굴을 들고 소리쳤다.

「뭐라고 했소?」

무슨 말인지 이해하고서, 그가 말을 계속했다.

「또 괜한 소동이구먼, 안 그렇소? 할멈하고는, 도처에서 신세 한탄을 해대니, 당해 낼 재간이 없어!…… 그제도 여기서 식사를 했단 말이오. 우린 할 수 있는 한 최선을 다하고 있소. 우리가 엄청난 재물을 가진 것도 아니고……. 그런데도 다른 집에 가서 자꾸 험담을 하시면, 우리도 더 이상 돌봐 드릴 수가 없소, 염탐꾼은 질색이니까.」

그도 등을 돌리고서 사슬 끝을 집으며 마지못해 덧붙였다.

「형제들이 매달 1백 수를 내겠다면, 우리도 1백 수를 내겠소.」

제르베즈는 광대뼈가 툭 튀어나온 로리외 부부의 얼굴을 보니 정나미가 뚝 떨어져서 흥분이 가라앉았다. 그들의 집에 발을 들여놓고서 마음이 편한 적은 한 번도 없었다. 금 부스러기가 떨어져 있는 방바닥 나무 체의 마름모꼴 무늬에 시선을 던진 채, 그녀는 사려 깊은 태도로 설명했다. 시어머니는 자녀가 셋이죠. 각자 1백 수를 낸다면, 도합 15프랑밖에 안 돼요. 그것으론 턱도 없죠, 그것으론 살아갈 수가 없어요. 적어도 세 배는 더 내야 해요. 그러자 로리외가 버럭 고함을 질렀다. 한 달에 15프랑을 어디서 훔쳐 오란 말이야? 집에 금이 있다고 부자라고 생각하니 웃기는 일이지. 그런 다음 그는 쿠포 할멈을 탓하기 시작했다. 할멈은 아침이면 꼭 커피를 마셔야 해, 술도 마시지, 마치 한재산 모은 사람처럼 까다롭게 군단 말이야. 그렇고말고! 모두가 편하게 지내고 싶지, 하지만 안 그렇소? 한 푼도 저축하지 못했다면, 배를 곯을 수밖에 없는 거지 뭐. 게다가 할멈은 일을 못 할 나이도 아냐. 접시에서 맛있는 음식을 집어 갈 때 눈빛이 얼마나 반짝이는데. 정말 영악한 노파야, 떠받들어 주길 바라는 거라고. 설령 내게 돈이 있다 해도, 누군가를 일 없이 먹이는 건 가당치가 않아.

그렇지만 제르베즈는 말도 안 되는 소리를 조용히 들으며 타협적인 태도로 의논을 계속했다. 그녀는 로리외 부부의 동정심을 자극하려 했다. 그러나 남편은 더 이상 대답을 하지 않았다. 아내는 화더 앞에서 초산이 가득 든, 긴 자루가 달린 작은 구리 냄비 속에 사슬 하나를 넣고서 세척을 하고 있었다. 1백 리나 떨어져 있는 듯, 그녀는 여전히 등을 돌리고 못 들은 척했다. 제르베즈는 여전히 말을 하면서 작업실의 시커먼 먼지 구덩이에서 일에 열중하는 그들을 바라보았다, 그들은 누덕누덕 기운 때 묻은 옷을 입은 채 쇠약한 몸으로 기계적인 정밀 노동을 하느라 낡은 연장처럼 어리석고 메마른 인간으로 변해 버린 듯했다. 그때, 갑자기 울화가 목구멍까지 치밀어 오른 제르베즈가 큰 소리로 말했다.

「그래요, 그게 더 낫지, 돈을 잘 숨겨 두세요!…… 제가 어머님을 맡죠, 알겠어요! 일전에 고양이를 주워 왔으니, 형님

어머니도 주워 드리죠. 아무것도 부족한 것 없게 해드릴게요, 커피도 마시고 포도주도 마시고!…… 세상에! 무슨 이런 치사한 가족이 다 있담!」

로리외 부인이 휙 돌아섰다. 그녀는 초산을 올케의 얼굴에 던질 듯 냄비를 휘둘렀다. 그녀는 따발총처럼 퍼부었다.

「꺼져 버려, 안 그럼 가만 안 둘 거야!…… 1백 수일랑 생각하지도 마, 땡전 한 닢 안 줄 테니까!…… 빌어먹을! 1백 수라니, 안 되고말고! 어머닐 하녀처럼 부려 먹고, 우리 돈 1백 수로 잔치를 벌이겠지! 어머니가 너희 집에 가시면, 잘 전해, 돌아가시더라도 물 한 모금 안 보낼 거라고 말이야……. 자, 어서! 여기서 나가!」

「흉측한 여자 같으니라고!」 제르베즈가 거칠게 문을 닫으며 말했다.

이튿날, 그녀는 쿠포 할멈을 집으로 모셨다. 나나가 자는 큰방, 천장 근처 둥근 채광창으로 햇빛이 들어오는 큰방에 시어머니의 침대를 놓았다. 이사는 간단했다, 왜냐하면 쿠포 할멈이 가진 가구라고는 침대 하나, 더러운 세탁물을 넣어 두는 낡은 호두나무 장롱 하나, 탁자 하나, 의자 두 개뿐이었기 때문이다. 이사한 날 저녁에 노파는 비질을 했고, 설거지를 했으며, 곤경에서 벗어난 데 대해 만족해하면서 여러 가지 도움이 되는 일을 했다. 로리외 부부는 르라 부인이 방금 막 쿠포 부부와 화해를 한 만큼 더욱더 분통이 터졌다. 어느 날 조화공과 사슬장이, 두 자매는 제르베즈 문제로 따귀를 주고받았다. 조화공이 어머니 문제에 대해 제르베즈가 한 행동을 칭찬했다. 뒤이어 사슬장이가 흥분하는 걸 보고 골려 줄 속셈으로 세탁부의 눈이 정말 아름답다고, 종이를 갖다 대면 금세 타버릴 듯 아름답다고 신경을 건드렸다. 그래서 따귀를 주고받게 되었고, 다시는 서로 보지 않겠다고 맹세했다. 이제 르라 부인은 세탁소에서 저녁나절을 보냈고, 거기서 키다리 클레망스의 음담패설을 들으며 흥겨워했다.

 3년이 흘렀다. 사람들 사이에 여러 차례 불화가 생겼고, 다시 봉합되었다. 제르베즈는 보슈 부부, 로리외 부부, 그리고 자기와 뜻이 맞지 않는 모든 사람들을 몹시 경멸했다. 마음에 들지 않는다면, 안 그래? 자리를 바꿀 수밖에. 원하는 게 있으면 열심히 일해서 얻으면 돼, 그게 중요한 거야. 동네에서는 사람들이 마침내 그녀에 대해 상당한 존경심을 가지게 되었는데, 왜냐하면 그처럼 셈이 정확하고 치사하게 굴지 않고 불평하지 않는 단골은 드물었기 때문이다. 빵은 푸아소니에 가의 구들루 부인 가게에서 샀고, 고기는 폴롱소 가의 뚱보 푸주한 샤를의 가게에서 샀고, 식료품은 구트도르 가에 있는 자기 가게 맞은편의 르옹그르 가게에서 샀다. 길모퉁이 술집 주인 프랑수아는 포도주를 50병들이 바구니로 그녀에게 배달해 주었다. 사내들이 하도 꼬집어서 엉덩이에 푸른 멍이 든 이웃 가게 여주인 비구루 부인의 남편은 가스 회사 도맷값으로 그녀에게 코크스를 팔았다. 사람들이 입을 모아 말하기를, 상인들이 그녀와 정직하게 거래하면 돈을 벌 수 있다는 걸 알기 때문에 그녀를 믿음으로 대한다는 것이었다. 그래서 그녀가 모자도 쓰지 않은 채 헌 신발을 신고 밖으로 나가도 사방에서 인사를 했다. 그녀는 제집에 있는 것처럼 편했고, 인접한 거리들이 마치 보도 위로 뻗어 나간 자기 가게의 부속 건물인 양 친근하게 느껴졌다. 이제 볼일을 보러 나가면 아는 사람들과 환담을 나누는 것이 즐거워서 시간이 연장되곤 했다. 직접 요리를 할 시간이 없는 날이면, 그녀는 건너편 반찬 가게, 먼지 낀 커다란 유리창이 있는 넓은 반찬 가게로 음식을 사러 가서 안마당의 흐릿한 햇빛을 보며 잡담을 했다. 간혹 그녀는 손에 접시와 그릇을 잔뜩 든 채 1층 창문 앞에 멈춰 서서 지나가는 사람과 이야기를 나누기도 했다, 그럴 때면 구두 수선 가게 진열창 너머로 흐트러진 침대, 넝마, 다리가 짝짝이인 요람, 검은 물로 가득 찬 송진 단지 등이 어지럽게 널린 마룻바닥이 얼핏 보였다. 동네에서 그녀가 가장 존경하는 이웃은 뭐니 뭐니 해도 맞은편 시계포의 주인이었는데, 그는 늘 프록코트를 입고 단정한 자세로 앉아 귀여운 연장을 가지고 쉼 없이 시계를 뜯어보고 있었다. 종종 그녀는 그에게 인사하기 위해 길을 가로질러 갔고, 장롱처럼 비좁은 가게에서 시계추가 바삐 오가는 뻐꾸기시계, 생각지도 않은 시간에 일제히 뻐꾹뻐꾹 명랑한 소리를 내는 뻐꾸기시계를 보며 즐겁게 웃었다.

6

 어느 가을날 오후, 포르트블랑슈 가의 단골손님 집에 세탁물을 전해 준 제르베즈는 해질 무렵 푸아소니에 가 아래쪽을 걸어가고 있었다. 아침에 비가 내린 탓에 날씨가 매우 온화했고, 축축한 포석에서 습한 냄새가 올라왔다. 세탁부는 커다란 바구니가 거추장스러운지 느릿느릿 아무렇게나 걸으며 숨을 헐떡였고, 피로한 가운데 점점 커지는 관능적 욕망을 어렴풋이 느끼며 길을 따라 올라왔다. 무엇인가 맛있는 것이 먹고 싶었다. 그때 고개를 드니 마르카데 가라는 표지판이 보였고, 문득 구제를 보러 대장간으로 가고 싶은 생각이 들었다. 그녀는 이미 여러 번 구제로부터 철 가공 공정을 보고 싶으면 공장에 들르라는 말을 들었었다. 게다가 다른 직공들 앞에서 에티엔을 찾으면 마치 아이를 만나러 온 것처럼 자연스럽게 보일 것이었다.

 볼트와 리벳 공장은 마르카데 가의 끄트머리, 즉 이 근처에 있음이 틀림없었지만, 그녀는 어디인지 정확히 몰랐다. 군데군데 공터가 있는 누추한 주택가인 데다 흔히 번지가 표시되어 있지 않기에 더욱더 찾기가 어려웠다. 이 거리는 세상

황금을 다 준다 해도 살고 싶지 않은 거리, 넓고, 더럽고, 이웃 공장들이 날리는 석탄가루로 시커멓게 변한 거리, 깊게 파인 포석과 마차 바퀴 자국에 물웅덩이가 생겨 썩어 가는 거리였다. 양쪽 길가에 창고들, 유리창이 있는 큰 작업장들, 벽돌과 골조를 드러낸 미완성의 잿빛 건물들이 일렬로 늘어서 있었고, 이어서 들판으로 통하는 구멍이 나 있는, 형편없는 셋집과 수상쩍은 싸구려 식당이 붙어 있는 앙상한 벽돌 건물들이 지리멸렬하게 뒤엉켜 있었다. 그녀는 공장이 넝마 고철 가게 근처에 있다는 것만 기억했는데, 이 가게는 구제의 말에 따르면 수십만 프랑의 물건들이 잠들어 있는 일종의 노천 시궁창이었다. 그녀는 공장의 소음 속에서 방향을 더듬었다. 공장 지붕들 위에서 가느다란 도관들이 수증기를 하얗게 내뿜고 있었다. 제재소에서는 별안간 광목을 쫙 찢는 것 같은 소리가 규칙적으로 들렸다. 단추 공장에서는 각종 기계들이 쿵쾅거리며 돌아가는 소리가 지면을 흔들었다. 그녀가 더 앞으로 나갈지 말지 망설이며 몽마르트르 쪽을 바라보았을 때, 굴뚝으로부터 불어온 한 줄기 바람이 시커먼 그을음을 실어 와서 거리를 더럽혔다. 그녀가 숨이 막혀 눈을 감았을 때, 별안간 박자에 맞춰 쇠망치를 휘두르는 소리가 들렸다. 자기도 모르는 새 공장 코앞까지 온 것인데, 그녀는 공장 옆에 넝마로 가득 찬 고철 가게를 보고서야 그 사실을 알아차렸다.

그렇지만 그녀는 어디로 들어가야 할지 몰라서 여전히 망설였다. 판자 울타리 구멍으로 보니 허물어진 작업장의 벽토 부스러기 가운데 통로가 하나 있었다. 안으로 들어가자 흙탕물 웅덩이가 길을 막았고, 거기에 두 개의 널빤지가 비스듬히 놓여 있었다. 이윽고 널빤지 위를 지나 왼쪽으로 돌았다, 그러나 뒤로 젖혀진 채 손잡이 막대가 하늘에 떠 있는 수많은 낡은 짐수레들의 기이한 숲, 들보 뼈대만이 덩그러니 서 있는 허물어진 창고들의 기이한 숲 속에서 한순간 길을 잃고 말았다. 저 안쪽에서 해질녘의 어둠을 뚫고 빨간 불덩이 하나가 빛나고 있었다. 쇠망치 소리가 더 이상 들리지 않았다. 그녀가 조심조심 걸으며 불덩이를 향해 나아갔을 때, 얼굴이 석탄으로 까매지고 염소수염이 무성한 직공 하나가 지나가면서 핏기 없는 눈으로 그녀를 힐끗 쳐다보았다.

「여보세요.」그녀가 물었다. 「여기 에티엔이라는 아이가 일하고 있지 않나요……. 제 아들인데요.」

「에티엔, 에티엔이라.」몸을 건들거리며 걷던 직공이 쉰 목소리로 되풀이했다. 「에티엔, 아니, 모르겠소.」

그가 입을 열자 해묵은 증류주 술통 마개를 뽑았을 때처럼 술 냄새가 코를 찔렀다. 이 어둠 구석에서 여자와 단둘이 마주친 탓에 직공이 그녀를 희롱하려는 기색을 보였을 때, 제르베즈는 흠칫 뒤로 물러나며 나지막이 말했다.

「하지만 여기서 구제 씨가 일하긴 하죠?」

「아! 구제 말이오, 그럼!」직공이 말했다. 「구제라면야 잘 알지!…… 구제를 보러 오셨구먼……. 안쪽으로 들어가요.」

그러고는 몸을 돌린 채, 금이 간 구리 동판이 울리는 듯한 목소리로 외쳤다.

「어이, 〈황금 주둥이〉, 여자가 찾아왔어!」

그러나 그 외침은 쇠붙이 소리에 묻혔다. 제르베즈는 안쪽으로 갔다. 안쪽 문에 이르렀을 때, 그녀는 목을 길게 내밀었다. 넓은 홀이었는데, 처음에는 아무것도 분간이 되지 않았다. 한쪽 구석에 시체처럼 놓인 화덕은 가까스로 어둠의 침입을 물리치는, 별빛처럼 희미한 섬광을 발하고 있었다. 커다란 그림자가 떠돌았다. 간간이 검은 덩어리들이 화덕의 불 앞으로 지나가면서 희미한 불빛마저 막아 버리곤 했는데, 그것은 손발이 커 보이는 유난히 덩치 큰 사내들이었다. 제르베즈는 감히 더 들어가지 못하고 문가에서 작은 목소리로 불렀다.

「구제 씨, 구제 씨…….」

갑자기 주위가 환해졌다. 풀무질 소리 밑에서 한 줄기 불빛이 솟구쳐 나왔다. 판자 칸막이로 막고, 아랫부분 구멍은 대충 돌로 메우고, 네 모퉁이는 벽돌담으로 보강한 창고가 나타났다. 떠도는 석탄가루가 내부를 온통 잿빛 그을음으로 칠해 놓았다. 몇 년 동안 쌓인 먼지 때문에 무겁게 늘어진 거미줄은 마치 날아 가는 누더기처럼 들보에 매달려 있었다. 시방 벽면 아래에서, 두 벽이 만나는 곳에 못으로 박은 선반들 위에서, 고철 덩이들, 찌부러진 물건들, 커다란 연장들이 뒤죽박죽으로 널브러진 채 깨지고 흐릿하고 둔탁한 모습을 드러내었다. 풀무질로 솟구친 하얀 불꽃이 단단한 땅바닥을 햇빛처럼 환하게 비추었다, 땅바닥에서는 매끈매끈한 네 개의 강철 모루가 받침대에 박힌 채 금빛 섞인 은빛으로 불빛을 반사하고 있었다.

그때 제르베즈가 화덕 앞에서 멋진 노란색 구레나룻을 가진 구제를 보았다. 에티엔은 풀무질을 하고 있었다. 그리고 다른 두 직공이 거기에 있었다. 그녀의 눈에는 구제만이 보였고, 앞으로 나아가 구제 앞에 섰다.

「아니! 제르베즈 부인!」 그가 환하게 빛나는 얼굴로 소리쳤다. 「웬일이세요, 깜짝 놀랐습니다!」

그러나 동료들이 이상한 표정을 지었기 때문에, 그는 에티엔을 엄마 곁으로 떠밀면서 다시 말했다.

「아이를 보러 오셨군요……. 얌전하게 잘해요, 힘도 붙기 시작했고.」

「아, 그래요!」 그녀가 말했다. 「여기까지 오는 게 쉽지 않네요……. 세상 끝까지 온 듯해요…….」

그녀는 자기의 여정을 이야기했다. 그러면서 그녀는 왜 공장 사람들이 에티엔의 이름을 모르느냐고 물었다. 구제가 껄껄 웃었다. 그는 에티엔이 머리를 알제리 보병처럼 짧게 깎았기 때문에 여기서는 〈꼬마 주주〉[25]라고 불린다고 설명했다. 이야기를 나누는 동안 에티엔이 풀무질을 멈춘 탓에 화덕의 불꽃이 내려갔고, 장밋빛 조명이 희미해지면서 창고가 다시 어두워졌다. 대장장이는 이 희미한 조명 속에서 너무도 싱싱하게 빛나는 젊은 여자의 미소를 감동에 젖어 바라보았다. 둘 다 어둠에 묻혀 아무 말도 하지 않았기 때문에, 그가 무엇인가 생각났다는 듯 침묵을 깨뜨렸다.

「괜찮으시다면, 제르베즈 부인, 끝내야 할 일이 좀 있습니다. 여기서 잠시 기다리시죠, 네? 여기 계셔도 전혀 방해가 안 됩니다.」

그녀는 거기에서 기다렸다. 에티엔이 다시 풀무에 매달렸다. 화덕이 불꽃을 튀기면서 타올랐다. 꼬마가 엄마에게 자기 힘을 보여 주기 위해 태풍처럼 거대한 바람을 불어넣은 만큼 더욱더 활활 타올랐다. 구제는 발갛게 달아오르는 작은 쇠막대기를 지켜보며 집게를 들고 기다렸다. 강한 불빛이 그를 환하게 비춰 그늘진 부분이 하나도 없었다. 셔츠 소매를 걷어

---

25 알제리 보병을 가리키는 명사 〈zouave〉의 첫음절을 반복해서 에티엔을 〈주주Zouzou〉라고 부르고 있다.

붙이고 옷깃을 열어 젖힌 탓에 벌거벗은 팔과 벌거벗은 가슴, 그리고 황금빛 털이 곱슬곱슬한, 여자처럼 고운 장밋빛 살갗이 드러났다. 근육으로 불룩해진 억센 어깨 사이로 고개를 약간 숙인 채 파리한 눈으로 주의 깊게, 눈썹 하나 깜박이지 않고 불꽃을 바라보던 그는 자기 힘을 확신하고 조용히 쉬고 있는 거인처럼 보였다. 쇠막대기가 하얗게 달구어졌을 때, 그는 그것을 집게로 집어 모루 위에 놓고 마치 유리인 양 쇠망치로 가볍게 두드려 일정한 크기로 조각을 냈다. 이어서 그 조각들을 다시 불에 넣은 후 하나씩 꺼내서 가공을 했다. 그는 육면체 리벳을 만들었다. 못 제조 틀에 쇳조각을 넣자마자 쇠망치로 두드려 금세 리벳 머리와 여섯 개의 면을 만들었고, 그렇게 완성된 리벳을 땅바닥에 던져 놓았다, 시커먼 땅바닥에서는 아직도 발간 리벳이 조금씩 식어 갔다. 오른손으로 5파운드짜리 망치를 가볍게 잡고 세공을 하는 망치질 소리가 끝없이 이어졌는데, 쇳조각을 돌리고 두드리는 솜씨가 너무도 능란해서 그는 사람들을 쳐다보기도 하고 그들과 잡담하기까지 했다. 모루가 낭랑하게 울렸다. 땀 한 방울 흘리지 않고 편안하게 사람 좋은 표정으로 두드리는 걸 보면, 그에게는 그 일이 저녁에 자기 집에서 그림을 오려 내는 것보다 더 쉬운 일처럼 보였다.

「아, 이거요! 이건 20밀리미터짜리 소형 리벳입니다.」 그가 제르베즈의 질문에 대답했다. 「하루에 3백 개까지 만들 수 있죠...... 기술이 필요해요, 잘못하면 금세 팔이 망가지니까......」

하루 일이 끝나면 손목이 아프지 않느냐고 그녀가 묻자, 그는 호탕하게 웃었다. 날 계집애로 생각해요? 내 손목은 15년 전부터 단련이 됐죠. 하도 연장들을 많이 만지니, 글쎄, 무쇠처럼 변했다오. 하기야 당신이 옳아요. 평생 리벳도 볼트도 만들어 보지 않은 신사 나리가 5파운드짜리 쇠망치를 들고 장난감을 만들라치면, 두 시간만 지나도 팔이 아파 쓰러질 겁니다. 아무 일도 아닌 것처럼 보이지만, 튼튼한 장정들도 흔히 4~5년 지나면 달아나 버리죠. 그러는 동안 다른 직공들도 쇳조각을 두드렸다. 그들의 커다란 그림자가 불빛 속에서 춤을 추었다. 불덩이에서 꺼낸 쇳조각의 빨간 섬광이 주위의 어둠을 꿰뚫었고, 쇠망치를 내리칠 때마다 튄 불똥이 햇빛처럼 모루를 비추었다. 제르베즈는 대장간의 정열적인 흔들림에 몸을 실은 채 만족스러운 표정으로 그 자리를 떠나려 하지 않았다. 손에 화상을 입지 않으려고 멀리 돌아서 에티엔에게 다가갔을 때, 안마당에서 그녀가 말을 걸었던 수염이 덥수룩하고 지저분한 직공이 들어오는 것이 보였다.

「그래, 만났소, 아주머니?」 주정뱅이가 희롱하는 듯한 표정으로 말했다. 「이봐, 〈황금 주둥이〉, 아주머니한테 네가 있는 곳을 가르쳐 준 사람이 바로 나야……」

그는 〈술고래〉라고 불리는 술꾼 중의 술꾼으로서 솜씨가 뛰어난 볼트 제조공이었지만, 하루에 한 병씩 싸구려 독주를 들이켜지 않고서는 망치를 휘두를 수 없었다. 6시까지 기다리자면 기름을 더 쳐야 한다고 생각했기 때문에, 좀 전에도 그는 한잔 걸치러 가는 길이었다. 〈주주〉의 원래 이름이 에티엔이라는 것을 알았을 때, 그는 무척 재미있어했다. 그는 시커먼 이빨을 드러내고서 껄껄거리며 웃었다. 이어서 그는 제르베즈가 누구인지 알게 되었다. 아, 어제만 해도 쿠포와 한잔 폈다오. 쿠포한테 〈술고래〉가 누군지 물어보쇼, 그럼 즉시아, 그 녀석! 하고 말할 겁니다. 하! 쿠포라는 놈! 정말 좋은 친구요, 자기 차례도 아닌데 앞장서서 한잔 돌리니 말이오.

「그 녀석의 아내를 알게 돼서 기분이 좋소.」그가 되풀이했다. 「그 녀석은 미인 마누라를 가질 자격이 있어……. 안 그래, 〈황금 주둥이〉? 아주머니가 정말 미인이지?」

그가 능청을 떨면서 세탁부에게 다가왔기 때문에, 그녀는 다시 바구니를 집어 들고 앞으로 내민 채 거리를 유지했다. 동료에게 장난기가 있음을 눈치채고 거북해진 구제가 제르베즈를 보호하고자 그에게 소리쳤다.

「자, 자, 게으름뱅이야! 40밀리미터짜리는 언제 만들 거야?…… 배 속이 든든해졌으니 이제 시작하는 게 어때, 이 주정뱅이야?」

대장장이는 모루 하나를 두 사람이 때려야 만들 수 있는 대형 볼트, 주문이 밀린 대형 볼트에 대해 이야기하고 있었다.

「원한다면 당장이라도 해주지, 큰 아가야!」〈술고래〉가 대답했다. 「아직도 엄지손가락을 빠는 주제에 어른 행세를 하다니! 덩치만 크면 뭘 해, 난 이미 그런 놈을 여럿 해치웠다고!」

「좋아, 그렇담 당장에 해보지. 이리 와, 한번 붙어 보자고!」
「그래, 왔다, 악머구리 녀석아!」

제르베즈가 보고 있었기 때문에 더욱더 투지에 불타서 둘은 서로에게 대들었다. 구제는 미리 잘라 놓은 쇳조각들을 불에 집어넣었다. 그런 다음 모루 위에 대못 제조 틀을 고정시켰다. 〈술고래〉는 벽에 세워 놓은 20파운드짜리 대형 쇠망치 두 개를 가져왔는데, 그것은 공장에서 제일 큰 쇠망치로서 직공들은 〈피핀〉과 〈데델〉 자매라고 불렀다. 그는 자기가 뒹케

르크[26] 등대 건설을 위해 만들어 준 여섯 다스의 리벳 이야기를 하며 허세를 부렸다. 그 리벳은 보석이야, 온갖 공을 다 들였다고, 박물관에 진열해도 좋을 정도지. 젠장, 그러니 어림도 없어! 경쟁이라면 대환영이야. 너 같은 애송이를 만나기 전에 파리를 샅샅이 뒤져 제대로 된 놈을 찾았어야 했는데. 그래, 웃음거리로 만들어 주마, 뿌린 대로 거두는 거야.

「아주머니가 심판이오.」 그가 몸을 돌려 젊은 여자에게 말했다.

「그만 좀 지껄이게!」 구제가 소리쳤다. 「주주, 힘을 내! 더 달궈야지, 꼬마 친구.」

〈술고래〉가 물었다.

「둘이 함께 때리는 거지?」

「무슨 소리! 각자 자기 볼트를 때리는 거지, 시합이잖아!」

그 제안이 좌중을 오싹하게 했다. 〈술고래〉는 입심에도 불구하고 대번에 침이 말랐다. 40밀리미터짜리 볼트를 혼자 만들다니, 그런 일은 본 적이 없어. 볼트 머리를 둥글게 만들이야 하는 만큼 더욱더 힘든 일이었다, 만들기만 하면 걸작이겠지만 말이다. 다른 직공 셋이 구경을 하기 위해 하던 일을 멈추었다. 깡마른 키다리 하나가 구제의 패배에 술 한 병을 걸었다. 한편 두 대장장이는 각자 눈을 감고 쇠망치를 골랐는데, 왜냐하면 피펀이 데델보다 반 파운드 더 무거웠기 때문이다. 〈술고래〉가 데델을 잡는 행운을 누렸다. 피펀은 〈황금 주둥이〉 몫이었다. 쇳조각이 하얗게 달구어지기를 기다리면서, 〈술고래〉는 모루 앞에서 다시 허세를 부리며 세탁부 쪽으로

---

26 Dunkerque. 프랑스 노르파드칼레Nord-Pas-de-Calais 지방 최북단에 있는 해안 도시로서 프랑스-벨기에 국경에서 10킬로미터 정도 떨어져 있다.

애정 어린 시선을 던졌다. 그는 떡 버티고 선 채 싸움에 임하는 신사처럼 공격 신호로 발 구르기를 계속했고, 벌써 데델을 힘껏 휘두를 자세를 취했다. 자, 자! 빌어먹을! 이거야 식은 죽 먹기지. 방돔 광장의 기념탑을 갖고 와봐, 대번에 동전으로 만들어 줄게!

「됐어, 시작해!」계집애 손목만큼 굵은 쇳조각 하나를 못 제조 틀에 꽂으며 구제가 말했다.

⟨술고래⟩는 상체를 젖히더니 두 손으로 힘껏 데델을 휘둘렀다. 잘 빗지 않은 덥수룩한 머리칼 아래 번뜩이는 늑대 눈과 염소수염을 가진, 키가 작고 깡마른 ⟨술고래⟩는 전력을 다해 쇠망치를 휘둘렀고, 쇠망치 무게에 이끌려 들썩들썩 땅바닥에서 몸이 떴다. 화를 잘 내는 그는 쇳조각이 너무 단단하다고 불평하며 씨름을 계속했다. 심지어 타격이 제대로 이루어져도 투덜거리는 소리를 냈다. 다른 놈들 같으면 증류주를 마시면 팔에 힘이 빠지겠지, 하지만 난 혈관에 피 대신 증류주가 필요한 사람이야. 좀 전에 걸친 술 한잔이 보일러처럼 몸을 달구는구먼, 증기 기관처럼 힘이 솟구쳐. 봐, 오늘 저녁엔 쇳조각이 날 무서워하잖아. 이런 것쯤은 담배보다 더 보드랍게 펼 수 있어. 잘 봐, 데델의 발레야! 공중으로 사뿐히 뛰어올라 앙트르샤[27]를 하지, 엘리제몽마르트르에서 속옷을 내비치는 아가씨처럼 말이야. 하지만 빈둥거려선 안 돼, 쇳조각이란 놈은 성격이 엄청 고약하거든, 금세 식어서 쇠망치를 비웃는다니까. 서른 번의 타격으로 ⟨술고래⟩는 볼트 머리를 만들었다. 그러나 그는 눈이 튀어 나온 채 숨을 헐떡였고, 두 팔에

---

27 *entrechat*. 공중에 떠서 두 발을 서로 엇갈리게 하는 발레 동작.

서 우두둑거리는 소리가 나자 불같이 화를 냈다. 흥분을 주체하지 못한 그는 고함을 지르고 펄쩍펄쩍 뛰어오르며 오직 분풀이를 하기 위해 두 번 더 내리쳤다. 못 제조 틀에서 꺼내 보니, 일그러진 볼트는 머리가 곱사등처럼 불룩할 뿐 고르지 못했다.

「어때! 멋지게 됐잖소?」 그는 자기 작품을 제르베즈에게 보여 주며 뻔뻔스럽게 말했다.

「저는 아무것도 몰라요.」 세탁부가 조심스럽게 대답했다.

하지만 그녀는 데델이 내려친 마지막 두 차례의 타격이 볼트에 남긴 흔적을 분명히 보았고, 이제 구제에게 승산이 충분했기 때문에 내심 흐뭇해하며 웃음을 참으려고 입술을 깨물었다.

〈황금 주둥이〉의 차례였다. 시작하기 전에, 그는 세탁부에게 확신에 찬 애정의 시선을 보냈다. 그런 다음, 그는 서두르지 않고 거리를 잰 후 쇠망치를 높이 들어 규칙적으로 힘껏 내리쳤다. 그의 동작은 우아하고, 정확하고, 균형 있고, 유연했다. 그의 두 손에 든 피핀은 치마 위로 다리를 번쩍번쩍 드는 싸구려 댄스홀의 난잡한 댄스를 추지 않았다. 진지하게 옛 미뉴에트를 추는 귀부인처럼 박자에 맞춰 올라갔다 내려갔다를 반복했다. 피핀의 발뒤꿈치는 격조 있게 박자를 맞추었다. 피핀은 우선 발갛게 달궈진 쇳조각의 가운데를 때리고, 이어서 일련의 정확하고 리드미컬한 타격으로 형상을 만들면서 능란하게 볼트 머리를 만들어 나갔다. 물론 〈황금 주둥이〉의 혈관 속에 흐르는 것은 증류주가 아니라 피, 그의 쇠망치 속까지 힘차게 흐르며 일을 마무리 짓는 순정한 피였다. 일에 몰두하는 늠름한 남자, 이 건장한 사내 좀 봐! 화덕의 불빛이 온몸 가득 그를 비추었다. 나지막한 이마 위로 흘러내린 짧은 곱슬머리와 무성히 컬이 진 아름다운 구레나룻이 환하게 빛나며 그에게 문자 그대로 황금의 실로 만든 얼굴, 진정 에누리 없는 황금의 얼굴을 부여했다. 게다가 원통처럼 생긴 목은 어린아이의 목처럼 하얗고, 가슴은 여자 하나가 누워도 될 만큼 크고 넓었으며, 조각 같은 어깨와 두 팔은 마치 박물관의 거인을 본떠 놓은 듯했다. 그가 펄쩍 뛰어오르면 근육이 부풀어 올랐고, 살갗 아래의 태산 같은 힘줄이 불끈불끈 팽팽해졌다. 어깨도 가슴도 목도 팽창했다. 그는 주위에 광채를 발했고, 더없이 아름다웠고, 신처럼 전능했다. 눈길을 쇳조각에 고정시키고 타격할 때마다 숨을 몰아쉬면서 그는 벌써 스무 번이나 피핀을 내리쳤는데, 관자놀이에서 겨우 두 개의 굵은 땀방울만이 흘러내릴 뿐이었다. 그는 세었다. 스물하나, 스물둘, 스물셋. 피핀은 조용히 귀부인의 인사를 계속했다.

「잘난 척하기는!」〈술고래〉가 비웃었다.

제르베즈는 〈황금 주둥이〉 바로 앞에서 애정 어린 미소를 띠고 경쟁을 구경했다. 아휴! 사내들이란 참 어리석기도 하지! 이 두 사내는 내 환심을 사려고 이토록 열심히 볼트를 때리잖아! 아! 잘 알고 있어, 작고 하얀 암탉 앞에서 위세를 떠는 크고 붉은 두 마리 수탉처럼, 두 사내는 나를 차지하려고 쇠망치 대결을 하고 있는 거야. 온갖 짓을 다 해야 하나 봐, 응? 사랑을 고백하는 방법은 가끔 희한하기도 해. 그래, 모루 위에서 쾅쾅 울리는 데델과 피핀의 천둥소리도 나 때문이야. 짓뭉개지는 쇳조각도 나 때문이야. 눈부신 불똥을 탁탁 튀기며 화재처럼 불타오르는 화덕의 흔들림도 나 때문이야. 두 사내는 내게 바칠 사랑을 벼리고 있는 거지, 나를 두고 다투는 거야, 더 잘 벼리는 사내가 승자지. 그렇고말고, 정말 기분 좋은데. 결국 여자란 찬사를 먹고 사니까 말이야. 〈황금 주둥이〉의 쇠망치 소리가 특히 그녀의 가슴에 울려 퍼졌다. 그 소리는 모루에서처럼 그녀의 가슴속에서 맑은 음악을 만들었는데, 그 음악이 그녀의 피의 박동과 어울렸다. 어리석은 생각이었지만, 쇳조각처럼, 볼트처럼 단단한 무엇인가가 그녀의 몸에 박히는 듯했다. 해 질 무렵 여기 들어오기 전에, 그녀는 습기 찬 보도를 따라 걸으면서 어렴풋한 욕망, 무엇인가 맛있는 것을 먹고 싶은 욕구를 느꼈었다. 이제 〈황금 주둥이〉의 쇠망치가 그녀의 배를 채워 주기나 한 듯 만족스러웠다. 아! 그이의 승리가 확실해. 난 그이의 것이 되는 거야. 동물원에서 탈출한 원숭이처럼 뛰어다니는 꼴이라니, 〈술고래〉는 정말 못생겼어, 저 더러운 바지와 작업복 좀 봐. 그녀는 뜨거운 열기에 도취되어 발갛게 상기된 채 기다렸는데, 피핀의 마지막 타격들이 그녀를 머리에서 발끝까지 뒤흔들 때마다 격한 쾌감을 느꼈다.

구제는 여전히 횟수를 세었다.

「스물여덟!」 마침내 쇠망치를 땅바닥에 내려놓으며 그가 외쳤다. 「다 됐어, 와서 봐요.」

볼트 머리가 매끈매끈하고, 깨끗하고, 상처 하나 없었다, 정말 보석 세공인의 솜씨로 거푸집에서 만들어 낸 구슬처럼 동글동글했다. 직공들이 고개를 끄덕이며 바라보았다. 말을 잃을 정도였고, 그 앞에 무릎을 꿇어 경배해야 할 정도였다. 〈술고래〉는 조롱하려 했지만, 횡설수설하다가 이윽고 기가 죽은 채 자기 모루로 돌아갔다. 한편 제르베즈는 더 잘 보고 싶다는 듯 구제 곁에 꼭 붙어 섰다. 에티엔이 풀무질을 멈췄기 때문에, 화덕은 갑자기 어둠 속으로 저무는 붉은 석양처럼 다시 암흑 속으로 사라졌다. 대장장이와 세탁부는 고철 냄새가 코를 찌르는, 그을음과 줄밥으로 시커멓게 변한 창고에서 포근히 어둠에 싸여 달콤한 기쁨에 젖었다. 뱅센 숲의 풀밭에서 밀회를 했다 하더라도 이보다 더 단둘이 있다는 느낌을 가지지는 못했으리라. 마치 그녀를 쟁취한 듯, 그는 그녀의 손을 잡았다.

뒤이어 밖으로 나왔지만, 두 사람은 한마디도 주고받지 않았다. 그들은 무슨 말을 해야 할지 몰랐다. 다만 그는 작업 종료 30분 전이기 때문에 그녀가 에티엔을 데려갈 수 없다고 안타까워할 뿐이었다. 마침내 그녀가 떠나려고 했을 때, 그는 그녀를 불러 세워 몇 분 더 붙잡아 둘 구실을 찾았다.

「이리 와요, 아직 다 보시지 않았잖아요⋯⋯. 그래요, 정말 재미있어요.」

그는 그녀를 오른쪽으로, 다른 창고로 안내했는데, 거기에는 최신 기계 설비가 갖춰져 있었다. 문지방에서 그녀는 본능적인 공포에 사로잡혀 망설였다. 넓은 홀이 기계의 진동으로 뒤흔들리고 있었던 것이다. 붉은 불이 타는 가운데 커다란 그림자들이 떠돌았다. 그가 미소 지으면서 그녀를 안심시켰고, 무서워할 게 아무것도 없다고 단언했다. 다만 치맛자락이 톱니바퀴 가까이 가지 않도록 조심해야 했다. 그가 앞장섰고 그녀가 뒤따라갔는데, 쉭쉭거리고 덜컹거리는 온갖 소리가 뒤섞인 소음이 귀청을 찢는 듯했고, 자욱한 연기 속에서 흐릿하게 보이는 물체들, 분주하게 일하는 시커먼 사람들, 사지를 휘두르는 기계들이 서로 분간이 되지 않았다. 통로가 매우 좁았다, 장애물을 건너뛰고, 구멍을 피하고, 떠밀리지 않기 위해서 옆으로 비켜서야 했다. 서로 말을 해도 들리지 않았다. 그녀의 눈에는 아직 아무것도 보이지 않았고, 모든 것이 춤을 추고 있었다. 문득 머리 위로 커다랗게 날갯짓하는 소리가 들리는 듯했기 때문에 그녀는 고개를 들었고, 발걸음을 멈춘 채 천장에서 긴 벨트들이 거대한 거미줄을 치고 있는 형상을 보았는데, 그 거미줄 하나하나가 끝없이 감기며 지나가고 있었다. 증기 엔진은 한쪽 구석 조그만 벽돌담 뒤에 숨어 있었다. 그런 탓에 벨트가 저 혼자 풀려나가 마치 밤새가 허공을 나는 것처럼 부드럽게, 규칙적으로, 계속해서 미끄러지면서 어둠 속으로 동력을 실어 나르는 듯했다. 그녀는 하마터면 송풍관 중의 하나에 걸려 넘어질 뻔했다. 지면에 이리저리 가지를 뻗은 송풍관들은 기계들 옆의 작은 화덕에 바람을 나누어 주었다. 구제가 그녀에게 그것을 가리키며 화로에 강한 바람을 일으켰다. 커다란 불꽃, 연한 래커 빛을 띤, 눈부신 톱니 모양의 불꽃이 부채꼴로 사방으로 퍼져 나갔다. 불빛이 너무도 강해서 직공들이 가진 작은 램프는 양지 속의 희미한 그림자 같았다. 그는 설명을 하기 위해 목소리를 높였고, 여러 기계 앞으로 옮겨 갔다. 쇠막대기를 입에 넣은 다음 그것을 이빨로 잘라 엉덩이로 한 조각씩 뱉어 내는 금속 절단기, 강력한 나선형 압착기로 한 번 누를 때마다 볼트나 리벳의 머리가 만들어지는 높다랗고 복잡하게 생긴 볼트 리벳 제조기, 힘차게 허공을 가르며 제품에서 고르지 못한 부분을 깎아 모양을 다듬는, 제동 장치가 달린 주철 성형기, 기름으로 반들거리는 강철 톱니바퀴가 여직공들의 조작으로 요란한 소리와 함께 볼트와 너트에 나선형 홈을 내는 나사 홈 제조기가 차례로 눈에 들어왔다. 그리하여 사방 벽에 세워 둔 쇠막대기들부터 사방 구석을 가득 채운 볼트와 리벳 완제품 상자들까지, 그녀는 작업의 전 과정을 살펴볼 수 있었다. 이해가 갔기 때문에, 그녀는 고개를 끄덕이며 미소를 지었다. 하지만 그녀는 이 거친 노동 기계 앞에서 자신이 너무도 작고 연약하게 느껴져 불안감으로 가슴이 죄어들었고, 가끔 찌익 하고 쇠를 깎는 성형기 소리가 들려 피가 얼어붙는 듯 흠칫 놀라며 뒤돌아보았다. 차츰 어둠에 익숙해진 그녀가 남자들이 제자리에 서서 제동 장치의 헐떡이는 춤을 조정하는 후미진 곳을 보고 있을 때, 별안간 화로 하나가 톱니 모양의 불꽃을 내뿜었다. 그런데 자기도 모르는 새 그녀의 눈길이 다시 가는 곳은 천장이었는데, 그곳에서는 기계들의 생명이요 피 그 자체인 벨트, 공장 뼈대가 희미하게 비치는 어둠 속으로 거대하고 은근한 동력이 쉼 없이 오가는 벨트, 그 벨트가 유연하게 비행하고 있었다.

한편 구제는 리벳 제조기 한 대 앞에서 걸음을 멈추었다. 그는 거기서 꿈꾸듯 고개를 숙인 채 물끄러미 기계를 바라보았다. 기계는 거인처럼 여유 만만하게 조용히 40밀리미터짜리 리벳을 만들었다. 사실상 공정은 이를 데 없이 간단했다. 화부가 쇳조각 하나를 화로에 넣었다. 주조공이 그것을 못 제조 틀에, 강철 부속이 물러지는 것을 막기 위해 한 줄기 물이 끊임없이 뿌려지는 못 제조 틀에 끼워 넣었다. 그러면 끝이었다, 금세 나선형 압착기가 내려와서 눌렀고, 거푸집에서 꺼낸 듯 매끈하게 둥근 머리를 가진 볼트가 땅바닥으로 튀어나왔다. 이 엄청난 기계는 열두 시간 만에 몇 백 킬로그램의 볼트를 만들었다. 구제는 심술쟁이가 아니었다. 그러나 어떤 순간에는 이 무쇠 덩어리가 자신의 두 팔보다 더 힘센 것을 보고 울화통이 터졌고, 피핀으로 때려눕히고 싶은 충동을 느꼈다.

인간의 육체가 강철을 이길 수 없음을 알면서도, 분별력이 있을 때조차 그는 깊은 슬픔에 빠지곤 했다. 틀림없이 언젠가 기계가 노동자를 죽이리라. 이미 그들의 급료가 12프랑에서 9프랑으로 떨어졌고, 머잖아 더 내려갈 것이라는 소문이 돌았다. 그러니 소시지를 만들듯 리벳과 볼트를 만들어 내는 이 거대한 짐승이 마음에 들 리 만무했다. 그는 족히 3분 동안 아무 말 없이 기계를 노려보았다. 그는 눈살을 찌푸렸고, 아름다운 노란색 구레나룻이 위협하듯 곤두섰다. 그러나 온유와 체념이 그의 흥분을 점점 가라앉혔다. 그는 자기 옆에 바싹 달라붙어 있는 제르베즈를 향해 고개를 돌렸고, 서글픈 미소를 지으며 말했다.

「큰일이오! 이놈이 우리를 내쫓을 테니! 하지만 나중에 만인을 행복하게 할지도 모르죠.」

제르베즈는 만인의 행복이라는 말을 일소에 부쳤다. 그녀는 기계로 만든 볼트가 좋지 않다고 생각했던 것이다.

「제 생각을 말씀드리죠.」 그녀가 열정적으로 소리쳤다. 「당신 게 훨씬 나아요....... 당신 게 훨씬 좋아요. 진짜 예술가의 손길이 느껴지거든요.」

그녀의 말은 그를 흡족하게 했다, 왜냐하면 한순간 그녀가 기계를 보고 그를 깔보지나 않을까 걱정했었기 때문이다. 젠장! 내가 〈술고래〉보다 힘이 세다 해도 기계한테는 질 수밖에 없으니까 말이야. 이윽고 안마당에서 헤어졌을 때, 그는 기쁨에 겨워 그녀의 손목을 으스러지도록 꼭 잡았다.

세탁부는 토요일마다 세탁물을 갖다 주러 구제 모자 집에 들렀다. 그들은 여전히 뇌브드라구트도르 가의 작은 건물에 살았다. 첫해에 그녀는 빌린 돈 5백 프랑에 대해 매달 20프랑씩 꼬박꼬박 갚았다. 셈을 복잡하게 만들지 않기 위해 월말에만 정산을 했고, 구제 모자의 세탁비가 매월 7~8프랑 되었기에 거기에 차액을 얹어 20프랑을 주었다. 그녀가 절반 정도를 갚았을 때, 집세 낼 날이 되었는데 손님 몇이 약속을 지키지 않아 어쩔 줄 몰라 하다가 구제 모자에게 달려가서 집세를 빌렸다. 그리고 세탁부들에게 급료를 주기 위해 다시 두 번에 걸쳐 구제 모자에게 돈을 빌린 까닭에, 빚이 425프랑으로 올라갔다. 이제 그녀는 더 이상 한 푼도 갚지 못했고, 오직 세탁비로만 빚을 변제해 나갔다. 그것은 그녀가 일을 덜 했기 때문도 아니고 장사가 안되었기 때문도 아니었다. 오히려 그 반대였다. 그러나 집에 구멍이 생겼고, 돈이 녹아 없어지는 듯했다, 그럼에도 그녀는 수지만 맞으면 만족해했다. 그럼! 먹고 살 수만 있으면, 안 그래? 불평할 것도 없어. 그녀는 살이 쪘고, 비만의 초기에 생기는 여러 작은 유혹에 굴복한 채 더 이상 미래를 염려할 기력조차 없었다. 할 수 없지 뭐야! 돈이란 돌고 도는 거야, 쌓아 두면 녹이 슬지. 한편 구제 부인은 제르베즈를 딸처럼 대했다. 그녀는 가끔 제르베즈를 부드럽게 나무랐는데, 돈 때문이 아니라 제르베즈를 좋아하고 또 제르베즈가 실패하는 것을 보게 될까 두려웠기 때문이다. 그녀는 돈 문제에 대해서는 입을 굳게 다물었다. 그 문제에 대해서는 극도로 조심했던 것이다.

제르베즈가 대장간을 방문한 다음 날은 바로 그달의 마지막 토요일이었다. 늘 자신이 직접 가기를 고집했던 구제 모자의 집에 도착했을 때, 세탁물 바구니가 하도 무거워서 그녀는 족히 2분 동안 숨을 쉬기가 힘들었다. 특히 침대 시트가 든 바구니는 사람들이 상상하는 것보다 훨씬 더 무거웠다.

「다 가져왔죠?」 구제 부인이 물었다.

그녀는 세탁물에 대해서는 매우 엄격했다. 좋은 관계를 유지하기 위해서라도 세탁물을 빠짐없이, 깔끔하게 정리해서 가져오길 바란다고 했다. 또 다른 요구 사항은 세탁부가 정해진 날, 정해진 시간에 정확하게 와주는 것이었다. 그렇게 하면 시간을 낭비하는 사람이 아무도 없을 테니까.

「아, 그럼요! 다 가져왔어요.」 제르베즈가 미소 지으며 대답했다. 「제가 아무것도 빠뜨리지 않는다는 거 아시잖아요.」

「맞아요.」 구제 부인이 말했다. 「당신 행동에 탐탁지 않은 점도 있지만, 아직 그런 일은 없었지.」

세탁부가 바구니를 비워 세탁물을 침대 위에 늘어놓는 동안, 노부인은 그녀를 칭찬했다. 당신은 다른 세탁부들처럼 세탁물을 태우지도 찢지도 않고, 다림질을 하다가 단추를 떨어뜨리지도 않아. 다만 푸른 물감을 너무 많이 쓰고, 셔츠 앞면에 풀을 너무 많이 먹이는 것 같아.

「봐요, 마분지 같잖아.」 그녀가 셔츠 앞자락을 만지작거리면서 다시 말했다. 「내 아들이 불평하진 않겠지만, 그 애 목이 베이겠는걸...... 내일 그 애와 내가 뱅센에서 돌아올 때쯤이면, 목에서 피가 날지도 몰라.」

「아녜요, 그렇지 않아요!」 제르베즈가 마음이 아파서 소리쳤다. 「정장용 와이셔츠는 좀 빳빳해야 돼요, 몸에 누더기를 걸친 것처럼 보이지 않으려면 말예요. 신사들을 떠올려 보세요....... 아주머니 댁 세탁물은 전부 제가 직접 세탁한답니다. 다른 세탁부들은 거기에 손도 못 대요, 정말이에요, 제가 정성 들여 세탁하죠, 아주머니를 위해서라면 열 번도 더 다시 할 수 있어요, 제 맘 아시잖아요.」

그녀는 가볍게 얼굴을 붉히며 말끝을 더듬거렸다. 그녀는 구제의 셔츠를 손수 다림질하는 데서 느끼는 기쁨을 들킬까 봐 두려웠다. 물론 그녀에게는 외설적인 생각이 없었다. 하지만 그래도 역시 좀 부끄러웠다.

「아! 당신 솜씨를 탓하려는 게 아녜요, 일이 완벽하다는 건 내가 잘 알지.」구제 부인이 말했다.「이 보닛만 해도 주옥같이 되었잖아. 자수를 이렇게 돋보이게 만들 수 있는 건 당신뿐이야. 둥근 가두리 장식도 얼마나 반듯해! 그럼요, 당신 손길이 간 건 금세 알아볼 수 있어요. 행주 하나라도 다른 세탁부가 한 건 바로 눈에 띄지……. 잘 알아요, 다만 풀만 좀 덜 먹여 줘요, 그뿐이야! 구제도 신사 나리 행세하는 걸 좋아하는 사람이 아니니까.」

그러는 동안 제르베즈는 장부를 꺼냈고, 세탁물 품목 하나하나에 펜으로 줄을 그어 나갔다. 모든 것이 틀림없었다. 둘이 함께 계산했을 때, 구제 부인은 제르베즈가 보닛을 6수로 셈했다는 것을 알았다. 그녀는 이의를 제기하지만, 시세를 감안할 때 절대로 비싸지 않다는 것을 인정해야 했다. 그렇다, 남자 셔츠 5수, 여자 바지 4수, 베갯잇 1수 반, 앞치마 1수는 결코 비싼 게 아니었다, 왜냐하면 다른 세탁소는 세탁물 한 장 당 2리아르[28] 또는 심지어 1수를 더 받았기 때문이다. 잠시 후 제르베즈가 노부인이 기록한 세탁거리를 일일이 확인하고 바구니에 넣었다, 하지만 그녀는 떠나지 않고 당혹스러운 표정으로 감히 하기 힘든 부탁을 할까 말까 망설였다.

「저, 구제 부인.」 그녀가 마침내 입을 열었다. 「괜찮으시다

---

[28] *liard*. 1수의 4분의 1에 해당하는 옛날 동전.

면, 이번 달 세탁비는 지금 좀 주시면 좋겠는데요.」

마침 이번 달 세탁비는 꽤 많았는데, 방금 둘이서 한 셈에 따르면 10프랑 7수에 이르렀다. 구제 부인은 잠시 그녀를 심각한 눈초리로 쳐다보았다. 그런 다음 그녀는 대답했다.

「그래요, 좋을 대로 해요. 돈을 줄게요, 당신이 필요하다니까……. 하지만 이렇게 해서 빚을 언제 갚겠어요. 당신을 위해서 하는 말이야, 알죠? 정말이야, 정신 차려야 해요.」

제르베즈는 고개를 숙인 채 훈계를 들으면서 말을 더듬거렸다. 그녀에 따르면, 10프랑은 코크스 상인에게 서명해 준 어음 대금이었다. 그러나 구제 부인은 어음이라는 말에 표정이 더욱 굳었다. 그녀는 자신을 예로 들었다. 구제의 급료가 12프랑에서 9프랑으로 내려간 다음에는 지출을 줄였다. 젊어서 슬기롭게 행동하지 않으면, 늙어서 굶어 죽게 마련이야. 그러나 그녀는 그쯤에서 자제했고, 제르베즈에게 세탁물을 맡기는 것이 오로지 빚을 갚게 해주기 위해서라고 말하지는 않았다. 옛날에는 모든 세탁을 직접 했죠. 앞으로 세탁비가 이렇게 많이 나온다면, 다시 빨래를 직접 할 수밖에 없겠어요. 10프랑 7수를 손에 쥐자, 제르베즈는 고맙다는 인사와 함께 부리나케 자리를 떠났다. 층계참에서 그녀는 안도의 한숨을 쉬면서 춤이라도 추고 싶었다, 왜냐하면 돈 문제로 난처해지고 창피당하는 일에는 이미 익숙해져서 다음 달까지 곤경을 피하게 되었다는 즐거움만 가득했기 때문이다.

그런데 바로 그날, 그녀는 구제 모자의 건물 계단을 내려오다가 뜻밖의 인물과 마주쳤다. 모자도 쓰지 않은 키 큰 여자 한 사람이 아가미가 피에 젖은 싱싱한 고등어를 종이에 싸서 들고 올라오기에, 그녀는 바구니를 손에 든 채 난간 쪽으로 비켜섰다. 바로 그 순간, 그녀는 키 큰 여자가 누구인지 알아차렸다, 예전에 그녀가 공동 세탁장에서 치마를 걷어 올렸던 아가씨, 바로 그 비르지니였던 것이다. 두 여자는 서로를 정면에서 바라보았다. 제르베즈는 눈을 꼭 감았는데, 왜냐하면 한순간 고등어가 얼굴에 날아오리라고 생각했기 때문이다. 그런데 웬걸, 비르지니가 부드럽게 미소를 짓고 있었다. 그러자 바구니로 계단을 막고 있던 제르베즈도 상냥하게 대해 주려고 애썼다.

「지난번 일은 미안하게 생각해요.」 그녀가 말했다.

「괜찮아요, 다 이해해요.」 키 큰 갈색 머리 여자가 대답했다.

두 여자는 계단에 멈춰 선 채 대번에 화해를 했고, 과거사는 서로 언급하지 않으면서 이야기를 나누었다. 스물아홉 살의 비르지니는 균형 잡힌 몸매의 멋진 여자가 되어 있었지만, 앞가르마를 탄 흑옥(黑玉) 같은 머리칼 사이에서 얼굴이 약간 길어 보였다. 그녀는 깔보이지 않기 위해 즉시 자기 이야기를 했다. 이제 유부녀였다, 지난봄에 제대한 옛 고급 가구 세공인과 결혼했던 것이다, 직업이 있어야 안정도 되고 체면도 서니까 남편은 순경 자리를 알아보고 있다고 했다. 그녀는 남편을 위해서 고등어를 사 오는 길이었다.

「그인 고등어를 엄청 좋아해요.」 그녀가 말했다. 「남자들이란 제멋대로라서 잘 돌봐 줘야만 해요, 안 그래요?…… 어쨌든 올라와요. 우리 집 구경도 좀 하고……. 여긴 통풍이 참 잘돼요.」

이번에는 제르베즈가 결혼 이야기를 하며 자기가 이곳에서 살면서 딸까지 낳았다고 알려 주자, 비르지니는 한층 더 열렬히 자기 집으로 올라가자고 재촉했다. 행복했던 날들을 보냈던 집을 다시 본다는 것은 늘 즐거운 일이 아닌가. 비르지니는 5년 동안 강 건너편의 그로카이유에서 살았다. 군 복무 중이던 지금의 남편을 알게 된 것도 바로 거기에서였다. 하지만 그녀는 권태로웠고, 아는 사람들이 많은 구트도르 지역으로 다시 돌아오고 싶었다. 그래서 2주일 전부터 구제 모자의 집 맞은편에 살게 된 것이다. 아! 아직 이삿짐이 엉망으로 널브러져 있어요. 조금씩 정리해야죠.

층계참에서 두 여자는 마침내 통성명을 했다.

「쿠포 부인.」

「푸아송 부인.」

그때부터 그들은 서로를 푸아송 부인이니 쿠포 부인이니 하며 거창하게 불러 댔는데, 그것은 예전에는 떳떳치 못한 처지에서 서로 알게 됐지만 이제는 어엿한 주부가 되었다는 기쁨 때문이었다. 그렇지만 제르베즈는 내심 경계의 끈을 풀지 않았다. 이 갈색 머리 키다리는 세탁장에서 볼기를 맞은 일에 대해 복수하려고 무엇인가 위선적이고 악독한 흉계를 삼춘 채, 이렇게 친절하게 살살거리는 건지도 몰라. 제르베즈는 조심해야겠다고 다짐했다. 비르지니가 15분 동안 너무도 상냥하게 굴었기 때문에, 그녀 또한 상냥하게 대하지 않을 수 없었다.

집에서는 남편 푸아송이 창가의 탁자 앞에 앉아서 일을 하고 있었는데, 그는 서른다섯 살의 남자로 얼굴은 흙빛이었고, 콧수염과 황제 턱수염은 붉은색이었다. 그는 조그마한 상자를 만들고 있었다. 유일한 도구로 그는 주머니칼 하나, 손톱 다듬는 줄 정도 크기의 톱 하나, 접착제 단지 하나를 가지고 있었다. 사용되는 재료는 낡은 여송연 상자와 얇은 천연 마호

가니 판자였다. 그는 그것을 솜씨 좋게 자르고 장식하느라 여념이 없었다. 하루 종일, 1년 내내 그는 가로 8센티미터 세로 6센티미터의 상자를 만들고 또 만들었다. 그는 그것을 상감 세공하기도 했고, 뚜껑의 모양을 새로 만들기도 했고, 여러 칸으로 나누기도 했다. 그는 순경으로 임명될 때까지 재미 삼아, 시간을 때우기 위해 그 일을 했다. 작은 상자 만들기가 바로 고급 가구 세공이라는 옛 직업이 남겨 준 그의 유일한 취미였던 것이다. 그는 상자를 파는 대신 아는 사람들에게 선물로 주었다.

푸아송이 자리에서 일어나서 아내가 옛날 친구라고 소개한 제르베즈에게 정중하게 인사했다. 그러나 수다를 모르는 그는 금세 작은 톱을 다시 손에 쥐었다. 때때로 서랍장 가장자리에 놓인 고등어를 힐끗 바라볼 뿐이었다. 제르베즈는 옛 집을 다시 보게 되어 매우 기뻤다. 그녀는 가구들을 어디에 놓았었는지 설명했고, 바닥에서 아이를 낳은 곳을 가리켰다. 하지만 이렇게 만나다니, 이 무슨 얄궂은 운명인가! 그 옛날 서로 보지 않게 되었을 때, 그들은 차례로 같은 방에 살면서 이렇게 재회하리라고는 상상도 못 했다. 비르지니는 남편과 자기 이야기를 다시 상세히 들려주었다. 남편은 아주머니로부터 약간의 재산을 상속받았다. 나중에 유산을 굴려 봐야죠. 지금 당장에는 내가 바느질 일을 하고 있고, 여기저기서 주문받은 옷을 만들고 있어요. 이윽고 시간이 30분이나 지났기 때문에, 세탁부는 자리에서 일어나려고 했다. 푸아송이 힐끗 돌아보았다. 비르지니는 그녀를 배웅하면서 가게로 놀러 가겠다고 약속했다. 게다가 당연히 단골이 되겠다고 했다. 그런데 비르지니가 층계참에서 그녀를 살짝 붙잡았기 때문에,

그녀는 비르지니가 랑티에와 자기 동생 아델 이야기를 하리라고 생각했다. 하지만 그 난처한 사건에 대해서는 한마디도 하지 않았고, 아주 상냥한 태도로 인사를 할 뿐이었다.

「안녕히 가세요, 쿠포 부인.」

「안녕히 계세요, 푸아송 부인.」

그것이 둘 사이의 깊은 우정의 출발점이었다. 일주일 후부터 비르지니는 제르베즈의 가게 앞을 지날 때면 반드시 안으로 들어왔다. 그리고 거기서 두세 시간이나 수다를 떨며 집으로 돌아가지 않았기 때문에, 푸아송이 혹시 아내가 마차에 치인 것이 아닌가 해서 시체 같은 흙빛 얼굴로 말없이 찾으러 다니곤 했다. 제르베즈는 이처럼 매일 재봉사를 만나면서 한 가지 걱정거리를 갖게 되었다. 즉 비르지니가 입을 열기만 하면 랑티에 이야기를 하지 않을까 하고 염려한 것이다. 비르지니가 거기에 있는 동안, 그녀는 아무리 애를 써도 랑티에 생각을 떨쳐 버릴 수 없었다. 그녀는 랑티에도, 아델도, 그들이 어떻게 되었는지도 전혀 관심이 없었기에, 그것은 어리석기 짝이 없는 일이었다. 그녀는 결코 그들에 대해 묻지 않았다. 그들의 근황이 궁금한 적도 없었다. 하지만 그녀의 의지를 넘어서 그 생각이 뇌리를 떠나지 않았다. 좋지도 않은 노래의 후렴이 달라붙어 입술에 맴돌듯, 두 남녀의 일이 자꾸만 그녀의 뇌리에 떠올랐다. 더욱이 비르지니에게는 아무런 원한이 없었다, 어차피 이 여자의 잘못은 아니었으니까. 오히려 비르지니와 함께 있으면 무척 즐거웠고, 비르지니가 자리를 뜨기 전에 열 번이나 붙들곤 했다.

그러는 동안 겨울이 왔다, 쿠포 부부가 구트도르 가에서 보내는 네 번째 겨울이었다. 그해 12월과 1월은 유난히 추웠다.

돌도 얼어서 쪼개질 지경이었다. 새해 첫날 이후, 눈이 3주 동안 녹지 않고 길바닥에 얼어 있었다. 그러나 그것은 일에 전혀 방해가 되지 않았는데, 왜냐하면 겨울이야말로 다림질하는 여자들에게 가장 아름다운 계절이었기 때문이다. 가게 안은 얼마나 따뜻한지! 맞은편의 식료품점과 모자 가게처럼 유리창에 얼음이 어는 경우란 결코 없었다. 코크스를 가득 넣은 다리미 가열기가 가게를 욕조처럼 따뜻하게 유지했다. 세탁물에서는 김이 모락모락 났고, 열기는 한여름이 아닌가 착각할 정도였다. 문이란 문은 다 닫힌 채 사방이 너무도 따뜻하고 쾌적해서 눈을 뜬 채 스르르 잠이 들 것만 같았다. 제르베즈는 조용한 시골에 와 있는 기분이라고 웃으면서 말했다. 과연 마차는 눈 위로 굴러갔기에 아무런 소리를 내지 않았다. 행인들의 발소리도 희미하게 들렸다. 추위가 지배하는 깊은 침묵 가운데, 아이들의 목소리, 제철 공장의 도랑을 따라 얼음을 지치며 지지배배 떠드는 조무래기들의 목소리만이 선명히 들렸다. 가끔 그녀는 문가로 가서 유리창에 맺힌 수증기를 손으로 닦은 후, 엄동설한에 동네의 모습이 어떻게 변했는지 살펴보았다. 이웃 가게 사람들은 코빼기도 보이지 않았고, 포근히 눈에 감싸인 동네는 자기 태를 뽐내는 듯했다. 그녀는 옆집 석탄 가게 여자와 고갯짓으로 인사를 나누었다, 석탄 가게 여자는 날씨가 혹독하게 추워진 뒤부터 모자도 쓰지 않은 채 입을 귀까지 쩍 벌리고 돌아다니곤 했다.

이 혹한의 계절에 특히 좋은 것은 정오에 아주 뜨거운 커피를 한 잔 마시는 것이었다. 세탁부들은 불평할 것이 아무것도 없었다. 왜냐하면 여주인이 커피를 진하게 탔고, 거기에 값싼 물질을 전혀 섞지 않았기 때문이다. 그것은 멀건 맹물 같은 포코니에 부인 가게의 커피와는 차원이 달랐다. 다만 쿠포 할멈이 커피 여과하는 일을 맡았을 경우 커피포트 앞에서 잠이 들었기 때문에, 어쩔 수 없이 커피 준비가 한없이 지연되곤 했다. 쿠포 할멈이 커피를 내릴 때면, 세탁부들은 점심 식사 후에 아예 다림질을 하면서 커피를 기다렸다.

공현절 다음 날, 12시 30분이 되었는데도 커피가 준비되지 않았다. 그날따라 커피가 잘 걸러지지 않는 것이었다. 쿠포 할멈이 작은 스푼으로 필터를 탁탁 쳤다. 커피가 한 방울 한 방울씩 떨어지는 소리가 들렸지만, 속도가 빨라질 기미는 없었다.

「필터 좀 내버려 둬요, 제발.」 키다리 클레망스가 말했다. 「커피가 탁해진단 말예요……. 오늘은 틀림없이 커피 가루가 씹힐 거야.」

키다리 클레망스는 남자 셔츠 한 장을 새로 펼쳐 놓고 손톱 끝으로 주름을 폈다. 그녀는 지독한 감기에 걸려서 눈이 퉁퉁 부었고, 작업대 앞에서 허리를 숙인 채 목구멍이 뽑힐 듯 심하게 기침을 했다. 그럼에도 목에 머플러 하나 걸치지 않고 얇은 싸구려 니트웨어만을 입은 채 덜덜 떨고 있었다. 그녀 곁에서 플란넬 내복과 귀밑까지 올라오는 두툼한 옷을 입은 퓌투아 부인이 드레스 다림질 판에 올려놓은 속치마 한 장을 다렸는데, 드레스 다림질 판의 한쪽 끝이 의자 등받이 위에 걸쳐져 있었다. 바닥에는 속치마가 닿아서 더러워질까 봐 시트 한 장을 깔아 놓았다. 혼자서 작업대의 절반을 차지한 채 자수를 놓은 모슬린 커튼을 다리던 제르베즈는 주름을 잘못 잡지 않기 위해 팔을 쭉 뻗어 다리미를 일직선으로 밀었다. 그때 갑자기 커피가 쏟아져 내리는 소리가 요란하게 나서 그녀는 퍼뜩 고개를 들었다. 사팔뜨기 오귀스틴이 필터에 스푼을 찔러 넣어 커피 찌꺼기 한가운데 구멍이 난 것이다.

「얌전히 좀 있지 못해!」 제르베즈가 소리를 질렀다. 「도대체 어떻게 된 애니, 너는? 모두가 찌꺼기를 마시게 됐잖아.」

쿠포 할멈이 작업대 빈 곳에 다섯 개의 유리잔을 나란히 놓았다. 그러자 세탁부들이 하던 일을 멈추었다. 여주인이 유리잔마다 각설탕을 두 개씩 넣고 직접 커피를 따랐다. 이 시간이 하루 중 가장 기다려지는 시간이었다. 그날도 각자 잔을 들고 다리미 가열기 앞 장의자 위에 몸을 옹크리고 앉아 있을 때, 문이 휙 열리더니 비르지니가 몸을 떨며 들어왔다.

「아! 추워.」 그녀가 말했다. 「몸이 얼어서 쪼개질 판이야! 귀는 떨어져 나간 것 같고. 무슨 날씨가 이렇게 거지같이 추운 거야!」

「어머! 푸아송 부인!」 제르베즈가 소리쳤다. 「들어와요! 마침 잘 왔네……. 커피 한 잔 해요.」

「잘됐네! 사양하지 않을게요……. 길 하나 건넜을 뿐인데, 뼛속까지 얼어붙는 것 같아.」

다행히 커피가 좀 남아 있었다. 쿠포 할멈이 여섯 번째 잔을 찾으러 갔고, 제르베즈는 예의상 비르지니가 직접 설탕을 넣게 했다. 세탁부들은 비르지니를 위해 조금씩 당겨 앉아 가열기 옆에 작은 자리를 만들어 주었다. 코가 빨간 그녀는 한순간 몸을 파르르 떨었고, 몸을 녹이기 위해 곱은 손으로 커피 잔을 꼭 쥐었다. 식료품점에서 그뤼예르산(産) 치즈 4분의 1파운드를 사는 동안 몸이 숫제 얼어 버린 것이다. 그녀는 가게의 열기에 감탄했다. 정말이야, 화로 안에 있는 느낌인걸, 이 안에 있으면 죽은 사람도 깨어나겠어, 기분이 좋아서 살결조차 보들보들해지는 것 같아. 그런 다음 몸이 녹자, 그녀는 두 다리를 쭉 뻗었다. 이제는 여섯 명 모두 세탁물에서 축축한 김이 올라오는 가운데 일손을 놓고 커피를 천천히 홀짝거렸다. 쿠포 할멈과 비르지니만이 각자의 의자에 앉아 있었다. 나머지는 나지막한 장의자에 앉아 있어서 마치 맨바닥에 앉은 것처럼 보였다. 사팔뜨기 오귀스틴조차 다림질 판에 걸린 속치마 밑으로 시트 한 귀퉁이를 편평하게 펴면서 몸을 길게 뻗었다. 모두가 이제 코를 잔에 박고 커피를 음미하느라 아무 말이 없었다.

「커피 맛이 좋아요.」 클레망스가 말했다.

그러나 갑자기 기침이 터져 나와 숨이 막힐 뻔했다. 그녀는 벽에 머리를 기댄 채 한층 더 심하게 기침을 했다.

「정말 제대로 걸렸네요.」 비르지니가 말했다. 「대체 어디서 그렇게 심하게 걸렸어요?」

「어떻게 알겠어요!」 클레망스가 소매로 얼굴을 닦으며 다시 말했다. 「아마 요전 날 저녁이 틀림없어요. 〈그랑 발콩〉 출입구에서 두 여자가 격투를 벌였죠. 구경이 하고 싶어서 눈을 맞으며 거기 서 있었지 뭐예요. 아! 정말 대단했어요! 우스워 죽을 뻔했다니까. 한 여자는 코피가 터져서 땅바닥에 피를 흘렸죠. 나처럼 꺽다리인 상대방 여자는 피를 보더니 줄행랑을 쳐버렸고……. 그날 밤부터 기침이 나기 시작했어요. 게다가 남자들이란 정말 이상해요, 여자들하고 잘 땐 밤새 옷을 벗겨 놓는다니까…….」

「기가 막힌 행실이구먼.」 퓌투아 부인이 중얼거렸다. 「그러다간 죽어, 이 사람아.」

「죽으면 어때요, 죽는 게 나을지도 몰라! 인생이란 참말 웃겨요. 55수를 벌기 위해 아침부터 저녁까지 온종일 가열기 앞에서 뼈빠지게 일하죠, 안 그래요? 지겨워요, 신물이 나요!…… 이놈의 감기도 날 저승으로 데려가 주지 않을걸. 올 때처럼 그냥 떠나 버리겠지.」

침묵이 흘렀다. 싸구려 댄스홀에서 괴성을 지르며 난잡한 춤을 추는 이 행실 나쁜 클레망스는 가게에만 오면 죽는다는 소리로 늘 사람들을 우울하게 했다. 그녀를 잘 아는 제르베즈가 한마디 내뱉었다.

「왜, 달콤한 밤을 보내고 나면 기분이 엄청 안 좋아지는 모양이지?」

사실 제르베즈는 여자들 싸움 이야기를 화제로 삼는 것을 좋아하지 않았다. 그녀와 비르지니 앞에서 여자들이 신발로 때렸다느니, 손자국이 나도록 따귀를 날렸다느니 하는 이야기가 나오면 세탁장의 볼기 사건이 떠올라서 몹시 거북했던 것이다. 바로 그때 비르지니가 그녀를 바라보며 미소 지었다.

「말도 말아요!」 그녀가 나지막이 말했다. 「나도 어제 머리채를 잡고 싸우는 걸 봤어요. 서로 죽일 듯이 달려들었죠…….」

「누가 싸웠어요?」 퓌투아 부인이 물었다.

「이 길 끝에 사는 산파와 하녀, 알잖아요, 금발 머리 계집애……. 지독하던데요, 그놈의 계집애! 산파에게 고래고래 고함을 질렀죠. 〈그랬지, 그랬잖아, 청과물 집 여자의 아기를 낙태시켰잖아, 돈을 주지 않으면 경찰서에 고발할 거야.〉 계집애가 얼마나 욕을 퍼붓던지, 굉장했어요! 그때 산파가 계집애 상판대기에 따귀를 날렸죠, 찰싹! 그러자 그 못된 년이 주인 여자의 눈을 뽑을 듯이 달려들어 살을 할퀴고, 머리채를 끄집어 당겼죠. 아, 말도 마세요! 얼마나 살기가 등등하던지! 돼지고기 장수가 계집애 손아귀에서 겨우 산파를 빼냈어요.」

세탁부들이 깔깔거리며 웃었다. 모두들 왁자지껄 떠들면서 홀짝홀짝 커피를 마셨다.

「산파가 낙태시켰다는 게 정말예요?」 클레망스가 물었다.

「그럼, 정말이지! 동네에 소문이 쫙 퍼진걸요.」 비르지니가 대답했다. 「물론 내 눈으로 본 건 아니지만……. 장삿속이죠, 산파들은 다 낙태를 시켜요.」

「말도 안 돼!」 퓌투아 부인이 말했다. 「산파에게 낙태를 맡기다니 정신 나갔구먼. 불구가 되려면 그렇게 해야겠지!…… 잘 알아 둬요, 기막힌 방법이 있으니까. 밤마다 엄지손가락으로 배 위에 성호를 세 번 그으면서 성수를 마시면 돼요. 그러면 바람처럼 흔적도 없이 사라지지.」

잠이 든 줄 알았던 쿠포 할멈이 머리를 가로저으며 반박했다. 내가 틀림없는 방법을 알고 있어. 한 시간마다 삶은 달걀을 하나씩 먹고, 허리에 시금치 이파리를 몇 개 붙여 두면 돼. 다른 네 여자는 심각한 표정으로 들었다. 그때 혼자 즐거워하곤 하는 사팔뜨기 오귀스틴이 문득 암탉 우는 소리를 내며 웃음을 터뜨렸다. 모두가 계집애의 존재를 잊고 있었다. 제르베즈가 속치마를 치우고 보니 계집애가 새끼 돼지처럼 두 다리를 쳐들고 시트 위에서 뒹굴고 있었다. 그녀가 계집애를 끌어냈고, 찰싹 따귀를 때리며 일으켜 세웠다. 뭐가 그리 우스워, 멍텅구리야? 어른들이 이야기를 하면, 얌전히 듣고만 있어야지! 르라 부인의 친구 집에 세탁물을 갖다 줘야 해. 여주인은 계집애의 품에 바구니를 안겨 주면서 문가로 떠밀었다. 사팔뜨기는 상을 찌푸리고 흐느끼면서 눈 위로 멀어져 갔다.

한편 쿠포 할멈, 퓌투아 부인, 클레망스는 삶은 달걀과 시금치 이파리의 효능을 놓고 이러쿵저러쿵 입씨름을 했다. 그 때 커피 잔을 손에 들고 꿈꾸듯 생각에 잠겨 있던 비르지니가 조용히 말했다.

「괜찮아! 서로 치고받기도 하고, 껴안기도 하는 거야, 마음 씨만 고우면 무슨 문제가 있어……」

그러고는 미소를 지으며 제르베즈에게로 몸을 기울였다.

「아냐, 난 정말 당신을 원망하지 않아……. 세탁장 사건, 기억나요?」

여주인은 난처하기 그지없었다. 그녀가 걱정하던 바로 그 문제였다. 이제 랑티에와 아델 이야기가 나올 때가 되었다고 생각했다. 다리미 가열기가 윙 하는 소리를 냈고, 발갛게 달아오른 도관에서 열기가 한층 더 뜨겁게 피어올랐다. 나른한 분위기 속에서 가능한 한 일을 늦게 시작하기 위해 커피를 천천히 마시고 있던 세탁부들은 배가 불러 노곤한 얼굴로 거리의 눈을 바라보았다. 그들은 속내 이야기를 털어놓고 있었다. 1만 프랑의 연금이 있다면 무엇을 할지 이야기를 나누었다. 아무 일도 안 할 거야, 오후에는 이처럼 따뜻하게 불을 쬐면서 일 따위는 코웃음을 치며 일절 사양할 거야. 비르지니는 이야기가 다른 사람들의 귀에 들리지 않도록 제르베즈에게 바싹 더 가까이 다가왔다. 제르베즈는 가게의 열기 때문에 정신이 가물가물해지고 몸이 축 늘어져서 화제를 바꿀 기력도 없었다. 심지어 내색을 하지는 않았지만, 그녀는 가슴속에 은근한 흥분을 느끼며 갈색 머리 키다리의 말을 기다리기까지 했다.

「내가 당신을 괴롭히는 건 아니겠죠?」 재봉사가 말했다. 「지금까지 스무 번도 더 이 말이 혀끝에 맴돌았어요. 이왕 여기까지 말이 나왔으니······. 그저 잡담이죠, 안 그래요?······ 아! 절대 아녜요, 옛일로 당신을 원망하지 않아요. 명예를 걸고 맹세할게! 당신에 대한 원한 같은 건 하나도 없어요.」

그녀는 설탕을 녹이려고 커피 잔 바닥을 저었고, 가볍게 입맛을 다시며 세 모금을 마셨다. 제르베즈는 목이 조이는 것을 느끼며 여전히 기다렸고, 비르지니가 정말로 볼기 사건을 완전히 용서한 것인지 자문했다. 왜냐하면 비르지니의 검은 눈동자에서 노란 불꽃이 튀는 것을 보았기 때문이다. 이 키다리 마녀는 원한을 호주머니 속에 넣어 두고 그것을 손수건으로 살짝 가리고 있는 것이 틀림없었다.

「당신은 그럴 만도 했어요.」 비르지니가 말을 계속했다. 「그들이 당신한테 야비한 짓, 끔찍한 짓을 했으니······. 아! 난 공정해요, 그렇죠! 나라면 칼이라도 휘둘렀을 거야.」

그녀는 커피 잔 가장자리에 입술을 대고 다시 세 모금을 마셨다. 그러더니 돌연 느릿느릿한 목소리를 버리고, 빠르게 말을 이었다.

「그러니 그들이 행복해질 리가 없지, 아! 없고말고! 아냐, 전혀 행복하지 않아!······ 그들은 글라시에르 쪽으로, 멀리, 진흙탕이 무릎까지 차오르는 더러운 거리에 가서 살았죠. 난 이틀 후에 그들 집으로 점심 식사를 하러 갔어요. 보란 듯이 승합 마차로! 그런데 웬걸! 벌써부터 둘이서 싸우고 있지 뭐예요. 원 참, 기가 막혀서, 내가 들어갔을 때 서로 따귀를 때리고 있더라니까. 흥! 연인이라고 호들갑을 떨 땐 언제고!······ 알다시피 아델은 목매달아 죽일 끈만 한 가치도 없는 년이죠. 내 동생이긴 하지만, 지독한 잡년이라고 말하지 않을 수 없어요. 나한테도 못된 짓을 한 게 헤아릴 수 없이 많죠. 설명하자면 너무 기니까, 나중에 우리끼리 다시 이야기해요……. 랑티에로 말하자면, 어휴! 당신도 잘 알겠지만, 그 사람도 나빠요. 한마디로 나쁜 놈이죠, 안 그래요? 그렇다고 해도, 아니라고 해도 엉덩이를 걷어차니 말예요! 게다가 때릴 땐 주먹까지 휘두르죠……. 둘이 진짜로 죽일 듯이 싸웠어요. 계단을 올라가다 보면 서로 치고받는 소리가 들리곤 했대요. 어느 날 하루는 경찰까지 들이닥쳤고. 랑티에가 남프랑스에서 먹던 기름진 수프, 걸쭉한 수프를 먹고 싶다고 했죠. 그런데 아델이 그건 혐오 식품이라고 했고, 결국 둘이 서로 기름병, 냄비, 수프 그릇 등을 닥치는 대로 얼굴에 던졌죠. 온 동네가 떠들썩하게 말예요.」

그녀는 끔찍한 싸움 이야기를 계속했는데, 그 커플에 대해서는 모르는 게 없었고, 모골이 송연해지는 사건도 잘 알고 있었다. 제르베즈는 하얗게 질린 채 한마디 말도 없이 그 모든 이야기에 귀를 기울였고, 입가에는 옅은 미소를 닮은 가느다란 주름이 잡혀 있었다. 7년 전부터 그녀는 랑티에 소식을 들은 적이 없었다. 그녀는 귓가에 울리는 랑티에라는 이름이 이토록 뜨겁게 위장을 후벼 팔 줄은 꿈에도 몰랐다. 그렇지 않은가, 자기한테 그렇게 모질게 한 돼먹잖은 사내가 어떻게 되었는지 궁금할 리가 없지 않은가. 게다가 그녀는 더 이상 아델을 질투하지도 않았다. 그럼에도 그녀는 커플의 싸움을 내심 비웃었고, 파랗게 멍이 든 아델의 몸을 상상하자 분이 풀리고 기분이 좋아졌다. 그러니 비르지니의 이야기를 듣기 위해서라면 이튿날 아침까지도 거기에 머물렀으리라. 그녀는 질문을 하지는 않았는데, 왜냐하면 그 정도로 관심이 있다는 인상을 주기 싫었기 때문이다. 갑자기 그녀의 마음속 빈

자리가 메워지는 느낌이었다. 그리고 이제야 그녀의 과거가 그녀의 현재와 곧바로 이어지는 듯했다.

그렇지만 비르지니는 다시 코를 커피 잔에 처박았다. 그녀는 눈을 반쯤 감은 채 설탕을 핥았다. 그때 무언가 말을 해야 한다는 걸 깨달은 제르베즈가 짐짓 무심한 표정으로 물었다.

「그들은 여전히 글라시에르에 사나요?」

「아뇨!」 상대방이 답했다. 「내가 말하지 않았나요?…… 일주일 전부터 함께 살지 않아요. 이른 새벽에 아델이 옷가지를 챙겨서 집을 나갔고, 랑티에도 뒤쫓아 가서 붙잡지 않았다는군요.」

제르베즈는 가볍게 탄성을 지르며 목소리를 높였다.

「둘이 함께 살지 않는다고요!」

「누구 얘기죠?」 클레망스가 쿠포 할멈, 퓌투아 부인과의 대화를 잠시 멈추고 물었다.

「아무것도 아녜요.」 비르지니가 말했다. 「당신이 모르는 사람들 얘기에요.」

그러면서 그녀는 제르베즈를 관찰했고, 제르베즈가 한껏 흥분했다고 생각했다. 그녀는 더 가까이 다가가서 짓궂은 기쁨을 느끼며 랑티에의 이야기를 다시 시작했다. 별안간 그녀는 만일 랑티에가 제르베즈 주위를 배회한다면 어떻게 할 거냐고 물었다. 사내란 희한한 작자들이라서 첫사랑을 찾아서 다시 돌아올 수도 있으니까 말이다. 제르베즈는 몸을 일으켰고, 매우 단호하게 품위 있는 태도를 취했다. 난 유부녀예요, 랑티에가 돌아온다면 즉시 밖으로 내쫓아야죠, 당연히. 이제 둘 사이에는 아무런 관계가 없었다, 악수조차 할 필요가 없을 정도로. 물론이지, 언젠가 정면으로 맞닥뜨린다 해도 미동조차 하지 않으리라.

「그렇긴 하죠.」 제르베즈가 말했다. 「에티엔은 그 사람 자식이니 내가 끊으려 해도 끊을 수 없는 관계가 있죠. 만일 랑티에가 에티엔을 안아 주고 싶어 한다면, 그 앨 보내 줘야죠, 아버지가 아들을 사랑하는 걸 막을 수는 없으니까……. 하지만 난 달라요, 이봐요, 푸아송 부인, 내 몸에 손끝 하나 대게 하기보다 차라리 내 몸을 갈기갈기 찢어 버리겠어요. 다 끝난 일이죠.」

이 마지막 말을 하면서 그녀는 서약을 영원히 봉인하듯 허공에 성호를 그었다. 그러고는 대화를 끊고 싶어서 화들짝 잠에서 깬 것처럼 세탁부들에게 고함을 질렀다.

「글쎄, 이 사람들 좀 보게! 세탁물이 저절로 다려지는 줄 알아요?…… 빈둥거리지 말고! 자, 어서! 일을 시작합시다!」

세탁부들은 게으름이라는 마비 상태에 젖어 두 팔을 치마 위에 늘어뜨린 채 서두르는 기색이 없었고, 여전히 한쪽 손에는 커피 찌꺼기가 조금 남은 빈 유리잔을 들고 있었다. 그들은 잡담을 계속했다.

「셀레스틴이라는 조그만 계집애였죠.」 클레망스가 말했다. 「그 계집애를 내가 잘 알았어요. 고양이 털을 어떻게나 좋아하던지……. 글쎄, 고양이 털 천지였죠, 입안 가득 고양이 털이 있다고 생각했는지 그 계집애는 늘 혀를 날름거리고 있었어요.」

「내 친구도 희한했어요.」 퓌투아 부인이 이야기를 다시 시작했다. 「배에 기생충이 있었죠……. 아! 그런데 이 기생충들이 얼마나 변덕스러웠던지!…… 닭고기를 먹이지 않으면, 배를 엄청나게 아프게 했죠. 생각해 봐요, 남편이 7프랑을 벌어오면, 그게 다 기생충 식도락으로 사라져 버리니…….」

「내가 금세 낫게 해줄 수 있었는데.」 쿠포 할멈이 말을 잘랐다. 「직방이지! 그럼, 구운 생쥐를 먹이는 거야. 기생충이 한꺼번에 싸악 없어지지.」

제르베즈 자신도 다시 달콤한 게으름에 빠져들었다. 하지만 그녀는 몸을 털고 일어났다. 맙소사! 쓸데없는 소리를 지껄이느라 오후 한나절을 다 보냈잖아! 이러니 돈주머니가 차질 않지! 그녀가 맨 먼저 커튼 손질을 다시 시작했다. 하지만 커튼에 커피 얼룩이 묻어 있었기에, 다림질을 하기 전에 젖은 헝겊으로 얼룩부터 문질러 없애야 했다. 세탁부들은 다리미 가열기 앞에서 기지개를 켰고, 상을 찌푸리며 다리미 손잡이를 찾았다. 클레망스가 몸을 움직이자마자, 혀가 뽑힐 듯 기침이 터져 나왔다. 그런 다음 그녀는 소맷부리와 칼라를 핀으로 꽂은 채 남자 셔츠 한 장을 다림질했다. 퓌투아 부인도 속치마 다림질을 다시 시작했다.

「자, 그림! 또 봐요.」 비르지니가 밀했다. 「그뤼예트 치즈 좀 사러 내려왔다가 오래도 머물렀네. 푸아송이 내가 길바닥에서 얼어붙은 줄 알겠어.」

그러나 세 걸음쯤 옮긴 그녀는 다시 돌아와서 오귀스틴이 한길 끄트머리에서 조무래기들과 함께 얼음을 지치고 있다고 소리쳤다. 이 말썽꾸러기가 나간 지 벌써 두 시간이 족히 되었다. 바구니를 든 오귀스틴이 머리에 눈 뭉치를 붙인 채 숨을 헐떡이며 달려왔다. 그러고는 길이 빙판이 되어서 도대체 걸을 수가 없었다며 엉큼한 표정으로 투덜거렸다. 장난꾸러기 몇 녀석이 오귀스틴의 호주머니에 얼음 조각을 잔뜩 넣어 놓은 게 틀림없었다. 15분쯤 지나자, 오귀스틴의 호주머니가 깔때기처럼 가게에 물을 뿌리기 시작한 것이다.

오후는 늘 그런 식으로 흘러갔다. 가게는 추위에 떠는 동네 사람들의 피난처가 되었다. 가게가 따뜻하다는 사실이 구트도르 가 사람들 모두에게 알려졌다. 수다스러운 여자들이 끊임없이 모여들어 작은 무리를 이루었고, 치마를 무릎까지 걷어 올린 채 다리미 가열기 앞에서 불을 쬐었다. 제르베즈는 이 쾌적한 난방에 대해 자부심을 느꼈고, 로리외 부부와 보슈 부부가 험담한 대로 사람들을 불러 모아 살롱을 열었다. 사실인즉 제르베즈는 가난한 사람들이 밖에서 오들오들 떨고 있는 것을 보면 당장에 안으로 불러들일 정도로 마음씨가 넉넉하고 베풀기를 좋아했다. 그녀는 특히 같은 건물의 고미다락에서 굶주림과 추위로 죽어 가는 일흔 살의 옛 칠장이 노인에게 연민을 느꼈다. 크리미아 전쟁에서 세 아들을 잃은 그는 2년 전부터 더 이상 붓조차 잡을 수 없게 되어 어찌어찌 목숨만 부지하고 있었다. 브뤼 영감이 몸에 열을 내기 위해 부지런히 눈길을 오가고 있는 모습을 보자면 제르베즈는 즉시 가게로 불러들여 난로 옆에 자리를 마련해 주었다. 종종 치즈를 넣은 빵도 억지로 먹게 했다. 등이 휘고, 수염이 하얘지고, 얼굴이 오래된 사과처럼 주름진 브뤼 영감은 코크스가 타닥타닥 타는 소리를 들으며 아무 말 없이 몇 시간이고 앉아 있었다. 아마도 사다리 위에서 보낸 50년의 노동, 파리 도처에서 문을 도색하고 천장을 하얗게 칠한 반세기를 추억하고 있는 것일까.

「여기 보세요! 브뤼 영감님.」 가끔 세탁부가 그에게 물었다. 「무얼 그리 골똘히 생각하세요?」

「아무것도 아냐, 이것저것 잡생각이지 뭐.」 그가 멍한 표정으로 대답했다.

　세탁부들은 놀리느라고 영감님이 사랑 때문에 가슴앓이를 하는 것이라고 말했다. 그러나 농담을 듣지도 않고 그는 말없이 음울한 표정으로 다시 생각에 잠겼다.

　그 무렵, 비르지니는 제르베즈에게 자주 랑티에 이야기를 했다. 그녀는 이런저런 암시를 함으로써 제르베즈를 당혹스럽게 하고, 제르베즈로 하여금 옛 애인 생각에 몰두하게 하는 데서 큰 즐거움을 느끼는 모양이었다. 어느 날, 그녀는 랑티에를 만났노라고 말했다. 그러나 제르베즈가 잠자코 있었기 때문에 더 이상 말을 덧붙이지 않았고, 다만 이튿날 랑티에가 더없이 정겨운 표정으로 오랫동안 제르베즈 이야기를 하더라고 전해 주었다. 가게 한쪽 구석에서 나지막이 소곤거린 이 대화로 인해 제르베즈는 몹시 심란해졌다. 마치 랑티에가 그녀의 살 속에 무엇인가 그의 것을 남겨 놓거나 한 것처럼, 랑티에라는 이름만 들어도 명치끝이 타들어 가는 느낌이 있다. 물론 그녀는 스스로를 성실하다고 여겼고, 정숙함이 행복의 지름길이기 때문에 정숙하게 살고자 했다. 따라서 마음으로일망정 남편에 대해 부끄러운 짓을 하지 않았으므로 이 문제와 결부해서 쿠포의 얼굴이 떠오르지는 않았다. 오히려 그녀는 가슴이 미어질 듯 아프게 대장장이를 생각했다. 마음속으로 랑티에를 다시 떠올리는 것, 천천히 그 남자의 생각에 사로잡히는 것이야말로 구제에 대한 배신, 아직 서로 고백하지는 않았지만 부드러운 우정과도 같은 그들의 사랑에 대한 배신처럼 느껴졌다. 착한 남자 친구에게 죄를 짓고 있다고 생각하면 온종일 우울했다. 부부 관계 외에 애정을 가지고 싶은 대상은 구제뿐이었다. 그 사랑은 그녀의 내면 저 높은 곳, 온갖 천박한 생각 너머 저 높은 곳에 있었는데, 그 무렵 비르지니는 그녀의 얼굴에서 천박한 생각이 불타오르고 있지는 않은지 살피고 있었다.

봄이 오자, 그녀는 구제 곁으로 피난을 갔다. 이제 가게에서 의자에 가만히 앉아 있으면 금세 첫 애인의 얼굴이 떠오르는 것이었다. 그가 아델을 떠나 옷가지를 챙겨 넣은 그들의 옛 트렁크를 마차에 싣고 자기에게로 돌아오는 모습이 그녀의 눈에 어른거렸다. 외출을 한 날엔, 길에서 갑자기 어리석은 공포에 사로잡혔다. 그녀는 등 뒤에서 랑티에의 발소리가 들리는 듯했고, 감히 돌아보지도 못한 채 몸을 떨면서 그의 두 손이 그녀의 허리를 휘감는 느낌에 사로잡혔다. 나를 노려보고 있는 게 분명해. 어느 날 오후에 날 덮칠 기야. 그 생각에 그녀는 식은땀을 흘렸는데, 왜냐하면 옛날에 짓궂게 그랬던 것처럼 그가 그녀의 귓불에 키스할 것이 틀림없기 때문이었다. 그녀를 두려움에 떨게 만드는 것이 바로 이 키스였다. 그것이 벌써부터 그녀를 귀머거리로 만들었고, 귀에 이명을 일으켜서 방망이질 치는 심장 소리밖에 안 들리게 했다. 이 공포가 그녀를 사로잡은 뒤부터, 대장간이 그녀의 유일한 피난처가 되었다. 그녀는 거기서 구제의 보호 아래 다시 마음을 가라앉히고 미소를 되찾았다, 구제의 우렁찬 망치질 소리가 그녀의 악몽을 멀리 쫓아 주었던 것이다.

아, 얼마나 행복한 계절이었던가! 세탁부는 포르트블랑슈 가의 단골손님에게 특히 신경을 썼다. 그녀는 그 손님의 세탁물을 손수 배달했는데, 왜냐하면 이 배달이 금요일마다 마르카데 가로 가서 대장간에 들를 좋은 구실이 되었기 때문이다. 길모퉁이를 돌자 잿빛 공장들이 즐비하게 늘어선 흐릿한 땅이 나타났지만, 그녀는 마치 시골 소풍이라도 온 듯 즐겁고 마음이 가벼워졌다. 석탄처럼 검은 차도와 지붕 위로 뭉게뭉게 올라가는 수증기가 교외의 푸른 숲에 난 이끼 낀 오솔길만큼이나 그녀의 심신을 상쾌하게 했다. 그녀는 높다란 공장 굴뚝들이 줄무늬를 만드는 창백한 지평선, 창문들이 고르게 난 하얀 집들과 함께 하늘을 가로막는 몽마르트르 언덕을 좋아했다. 공장에 다다른 그녀는 발걸음을 늦추며 물웅덩이를 뛰어넘었고, 허물어진 작업장의 쓸쓸하고 혼잡한 공간을 가로지르며 설렘을 느꼈다. 안쪽에서는 환한 대낮임에도 화덕이 불타고 있었다. 망치들의 춤사위를 따라 그녀의 심장도 뛰었다. 안으로 들어서면, 목덜미의 금발 머리가 밀회의 현장에 도착한 여자의 머리칼처럼 휘날린 탓에 그녀의 얼굴이 부끄러움으로 발갛게 물들었다. 그런 날이면, 구제는 맨팔과 맨가슴을 드러낸 채 멀리서도 잘 들리게 모루를 더 세게 내리치며 그녀를 기다렸다. 그녀의 속마음을 알았기 때문에, 그는 노란 수염에 조용히 선량한 미소를 담고 그녀를 반갑게 맞이했다. 하지만 그녀는 일에 방해가 되고 싶지 않다며 망치를 다시 잡으라고 부탁했는데, 왜냐하면 울퉁불퉁한 근육과 억센 두 팔로 쇠망치를 휘두를 때의 그가 더 좋았기 때문이다. 그녀는 풀무에 매달린 에티엔의 뺨을 톡톡 두드려 준 다음, 볼트를 바라보며 한 시간 정도 거기에 머물렀다. 그들은 두세 마디밖에 말을 나누지 않았다. 그러나 설령 이중으로 밀폐된 방에 있었다 하더라도 이보다 더 만족스럽게 정을 나눌 수는 없었을 것이다. 〈술고래〉가 놀리는 소리도 전혀 두 사람을 방해할 수 없었는데, 왜냐하면 그 소리가 더 이상 귀에 들리지 않았기 때문이다. 15분쯤 지나자, 그녀는 숨이 막히기 시작했다.

땅에서 올라오는 열기, 진한 냄새, 연기가 그녀의 몸을 마비시켰고, 둔중한 망치질 소리가 발뒤꿈치에서 젖가슴까지 뒤흔들었다. 그녀는 더 이상 아무것도 욕망하지 않았다, 바로 그것이 그녀의 쾌감이었으니까 말이다. 설사 구제의 품에 안겼다 하더라도, 이처럼 큰 흥분을 느끼지는 못했으리라. 그녀는 구제에게 더 가까이 다가가서 그가 내리치는 쇠망치의 바람을 느꼈고, 그가 내리치는 혼신의 타격 그 자체를 느꼈다. 불꽃이 부드러운 손에 떨어져도 피하려 하지 않았고, 오히려 손에 쏟아지는 불비를 쾌감으로 맞아들였다. 구제 또한 그녀가 거기서 맛보는 행복을 알고 있었다. 자신의 힘과 솜씨를 총동원해서 그녀를 만족시켜 주기 위해, 그는 가장 힘든 작업을 금요일로 미뤄 두곤 했다. 그는 모루를 두 동강이 낼 듯 봄을 아끼지 않고 숨 가쁘게 내리쳤고, 그때마다 그녀에게 주는 쾌감으로 그 자신의 허리도 파르르 떨렸다. 봄이 다 가도록, 그들의 사랑은 폭풍 같은 소리로 대장간을 가득 메웠다. 그 소리는 타오르는 석탄 한가운데서, 그을음으로 시커멓게 변한 창고 골조를 뒤흔드는 타격 한가운데서 이루어지는 거인의 목가였다. 붉은 밀랍처럼 뭉개지고 짓이겨지는 쇳조각 하나하나에는 그들 사랑의 흔적이 각인인 양 뚜렷이 찍혀 있었다. 금요일마다 세탁부가 〈황금 주둥이〉와 헤어져 돌아갈 때, 그녀는 더없이 만족한 듯 노곤한 표정으로 몸과 마음이 다 같이 가라앉아 푸아소니에 가를 천천히 거슬러 올라갔다.

차츰 랑티에에 대한 두려움도 잦아들었고, 그녀는 다시 분별력을 되찾았다. 돌이킬 수 없을 정도로 타락해 가는 쿠포만 없었더라면, 이 시기에 제르베즈는 무척 행복했을 것이다. 어느 날 대장간에서 돌아오는 길에, 그녀는 콜롱브 영감의 〈목로주점〉에서 〈장화〉, 〈불고기 병정〉, 〈술고래〉와 함께 싸구려 독주를 돌리고 있는 쿠포를 얼핏 본 듯했다. 그러나 감시하는 것 같은 인상을 주기 싫어서 황급히 지나쳐 버렸다. 그래도 뒤돌아보니, 쿠포가 익숙한 동작으로 싸구려 증류주를 입속에 털어 넣고 있었다. 그렇다면 거짓말을 한 거란 말이야? 이제 증류주까지 마시고 있잖아! 그녀는 절망적인 심정으로 귀가했다. 증류주에 대한 공포가 다시 그녀를 사로잡았다. 포도주라면 봐줄 만했다, 왜냐하면 포도주는 노동자들의 몸에 좋기 때문이다. 그러나 증류주는 해롭기 짝이 없는 술이며, 노동자들에게서 일할 의욕을 빼앗아 가는 독이었다. 원, 참! 정부는 이런 더러운 술을 만드는 걸 왜 막지 않는 거야!

구트도르 가에 도착하니, 건물 전체가 발칵 뒤집혀 있었다. 세탁부들도 작업대를 떠나 안마당으로 나와서 공중을 쳐다보고 있었다. 제르베즈는 클레망스에게 무슨 일인지 물었다.

「비자르 영감이 마누라를 두들겨 패고 있어요.」 다림질장이가 말했다. 「정문 현관 밑에서 곤드레만드레 취한 영감이 세탁장에서 돌아오는 마누라를 기다리고 있었대요……. 마누라가 들어오자마자 주먹질로 계단으로 끌고 갔고, 지금은 방에서 죽도록 때리고 있어요……. 봐요, 비명 소리가 들리죠?」

제르베즈는 급히 올라갔다. 그녀는 더없이 성실한 빨래 세탁부인 비자르 부인에게 호감을 갖고 있었다. 그녀는 구타를 말리고 싶었다. 7층에서는 방문이 열려 있었고, 몇몇 세입자들이 발을 동동 구르며 비명을 지르는 가운데 보슈 부인이 문 앞에서 소리치고 있었다.

「그만해요!…… 순경을 부를 거야, 알겠어요?」

비자르가 술에 취하면 야수로 변한다는 것을 알고 있었기에, 아무도 선뜻 방으로 들어가려 하지 않았다. 게다가 그는 늘 술에 취해 있었다. 드물게 일을 하는 날에도, 그는 바이스 곁에 증류주 병을 놓고 30분마다 병째 들이켰다. 술을 마시지 않으면 몸을 지탱할 수가 없었다, 입에 성냥을 대면 그의 몸이 횃불처럼 타올랐으리라.

「맞아 죽게 내버려 둘 순 없어!」 제르베즈가 와들와들 몸을 떨면서 말했다.

그녀는 안으로 들어갔다. 망사르드식 창이 달린 방은 무척 깨끗했지만, 남편이 주벽으로 침대 시트까지 팔아서 술을 마신 탓에 헐벗고 서늘했다. 소란에 식탁은 창가까지 밀려나 있었고, 뒤집힌 의자 두 개는 다리를 공중으로 쳐들고 있었다. 방바닥 한가운데서, 물에 젖은 치마가 허벅지에 달라붙고 머리칼이 산발이 된 비자르 부인이 피를 흘리면서 비자르가 발길질을 할 때마다 아이쿠! 아이쿠! 소리를 지르며 거친 숨결로 헐떡였다. 처음에 주먹으로 때리던 비자르는 이제 아예 발로 짓밟고 있었다.

「에잇! 망할 년아!……에잇! 망할 년아!……에잇! 망할 년아!」 그는 때릴 때마다 끈덕지게 그 말을 되풀이하면서 숨 넘어가는 목소리로 으르렁거렸고, 숨이 막히면 막힐수록 더 격렬하게 때렸다.

이윽고 목소리조차 잘 나오지 않았고, 누더기가 된 작업복 속에서 온몸이 뻣뻣하게 굳은 채 미친 듯 마누라를 때렸는데, 수염은 지저분했고 얼굴은 푸르죽죽했고 대머리 이마는 커다란 붉은 반점으로 얼룩져 있었다. 층계참에서 들은 이웃 사람들 말로는, 아침에 20수를 달라는데 마누라가 주지 않았기 때문에 저렇게 죽도록 때리는 것이라고 했다. 계단 밑에서 외치는 보슈의 목소리가 들렸다. 그는 보슈 부인을 부르며 고함을 질렀다.

「내려와, 서로 죽이게 내버려 둬, 그래야 미친것들이 하나라도 줄어들 거 아냐!」

그러는 동안 브뤼 영감이 제르베즈를 따라 방으로 들어왔다. 그들은 둘이서 자물쇠장이를 설득해 방문 쪽으로 밀어내려고 애썼다. 하지만 그는 입에 거품을 물고 말없이 돌아보았다. 창백한 눈에서 알코올이 살인의 불길로 타오르고 있었다. 세탁부는 손목에 타박상을 입었고, 영감은 식탁 위에 쓰러졌다. 바닥에서는 비자르 부인이 입을 크게 벌리고 눈을 감은 채 숨을 거칠게 몰아쉬었다. 비자르는 잠시 마누라를 손에서 놓쳤다. 그는 다시 돌아와서 미친 듯 날뛰며 때렸지만 발길질이 빗나갔고, 눈에 초점이 사라진 채 허공에 대고 주먹질을 하다가 급기야 자기 가슴을 쳤다. 이런 단말마의 참극 속에서 제르베즈의 눈에 네 살짜리 여자아이 랄리의 모습이 보였는데, 방 한구석에서 랄리는 아빠가 엄마를 때려잡는 것을 말없이 지켜보았다. 아이는 그 전날 젖을 뗀 여동생 앙리에트를 보호하려는 듯 두 팔로 감싸고 있었다. 그 자리에 가만히 서 있는 아이의 머리에는 옥양목 머리쓰개가 덮여 있었고, 심각한 표정을 담은 얼굴은 파랗게 질려 있었다. 생각에 잠긴 듯 아이는 미동도 하지 않았으며, 눈물 한 방울 없이 커다란 검은 눈망울로 가만히 바라보기만 했다.

의자에 걸려 바닥에 쓰러진 비자르가 코를 골았을 때, 브뤼 영감은 제르베즈를 도와 비자르 부인을 일으켜 세웠다. 비자르 부인은 흐느껴 울었다. 가까이 다가온 랄리는 이런 일에 익숙해져 이미 체념한 듯 엄마가 우는 것을 쳐다보았다. 건물이 평정을 되찾은 가운데 계단을 내려오는 동안, 세탁부의 눈에는 자꾸만 여인의 시선처럼 진지하고 꿋꿋한 네 살짜리 여자아이의 시선이 떠올랐다.

「쿠포 씨가 길 건너편에 있어요.」 클레망스가 그녀를 보자마자 소리쳤다. 「엄청 취했나 봐요.」

마침 쿠포는 길을 건너오고 있었다. 그는 가게 문을 잘못 밀어 하마터면 어깨로 유리창을 깰 뻔했다. 그는 코가 비뚤어질 정도로 대취한 채 이를 악물고 있었다. 제르베즈는 대번에 〈목로주점〉의 독주가 그의 혈관에 돌고 있음을 알아차렸는데, 중독된 피는 그의 피부를 창백하게 만들었다. 그가 포도주를 마시고 어린애처럼 굴던 날처럼, 그녀는 웃으며 그를 데리고 가서 재우려 했다. 하지만 그는 입을 꽉 다문 채 그녀를 떠밀었다. 그러고는 혼자서 침대로 가면서 그녀를 향해 주먹을 쳐들었다. 그는 저 위층에서 마누라를 때리다 지쳐 코를 골며 잠든 주정뱅이를 닮아 가고 있었던 것이다. 그러자 그녀는 온몸이 오싹해졌고, 다시는 행복해질 수 없으리라는 절망적 예감에 가슴이 미어지며 남편, 구제, 랑티에를 차례로 떠올렸다.

7

　제르베즈의 생일은 6월 19일이었다. 쿠포의 집에서는 누군가 생일을 맞으면 큰 잔치가 벌어졌다. 손님들은 모두 진수성찬으로 일주일치 배를 채워 공처럼 빵빵해져서 나왔다. 돈이란 돈은 깡그리 잔치에 탕진하는 것이었다. 집 안에 단 돈 몇 푼이라도 남아 있으면 다 먹어 없앴다. 달력에 새겨진 성인 축일도 모두 즐거운 식사를 위한 좋은 구실일 뿐이었다. 비르지니는 제르베즈가 맛있는 음식으로 배를 잔뜩 채우는 것을 앞장서서 칭찬했다. 남자가 모든 것을 술로 탕진해 버리니, 안 그래? 집이 술에 떠내려가기 전에 우선 배를 채워 두는 게 상책이지. 어차피 사라질 돈인 이상, 푸줏간 주인에게 돈벌이를 시켜 주든 술집 주인에게 돈벌이를 시켜 주든 무슨 차이가 있겠어? 식도락에 빠진 제르베즈에게는 비르지니의 말이 그럴듯하게 들렸다. 할 수 없지 뭐! 더 이상 동전 한 닢 모이지 않는 게 다 쿠포 잘못이니까. 그녀는 더 살이 쪘다, 게다가 더 다리를 절었는데 왜냐하면 지방질이 붙어 뚱뚱해진 한쪽 다리가 그만큼 더 짧아진 듯 느껴졌기 때문이다.
　그해에는 한 달 전부터 생일이 화제에 올랐다. 모두가 무슨 요리가 좋을지 생각하며 입맛을 다셨다. 가게 전체가 진탕 먹고 마시고 싶은 생각에 몸이 달았다. 이번에는 진짜 미치도록 재미있는 놀이, 평소에 할 수 없는 흥겹고 기발한 놀이를 꼭 해야 해. 그렇잖아! 날이면 날마다 잔치가 있는 게 아니니까. 세탁부에게 가장 신경 쓰이는 일은 누구를 초대할 것인가 하는 문제였다. 그녀는 더도 덜도 아닌 열두 명만을 식탁에 앉히고 싶었다. 그녀 자신, 남편, 시어머니, 르라 부인까지 가족만 해도 벌써 네 사람이었다. 구제 모자와 푸아송 부부도 초대할 예정이었다. 처음에 그녀는 너무 허물없이 지내는 게 싫어서 가게에서 일하는 퓌투아 부인과 클레망스를 초대하지 않을 작정이었다. 그러나 그들 앞에서 늘 생일잔치 이야기를 하게 되고, 그럴 때면 그들의 표정이 시무룩해졌기 때문에, 그녀는 마침내 그들에게 와달라고 하고 말았다. 네 명 더하기 네 명, 즉 여덟 명, 더하기 두 명, 도합 열 명이었다. 하지만 열두 명을 채우고 싶었기에, 얼마 전부터 그녀 주위를 맴돌고 있던 로리외 부부와 관계를 개선했다. 로리외 부부가 내려와서 식사 시간에 손에 잔을 들고 화해를 선언하기로 했다. 당연한 일이야, 가족끼리 언제까지나 불화를 지속할 수는 없어. 어쨌든 잔치 분위기가 모든 사람들의 가슴을 어루만졌다. 그것은 거절하기 힘든 경우였다. 화해 계획을 알게 된 보슈 부부 또한 즉시 상냥한 미소를 띠고 예의 바르게 제르베즈에게 다가왔다. 그들에게도 생일잔치에 참석해 달라고 부탁하지 않을 수 없었다. 어쩌지! 애들을 빼고도 열넷이나 되니. 그녀는 그런 규모의 잔치를 벌여 본 적이 없었다, 걱정스럽기도 했지만 자랑스럽기도 했다.

생일은 마침 월요일이었다. 운이 좋았다. 제르베즈는 일요일 오후부터 요리를 준비할 수 있는 것이다. 토요일이 되자 일을 대충 해치우고 나서, 그들은 무엇을 먹을지 확실히 정하기 위해 가게에서 오래도록 의견을 주고받았다. 한 가지 요리만은 3주 전부터 정해져 있었는데, 그것은 살진 거위구이였다. 그들은 식탐에 젖은 눈으로 거위구이 이야기를 했다. 거위는 이미 사두었다. 쿠포 할멈이 거위를 가지고 나와 클레망스와 퓌투아 부인의 손에 들려 무게를 가늠해 보게 했다. 탄성이 터져 나왔다, 까칠까칠한 껍질과 통통한 노란색 비계에 싸인 거위는 그만큼 거대했다.

「그보다 먼저 포토푀가 나와야겠지, 안 그래요?」 제르베즈가 말했다. 「포타주[29]와 잘게 썬 삶은 고기 조각, 그건 언제 먹어도 맛있어……. 그다음엔 소스를 친 요리가 나와야 해.」

키다리 클레망스가 토끼 고기를 제안했다. 그러나 또 그거냐며 다들 진절머리를 냈다. 제르베즈는 좀 더 우아한 것을 꿈꾸었다. 퓌투아 부인이 송아지 고기 스튜를 제안했을 때, 모두의 얼굴에 미소가 번지며 서로를 쳐다보았다. 좋은 생각이야. 송아지 고기 스튜가 제격이지.

「그다음엔……」 제르베즈가 다시 말했다. 「소스를 친 요리가 한 번 더 나와야 할 것 같아.」

쿠포 할멈이 생선 요리를 생각해 냈다. 그러나 다른 사람들이 다리미를 두드리며 상을 찌푸렸다. 아무도 생선 요리를 좋아하지 않았다, 그건 배도 부르지 않고, 가시만 많아. 사팔뜨기 오귀스틴이 자기는 가오리를 좋아한다고 말하자, 클레망스가 옆구리를 쿡 찌르며 입을 틀어막았다. 마침내 여주인이

---

[29] *potage*. 고기, 야채 따위를 넣어서 진하게 끓인 수프.

감자를 곁들인 돼지고기 에피네를 생각해 내자 다시 한 번 모두의 얼굴이 환하게 밝아졌다. 바로 그때 비르지니가 상기된 얼굴로 헐레벌떡 급하게 뛰어 들어왔다.

「마침 잘 왔어요!」 제르베즈가 소리쳤다. 「어머니, 거위 좀 보여 주세요.」

쿠포 할멈은 다시 살진 거위를 가져왔고, 비르지니는 그것을 손에 들지 않으면 안 되었다. 그녀가 탄성을 내질렀다. 와! 진짜 무겁네! 하지만 그녀는 금세 그것을 작업대 가장자리에, 속치마와 셔츠 보따리 사이에 놓았다. 그녀의 정신이 다른 데 팔려 있었던 것이다. 그녀는 제르베즈를 안쪽 방으로 데리고 갔다.

「이봐요, 글쎄……」 그녀가 빠르게 소곤거렸다. 「알려 줘야 할 것 같아서……. 길모퉁이에서 누굴 만났는지 아세요? 맙소사, 랑티에예요, 랑티에! 거기서 어슬렁거리며 뭔가를 엿보고 있지 뭐예요……. 그래서 냅다 달려왔죠. 당신이 걱정돼서, 알겠어요?」

세탁부의 얼굴이 새파랗게 질렸다. 뭐하러 나타났지, 그 불한당이? 하필이면 잔치를 준비하는 이때에 말이야. 정말 운도 없어. 조용히 즐길 틈조차 가질 수 없으니 말이야. 그러나 비르지니는 아무 걱정 말라고 했다. 괜찮아요! 만약 랑티에가 자꾸만 쫓아다니면, 순경을 불러 감옥에 처넣어 버려요. 한 달 전에 남편이 순경 자리를 얻은 이후로, 갈색 머리 키다리는 우쭐한 태도로 너 나 할 것 없이 잡아들이겠다고 떠벌리고 다녔다. 그 불한당을 파출소로 데려가서 푸아송에게 넘길 수 있도록 길바닥에서 해코지라도 당했으면 좋겠다고 그녀가 목청을 높였기 때문에, 제르베즈는 세탁부들이 엿들을 수 있으니 제발 조용히 하라는 몸짓을 했다. 제르베즈가 먼저 가게로 돌아왔다. 그녀는 태연을 가장하며 다시 말했다.

「자, 야채도 필요하겠지?」

「어때요? 비곗살을 곁들인 완두콩.」 비르지니가 말했다. 「난 그것만 있으면 돼.」

「그래그래, 비곗살을 곁들인 완두콩!」 모두들 찬성했고, 오귀스틴도 반색하며 부지깽이로 다리미 가열기를 쑤셔 댔다.

일요일인 이튿날, 3시부터 쿠포 할멈은 집에 있는 두 개의 화덕과 보슈 부부에게서 빌린 화덕 하나에 불을 붙였다. 3시 30분이 되자, 집에 있는 냄비가 너무 작아 옆집 식당에서 빌린 커다란 솥에서 포토푀가 부글부글 끓기 시작했다. 송아지 고기 스튜와 돼지고기 에피네는 생일 전날 조리하기로 이미 결정해 두었다, 왜냐하면 이 요리들은 오래 익히면 익힐수록 더 맛있기 때문이다. 다만 송아지 고기 스튜에 소스를 치는 것은 식탁에 올리기 직전에 하는 것이 좋았다. 그래도 월요일에 할 일이 꽤 많이 남아 있었다, 포타주, 비곗살을 곁들인 완두콩 요리, 거위구이 등. 안쪽 방은 세 개의 화덕이 불타고 있어서 환히 빛났다. 냄비 속에서 루[30]가 짙은 연기를 내며 기름 타는 냄새를 풍겼다. 한편 커다란 솥은 부글부글 끓는 그윽하고 깊은 소리와 함께 옆구리를 흔들며 보일러처럼 증기를 뿜었다. 하얀 앞치마를 질끈 동여맨 쿠포 할멈과 제르베즈는 파슬리를 고르랴, 후추와 소금을 찾으랴, 나무 주걱으로 고기를 저으랴 방 안에서 정신없이 오갔다. 그들은 편하게 일하기 위해서 쿠포를 밖으로 내보냈다. 그렇지만 오후 내내

---

30 *roux*. 밀가루와 버터를 섞어 익힌 것으로 소스를 진하게 하는 데 쓰인다.

등 뒤로 사람들이 몰려들었다. 건물 전체에 맛있는 냄새가 진동을 한 까닭에, 이웃 여자들이 무슨 요리를 하고 있는지 알고 싶어서 이런저런 구실로 하나둘 줄지어 들어왔던 것이다. 그들은 거기에 서서 제르베즈가 어쩔 수 없이 솥뚜껑과 냄비 뚜껑들을 열 때까지 기다렸다. 5시경, 비르지니가 나타났다. 그녀는 다시 랑티에를 보았던 것이다. 이제 거리로 나서기만 하면 그와 마주친다는 것이었다. 보슈 부인도 방금 길모퉁이에서 음험한 표정으로 고개를 내밀고 다니는 그를 보았다고 했다. 그러자 포토푀에 넣을 구운 양파를 사러 갈 참이었던 제르베즈는 부들부들 몸을 떨었고, 감히 밖으로 나가지 못했다. 문지기 여자와 재봉사가 프록코트 안에 단도나 권총을 숨긴 채 여자들을 기다리는 무시무시한 남자들의 이야기를 해서 그녀에게 잔뜩 겁을 준 만큼 더욱더 그랬다. 아무렴! 날마다 신문에 그런 기사가 나잖아. 그런 불한당들은 행복하게 사는 옛 여자를 만나고 싶을 때엔 무슨 짓이든지 하거든. 비르지니는 친절하게도 자기가 대신 구운 양파를 사다 주겠노라고 했다. 여자들끼리 도와야 해, 이 불쌍한 여자를 맞아 죽게 내버려 둘 순 없어. 양파를 사 온 비르지니는 랑티에가 그 자리에 없더라고 했다. 들킨 줄 알고 달아난 게 틀림없어. 저녁때까지, 냄비 주위에서 랑티에 이야기가 이어졌다. 보슈 부인이 쿠포에게 알리라고 했을 때, 제르베즈는 화들짝 놀라며 그에게는 단 한 마디도 해서는 안 된다고 신신당부했다. 안 돼! 절대로 안 돼! 며칠 전부터 자면서 욕을 하고 주먹으로 벽을 치는 걸 보면, 남편은 벌써 이 일을 눈치채고 있는지도 몰라. 두 남자가 자기 때문에 싸울 거라고 생각하니 손이 덜덜 떨렸다. 그녀는 쿠포를 잘 안다고 했다, 질투에 사로잡히면 절단기를 가지고 랑티에에게 덤벼들 사람이었다. 네 여자가 그 드라마를 화제로 이러쿵저러쿵 이야기를 하는 동안, 재로 가득 찬 화덕 위에서 고깃국이 은은히 익어 갔다. 쿠포 할멈이 뚜껑을 열었을 때, 스튜와 에피네는 바글바글 아주 작은 소리를 내며 끓고 있었다. 포토뢰는 햇살에 배를 드러내고 잠든 성가대원의 코고는 소리처럼 가냘픈 소리를 냈다. 결국 그들은 맛을 본다는 이유로 각자 잔을 들고 수프를 떠 넣었다.

마침내 월요일이 되었다. 열네 명을 초대한 이상, 어떻게든 그들에게 자리를 마련해 줘야 했다. 그녀는 가게에 식탁을 차리기로 결정했다. 그래서 아침부터 어떤 각도로 식탁을 놓아야 좋을지 알기 위해 이곳저곳을 자로 재었다. 그런 다음, 세탁물을 옮기고 작업대를 해체했다. 식탁으로 사용하기 위해서는 작업대를 다른 발판 위에 놓아야 했다. 그렇게 야단법석을 떠는 가운데 금요일부터 세탁물을 기다린 여자 손님 하나가 나타나서 울화통을 터뜨렸다. 아무도 대꾸조차 하지 않았기 때문에, 그녀는 당장에 세탁물을 내놓으라고 했다. 그러자 제르베즈가 뻔뻔스럽게 거짓말을 하며 변명했다. 제 잘못이 아니랍니다, 오늘은 가게 대청소를 하는 날이고, 세탁부들은 내일이 되어야 나오거든요. 이튿날 문이 열리면 바로 손님의 세탁물부터 처리하겠다고 약속하고 겨우 손님을 달래서 보냈다. 손님이 나가자마자, 그녀는 잔소리를 늘어놓았다. 그렇잖아, 손님들의 말을 다 듣다간 밥 먹을 시간조차 없을 거야, 그들의 구미에 맞추다간 일찍 죽고 말 거라고! 묶어 놓은 개도 아닌데 말이야! 정말이야! 터키 대왕이 몸소 정장 칼라를 갖고 와서 10만 프랑을 준대도, 오늘 같은 날은 절대 다림질을 안 할 거야, 나도 좀 즐겨야 할 거 아냐.

이것저것 필요한 물건을 사느라 아침나절이 다 지나갔다. 제르베즈는 세 번이나 밖으로 나갔다가 노새처럼 짐을 잔뜩 지고 돌아왔다. 포도주를 주문하러 다시 나가려고 했을 때, 그녀는 돈이 충분치 않다는 것을 깨달았다. 물론 포도주야 외상으로 살 수도 있었다. 하지만 집에 돈이 한 푼도 없어서는 안 될 일이었다, 늘 예기치 않게 자질구레한 씀씀이가 생기니까 말이다. 안쪽 방에서 쿠포 할멈과 제르베즈는 걱정을 하며 적어도 20프랑이 필요하다고 계산했다. 그렇지만 20프랑을 어디서 구한단 말인가? 예전에 바티뇰 극장 단역 배우의 살림을 해주었던 쿠포 할멈이 먼저 전당포 이야기를 꺼냈다. 제르베즈는 웃으며 안도의 한숨을 쉬었다. 바보처럼! 왜 그걸 생각 못 했을까. 그녀는 검정 실크 드레스를 접어서 보자기에 넣고 핀을 꽂았다. 그런 다음 그것을 쿠포 할멈의 앞치마 밑에 감추었고, 이웃들이 알 필요가 없으니까 배에 납작하게 붙이는 것이 좋겠다고 말했다. 그러고는 문가로 가서 혹시 누가 노파를 따라가지 않는지 살펴보았다. 그러나 노파가 석탄 가게 앞까지도 채 못 갔을 때, 그녀가 노파를 다시 불렀다.

「어머니! 어머니!」

그녀는 노파를 가게로 들어오게 한 다음, 손가락에서 결혼 반지를 빼면서 이렇게 말했다.

「자, 이것도 잡히세요. 더 많이 받을 수 있을 테니까.」

쿠포 할멈이 25프랑을 갖다 주었을 때, 그녀는 춤을 추며 기뻐했다. 그녀는 고기 요리와 함께 마시기 위해 고급 봉인 포도주 여섯 병을 더 주문하러 갔다. 이만하면 로리외 부부의 코가 납작해질걸.

보름 전부터 쿠포 부부가 꿈꾸던 것이 바로 그것이었다. 로리외 부부의 코를 납작하게 하기. 이 엉큼한 남자와 여자는 정말 어울리는 한 쌍이야, 맛있는 걸 먹을 때면 훔쳐 오기라도 한 듯 언제나 문을 걸어 잠그잖아? 흥, 불빛을 가려서 잠자는 것처럼 보이게 하려고 창문에 담요를 걸어 두는 걸 누가 모를 줄 알아? 당연히 아무도 찾아올 수 없지. 둘이서 큰 소리라고는 한마디도 내지 않고 게걸스럽게, 바삐 서둘러서 포식을 하잖아. 심지어 다음 날 먹고 남은 뼈를 쓰레기통에 넣지도 않지, 자기들이 먹은 게 무언지 아무도 모르게 말이야. 여편네가 길모퉁이 시궁창에 몰래 버리곤 하는 게 바로 그거라고. 어느 날 아침, 제르베즈는 로리외 부인이 거기서 굴 껍데기로 가득 찬 바구니를 탈탈 털어 내는 것을 우연히 보았다. 쳇! 쩨쩨하기는, 이 구두쇠들은 통이 너무 작아, 그렇게 미친 짓거리를 하는 것도 그저 조금이라도 더 가난하게 보이고 싶어서야. 그렇담 좋아! 본을 보여 주지, 우린 다르다는 걸 확실히 보여 줘야 해. 제르베즈는 할 수만 있다면 식탁을 길 한가운데에 놓으리라, 지나가는 사람을 모두 초대할 수 있게 말이다. 돈이란, 안 그래? 곰팡이 슬게 하려고 만든 게 아냐. 돈이란 햇살을 받아 반짝일 때 진짜 아름다운 거라고. 그녀는 이제 그들과 전혀 다른 사람이 되기 위해 20수가 생기면 40수를 가진 것처럼 보이게 행동했다.

쿠포 할멈과 제르베즈는 3시부터 식탁을 차리며 로리외 부부 이야기를 했다. 그들은 유리창에 커다란 커튼을 걸었다. 그러나 날씨가 더웠기 때문에 문을 열어 놓았고, 그 바람에 행인들이 모두 식탁 앞으로 지나가게 되었다. 두 여자는 물병 하나, 술병 하나, 소금 통 하나를 놓을 때에도 로리외 부부의 기를 죽일 방법을 생각했다. 그들은 로리외 부부의 눈에 띄기 좋은 자리에 값나가는 포크와 나이프 세트를 놓았고, 특별히 두 부부 앞에는 가장 아름다운 접시, 틀림없이 한 방 먹일 수 있을 자기(磁器) 접시를 놓기로 했다.

「아녜요, 아녜요, 어머니.」 제르베즈가 소리쳤다. 「그 사람들 앞에는 그 냅킨을 놓지 마세요! 여기 무늬 냅킨 두 개가 있거든요.」

「그렇구나!」 노파가 소곤거렸다. 「확실히 기가 죽을 게야.」

그들은 하얀색 보를 덮은 거대한 식탁의 양쪽 끝에 서서 서로 미소를 주고받았는데, 식탁 위에 나란히 놓인 열네 벌의 식기 세트가 그들의 자존심을 한껏 부풀려 주었다. 그것은 마치 가게 안에 세운 예배당처럼 보였다.

「그런데 말예요……」 제르베즈가 다시 말했다. 「그 사람들 왜 그렇게 노랑이가 되었을까요! 글쎄, 지난달에도 그 형님이 물건을 배달하는 중에 금 사슬 하나를 잃어버렸다고 동네방네 떠들고 다녔잖아요. 쳇! 절대로 물건을 잃어버릴 사람이 아니죠!…… 그건 다만 궁상을 떨어서 어머니에게 1백 수를 안 주려는 수작일 뿐이라고요.」

「지금까지 1백 수를 받은 건 두 번밖에 안 돼.」 쿠포 할멈이 말했다.

「내기할까요? 다음 달에는 또 다른 핑계를 댈 거예요……. 알고도 남죠, 토끼 고기를 먹을 때 왜 창문을 가리는지. 그렇잖아요? 사람들이 이렇게 말할까 봐 그러죠. 〈토끼 고기를 먹는 걸 보니 어머님께 1백 수를 드릴 수 있겠네요.〉 아! 정말 지독해요!…… 만약 우리 집에 모시지 않았더라면, 어머님이 어떻게 되셨을까?」

쿠포 할멈은 고개를 끄덕였다. 쿠포 부부가 베푸는 잔치 때문에, 그날 그녀는 로리외 부부에게 완전히 적대적이었다. 그녀는 요리, 냄비 주변에서의 잡담, 잔치로 시끌벅적한 집안 분위기를 좋아했다. 게다가 통상 제르베즈와 마음이 잘 통했다. 그러나 여느 집안에서 그렇듯 고부 사이가 틀어질 때면, 노파는 투덜거리며 며느리 덕분에 연명하는 게 얼마나 불행한 일인지 모른다고 신세 한탄을 했다. 내심 그녀는 로리외 부인에게 애정을 간직하고 있음이 틀림없었다. 어쨌든 딸이니까 말이다.

「안 그래요?」 제르베즈가 재차 말했다. 「그 집에 계셨으면 이렇게 살이 찌지도 못하셨을걸요. 커피도, 담배도, 과자도 어림없는 얘기죠!…… 글쎄, 침대에 매트리스를 두 장씩이나 깔아 드렸을까?」

「아니고말고.」 쿠포 할멈이 대답했다. 「내가 문 앞에 떡 버티고 서서 걔들이 들어올 때 어떤 표정을 짓는지 봐야겠어.」

로리외 부부의 얼굴을 상상만 해도 즐거웠다. 그러나 그처럼 식탁을 바라보고 서 있을 여유가 없었다. 쿠포 가족은 1시경 돼지고기로 점심을 대충 때웠는데, 왜냐하면 세 개의 화덕이 모두 사용 중이었고 또 저녁때까지 접시를 더럽히고 싶지 않았기 때문이다. 4시에 두 여자는 눈코 뜰 새 없이 바빴다. 거위는 열린 창문 옆에서, 벽에 기대 놓은 화로에서 익어 가고 있었다. 거위가 너무도 커서 구이용 팬에 억지로 우그려 넣어야 했다. 장의자에 앉아 얼굴 가득 불빛을 받으며 사팔뜨기 오귀스틴은 손잡이가 긴 국자로 사뭇 진지하게 거위에 소스를 치고 있었다. 제르베즈는 비곗살을 곁들인 완두콩에 매달렸다. 요리에 둘러싸여 넋이 나간 듯 맴을 돌며 쿠포 할멈은 에피네와 스튜를 다시 데울 차례를 기다렸다. 5시경, 손님들이 도착하기 시작했다. 먼저 두 세탁부, 클레망스와 퓌투아 부인이 각기 푸른색과 검은색 나들이옷을 입고 나타났다. 클레망스는 제라늄 꽃을, 퓌투아 부인은 헬리오트로프 꽃을 들고 있었다. 마침 밀가루로 손이 하얗게 된 제르베즈는 두 손을 뒤로 돌린 채 각자의 뺨에 큰 동작으로 두 번의 입맞춤을 했다. 바로 뒤이어, 길 하나만 건너면 되는 거리에 살고 있음에도 귀부인처럼 숄을 두르고 모자를 쓴 비르지니가 날염 모슬린 드레스를 입고 들어섰다. 그녀는 빨간 카네이션 화분을 가지고 왔다. 그녀는 자기 쪽에서 먼저 두 팔을 크게 벌려 세탁부를 꼭 껴안았다. 이윽고 팬지 화분을 든 보슈, 목서 화분을 든 보슈 부인, 레몬 화분을 든 르라 부인이 나타났는데, 르라 부인의 보라색 메리노 양모 드레스에는 화분의 흙이 묻어 있었다. 세 개의 화덕과 한 개의 화로가 질식할 듯한 열기를 피워 올리는 가운데 손님들은 서로 포옹을 나누며 방으로 밀려들었다. 여러 프라이팬에서 나는 볶고 튀기는 소리가 그들의 목소리를 덮었다. 드레스 하나가 구이용 팬에 걸리는 바람에 모두가 가슴이 철렁했다. 거위 굽는 냄새가 하도 강해서 손님들이 코를 벌름거렸다. 제르베즈는 무척 친절했고, 꽃 선물에 대해 일일이 인사를 하면서도 쉼 없이 손을 놀려 오목한 접시에 스튜용 소스를 준비했다. 그녀는 흰색 종이 테두리 장식을 떼지 않은 채 화분들을 가게 안 식탁 가장자리에 놓아두었다. 그윽한 꽃향기가 요리 냄새에 뒤섞였다.

「도와 드릴까요?」 비르지니가 말했다. 「사흘 전부터 애써 장만한 음식을 우리가 삽시간에 먹어 치울 테니, 미안해서 어쩌나!」

「뭘요, 당연한 일인데!」 제르베즈가 대답했다. 「혼자 한 게 아녜요……. 관뒤요, 손을 더럽히지 마세요. 봐요, 다 준비됐잖아. 포타주만 익으면 끝나요…….」

그래서 모두 편하게 자리를 잡았다. 여자들은 숄과 보닛을 침대 위에 놓았고, 치마를 더럽히지 않기 위해 살짝 접어 올려 핀으로 고정시켰다. 식사 시간이 될 때까지 경비실을 지키도록 아내를 내보낸 보슈는 벌써 클레망스를 다리미 가열기가 놓인 한쪽 구석으로 몰아넣고서는 간지럼을 잘 타느냐고 물었다. 클레망스는 젖가슴이 터질 듯 동그랗게 몸을 웅크린 채 숨 가쁘게 몸을 뒤틀었는데, 왜냐하면 간지럼을 생각만 해도 온몸에 소름이 쫙 돋았기 때문이다. 다른 여자들은 요리하는 사람들에게 방해가 될까 봐 가게로 가서 식탁 주변 벽에 기대섰다. 그러나 열린 문을 통해 안쪽 방과 대화가 계속되었고 또 말이 잘 들리지 않았기 때문에, 여자들은 무시로 안쪽 방으로 다시 들어가서 제르베즈를 둘러싼 채 갑자기 일제히 큰 소리를 지르곤 했다. 제르베즈는 김이 나는 국자를 손에 든 채 대답하느라 정신이 없었다. 모두가 웃음을 터뜨렸고, 목소리를 높였다. 비르지니는 배 속에 빈자리를 만들기 위해 이틀 전부터 굶었다고 했고, 클레망스는 한술 더 떠 아침에 영국 사람들처럼 관장제를 먹고 배 속을 싹 비워 냈다고 너스레를 떨었다. 그러자 보슈가 빨리 소화시키는 방법을 일러 주었는데, 요리를 한 접시 먹을 때마다 문짝에 몸을 문지르라는 것이었다. 그것도 영국 사람들이 하는 짓이야, 그렇게 하면 열두 시간 동안 쉴 새 없이 먹어도 위장이 끄떡도 하지 않아. 식사에 초대를 받으면, 안 그래? 왕창 먹어 주는 게 예의지. 고양이를 위해 송아지 고기, 돼지고기, 거위 고기를 장만하는 게 아니니까 말이야. 아! 여주인님은 손가락 하나 까딱 안 해도 돼요. 우리가 깨끗이 먹어 치워서 내일 설거지할 게 없을 테니까. 모두가 식욕을 돋우기 위해서 냄비와 구이용 팬 위에 코를 갖다 대고 냄새를 맡았다. 여자들은 마침내 젊은 아가씨들처럼 쾌활하게 놀았다. 그들은 서로 떠밀었고, 마룻바닥을 쾅쾅 울리며 이 방 저 방 뛰어다녔고, 요란하게 법석을 떨며 치맛자락으로 요리 냄새를 몰고 다녔다, 그들의 웃음소리가 분주히 비곗살을 써는 쿠포 할멈의 칼질 소리와 뒤섞였다.

모두가 웃고 떠들고 뛰어다니던 바로 그때, 구제가 나타났다. 그는 커다란 백장미 화분, 줄기가 얼굴에 닿고 꽃송이가 그의 노란 수염과 뒤섞이는 아름다운 화분을 품에 안고 부끄러워 감히 들어오지 못했다. 제르베즈는 화덕의 불로 두 뺨이 달아오른 채 그에게로 달려갔다. 하지만 그는 화분을 어떻게 해야 할지 몰랐다. 그녀가 두 손으로 그것을 받았을 때, 그는 감히 볼에 입맞춤조차 하지 못하고 무엇인가 더듬더듬 말했다. 그녀가 발돋움을 해서 뺨을 그의 입에 갖다 대야 했다. 그는 몹시 당황해하며 갑자기 자국이라도 낼 듯 그녀의 눈에 거칠게 입맞춤을 했다. 둘 다 몸을 떨고 있었다.

「오! 구제 씨, 너무 아름다워요!」 깃털 같은 잎들이 다른 화분보다 더 길게 뻗은 장미 화분을 다른 화분들 옆에 놓으며 그녀가 말했다.

「아닙니다, 아닙니다.」 달리 무슨 말을 해야 할지 몰라 그가 되풀이했다.

심호흡을 하고 가슴이 좀 진정되었을 때, 그는 어머니를 기다릴 필요가 없다고 했다. 좌골 신경통이라는 것이었다. 제르베즈는 아쉬워했다. 구제 부인에게만은 꼭 드리고 싶기 때문에 거위 고기를 따로 챙겨 두겠노라고 말했다. 이제 더 기다릴 사람이 없었다. 다만 점심 식사 후에 푸아송을 데리러 간 다고 나간 쿠포가 돌아오지 않았는데, 동네 어귀에서 둘이 어슬렁거리고 있을 게 틀림없었다. 하지만 6시까지 오겠다고 단단히 약속한 만큼, 늦지는 않을 것이다. 포타주가 거의 다 익었을 때, 제르베즈는 르라 부인을 불러 이제 로리외 부부를 데려올 시간이 되었다고 말했다. 그러자 르라 부인의 표정이 엄숙해졌다. 두 부부 사이의 교섭 일체를 맡아 일의 진행을 실질적으로 이끌어 온 사람이 바로 그녀였던 것이다. 그녀는 숄을 두르고 보닛을 썼다. 그녀는 몸을 뻣뻣이 세우고 거드름을 피우며 올라갔다. 아래층에서 세탁부는 말없이 포타주와 이탈리아 파스타를 휘젓고 있었다. 모든 손님이 갑자기 심각한 표정으로 숙연하게 기다렸다.

먼저 나타난 것은 르라 부인이었다. 그녀는 화해를 더욱 빛나게 하기 위해 거리를 한 바퀴 돌아왔다. 그녀가 활짝 열린 가게 문을 손으로 붙잡고 있을 때, 실크 드레스를 입은 로리외 부인이 문턱에 나타났다. 손님들이 모두 일어났고, 미리 정해 놓은 대로 제르베즈가 앞으로 나아가 시누이를 포옹하며 말했다.

「자, 들어오세요. 끝났어요, 그렇죠?…… 우리 이제 사이좋게 지내요.」

로리외 부인이 화답했다.

「항상 이렇게 지내고 싶어.」

그녀가 들어오자 이번에는 로리외가 문턱에 서서 포옹을 기다리고 있었다. 남편도 아내도 꽃을 가져오지는 않았다. 자존심이 허락하지 않았다, 먼저 꽃을 들고 찾아가면 〈절름발이〉에게 완전히 굴복하는 꼴이 된다고 생각했기 때문이다.

그러는 동안 제르베즈는 오귀스틴에게 포도주 두 병을 가져오라고 소리쳤다. 그런 다음 식탁 끝에서 잔을 채웠고, 모든 손님을 불렀다. 각자 술잔을 들고 가족의 화합을 위해 술잔을 부딪치며 건배했다. 잠시 침묵이 흘렀다, 모두가 술을 마셨고, 여자들도 팔꿈치를 치켜들고 단숨에 마지막 한 방울까지 비웠다.

「식전에는 이게 최고야.」 입맛을 다시며 보슈가 말했다. 「엉덩이를 한 대 걷어차는 것보다 훨씬 짜릿해.」

좀 전에 쿠포 할멈은 로리외 부부의 얼굴을 보기 위해 문앞에 나와 있었다. 그녀는 제르베즈의 옷자락을 끌고 안쪽 방으로 데려갔다. 둘은 포타주 위로 고개를 숙인 채 작은 목소리로 신이 나서 이야기했다.

「봤어? 못생긴 코쟁이 같으니라고!」 노파가 말했다. 「넌 못 봤을 게야, 넌. 난 두 눈으로 똑똑히 봤어······. 식탁을 보더니, 글쎄! 얼굴이 이렇게 일그러졌어, 입꼬리가 눈에 닿을 듯 했다니까. 게다가 사내놈도 숨이 막히는지 자꾸만 기침을 하지 뭐야······. 저기 좀 봐, 저기. 침이 말라서 입술을 깨물고 있잖아.」

「힘드네요, 저렇게나 샘이 많으니, 원.」 제르베즈가 소곤거렸다.

정말이지 이상한 사람들이야. 물론 기가 죽는 걸 좋아하는 사람이 어디 있겠어. 남이 잘되면 배가 아픈 게 당연하지, 특히 집안에서는. 하지만 다들 참고 사는 거죠, 안 그래요? 웃음거리가 되어서는 안 되니까. 그런데 좀 봐요! 저 사람들은 도대체 참을 줄을 몰라. 얼굴에 다 쓰여 있다니까, 눈을 치켜뜨고, 입을 삐죽이고. 얼마나 노골적이면, 저것 봐요, 다른 손님들이 어디가 불편하냐고 물어보잖아요. 하기야 식기 세트 14인분, 하얀 식탁보, 미리 잘라 놓은 빵 조각, 물건이 가지런히 놓인 식탁, 이런 걸 보고 있자니 속이 불편하기도 할 테죠. 실제로 가게는 대로의 레스토랑 같은 분위기를 풍겼다. 로리외 부인이 한 바퀴 빙 둘러보다가 꽃이 눈에 띄자 얼른 고개를 숙였다. 그러고는 커다란 식탁보가 새것임에 틀림없다는 생각에 속이 상해서 그녀는 몰래 손으로 만져 보았다.

「다 됐어요!」 두 팔을 드러내고 금발 머리 몇 가닥을 관자놀이에 흩날리며 다시 나타난 제르베즈가 미소 지으며 외쳤다.

손님들은 식탁을 둘러싸고 서성였다. 모두가 배가 고팠고, 지겨운 듯 가볍게 하품을 했다.

「이 양반만 도착하면 시작할 텐데.」 세탁부가 말했다.

「이런!」 로리외 부인이 말했다. 「수프가 다 식겠어……. 쿠포는 만사 잊어버리잖아. 아예 내보내지 말았어야지.」

벌써 6시 30분이었다. 이제 요리가 탈 지경이었다. 거위 고기가 너무 익으면 안 돼. 초조해진 제르베즈가 누가 근처 술집으로 가서 쿠포를 본 사람이 있는지 알아봐 줬으면 좋겠다고 했다. 그러자 구제가 자원했고, 그녀도 함께 가겠다고 했다. 비르지니도 남편을 걱정하며 따라나섰다. 모자도 쓰지 않고 맨머리로 나간 세 사람은 길을 가득 메우며 걸어갔다. 프록코트를 입은 대장장이가 왼쪽 팔은 제르베즈에게, 오른쪽 팔은 비르지니에게 맡겼다. 그는 손잡이가 둘 달린 바구니가 된 기분이라고 했다. 그 말이 너무 웃겨서 그들은 한바탕 웃느라고 걸음을 옮기기 힘들어 그 자리에 멈춰 섰다. 돼지고기 가게 거울에 비친 자신들의 모습을 본 그들은 한층 더 크게 웃음보를 터뜨렸다. 짙은 검정 정장 차림의 구제를 두고 좌우로 선 두 여자는 알록달록한 두 마리의 암탉처럼 보였다. 재봉사는 장미꽃이 점점이 그려진 모슬린 드레스를 입었고, 세탁부는 목에 작은 회색 실크 넥타이를 매고 손목을 드러낸 채 무명 완두콩 무늬 드레스를 입고 있었다. 평일임에도 나들이옷을 입은 세 사람이 6월의 미적지근한 저녁에 푸아소니에르가를 가득 메운 인파를 헤치며 즐겁고 활기차게 지나가는 것을 보고 행인들이 몸을 돌려 구경했다. 그러나 시시덕거리고 있을 때가 아니었다. 그들은 술집마다 문 앞으로 곧장 가서 목을 길게 빼고 카운터를 살펴보았다. 이 쿠포란 작자가 술을 마시러 개선문까지 갔단 말인가? 그들은 거리 위쪽을 샅샅이 뒤지며 쿠포가 갈 만한 곳은 다 들러 보았다. 술에 절인 자두로 유명한 〈귀여운 사향고양이〉, 오를레앙 포도주를 6수에 파는 바케 할멈네 주점, 다루기 힘든 마부들의 집합소인 〈나비〉 등을 모두 뒤졌지만, 쿠포의 모습은 보이지 않았다. 대로를 향해 내려가며 길모퉁이 프랑수아네 주점 앞을 지날 때, 갑자기 제르베즈가 가벼운 비명을 질렀다.

「왜 그래요?」 구제가 물었다.

세탁부는 더 이상 웃지 않았다. 그녀는 몹시 창백해졌고, 너무도 흥분해서 쓰러질 지경이었다. 비르지니는 프랑수아네 주점에서 테이블에 앉아 태연히 식사를 하는 랑티에를 보고서 대번에 상황을 눈치챘다. 두 여자는 대장장이를 황급히 끌고 갔다.

「발목을 접질렸었어요.」 흥분이 다소 가라앉은 제르베즈가 말했다.

마침내 거리 아래쪽에서, 콜롱브 영감의 〈목로주점〉에서 쿠포와 푸아송을 찾아냈다. 둘은 한 무리의 손님들 가운데 서 있었다. 회색 작업복을 입은 쿠포는 주먹으로 거칠게 카운터를 탕탕 치며 고함을 질렀다. 그날 비번이었던 푸아송은 꽉 끼는 낡은 밤색 윗도리를 입고서 황제 수염과 붉은 콧수염을 곤두세운 채, 시무룩하고 조용한 얼굴로 그의 말을 듣고 있었다. 여자들을 길가에 세워 두고 구제가 안으로 들어가 함석장이의 어깨에 손을 올렸다. 그러나 밖에서 기다리는 제르베즈와 비르지니를 보았을 때, 함석장이는 화를 벌컥 냈다. 누가 저따위 암컷들을 데리고 왔어? 이제 여편네들이 여기까지 따라다닌다 이거지! 염병할! 난 여기서 한 발짝도 안 움직일 테야, 여편네들끼리 그 잘난 만찬을 드시라고 그래. 그를 달래기 위해 구제는 술 한 잔을 받아 마시지 않으면 안 되었다. 쿠포는 그러고도 5분을 더 카운터 앞에서 꾸물거리는 심술을 부렸다. 이윽고 술집에서 나오며 아내에게 말했다.

「이러지 마······. 볼일이 있어서 여기 있는 거야, 알겠어?」

그녀는 아무 대답도 하지 않았다. 온몸이 와들와들 떨렸다. 그녀는 비르지니의 랑티에 이야기를 했음이 틀림없었는데, 왜냐하면 비르지니가 앞장서서 가라며 자기 남편과 구제의 등을 떠밀었기 때문이다. 두 여자는 함석장이가 여기저기 쳐다보는 것을 막기 위해 함석장이의 양옆에 꼭 붙어서 걸었다. 난 취하지 않았어, 술을 마셔서가 아니라 말을 많이 해서 골이 띵한 것뿐이야. 여자들이 왼쪽 길로 가려 하자, 쿠포는 심술궂게 그들을 밀치며 오른쪽 길로 걸어갔다. 두 여자는 질겁하며 뛰어가서 프랑수아네 주점의 문을 가리려고 애썼다. 그러나 쿠포는 거기에 랑티에가 있다는 사실을 알고 있던 것이 분명했다. 제르베즈는 그가 투덜거리는 소리를 듣고 대경실색했다.

「그래, 그렇지! 나의 암사슴, 우리가 잘 아는 친구가 여기 있잖아. 날 숙맥으로 취급하지 마……. 당신이 여기저기 기웃거리며 훔쳐보는 걸 내가 그냥 둘 줄 알아?」

그러고서 그는 더욱 노골적인 말을 내뱉었다. 저년이 두 팔을 걷어붙인 채 상판대기에 분을 처바르고 찾아다니는 건 내가 아냐. 그건 바로 옛날 기둥서방이지. 별안간 그는 랑티에를 향한 미칠 듯한 분노에 사로잡혔다. 에잇! 이 날강도야! 에잇! 이 우라질 잡놈아! 우리 둘 중 하나는 토끼처럼 창자가 터져서 길바닥에 쓰러져야 해. 그러나 랑티에는 그 소리가 안 들리는지 태연히 참소리쟁이를 곁들인 송아지 고기를 먹고 있었다. 사람들이 모여들기 시작했다. 이윽고 비르지니가 쿠포를 데리고 갔는데, 그는 길모퉁이를 돌자마자 갑자기 조용해졌다. 괜찮아, 일행은 갈 때와 달리 풀이 죽어서 가게로 돌아왔다.

손님들은 식탁을 둘러싼 채 목이 빠져라 기다리고 있었다. 함석장이가 여자들 앞에서 건들거리며 악수를 청했다. 가슴이 답답해진 제르베즈는 목소리를 낮추어 말했고, 사람들을 자리에 앉혔다. 그때 문득 그녀는 구제 부인이 오지 않았기 때문에 로리외 부인 옆자리가 빈다는 것을 알아차렸다.

「열셋이잖아!」얼마 전부터 예감하고 있던 불행의 새로운 전조를 숫자에서 보면서 그녀는 몹시 당황했다.

이미 자리에 앉아 있던 여자들이 불안한 듯 유감스러운 표정으로 일어났다. 퓌투아 부인은 자기가 집으로 돌아가겠다고 했다. 그녀 생각에 열셋이서 식사하는 것은 아무래도 법도에 어긋나는 일이었다. 게다가 어차피 음식에 손도 대지 않을 텐데요 뭘, 저는 고기를 먹으면 도통 소화가 안 돼서요. 보슈가 코웃음을 쳤다. 열넷보다 열셋이 나아. 각자 더 배불리 먹을 수 있거든, 그렇잖아.

「잠깐만요!」제르베즈가 말했다. 「이렇게 하면 돼요.」

밖으로 나가서 그녀는 마침 차도를 건너고 있던 브뤼 영감을 불렀다. 몸이 뻣뻣하게 굳고 등이 휜 늙은 노동자는 말없이 들어왔다.

「저기 앉으세요, 영감님.」세탁부가 말했다. 「우리와 함께 식사해요, 네?」

그는 그저 고개를 끄덕일 뿐이었다. 이러나저러나 상관없었지만, 어쨌든 반가운 기색이었다.

「됐죠! 다른 사람보다 저 영감님이 나아요.」 목소리를 낮추며 그녀가 말을 계속했다. 「배가 고파도 못 드실 때가 많거든요. 어쨌든 한 끼가 해결되죠……. 숫자가 맞으니, 우리도 좋고.」

구제는 눈시울이 뜨거워졌다, 제르베즈의 선의에 몹시 감동했던 것이다. 다른 사람들도 동정하며 아주 잘된 일이라고 했고, 이 일이 자기들에게 행운을 가져다줄 것이라고 덧붙였다. 그렇지만 로리외 부인은 노인 곁에 앉는 것이 못마땅한 표정이었다. 그녀는 떨어져 앉았고, 노인의 거친 손, 누덕누덕 기운 빛바랜 작업복에 혐오의 눈길을 던졌다. 브뤼 영감은 특히 자기 앞에 놓인 접시 위의 냅킨에 놀란 채 다소곳이 고개를 숙이고 있었다. 그는 냅킨을 무릎 위에 놓을 생각조차 하지 못했고, 결국 그것을 집어서 식탁 가장자리에 살그머니 놓았다.

이윽고 제르베즈가 이탈리아 파스타를 곁들인 포타주를 내왔다, 손님들이 스푼을 들어 막 먹기 시작했을 때, 쿠포가 다시 사라졌다고 비르지니가 말했다. 콜롱브 영감의 술집으로 되돌아간 것일까. 그러나 손님들이 모두 화를 냈다. 이번엔 어림도 없어! 찾으러 가지 마, 배가 고프지 않으면, 길바닥에 있어도 돼. 모두가 스푼으로 접시 바닥을 긁고 있을 때, 쿠포가 꽃무 화분과 봉선화 화분을 양쪽 팔에 각기 하나씩 안고 나타났다. 박수가 터졌다. 그는 정중한 태도로 다가가서 제르베즈의 술잔 좌우에 하나씩 두 화분을 놓았다. 그런 다음 허리를 굽혔고, 그녀에게 키스했다.

「내가 무심했었어, 나의 암사슴……. 그럴 순 없지, 오늘 같은 날엔 어쨌든 서로 사랑해야 해.」

「정말 멋지잖아요, 오늘 저녁 쿠포 씨.」 클레망스가 보슈의 귀에 대고 소곤거렸다. 「무슨 일을 해야 할지 다 알고 있어요, 다정다감하게.」

바깥주인의 절묘한 행동으로 한때 위태로웠던 명랑한 분위기가 되살아났다. 평정을 되찾은 제르베즈는 다시 만면에 미소를 띠었다. 손님들이 포타주를 끝냈다. 술병이 돌았고, 손님들은 파스타를 씻어 내리기 위해 첫 잔으로 순정 포도주를 조금 마셨다. 옆방에서 아이들이 다투는 소리가 들렸다. 거기에는 에티엔, 나나, 폴린, 빅토르가 있었다. 얌전하게 굴어야 한다고 신신당부하면서 네 아이에게 식탁 하나를 따로 차려 주었던 것이다. 화덕을 지켜야 했던 사팔뜨기 오귀스틴은 음식을 무릎 위에 올려놓고 먹어야 했다.

「엄마! 엄마!」 갑자기 나나가 소리쳤다. 「오귀스틴이 자꾸 구이용 팬에 빵을 찍어요.」

세탁부가 달려갔고, 사팔뜨기가 지글거리는 거위 기름을 흠뻑 적신 빵 조각을 급히 삼키다가 목구멍을 데는 모습을 보았다. 못된 계집애가 그건 사실이 아니라고 소리쳤기 때문에, 그녀는 따귀를 한 대 찰싹 때렸다.

송아지 고기 다음에 스튜가 나왔는데, 큰 쟁반이 없어서 그것을 샐러드 그릇에 담아 오자 좌중이 웃음을 터뜨렸다.

「이가 없으면 잇몸으로.」 말수 적은 푸아송이 농담을 했다.

7시 30분이었다. 동네 사람들이 엿보지 못하도록 가게 문은 닫아 놓았었다. 그러나 특히 맞은편 키 작은 시계포 주인이 눈을 동그랗게 뜬 채 입에서 고기를 빼앗을 듯 너무도 식탐 어린 눈초리로 쳐다보았기에, 그들은 음식을 삼키기가 거북했다. 유리창 앞에 걸어 둔 커튼을 뚫고 가게 안에 그림자 하나 없이 고르게 밝은 빛이 들어왔고, 대칭을 이루고 있는 식기 세트, 종이 테두리 장식이 길게 달린 화분들, 그것들이 놓인 커다란 식탁이 그 빛에 잠겨 있었다. 이 은근한 빛, 이 부드러운 석양이 좌중을 우아하게 보이게 했다. 비르지니가 분위기에 어울리는 말을 찾았다. 그녀는 모슬린을 둘러친 가게를 둘러보더니 가게가 참 예쁘다고 했다. 짐수레 한 대가 덜컹거리며 거리를 지나가기 식탁보 위에서 유리잔 하나가 튀었고, 남자들과 여자들이 동시에 비명을 질렀다. 하지만 모두들 거의 말이 없었고, 단정하게 처신했으며, 예의를 갖추었다. 오직 쿠포만이 작업복 차림이었는데, 그의 말에 따르면 친구들과는 격식을 차릴 필요가 없고 더욱이 작업복은 노동자들의 예복이라는 것이었다. 꽉 끼는 블라우스를 입은 여자들은 머리칼에 포마드를 듬뿍 바른 탓에 앞가르마가 반짝반짝 빛났다. 프록코트에 얼룩이 묻을까 봐 식탁에서 약간 떨어져 앉은 남자들은 가슴을 내민 채 팔꿈치를 양쪽으로 벌리고 있었다.

와! 굉장해! 스튜가 정말 맛있는데! 말이 없는 것은 모두가 열심히 음식물을 씹고 있기 때문이었다. 샐러드 그릇이 움푹 패어 갔다, 스푼이 진한 소스에 꽂혀 있고, 맛있는 노란 고기즙이 젤리처럼 떨리고 있었다. 거기서 모두들 송아지 고기를 낚았다. 고기 조각이 끝없이 올라왔고, 샐러드 그릇이 손에서 손으로 옮겨졌으며, 모두가 고개를 숙이고 버섯을 찾았다. 손님들 뒤에, 벽에 기대 놓은 커다란 빵들이 녹아 없어지는 듯했다. 한 입 한 입 먹는 사이에 연방 술잔을 식탁에 놓는 소리가 들렸다. 소스가 좀 짰기 때문에, 더욱이 크림처럼 급히 삼킨 망할 놈의 뜨거운 스튜가 배 속을 화끈거리게 했기 때문에 위를 달래기 위해서 네 병의 포도주가 필요했다. 이어서 숨 돌릴 틈도 없이 속이 깊은 쟁반에 수북이 쌓인, 굵은 통감자를 곁들인 돼지고기 에피네가 모락모락 김을 내면서 도착했다. 탄성이 터졌다. 기가 막힌데! 정말 멋져! 모두가 그것을 좋아했다. 대번에 식욕이 솟구쳤다. 각자 빵에 나이프를 문지르면서 돌격 태세를 갖춘 채 곁눈질로 요리를 따라갔다. 이윽고 자기 몫을 덜었을 때, 서로 팔꿈치를 부딪치고 한 입 가득 고기를 씹으며 말을 했다. 이것 봐! 에피네가 살살 녹아! 무엇인가 부드럽고 단단한 것이 창자를 지나 구두까지 흘러가는 것만 같았다. 감자는 설탕처럼 달콤했다. 그것은 짜지 않았다. 그래도 감자 때문에 매번 목에 물을 뿌려야만 했다. 다시 포도주 네 병을 마셨다. 빵으로 접시를 깨끗이 닦아먹은 탓에, 비곗살을 곁들인 완두콩 요리가 나왔을 때 접시를 바꿀 필요조차 없었다. 아! 채소라면 얼마든지 먹을 수 있어. 모두가 한 스푼 가득 완두콩을 삼키면서 재미있어했다. 이거야말로 진짜 식도락이야, 여자들의 기쁨이지. 완두콩 요리에서 가장 맛있었던 것은 알맞게 구워 말발굽 냄새가 나는 비곗살이었다. 포도주는 두 병으로 충분했다.

「엄마! 엄마!」 갑자기 나나가 소리쳤다. 「오귀스틴이 내 접시에 손을 대요!」

「거 참 귀찮게 하네! 빰을 때려 주렴!」 완두콩을 한입 가득 먹고 있던 제르베즈가 답했다.

옆방 아이들 식탁에서는 나나가 집주인 노릇을 했다. 자기는 빅토르 옆에 앉았고, 오빠 에티엔은 폴린 옆에 앉았다. 이처럼 그들은 연회석상의 부부가 되어 소꿉놀이를 했다. 먼저 나나가 어른처럼 미소 짓는 얼굴로 매우 상냥하게 손님들을 접대했다. 하지만 비곗살을 너무도 좋아했기 때문에, 방금 막 그것을 독차지해 버렸다. 엉큼하게 아이들 주변을 어슬렁거리던 오귀스틴이 그때를 이용해서 비곗살을 다시 나눠 준다는 구실로 한 움큼 빼돌렸다. 그러자 나나가 격분해서 그녀의 손목을 물어뜯었다.

「이런! 두고 봐.」 오귀스틴이 조용히 말했다. 「스튜를 먹고 나서 빅토르에게 키스해 달라고 한 걸 엄마한테 일러 줄 데니까.」

그러나 모든 것이 질서를 되찾았다. 구이용 팬에서 거위를 뽑아 가기 위해 제르베즈와 쿠포 할멈이 아이들 방으로 들어섰기 때문이다. 가게의 큰 식탁에서는 참석자들이 의자 등받이에 몸을 기댄 채 숨을 돌리고 있었다. 남자들은 조끼 단추를 풀었고, 여자들은 냅킨으로 얼굴을 닦았다. 식사가 중단된 것처럼 보였다. 단지 몇몇 손님만이 무의식적으로 턱을 움직이며 계속해서 빵을 한입 가득 씹어 삼키고 있었다. 먹을 사람은 먹고, 기다릴 사람은 기다렸다. 서서히 땅거미가 졌다. 잿빛 햇살이 커튼 뒤에서 희미해져 갔다. 오귀스틴이 두 개의 램프를 켜서 식탁 양쪽 끝에 하나씩 놓자, 기름이 묻은 접시와 포크, 포도주로 얼룩지고 빵 부스러기가 흩어져 있는 식탁보 등이 환한 불빛 속에 드러났다. 바로 그때 무엇인가 강한 냄새가 몰려와서 숨이 막혔다. 모두들 뜨거운 김이 새어 나오는 부엌 쪽으로 얼굴을 돌렸다.

「도와줄까요?」비르지니가 외쳤다.

그녀는 의자에서 일어나 옆방으로 갔다. 다른 여자들도 하나씩 그녀의 뒤를 따랐다. 구이용 팬을 둘러싼 그들은 흥미진진하게 제르베즈와 쿠포 할멈이 거위를 뽑아내는 것을 지켜보았다. 이어서 함성이 터졌고, 거기에 아이들의 날카로운 목소리와 좋아라 날뛰는 발소리가 뒤섞였다. 그런 다음 개선의 행진이 펼쳐졌다. 만면에 조용한 웃음을 머금은 제르베즈가 땀에 흠뻑 젖은 채 두 팔을 뻗어 거위를 들고 들어온 것이다. 여자들이 그녀를 뒤따라 행진했고, 그녀처럼 웃었다. 맨 뒤에 서 있던 나나는 눈을 동그랗게 뜨고 그 광경을 보기 위해 자꾸만 발돋움을 했다. 비 오듯 기름을 흘리는 거대한 황금빛 거위를 식탁에 올려놓았을 때, 아무도 곧바로 덤벼들지 못했다. 존경에 가까운 놀라움과 감탄이 좌중의 말문을 막았다. 모두가 눈을 깜박이고 고개를 끄덕이며 거위를 바라보았다. 대단한데! 최고야! 저 넓적다리, 저 배 좀 봐!

「살이 통통한 걸 보니 담벼락만 핥고 다니진 않은 모양이야, 굉장해!」보슈가 말했다.

그러자 모두가 거위에 대해 꼬치꼬치 캐물었다. 제르베즈는 구체적으로 설명했다. 포부르푸아소니에르의 가금(家禽) 가게에서 찾아냈는데, 거기서 가장 훌륭한 놈이었죠. 석탄 가게 저울로 무게가 12파운드 반이나 나가더군요. 이놈을 익히는 데 석탄이 1부아소[31]가 들었고, 기름도 세 사발이나 나왔어요. 그때 비르지니가 말을 자르며 거위를 날것 그대로 보았다고 자랑했다. 그대로 먹고 싶었다니까요. 금발 머리 여자의 피부처럼 껍질이 하얗고 부드러웠죠, 정말예요! 남자들이 모두 음란한 식탐으로 킬킬거리며 입맛을 다셨다. 그렇지만 로리외와 로리외 부인은 〈절름발이〉의 식탁에 놓인 거대한 거위를 보고 숨이 막혀 입술을 삐죽거렸다.

「아이, 참! 어떻게 하지, 통째로 먹을 수도 없고.」세탁부가 말했다. 「누가 좀 잘라 주시겠어요?…… 못 해요, 저는 못 해요! 너무 커서 무서워요.」

쿠포가 나섰다. 제기랄! 그야 간단하지. 다리를 잡고, 위로 확 잡아당기는 거야. 그래야 고기 맛이 좋아. 하지만 모두가 소리를 질렀고, 함석장이에게서 칼을 빼앗았다. 함석장이가 자르면, 쟁반에 묘지를 만들어 놓을 게 분명해. 잠시 적임자를 찾았다. 이윽고 르라 부인이 상냥한 목소리로 말했다.

「그래요, 푸아송 씨…… 틀림없이 푸아송 씨라면　.」

좌중이 이해를 못 하는 표정이었기에, 그녀는 한층 더 아첨하듯 덧붙였다.

「그렇고말고, 무기를 다룰 줄 아는 푸아송 씨라면 문제없죠.」

그녀는 손에 들고 있던 칼을 순경에게 주었다. 식탁에 앉은 사람 모두가 안심하는 표정으로 찬성의 미소를 지었다. 푸아송은 군인처럼 뻣뻣하게 고개를 숙였고, 앞에 놓인 거위를 잡았다. 양옆에 있던 제르베즈와 보슈 부인은 그가 팔꿈치를 놀리는 데 방해가 되지 않도록 몸을 빼서 공간을 만들어 주었

---

31 *boisseau*. 곡물을 재는 옛 용량 단위로서 약 13리터에 해당한다.

다. 그는 쟁반에 박아 두기라도 할 듯 거위를 뚫어져라 노려보며 과장된 몸짓으로 천천히 잘랐다. 고깃덩어리에 박은 칼이 뼈에 닿아 우두둑 소리가 났을 때, 로리외의 가슴에 애국심이 물결쳤다. 그가 소리쳤다.

「이놈 보게! 러시아 기병 같구먼!」

「푸아송 씨, 러시아 기병들과 싸워 봤어요?」 보슈 부인이 물었다.

「아뇨, 베두인족(族)과는 싸워 봤죠.」 순경이 대답하며 날개를 잘라 냈다. 「이제 러시아 기병은 없는데요, 뭐.」

문득 깊은 침묵이 감돌았다. 모두들 목을 길게 빼고 눈으로 식칼의 움직임을 좇았다. 푸아송은 사람들을 깜짝 놀라게 해줄 요량이었다. 별안간 그는 마지막 일격을 가했다. 그러자 잘려 나간 꽁무니가 꽁지를 공중으로 든 채 발딱 섰다. 그것은 흡사 주교의 모자 같았다. 일제히 탄성이 터졌다. 사교계에서 환영받을 사람은 전직 군인밖에 없어. 한편 거위 엉덩이에 생긴 구멍에서는 한 줄기 고기즙이 쏴 하고 분출되었다. 보슈가 농담을 했다.

「저것처럼 내 입에 오줌을 싸줄 사람이 있으면 후사할 텐데.」 그가 나직이 말했다.

「어머, 더러워!」 여자들이 소리쳤다. 「더럽게 뭐야, 정말!」

「저렇게 역겨운 인간인 줄 몰랐어!」 보슈 부인이 다른 여자들보다 더 화를 내며 말했다. 「조용히 해요, 제발! 역겹다고 하잖아······. 먹는 음식 앞에서 그게 뭐예요!」

그때 클레망스가 소란 속에서 집요하게 되풀이했다.

「푸아송 씨, 이봐요, 푸아송 씨······. 꽁지는 저한테 주세요, 네?」

「아가씨, 꽁지는 당연히 당신 몫이지.」 르라 부인이 은근히 음탕한 표정을 지으며 말했다.

그러는 동안 거위가 조각조각 잘렸다. 잠시 주교 모자로 좌중을 감탄케 한 후에, 순경은 고기를 잘게 썰어서 쟁반에 가지런히 놓았다. 이제 먹어도 좋았다. 여자들은 드레스의 훅을 풀며 더워 죽겠다고 투덜거렸다. 쿠포는 자기 집에 있는데 뭐가 어떻느냐고, 이웃들에게 잘 이야기할 테니 문을 열자고 소리쳤다. 그가 거리 쪽으로 난 가게 문을 활짝 열어젖혔고, 이제 만찬은 삯마차들이 굴러가는 소리와 행인들의 혼잡한 왕래 속에서 계속되었다. 턱도 휴식을 취했고 위장에 구멍도 새로 생겼기 때문에, 참석자들은 맹렬한 기세로 거위에게 달려들었다. 고기 자르는 걸 보고 기다리는 사이에 스튜와 에피네는 저 멀리 장딴지까지 내려가 버렸다고 익살쟁이 보슈가 말했다.

그야말로 포크의 일제 공격이었다. 말하자면 참석자 그 누구도 이처럼 질리도록 음식을 먹어 본 기억이 없었다. 통통하게 살진 제르베즈는 팔꿈치를 괴고 한 입이라도 놓칠까 봐 말도 하지 않으면서 커다란 고기 조각을 씹었다. 다만 구제에게만은 좀 부끄러웠고, 암고양이처럼 게걸스럽게 보이는 것이 곤혹스러웠다. 그러나 구제도 장밋빛 얼굴로 음식을 먹는 그녀의 모습을 보며 엄청나게 배를 채웠다. 게다가 식도락을 즐기는 가운데서도 그녀는 얼마나 착하고, 얼마나 친절한가! 그녀는 말을 하지 않았지만, 끊임없이 식사를 멈추고는 브뤼 영감의 시중을 들고, 그의 접시에 맛있는 것을 놓아 주었다. 특히 이 식도락가 여자가 날갯죽지를 자기 입에 넣지 않고 노인에게 주는 모습은 매우 감동적이었다. 위가 빵 맛을 잊어

버린 지 오래된 노인은 엄청난 폭식에 얼이 빠져 고개를 숙인 채 맛도 모르는 듯 그저 모든 것을 삼키기만 할 뿐이었다. 로리외 부부는 그들의 분노를 고기에 달라붙어 풀고 있었다. 그들은 족히 사흘 치는 먹었는데, 〈절름발이〉를 파산시키기 위해서라면 쟁반, 식탁, 가게까지도 삼켰을 것이다. 여자들은 모두 뼈다귀를 좋아했다. 뼈다귀는 여자들의 몫이었다. 르라 부인, 보슈 부인, 퓌투아 부인이 뼈를 갉아 먹었고, 목 부위를 좋아하는 쿠포 할멈은 마지막 남은 두 개의 이빨로 목뼈에서 살점을 뜯었다. 비르지니가 노랗게 구워진 껍질을 좋아했기 때문에, 모든 참석자들이 환심을 사기 위해 자기 껍질을 그녀에게 주었다. 그러자 푸아송이 아내를 엄한 눈초리로 쏘아보며 그만하면 되었으니 이제 그만 먹으라고 명령하듯 말했다. 예전에도 거위구이를 너무 많이 먹어서 과식 소화 불량으로 2주일이나 침대에 누워 지낸 적이 있었던 것이다. 그러나 쿠포는 화를 냈고, 넓적다리 하나를 비르지니에게 주면서 〈젠장맞을! 이거 하나 해치우지 못한다면 여자도 아니지!〉 하고 소리쳤다. 거위 고기 먹고 탈나는 거 봤어? 오히려 거위 고기는 비장 병을 고쳐 준다고! 이건 디저트처럼 빵 없이도 먹는 거야. 난 밤새도록 먹어도 끄떡없어. 그러면서 허세로 그는 다리 하나를 통째로 입에 쑤셔 넣었다. 한편 꽁지를 다 먹은 클레망스는 그것을 입술로 빨고 있었는데, 보슈가 추잡한 말을 소곤거린 탓에 의자에서 몸을 꼬면서 킥킥거렸다. 아! 빌어먹을! 배가 터지도록 먹었어! 먹을 땐 먹어야지, 안 그래? 어디서건 회식이 있을 때 목구멍이 차도록 먹어 두지 않는 건 바보짓이야. 사실인즉, 모두의 배가 엄청나게 부풀어 올랐다. 여자들도 임신한 것처럼 배가 불렀다. 금세라도 터질 듯했다,

대식가들이 따로 없어! 입은 헤벌어지고 턱에는 기름이 잔뜩 묻은 채, 그들은 모두 얼굴이 돈더미에 묻힌 부자들의 엉덩이처럼 벌겋게 되었다.

 포도주로 말하자면, 맙소사! 그것은 센 강에 물이 흐르듯 식탁 위에서 흘렀다. 비가 올 때, 대지가 목이 탈 때 흐르는 진짜 강물처럼 말이다. 쿠포는 빨간 거품이 이는 것을 보기 위해 병을 높이 들고 술을 따랐다. 병이 비었을 때, 그는 소젖을 짜는 여자처럼 병을 거꾸로 들고 병 주둥이를 짜는 시늉을 하면서 장난을 쳤다. 또 한 병 해치웠어! 가게 한구석에 포도주 병이 시체처럼 쌓였고, 저마다 식탁 위의 쓰레기를 술병의 묘지에 버렸다. 퓌투아 부인이 물을 달라고 했을 때, 함석장이는 화를 내며 물병을 모두 치워 버렸다. 정상인이라면 누가 물을 마실까? 위장에 개구리라도 기를 셈이오? 술잔은 단숨에 비워졌고, 마치 폭우가 쏟아지는 날 빗물이 홈통을 따라 내려가듯 술이 목구멍을 따라 콸콸 내려가는 소리가 들렸다. 뽀노주의 비야 이건, 어라! 처음엔 낡은 술통 맛이 나더니 자꾸 마시니까 고소한 개암 냄새가 나네. 와! 빌어먹을! 예수회 수도사들이 탓해 봐야 소용없어, 어쨌거나 포도즙은 정말 멋진 발명품이야! 좌중이 웃으며 옳소! 하고 외쳤다. 결국 노동자는 포도주 없이 살 수 없다니까, 노아 할아버지가 함석장이들, 양복장이들, 대장장이들을 위해서 포도나무를 심은 게 틀림없어. 포도주는 뼛골 빠지는 노동의 피로를 씻어 주고, 게으름뱅이들의 배 속에 불을 지른단 말이야. 이 익살 광대 포도주란 놈이 당신들한테 마술을 걸면, 햐! 왕이 삼촌도 아니건만 파리가 다 당신들 게 되지. 등골이 휘도록 일하고 땡전 한 닢 없고 부르주아 놈들에게 무시당하는 노동자가 좀 즐기기로서니, 잠시나마 장밋빛 인생을 보고 싶어서 가끔 술을 마시기로서니 그렇게 나무랄 건 없잖아! 흥! 요즘은 황제도 우습게 아는 세상 아냐? 물론 황제도 취하기야 하겠지, 하지만 불쌍하기 짝이 없어, 우리처럼 거나하게 취하고 진탕 놀 수 없으니까 말이야. 엿 먹어라, 귀족 나부랭이들아! 쿠포는 세상을 경멸했다. 그렇지만 여자란 정말 멋진 존재라고 하면서, 그는 3수가 짤랑거리는 호주머니를 마치 1백 수짜리 동전이 무진장 들어있다는 듯 팡팡 두드리며 낄낄거렸다. 평소에 그토록 절제하던 구제조차 상당히 취했다. 보슈의 눈이 가늘어지고 로리외의 눈이 창백해졌다, 푸아송은 전직 군인의 구릿빛 얼굴 속에서 점점 더 심각해지는 눈초리를 이리저리 아무 데나 던졌다. 모두가 얼근히 취했다. 여자들도 혀 꼬부라진 소리를 했다, 어머나! 별로 취하지 않았어요, 볼이 발그레해지고 옷이 갑갑하게 느껴진 그들은 가벼운 세모꼴 숄을 벗어던졌다. 그러나 클레망스는 이미 몸을 가누지 못할 정도도 대취해 있었다. 불현듯 제르베즈에게 여섯 병의 고급 봉인 포도주가 떠올랐다. 거위 고기와 함께 내놓는다는 것을 잊었던 것이다. 봉인 포도주를 가져왔고, 잔이 채워졌다. 그러자 푸아송이 일어나, 손에 잔을 들고 말했다.

「여주인님의 건강을 위해 건배하겠습니다.」

덜거덕거리는 의자 소리를 내면서 모두가 일어섰다. 손을 뻗어 일제히 유리잔을 부딪치자 쨍그랑하는 소리가 났다.

「지금부터 50년까지!」 비르지니가 소리쳤다.

「안 돼, 안 돼.」 제르베즈가 감동한 듯 미소 지으며 대답했다. 「그땐 꼬부랑 할멈이 될 텐데. 두고 봐요, 언젠가 세상을 떠나게 돼서 행복한 날이 올 테니까.」

그러는 동안 활짝 열린 문을 통해 동네 사람들이 쳐다보며 만찬을 구경했다. 행인들은 포석에 퍼진 불빛 속에서 발걸음을 멈추었고, 참석자들이 기분 좋게 먹고 마시는 것을 보며 느긋하게 웃었다. 말에 채찍질을 하던 마부들은 마부석에서 몸을 내민 채 힐끗 시선을 던지며 우스갯소리를 던졌다. 「뭐야, 공짜라고?⋯⋯. 우와, 뚱보 아줌마, 산파를 불러 드릴까!⋯⋯」 거위 고기 냄새가 온 동네를 즐겁게 하고 들뜨게 했다. 맞은편 보도에 서서 쳐다보던 식료품점 점원들도 자기들이 거위 고기를 먹는 기분이었다. 과일 가게 아주머니와 내장 가게 아주머니도 자꾸만 가게 앞으로 나와 고기 냄새를 맡으며 입맛을 다셨다. 정말이지 온 동네가 과식으로 배가 터질 듯했다. 평소에는 보이지 않던 이웃 우산 가게 주인 퀴도르주 모녀도 크레이프[32]를 만들거나 한 것처럼 발간 얼굴로 힐끗 훔쳐보며 차도를 건너갔다. 작업대 앞에 앉아 있던 키 작은 시계포 주인은 술병을 세다가 취해 버린 듯, 뻐꾸기시계가 명랑하게 울리는 가운데 몹시 흥분한 표정으로 더 이상 일을 하지 못했다. 그래, 이웃들이 화가 치밀기도 할 거야! 하고 쿠포가 말했다. 그렇담 숨을 이유가 없잖아? 기세가 오른 회식자들은 식사하는 모습을 보여도 더 이상 부끄럽지 않았다. 오히려 그 반대로 게걸스럽게 입을 헤벌리고 모여든 이 구경꾼들은 그들을 우쭐하게 만들고 달아오르게 했다. 할 수만 있다면 가게 전면을 부수고 식탁을 차도까지 밀고 나가 포석이 덜컹거리는 가운데 구경꾼들의 면전에서 디저트를 즐기고 싶었다. 보기 싫지도 않을 거야, 안 그래? 그러니 이기주의자들처럼 숨어 있을

---

32 *crêpe*. 밀가루, 우유, 달걀을 반죽해서 전처럼 넓적하게 부친 일종의 빵.

필요가 없지. 쿠포는 시계포 주인이 입에 가득 고인 침을 뱉는 것을 보자 멀리 있는 그에게 술병을 보여 주었고, 그가 고개를 끄덕이자 술병과 술잔을 그에게 가져갔다. 거리에서 우정이 싹텄다. 모두가 지나가는 사람들과 건배를 했다. 호의를 지닌 듯한 동료들을 모조리 불러 세웠다. 즐거운 회식이 이 사람에서 저 사람으로 연이어 퍼져 나간 끝에 구토도르 가 전체가 음식 냄새를 맡았고, 왁자지껄 떠들썩한 소란 속에서 배를 채웠다.

조금 전부터 석탄 가게 여주인 비구루 부인이 문 앞을 왔다 갔다 하고 있었다.

「이봐요! 비구루 부인! 비구루 부인!」 모두가 큰 소리로 불렀다.

세수를 말끔히 한 비구루 부인이 블라우스가 터질 듯 뚱뚱한 몸으로 헤헤 웃으며 들어왔다. 남자들은 그녀를 꼬집기를 좋아했는데, 왜냐하면 어디를 꼬집어도 뼈에 닿지 않았기 때문이다. 보슈가 그녀를 자기 옆에 앉혔다. 그러고는 금세 엉큼하게 식탁 아래로 손을 넣어 무릎을 만졌다. 하지만 그런 일에 이골이 난 그녀는 무심히 술잔을 비우며, 이웃들이 창가에 나타나고 건물 세입자들이 화를 내기 시작했다고 말했다.

「아! 그런 건 우리가 처리하지.」 보슈 부인이 말했다. 「우리가 문지기니까, 안 그래요? 그렇고말고, 정숙은 우리 책임이지……. 잔소리하러 오면 우리가 깨끗이 해결할게.」

안쪽 방에서는 방금 막 구이용 팬을 놓고 나나와 오귀스틴 사이에 격렬한 싸움이 벌어졌는데, 서로 구이용 팬에 빵을 찍어 먹겠다고 야단이었다. 15분 동안 구이용 팬이 낡은 냄비 깨지는 소리를 내며 맨바닥을 굴러다녔다. 이제 나나는 거위 뼈 하나가 목구멍에 걸린 빅토르를 돌봐 주고 있었다. 나나는 손으로 그의 턱을 잡고 알약인 양 커다란 설탕 조각을 억지로 삼키게 했다. 동시에 나나는 어른들의 식탁을 주시했다. 나나는 쉴 새 없이 쫓아가서 에티엔과 폴린에게 줄 거라며 포도주, 빵, 고기를 달라고 했다.

「이런! 배가 터지겠어!」 엄마가 나나에게 말했다. 「이제 그만 좀 먹어!」

아이들은 더 이상 삼킬 수 없었지만, 그래도 찬송가 가락에 맞춰 포크를 두드리며 조금이라도 더 먹으려고 애썼다.

한편 이 같은 소란 속에서 브뤼 영감과 쿠포 할멈 사이에서 대화가 시작되었다. 음식을 먹고 포도주를 마셔도 여전히 창백한 노인은 크리미아 전쟁에서 죽은 아들들에 대해서 이야기했다. 아! 걔들이 살아 있다면, 날마다 빵을 먹을 수 있을 텐데. 그러나 쿠포 할멈은 몸을 기울인 채 혀가 약간 꼬부라진 소리로 말했다.

「자식들이 있으면 더 힘들어요, 말도 마세요! 이렇게 있으니 내가 행복해 보이죠, 네? 천만에요! 하루에 열 번도 더 울죠……. 그래요, 무자식이 상팔자랍니다.」

브뤼 영감은 고개를 가로저었다.

「아무 데서도 내게 일을 주지 않소.」 그가 나직이 말했다. 「너무 늙은 거지. 작업장으로 가면, 젊은 것들이 앙리 4세의 장화에 니스 칠을 한 게 영감이냐며 놀린다오……. 작년만 해도 교각에 칠을 해서 하루에 30수를 벌었지. 밑으로 강물이 흐르는데 거꾸로 매달린 채 칠을 해야 했소. 그런데 그 이후로 자꾸만 기침이 나요……. 이제 끝났소, 어디서나 문전 박대니.」

그는 뻣뻣해진 불쌍한 손을 보며 덧붙였다.

「이해는 가요, 아무짝에도 쓸모없게 되었으니. 그들이 옳아, 나라도 그렇게 할 텐데 뭐……. 글쎄, 죽지 않았다는 게 불행이라오. 다 내 잘못이지. 일할 수 없으면, 빨리 죽어야 하는데.」

「큰일이야.」 듣고 있던 로리외가 말했다. 「왜 정부가 일할 수 없는 노약자들을 돕지 않는지 이해가 안 돼……. 일전에 신문에서 그런 걸 읽었는데 말이야…….」

그러나 푸아송은 정부를 변호해야겠다는 생각이 드는 모양이었다.

「노동자는 군인이 아닙니다.」 그가 힘주어 말했다. 「〈앵발리드〉[33]는 군인들을 위해 지어진 거죠……. 그렇게 불가능한 요구를 해서는 안 됩니다.」

디저트가 나왔다. 디저트 음식 한가운데 멜론 같은 줄무늬의 돔 지붕을 가진 사원 모양의 사부아 케이크가 있었다. 돔 지붕 위에는 조화 장미가 꽂혀 있었고, 조화 장미 한쪽에 은박지로 만든 나비가 철사 끝에 매달린 채 팔랑거리고 있었다. 장미꽃 한복판에는 두 방울의 이슬인 양 두 방울의 고무가 맺혀 있었다. 그리고 사부아 케이크 왼쪽에는 하얀 치즈가 담긴 오목한 쟁반이 있었고, 오른쪽에는 홈집에서 과즙이 흐르는 굵은 딸기가 수북이 쌓인 쟁반이 있었다. 그러나 디저트 이전에 아직 기름에 잰 커다란 상추 샐러드가 남아 있었.

---

33 Les Invalides. 루이 14세의 명령으로 파리 시내에 건축된 상이군인 수용소로서 지금은 군사 박물관, 해양 박물관 등 종합 기념관으로 활용되고 있다. 원래 〈invalide〉는 〈질환, 상해, 노령 따위로 일을 할 수 없게 된 사람〉을 뜻한다. 소설에서 푸아송은 〈상이군인 수용소〉와 〈노약자〉를 두루 뜻하는 〈invalide〉의 중의성을 이용해서, 정부가 노약자들을 도와야 한다는 로리외의 주장에 반박하고 정부가 진정으로 보호해야 할 대상이 일반 노약자가 아니라 상이군인임을 강조하고 있다.

「자, 보슈 부인.」 제르베즈가 상냥하게 말했다. 「샐러드 조금 더 드세요. 엄청 좋아하시잖아. 내가 다 알아요.」

「고맙지만 안 돼요, 안 돼! 목까지 꽉 찼어.」 문지기 여자가 대답했다.

세탁부가 비르지니를 쳐다보자, 비르지니는 입에 손가락을 밀어 넣어 음식물을 만지는 시늉을 했다.

「정말이야, 꽉 찼어요.」 그녀가 중얼거렸다. 「더 이상은 자리가 없어. 한 입도 더 못 먹겠어요.」

「아유! 조금만 무리하면 되는데.」 제르베즈가 웃으며 말했다. 「언제나 작은 틈은 있는 법이죠. 게다가 샐러드는 배가 안 고파도 먹혀요...... 상추를 그냥 버리게 할 작정은 아니겠죠?」

「내일 먹어.」 르라 부인이 말했다. 「맛있는 상추 절임이 될 거야.」

여자들은 샐러드 그릇을 아쉽게 바라보며 숨을 헐떡였다. 클레망스는 언젠가 점심때 물냉이 세 다발을 샐러드로 만들어서 삼킨 적이 있다고 말했다. 퓌투아 부인은 한술 더 떴다, 자기는 제대로 씻지도 않고 상추 대가리를 먹은 적이 있다고 했다. 소금만 쳐서 토끼처럼 뜯어 먹었다는 것이다. 여자들이란 모두 샐러드로 살지, 그러니 박스째로 사들이잖아. 이런 대화 덕분에 여자들은 샐러드를 다 먹어 치울 수 있었다.

「풀밭에서 네발로 기어다녀야 할 것 같아.」 문지기 여자가 샐러드를 한입 가득 씹으며 말했다.

그때, 디저트가 눈에 띄자 모두 실소를 금치 못했다. 디저트를 계산에 넣지 않았던 것이다. 상관없어, 그래도 애무해 줘야지. 폭탄처럼 터져 버린다 해도, 딸기와 케이크 때문에 괴로워할 순 없잖아. 게다가 급할 게 뭐야, 시간은 충분해, 원한다면 밤새도록 먹지 뭐. 각자 자기 접시를 딸기와 하얀 치즈로 채웠다. 남자들은 파이프 담배에 불을 붙였다. 고급 봉인 포도주를 다 마셨기 때문에, 그들은 파이프 담배를 피우면서 다시 싸구려 포도주를 마셨다. 좌중은 제르베즈가 빨리 사부아 케이크를 잘라 주기를 원했다. 푸아송이 우아하게 자리에서 일어나 장미꽃을 뽑아서 모두가 박수를 치는 가운데 여주인에게 바쳤다. 그녀는 왼쪽 가슴에, 심장이 있는 쪽에 그것을 핀으로 꽂아 달았다. 그녀가 움직일 때마다 나비가 팔랑거렸다.

「이런!」 대단한 발견이라도 한 듯 로리외가 외쳤다. 「우리가 작업대 위에서 먹고 있었잖아!…… 제길! 이 위에서 이렇게 열심히 작업한 적은 한 번도 없을걸!」

이 객쩍은 농담이 큰 성공을 거두었다. 재치 있는 암시가 비처럼 쏟아지기 시작했다. 클레망스는 딸기를 한 스푼 삼킬 때마다 매번 다림질한다고 말했다. 르라 부인은 하얀 치즈에서 세탁용 풀 냄새가 난다고 했다. 한편 로리외 부인은 그토록 힘써 번 돈을 작업대 위에서 이토록 빨리 먹어 없애다니 참으로 잘하는 짓이라고 몇 번이나 이를 갈며 빈정거렸다. 웃음과 고함의 폭풍이 일었다.

그러나 별안간 큰 목소리가 터져 나와 모두를 침묵하게 했다. 보슈가 일어서서 방탕하고 천박한 자세로 「사랑의 화산 또는 유혹자 병정」을 노래했던 것이다.

　　내 이름은 블라뼁, 나는야 예쁜 아가씨를 유혹했다네……

1절이 끝나자 우레와 같은 갈채가 터졌다. 그래그래, 노래하는 거야! 각자 십팔번을 하자. 그게 제일 재미있겠어. 참석자들은 식탁에 팔을 괴기도 하고, 몸을 뒤로 젖혀 의자 등받이에 기대기도 하고, 구성진 가락에 고개를 끄덕이기도 하고, 후렴 부분에서 한 모금 마시기도 했다. 보슈란 놈은 우스운 노래가 전공이야. 그가 손가락을 벌리고 모자를 뒤로 쓴 채 군대 희극을 흉내 내면, 물병조차 폭소를 터뜨리는 듯했다. 「사랑의 화산」이 끝나자마자, 그의 십팔번 가운데 하나인 「폴비슈[34] 남작 부인」이 시작되었다. 3절에 이르렀을 때, 그는 클레망스 쪽을 바라보며 느리고 음탕한 목소리로 속삭이듯 노래했다.

남작 부인에겐 가족이 있었다네,
자매가 넷이었는데,
셋은 갈색 머리, 하나는 금발 머리,
여덟 개의 눈동자가 너무도 매혹적이었다네.

그러자 모두가 열광하며 후렴을 함께 불렀다. 남자들은 발뒤꿈치로 박자를 맞추었다. 여자들은 나이프를 들고 박자에 맞추어 유리잔을 두드렸다. 모두가 큰소리로 노래를 불렀다.

에라, 모르겠다! 술값이야 누가 내든
한 잔 주게, 척 ― 척 ― 척 ―
에라, 모르겠다! 술값이야 누가 내든
한 잔 주게, 척 ― 척후 ― 우 ― 병에게!

[34] Follebiche. 본문에서는 고유 명사이지만 형용사 〈미친 folle〉과 보통명사 〈암사슴 biche〉의 합성어로서 풍자적인 함의를 지닌다.

가게 유리창이 울렸고, 노래하는 사람들의 우렁찬 숨결이 모슬린 커튼을 펄럭이게 했다. 그동안 비르지니는 두 번이나 사라졌다가, 돌아올 때마다 고개를 숙인 채 제르베즈의 귀에 대고 나지막이 무엇인가를 알려 주었다. 떠들썩한 소동 가운데 세 번째로 돌아왔을 때, 그녀가 이렇게 말했다.

「이봐요, 그 사람 아직도 프랑수아네 주점에 있어요, 신문을 읽는 척하고 있는데……. 뭔가 안 좋은 일을 꾸미고 있는 게 틀림없어요.」

랑티에에 대한 이야기였다. 그녀는 랑티에의 동태를 살피고 있었던 것이다. 보고를 할 때마다, 제르베즈의 표정이 심각해졌다.

「술에 취해 있던가요?」 그녀가 비르지니에게 물었다.

「아뇨.」 갈색 머리 키다리가 대답했다. 「멀쩡한 것 같아요. 근데 그게 불안하단 말이야. 안 그래요? 멀쩡한 채로 왜 술집에 있는 거지?…… 아이고! 제발! 아무 일도 없었으면!」

세탁부는 몹시 불안한 표정으로 입을 다물라고 부탁했다. 갑자기 깊은 침묵이 감돌았다. 퓌투아 부인이 일어서서 「적선(敵船) 공격!」을 노래했다. 참석자들은 말없이 생각에 잠겨 그녀를 바라보았다. 심지어 푸아송은 잘 듣기 위해 식탁 가장자리에 파이프를 놓았다. 작고 성마른 그녀는 검정 보닛을 쓴 채 창백한 얼굴로 몸을 경직시켰다. 그러더니 자신만만하게 왼쪽 주먹을 앞으로 내밀고 몸집에 어울리지 않는 우렁찬 목소리로 으르렁거렸다.

> 해적들이 우리를 추격한다,
> 순풍을 타고!

해적들에게 죽음을!
가차 없이 해치워라!
병사들이여, 대포를 쏘아라!
마음껏 럼주를 마시고!
해적도 날강도도
모두 밧줄을 받아라!

 그녀는 정말 진지하게 노래했다. 제기랄! 정말 그럴듯해. 바다에서 항해한 경험이 있는 푸아송은 가볍게 고개를 끄덕이며 가사 하나하나에 동의를 표했다. 게다가 이 노래가 퓌투아 부인의 구미에 딱 맞는 노래라는 것이 모두에게 느껴졌다. 쿠포는 몸을 숙인 채 퓌투아 부인이 어느 날 저녁 풀레 가에서 자신을 욕보이려던 네 사내에게 어떻게 따귀를 올려붙였는지 이야기했다.
 한편 제르베즈는 손님들이 아직 사부아 케이크를 먹고 있는데도 쿠포 할멈의 도움을 받아 커피를 내놓았다. 그녀는 다시 자리에 앉기 힘들었다. 모두가 그녀의 차례라고 외쳤던 것이다. 그녀는 불편한 표정을 지으며 창백한 얼굴로 사양했다. 사람들이 혹시 거위 고기 때문에 속이 안 좋으냐고 물었다. 그러자 그녀는 어쩔 수 없이 가냘프고 부드러운 목소리로「오! 나를 잠들게 해주오!」를 불렀다. 아름다운 꿈으로 가득 찬 잠을 소망하는 후렴에 이르렀을 때 그녀는 눈을 지그시 감았고, 그녀의 눈물 어린 시선은 거리의 어둠 속에 잠겼다. 이어서 푸아송이 갑자기 여자들에게 고개를 숙여 인사하더니,「프랑스 포도주」라는 권주가를 노래하기 시작했다. 그는 주사기 바늘처럼 노래했다. 마지막 한 절, 애국적인 한 절만은 성공을 거두었는데, 삼색기를 노래하는 그 절에서 유리잔을 높이 들어 흔든 후 입을 크게 벌리고 단숨에 술을 부어 넣었기 때문이다. 그런 다음 사랑의 노래가 이어졌다. 보슈 부인의 뱃노래에서는 베니스와 곤돌라 사공들이 등장했고, 로리외 부인의 볼레로에서는 세비야와 안달루시아가 나왔으며, 로리외는 무용수 파트마의 사랑을 노래하면서 아라비아 향수까지 들먹였다. 기름때 묻은 식탁 둘레에서, 소화 불량의 숨결로 무거워진 탁한 공기 속에서 황금빛 지평선이 열렸고, 상아 같은 목덜미, 칠흑 같은 머리칼, 기타 선율에 섞인 달빛 아래서의 입맞춤, 발밑에 진주와 보석을 비처럼 뿌리는 인도 무희들이 줄지어 지나갔다. 남자들은 느긋하게 파이프 담배를 피웠고, 여자들은 기쁨에 겨워 자기도 모르게 미소를 지었는데, 모두들 이국으로 가서 그윽한 향기에 젖어 있는 느낌이었다. 클레망스가 「보금자리를 만들어 주오」라는 곡을 목청을 떨면서 달콤하게 노래했는데, 이것 또한 즐거웠다. 그 노래가 시골 전원, 가볍게 날아가는 새들, 나무 그늘 아래서의 댄스, 꿀을 가득 머금은 꽃들, 말하자면 뱅센 숲으로 토끼 사냥을 갔던 날 본 것을 떠올리게 했던 것이다. 하지만 비르지니가 「나의 귀여운 술잔」을 노래해서 다시 장난스러운 분위기를 되살려 놓았다. 그녀는 길거리에서 장사하는 여자를 흉내 내어 팔꿈치를 구부린 채 한쪽 손을 허리에 올려놓았다. 그러고는 다른 쪽 손을 허공으로 들어 올려 손목을 위에서 아래로 돌리면서 술을 따르는 시늉을 했다. 사람들은 흥겨워하며 쿠포 할멈에게 「생쥐」를 노래해 달라고 간청했다. 노파는 그런 음란한 노래는 모른다고 잡아떼면서 거절했다. 그러나 이내 쉰 목소리로 가락을 뽑기 시작했다. 노파의 주름진 얼굴과 생기 있는 작은 눈이 생쥐를 보고 화들짝 놀라 치맛자락을 움켜쥐는 리즈 아가씨의 공포를 잘 표현하고 있었다. 식탁에 앉은 모든 사람들이 킬킬거렸다. 여자들도 더 이상 새침을 떨지 못하고 반짝이는 눈빛으로 옆 사람을 쳐다보았다. 그래도 천박한 노래는 아냐, 노골적인 말은 없으니까. 그러나 그 때 보슈는 생쥐처럼 석탄 가게 여자의 장딴지를 더듬고 있었다. 제르베즈의 눈짓에 따라 구제가 「압델카데르[35]의 작별」을 저음으로 불러 좌중을 진정시키고 진지한 분위기를 되살리지 않았다면, 어쩌면 말 못 할 추태가 벌어졌을지도 모를 일이었다. 멋진 저음이야, 정말! 그 저음은 마치 구릿빛 트럼펫에서 흘러나오듯 그의 풍성하고 아름다운 노란색 수염에서 흘러나왔다. 그가 전사(戰士)의 흑마를 일컬어 〈오, 나의 고귀한 연인이여!〉 하고 힘차게 노래했을 때, 모두의 심장이 뛰었고, 노래가 끝나기도 전에 박수갈채가 터졌다. 그토록 그의 목소리가 우렁찼던 것이다.

「이제 영감님 차례랍니다, 브뤼 영감님!」 구포 할밈이 밀했다. 「십팔번을 해봐요. 옛날 노래가 제일이죠, 자, 어서요!」

모두가 노인을 향해 몸을 돌린 채 노래를 하라고 조르고 부추겼다. 온몸이 마비된 듯 꼼짝하지 않고 있던 노인은 황갈색 얼굴로 멍하니 영문을 모르겠다는 듯 사람들을 쳐다보았다. 사람들은 「다섯 모음(母音)」을 알고 있는지 노인에게 물었다. 노인은 고개를 숙였다. 기억이 나지 않았던 것이다. 젊

---

35 Abdel-Kader(1808~1883). 프랑스의 알제리 강점에 저항하여 지하드를 펼친 유명한 이슬람 지도자. 1847년부터 1852년까지 프랑스에서 억류 생활을 하면서도 이슬람의 정신을 초지일관 지킨 까닭에 오늘날까지 알제리 민족 운동의 영웅으로 추앙받고 있다.

은 시절에 알았던 모든 노래가 머릿속에서 뒤죽박죽이 되었다. 모두가 노인을 편하게 놔두자고 했을 때, 문득 기억이 난 듯 노인은 공허한 목소리로 더듬거렸다.

트루 라 라, 트루 라 라,
트루 라, 트루 라, 트루 라 라!

노인의 얼굴에 생기가 돌았다, 이 후렴이 먼 옛날의 즐거움을 일깨워 준 모양이었다, 노인은 어린아이처럼 흥에 겨워 점점 잦아드는 자신의 목소리를 들으며 혼자 그 즐거움을 음미했다.

트루 라 라, 트루 라 라,
트루 라, 트루 라, 트루 라 라!

「이봐요, 글쎄……」 비르지니가 제르베즈의 귓전에 속삭였다. 「또 한 번 가봤어요. 자꾸만 신경이 쓰여서……. 그런데 말예요! 랑티에가 프랑수아네 주점에서 사라지고 없지 뭐예요.」
「밖에서도 못 봤어요?」 세탁부가 물었다.
「아뇨, 걸음을 재촉했죠, 그래서 살펴볼 생각도 못 했어요.」
바로 그때 고개를 든 비르지니가 갑자기 말을 끊고 질식할 듯 한숨을 내쉬었다.
「아! 맙소사!…… 저기, 길 건너편에 그 사람이, 그 사람이 여길 쳐다보고 있어.」
가슴이 철렁 내려앉은 제르베즈는 그래도 용기를 내서 힐끗 시선을 던졌다. 동네 사람들이 회식자들의 노래를 듣기 위해 거리로 몰려들었다. 식료품점 점원들, 내장 가게 여자, 키 작은 시계포 주인이 무리를 이루어 공연을 보듯 구경했다. 군인들, 프록코트를 입은 신사들, 손에 손을 잡고 신기한 듯 진지하게 바라보는 대여섯 살짜리 계집애 셋이 있었다. 랑티에는 길 건너편 첫 번째 줄에 서서 태연히 노래를 듣고 구경했다. 정말이지 뻔뻔스러웠다. 제르베즈는 다리에서 심장까지 한기가 올라오는 것을 느꼈고, 브뤼 영감이 노래하는 동안 꼼짝달싹할 수 없었다.

트루 라 라, 트루 라 라,
트루 라, 트루 라, 트루 라 라!

「예! 그만하세요, 영감님. 이제 됐습니다!」 쿠포가 말했다. 「그 노래 가사를 다 모르세요?…… 다음 기회에 부르세요, 네! 우리가 다시 신나게 놀 때 말입니다.」

웃음이 터졌다. 노인은 움츠러들었고, 창백한 눈으로 식탁을 둘러보며 생각에 잠긴 짐승 같은 표정으로 되돌아갔다. 좌중이 커피를 다 마셨을 때, 함석장이가 술을 더 내놓으라고 했다. 클레망스는 다시 딸기를 먹기 시작했다. 잠시 노래가 끊어졌고, 아침에 이웃집에서 목을 매달아 죽은 여자의 이야기가 화제에 올랐다. 르라 부인의 차례였지만, 그녀에게는 준비가 필요했다. 그녀는 냅킨 한쪽 끝을 물컵에 적신 다음, 몹시 더웠기 때문에 그것을 관자놀이에 갖다 댔다. 이어서 증류주 한 모금을 청해서 마시고는 한참 동안 입술을 문질렀다.

「〈하느님의 자식〉 맞지, 그렇지?」 그녀는 중얼거렸다. 「〈하느님의 자식〉……」

키가 크고, 남자처럼 코뼈가 억세고, 헌병처럼 어깨가 각진 그녀는 노래하기 시작했다.

엄마에게 버림받은 갈 곳 없는 아이는
언제나 교회당에서 피난처를 찾네.
하느님은 그 아이를 옥좌에서 보살피시니
갈 곳 없는 아이는 하느님의 자식이로다.

그녀의 목소리는 몇몇 음절에서 떨렸고, 촉촉하게 젖은 가락을 길게 뽑았다. 그녀는 눈을 들어 하늘을 보았다, 그리고 오른손을 가슴 위에 놓더니 감동에 겨운 몸짓으로 심장을 지그시 눌렀다. 그러자 랑티에가 있어 너무나 고통스러웠던 제르베즈는 흐르는 눈물을 참을 수 없었다. 노래가 그녀의 고통을 말하는 듯했고, 그녀 자신이 바로 하느님이 보살펴 주실 버림받은 미아인 듯했다. 몹시 술에 취한 클레망스가 별안간 울음을 터뜨렸다. 그녀는 식탁 가장자리에 얼굴을 묻고 식탁보로 흐느낌을 막았다. 감동적인 침묵이 감돌았다. 여자들은 손수건을 꺼냈고, 얼굴을 반듯이 세운 채 자신들의 감동에 자부심을 느끼며 눈물을 닦았다. 남자들은 고개를 숙인 채 눈을 깜박이며 앞만 뚫어져라 쳐다보았다. 푸아송은 목이 메어 이를 악물었고, 파이프 끄트머리를 두 번이나 깨물어 땅바닥에 뱉으며 담배를 뻐끔거렸다. 석탄 가게 여자의 무릎에 손을 올려놓은 보슈는 왠지 모를 후회와 경건함에 사로잡혀 더 이상 꼬집지 않았다. 그 대신 그의 뺨을 따라 두 줄기 굵은 눈물이 흘러내렸다. 이 주정뱅이들은 재판관처럼 경직되었고, 양처럼 온순해졌다. 술이 그들의 눈에서 흘러내렸다, 술이! 한층 더 느리고 구슬픈 후렴이 시작되었을 때 모두가 마음이 넉넉해졌고, 감정이 복받쳐서 접시에 눈물을 쏟으며 서로 흉금을 털어놓았다.

그러나 제르베즈와 비르지니는 도저히 길 건너편에서 시선을 뗄 수 없었다. 그때 눈물을 훔치던 보슈 부인이 랑티에를 발견하고 가볍게 비명을 질렀다. 세 여자는 걱정스러운 얼굴로 자기도 모르게 서로에게 고개를 끄덕였다. 이를 어째! 쿠포가 고개를 돌린다면! 쿠포가 저이를 본다면! 살인이 날 거야! 피를 부를 거라고! 세 여자가 안절부절 너무도 불안해해서 쿠포가 물었다.

「도대체 뭘 보는 거요?」

몸을 약간 기울이자, 그의 눈에 랑티에가 들어왔다.

「이런 빌어먹을! 정말 너무하잖아.」 그가 중얼거렸다. 「에잇! 더러운 놈, 에잇! 더러운 놈……. 이건 아니지, 너무하잖아, 끝장을 내야겠어…….」

그가 끔찍한 욕설을 내뱉으며 일어섰을 때, 제르베즈가 나지막이 간청했다.

「제발, 내 말 좀 들어요……. 칼은 내려놓고……. 가만히 계세요, 쓸데없는 짓 하지 말고.」

그가 식탁에서 집은 칼을 비르지니가 뺏어야만 했다. 하지만 그녀는 그가 밖으로 나가 랑티에에게 다가가는 것을 막지는 못했다. 르라 부인이 가슴을 찢는 선율로 노래하는 동안 감정이 복받친 좌중은 눈에 아무것도 보이지 않았고, 흐느껴 울었다.

버림받아 갈 곳 없는 고아 소녀,
그 소녀의 목소리를 듣는 이는
커다란 나무와 바람뿐일세.

이 마지막 시구는 마치 비통한 폭풍처럼 지나갔다. 술을 마시고 있던 퓌투아 부인이 너무도 감동해서 그만 식탁보에 술을 엎지르고 말았다. 그렇지만 제르베즈는 얼어붙은 듯 꼼짝도 하지 않았다, 비명을 지르지 않으려고 주먹으로 입을 막았고, 겁에 질린 눈을 깜박이며 두 사내 중 하나가 길바닥에 쓰러지지나 않을까 안절부절 길 건너편을 바라보았다. 비르지니와 보슈 부인도 건너편 광경에서 눈을 떼지 못했다. 쿠포는 갑자기 바깥 공기를 쐰 탓인지 랑티에에게 덤벼들려다가 도랑에 주저앉을 뻔했다. 랑티에는 두 손을 주머니에 찌른 채 살짝 비켰을 뿐이었다. 그러자 두 사내는 서로 욕을 했고, 특히 쿠포는 그를 미친 돼지 새끼라고 하면서 창자를 꺼내 먹겠다는 둥 끔찍한 욕설을 퍼부었다. 금세라도 서로 치고받으며 팔을 부러뜨릴 듯, 격분한 목소리가 들렸고 사나운 몸짓이 보였다. 실신할 지경이 된 제르베즈는 눈을 감았는데, 왜냐하면 대결이 오래 지속된 데다 서로 너무도 가까이 얼굴을 맞대고 있어서 코라도 깨물 것처럼 보였기 때문이다. 그러나 아무 소리도 들리지 않았기 때문에 살며시 눈을 뜬 그녀는 두 사내가 조용히 이야기를 나누는 것을 보고 아연실색했다.

 르라 부인의 목소리가 속삭이는 듯 우는 듯 고조되면서 다음 절로 접어들었다.

> 이튿날 반쯤 죽은 고아 소녀를,
> 누군가 그 가련한 소녀를 거두었나니.

「세상에는 참 불쌍한 아이들이 많아, 어쨌든!」 로리외 부인의 말에 모두가 동의를 표했다.

제르베즈는 보슈 부인, 비르지니와 눈짓을 교환했다. 그렇담 문제가 해결된 걸까? 쿠포와 랑티에는 길가에서 계속 이야기를 나누었다. 여전히 욕설을 주고받았지만, 다정한 분위기였다. 그들은 우정이 담긴 어조로 서로 〈짐승 같은 놈〉이라고 욕을 했다. 사람들이 보고 있었기 때문에 그들은 어깨를 나란히 한 채 천천히 길을 따라 걸어갔고, 열 걸음쯤 걷다가 갔던 길을 되돌아왔다. 대화가 활기를 띠기 시작했다. 별안간 쿠포가 화를 냈고, 상대방은 간청을 받았지만 사양했다. 쿠포가 랑티에를 가게로 데려오기 위해 등을 떠밀며 억지로 길을 건너게 했다.

「호의로 하는 말이야!」 그가 소리쳤다. 「자, 한잔 들게······. 사내끼리는 통하는 거야, 안 그래? 사내끼린 다 이해하게 돼 있는 거라고······.」

르라 부인이 마지막 후렴을 마치고 있었다. 여자들은 손수건을 동그랗게 말면서 합창을 했다.

갈 곳 없는 아이는 하느님의 자식이로다.

사람들은 노래를 끝낸 부인에게 갈채를 보냈고, 부인은 몹시 지쳤다는 표정을 지으며 자리에 앉았다. 그녀는 무엇인가 마실 것을 좀 달라고 했는데, 노래에 감정을 너무 쏟아부어서 기가 다 빠진 것 같았기 때문이었다. 그러는 동안 참석자들은 쿠포 옆에 느긋하게 앉아 벌써 마지막 사부아 케이크 조각을 포도주에 찍어 먹고 있는 랑티에를 응시했다. 비르지니와 보슈 부인 외에는 아무도 그가 누구인지 몰랐다. 로리외 부부는 무엇인가 이상한 냄새를 맡았다. 하지만 그들은 상황을 완전히 파악하지 못한 터라 시치미를 뚝 떼고 있었다. 제르베즈의 흥분을 눈치챈 구제는 곁눈질로 새로 들어온 사내를 쳐다보았다. 거북한 침묵이 감돌았기 때문에, 쿠포가 간단히 말했다.

「친구입니다.」

그러고는 아내에게 말했다.

「이봐, 부탁해!…… 뜨거운 커피 좀 갖다 줘.」

제르베즈는 넋이 나간 표정으로 조용히 그들을 번갈아 쳐다보았다. 처음에 남편이 옛 애인을 가게로 밀고 들어왔을 때 그녀는 두 주먹으로 머리를 움켜쥐었는데, 그것은 폭우가 쏟아지는 날 천둥이 칠 때마다 취하게 되는 바로 그 본능적인 동작이었다. 있을 수 없는 일이야. 사방 벽이 무너지고, 모두가 그 밑에 깔릴 거야. 그러나 두 사내가 함께 앉아 있어도 모슬린 커튼조차 움직이지 않는 것을 보고서, 그녀는 불현듯 이것이 자연스러운 일이라고 생각했다. 거위 고기 때문에 속이 불편했다. 과식을 한 탓에 생각이 정리되지 않았다. 나른한 게으름에 마비된 채, 그녀는 오직 귀찮은 일만 생기지 않으면 좋겠다는 바람으로 식탁 가장자리에 몸을 옹크리고 앉아 있었다. 정말이야! 걱정한들 무슨 소용 있어, 어차피 다른 사람들은 관심도 없는걸, 모두가 만족스럽게 말썽도 저절로 해결됐는데 뭘? 그녀는 커피가 남아 있는지 보러 갔다.

안쪽 방에서는 아이들이 자고 있었다. 사팔뜨기 오귀스틴은 디저트가 나왔을 때 아이들을 협박해서 딸기를 훔쳤고, 말도 안 되는 위협으로 겁에 질리게 했다. 그러나 이제 배가 너무 아파서 창백한 얼굴로 말 한마디 없이 장의자에 앉아 몸을 옹크리고 있었다. 뚱보 폴린은 에티엔의 어깨에 머리를 기댄 채 잠이 들었고, 에티엔도 식탁 가장자리에서 잠을 자고 있었다. 침대 바닥 깔개 위에 앉은 나나는 옆에 있는 빅토르의 목에 팔을 감고 있었다. 눈을 감은 채 꾸벅꾸벅 졸며 나나는 힘없는 목소리로 되풀이했다.

「아! 엄마, 머리가 아파…… 아! 엄마, 머리가 아파…….」

「그럼 그렇지!」 고개가 어깨 위로 떨어지곤 하던 오귀스틴이 중얼거렸다. 「요것들이 취했잖아. 어른들처럼 노래를 부르고 난리를 하더니.」

제르베즈는 에티엔을 보자 또다시 감정이 격해졌다. 아버지란 자가 아이를 안아 주려는 기색은 전혀 없이 옆에 앉아 케이크를 먹고 있다고 생각하니 숨이 막혔다. 그녀는 당장에 에티엔을 깨워 그의 품에 데려다 주려 했다. 그러나 다시 한번 문제를 조용히 해결하는 것이 상책이라고 생각했다. 그래, 만찬의 끝을 그렇게 망치는 것은 좋지 않아. 그녀는 커피 주전자를 가지고 와서 랑티에에게 한 잔 따라 주었는데, 랑티에는 그녀의 존재에 신경을 쓰지 않는 표정이었다.

「자, 이제 내 차례지.」 쿠포가 걸쭉한 목소리로 더듬거렸다. 「젠장! 날 입가심으로 남겨 뒀다 이거잖아……. 좋아! 그럼 〈정말 못된 개구쟁이 녀석〉을 불러 주지.」

「그래그래, 〈정말 못된 개구쟁이 녀석〉!」 모두가 소리쳤다.

다시 소동이 벌어졌고, 랑티에의 존재는 잊혔다. 여자들은 후렴에 반주를 넣기 위해 유리잔과 나이프를 준비했다. 함석장이가 상스럽게 다리를 벌리고 서 있는 모습에 벌써 웃음보가 터졌다. 그는 노파처럼 쉰 목소리를 냈다.

아침마다 일어나면
가슴이 답답해.
싸구려 생선 한 마리 사 오라고
그레브 광장으로 보냈더니,
녀석은 길에서 한참을 놀다가
집으로 돌아와서
내 술을 반이나 비웠어.
정말 못된 개구쟁이 녀석!

여자들은 유리잔을 두드리며 흥에 겨워 합창을 했다.

정말 못된 개구쟁이 녀석!
정말 못된 개구쟁이 녀석!

 이제 구트도르 가 전체가 뒤섞였다. 온 동네 사람들이 「정말 못된 개구쟁이 녀석!」을 합창했다. 길 건너편에서 키 작은 시계포 주인, 식료품점 점원들, 내장 가게 여자, 과일 가게 여자가 모두 그 노래를 알기에 서로 툭툭 치고 웃으며 후렴을 따라 불렀다. 정말이지 마침내 거리가 온통 술에 취한 것 같았다. 쿠포네 가게에서 흘러나오는 음식 냄새가 보도에 서 있는 사람들의 기분을 들뜨게 했다. 가게 안에 있는 사람들은 몹시 취해 있었다. 포타주 다음에 나온 순정 포도주 첫 잔을 마신 이후로 조금씩 취기가 올랐다. 지금은 마지막 불꽃이었다, 그을음을 피우는 두 개의 램프가 내뿜는 다갈색 연기 속에서 모두가 고함을 질렀고, 모두가 배가 터져 죽겠다고 했다. 이 왁자지껄 즐거운 소란이 마지막으로 오가는 마차 소리를 덮었다. 순경 두 명이 폭동이라도 난 줄 알고 달려왔다. 푸아송을 보고서 그들은 재치 있게 가벼운 눈인사를 했다. 어깨를 나란히 하고 그들은 어둠에 묻힌 집들을 따라 천천히 멀어져 갔다.

쿠포는 다음 절로 접어들었다.

> 일요일엔 더위가 가신 후
> 프티트빌레트로,
> 거름을 푸는
> 티네트 아저씨네 집으로 갔었어.
> 돌아오는 길에
> 녀석은 버찌 씨에 마음을 빼앗겨
> 아차차 거름 밭에 빠지고 말았어.
> 정말 못된 개구쟁이 녀석!
> 정말 못된 개구쟁이 녀석!

그러자 건물 전체가 삐걱거렸고, 엄청난 소리가 조용하고 미지근한 밤의 대기를 뒤흔든 탓에 그 주정뱅이들은 아무도 자기들보다 더 크게 소리를 지를 수는 없을 거라고 자화자찬했다.

참석자 그 누구도 회식이 어떻게 끝났는지 결코 정확하게 기억할 수 없었다. 몹시 늦은 시각이었던 것만은 틀림없었다, 왜냐하면 거리에는 더 이상 고양이 한 마리 지나가지 않았기 때문이다. 아마 손에 손을 잡고 식탁 주위를 돌며 춤을 추었으리라. 물론 그 기억조차 입이 양쪽 귀까지 찢어진 채 뛰고 솟았던 발간 얼굴들의 광란과 노란 안개 속에서 가물가물 아련하게 떠올랐지만 말이다. 확실히 끝날 무렵에는 프랑스식으로 서로 술잔을 주고받았던 듯하다. 다만 장난삼아 누군가가 술잔에 소금을 넣은 것 같기도 했다. 아이들은 스스로 옷을 벗고 잔 것이 틀림없었다. 이튿날, 보슈 부인은 한쪽 구석에서 보슈가 석탄 가게 여자 옆에 바싹 붙어서 이야기를 하는 것을 보고 따귀를 두 차례 때려 주었다고 자랑했다. 그러나 아무것도 기억이 나지 않는 보슈는 그것을 농담으로 생각했다. 모두가 적절치 못하다고 한마디씩 한 것은 클레망스의 행동이었는데, 정말로 초대해서는 안 될 여자라는 것이었다. 끝에 가서 그녀는 알몸을 다 드러냈고, 속이 메스꺼워 토하는 바람에 모슬린 커튼 하나를 완전히 더럽혔다. 남자들은 속이 불편할 때 적어도 거리로 뛰어나갔있다. 로리외와 푸아송은 파랗게 질려 돼지고기 가게까지 뛰어갔었다. 교육을 잘 받았는지 못 받았는지는 늘 눈에 보이는 법이거든. 퓌투아 부인, 르라 부인, 비르지니는 더워서 힘들어지면 안쪽 방까지 가서 코르셋을 벗었다. 비르지니는 먹은 것을 토하는 추태를 보이지 않기 위해 잠시 침대에 눕고 싶어 했다. 결국 로리외 부부의 격한 언쟁 속에서, 브뤼 영감의 집요하고 음산한 〈트루 라 라, 트루 라 라〉 속에서 참석자들은 끼리끼리 짝을 지어 하나둘 동네의 어둠 속으로 사라졌다. 제르베즈의 기억으로는 구제가 떠나면서 흐느껴 운 것 같았다. 쿠포는 여전히 노래를 불렀다. 랑티에는 끝까지 남아 있었다. 제르베즈는 머릿결에 한순간 숨결을 느꼈지만 그것이 랑티에의 숨결인지 뜨거운 밤의 숨결인지 알 수 없었다.

한편 르라 부인이 그 시각에 바티뇰로 돌아가기 싫다고 했기 때문에, 식탁을 한쪽으로 밀어붙인 후 침대에서 매트리스

하나를 꺼내 가게 한구석에 깔아 주었다. 그녀는 회식의 잔해 속에서 잠이 들었다. 쿠포 부부가 정신없이 잠에 취해 회식의 열기를 식히는 동안, 열린 창문으로 살그머니 들어온 이웃집 고양이 한 마리가 밤새도록 예리한 이빨로 거위 뼈를 오독오독 씹으며 그 가금을 완전히 매장했다.

〈하권에 계속〉

열린책들 세계문학 177 목로주점 상

옮긴이 유기환 한국외국어대학교 프랑스어과를 졸업하고, 파리 8대학에서 박사 학위를 받았다. 현재 한국외국어대학교 프랑스어과 교수로 재직 중이다. 지은 책으로 『조르주 바타이유』, 『프랑스 지식인들과 한국전쟁』(공저), 『알베르 카뮈』, 『노동소설 혁명의 요람인가 예술의 무덤인가』, 『에밀 졸라』가 있고, 옮긴 책으로는 외젠 다비의 『북호텔』, 에밀 졸라의 『나는 고발한다』와 『실험소설 외』, 조르주 바타유의 『에로스의 눈물』, 롤랑 바르트의 『문학은 어디로 가고 있는가』 등이 있다.

지은이 에밀 졸라 **옮긴이** 유기환 **발행인** 홍지웅·홍예빈
발행처 주식회사 열린책들 **주소** 경기도 파주시 문발로 253 파주출판도시
전화 031-955-4000 **팩스** 031-955-4004 **홈페이지** www.openbooks.co.kr
Copyright (C) 주식회사 열린책들, 2011, *Printed in Korea.*
ISBN 978-89-329-1177-9 04860 ISBN 978-89-329-1499-2 (세트)
발행일 2011년 7월 5일 세계문학판 1쇄 2022년 8월 25일 세계문학판 7쇄

이 도서의 국립중앙도서관 출판예정도서목록(CIP)은 서지정보유통지원시스템 홈페이지(http://seoji.nl.go.kr)와 국가자료공동목록시스템(http://www.nl.go.kr/kolisnet)에서 이용하실 수 있습니다.(CIP제어번호: CIP2011002595)